古典小說選讀

丁肇琴 編著

三民書局

國家圖書館出版品預行編目資料

古典小說選讀／丁肇琴編著.－－修訂二版七刷.－－
臺北市：三民，2017
面；　公分.－－(文苑叢書)

ISBN 978-957-14-5096-4　(平裝)

857　　97017315

© 古典小說選讀

編著者　丁肇琴
發行人　劉振強
著作財產權人　三民書局股份有限公司
發行所　三民書局股份有限公司
地址　臺北市復興北路386號
電話　(02)25006600
郵撥帳號　0009998-5
門市部　(復北店)臺北市復興北路386號
(重南店)臺北市重慶南路一段61號

出版日期　初版一刷　2005年5月
修訂二版一刷　2010年9月
修訂二版七刷　2017年5月
編　號　S 821010
行政院新聞局登記證局版臺業字第〇二〇〇號

ISBN　978-957-14-5096-4　(平裝)

http://www.sanmin.com.tw　三民網路書店
※本書如有缺頁、破損或裝訂錯誤，請寄回本公司更換。

三民網路書店
www.sanmin.com.tw

自序——和古典小說談場戀愛吧！

您和文學談過戀愛嗎？是詩，還是散文，還是小說，抑或是戲劇呢？

我談過，是和小說，主要是古典小說，談了好長一段時間，到現在還在談。

最初和古典小說的邂逅是在一本叫「今日世界」的雜誌上，搭配四格圖畫介紹月下老人的故事，我讀得津津有味。幾個綽約的古人身影譜出曲折浪漫的愛情，長大了才知道，那是唐朝李復言寫的定婚店。之後劉鐵雲的串鈴把我搖進了晚清的大街小巷，曹雪芹的石頭記讓我跳進了榮寧二府。有時狼吞虎嚥，有時細嚼慢品，我的生活裡愈來愈少不了它——古典小說。

臺大二年級文學史的課堂上，葉慶炳教授拿著我的唐人小說（汪國垣編本），崔鶯鶯、李娃、霍小玉、紅線一個個絕色美女活靈活現；張生、李益、虬髯客、杜子春，有出息的、沒出息的、成功的、失敗的唐代男子奔騰而來，好不熱鬧！

大三繼續修葉老師的「古典小說與習作」，讀得更多更過癮。為了交作業，還把李義山和柳枝的故事鋪敘成篇，老師說：「寫得不錯，挺有唐傳奇的樣子呢！」

讀碩士班時選的第一門課就是「古典小說研究」，繼續和古典小說纏綿，終於產生了愛的結晶——唐傳奇的寫作技巧（碩士論文）。

就讀輔大博士班時，厚著臉皮和學弟妹一起上王夢鷗教授的「唐傳奇研究」（這門課是碩士班的課），硬把自己從私淑身分變成王老師的入室弟子。

＊　＊　＊　＊

古人「學而優則仕」，我是畢了業教書。

寫碩士論文時，我很敬仰的羅聯添所長勸我：「換個題目吧！等畢業了誰會請你教小說呢？」和古典小說愛得死去活來的我根本沒想那麼多，也從沒想過要教古典小說。我是大學畢業教了八年中學國文才回來念研究所的，再回去教國文總可以吧！

後來，真的有人找我教古典小說。先是元智大學的通識中心，然後是世新共同科、輔大中文系，然後世新中文系。教了十幾年古典小說，我教得很快樂。羅老師，您可以放心了。

＊　＊　＊　＊

讀古典小說的心情是愉快的，通過時光隧道尚友古人，分享他們的愛恨情仇，了解彼時異空的風土民俗；教古典小說的滋味可就酸甜苦辣俱全，冷暖自知了。首先是教什麼？古典小說作品多如瀚海，從神話傳說教起，還是以唐宋作品為主，或是拿三國、水滸、紅樓作代表？教通識課程和中文系也不能「一般兒教法」。教的時候，是該講故事、說理論，還是分析技巧、引導創作？要不要談版本、論考證？還真是得處處仔細拿捏才行。

所以我總是不停地更換教科書，用過以朝代分編的單冊課本，也用過各種選本，用過毫無註解的白文本，即使有註解也總不放心，一查再查；通常每種教科書頂多用兩年。

我從來也沒想過自己編一本古典小說的教科書，尤其是近年把研究方向轉往俗文學，分給古典小說的時間已少了許多。可是天下事常常是很難預料的，三民書局的編輯部這時卻找上了我，詢問我編纂古典小說教科書的意願。我幾乎是毫不遲疑地立刻就說好，但其實根本像是在做夢一樣。

近一年來，我教學研究的餘暇，幾乎全放在這本書上。感謝三民書局編輯部的協助，這本書終於從無到有，逐漸成形。本書選取從六朝至明清浩瀚的小說作品中，具有代表性和文學價值的名家名作，輔以注釋及賞析，並加上延伸閱讀，以便讀者閱讀相關文本或論文。我知道在倉促之間這本書還有許多不足之處，請各位教授和同學盡量指正，以便日後修訂更臻完美。謝謝您！

謹以此書獻給引領我走進古典小說的兩位恩師——葉慶炳教授和王夢鷗教授。我會繼續愛著古典小說，繼續努力教古典小說。

您呢？要不要也來試著愛一場？

丁肇琴謹誌

古典小說選讀

目次

古典小說概述

一、「小說」名義的演變

小說一詞，最早見於莊子外物篇：「飾小說以干縣（音ㄒㄩㄢˊ，高也）令，其於大達亦遠矣。」但這裡所謂的小說並非我們今日所讀的文學作品小說，而是與「大達」相對的小道術、小技藝或淺陋的知識，大概和荀子正名篇的「小家珍說」意思差不多。到了漢朝，小說才被用來指稱書面的文字。張衡西京賦曰：「匪唯翫好，乃有祕書，小說九百，本自虞初。」班固漢書藝文志諸子略小說家著錄有「虞初周說九百四十三篇」，和張衡的說法吻合。但這裡所謂的小說，也還不是我們今天閱讀的小說，指的是九流十家中小說家的著作。

十家包括儒家、道家、陰陽家、法家、名家、墨家、縱橫家、雜家、農家和小說家，小說家敬陪末座。班固說：「小說家者流，蓋出於稗官，街談巷語，道聽塗說者之所造也。孔子（今本論語子張篇作『子夏』）曰：『雖小道必有可觀者焉，致遠恐泥，是以君子弗為也。』然亦弗滅也。閭里小知者之所及，亦使綴而不忘；如或一言可采，此亦芻蕘、狂夫之議也。」又說：「諸子十家，其可觀者九家而已。」明顯地把小說家排斥在外，輕視小說家的地位。由於時代久遠，這些小說都失傳了，從今天殘存的一些資料看來，漢朝人心目中的小說只是野史軼事和方術異物的短篇紀錄而已。

但這類作品到了魏晉南北朝有逐漸增多的趨勢，還有直接把「小說」當作書名的，一部是南朝宋劉義慶的小說，另一部是南朝梁殷芸的小說，不過這兩部小說也都失傳了。這時期其他的小說作品也還是延續漢朝小說的內容和形式，篇幅短小，簡略地記錄一些人、事、物，頗有說故事的味道，有人稱它們為「筆記小說」。這種筆記小說被認為是中國古代小說的雛形，之後才慢慢發展出接近現代西方觀念的小說。

二、何謂「古典小說」

什麼是古典小說呢？這裡的「古典」，一方面是和「現代」相對的用法，另一方面也有「經典」的意義，和英文裡的classic 相當，指超越時代好尚、具有不朽價值的著作。古代的小說作品很多，良莠不齊，如果我們說「古典小說」，通常是指古代小說中藝術價值較高的經典之作。

至於「小說」，今天我們所說的「小說」，指的是一種文學類別，和詩、散文、戲劇有所區隔。英國著名小說家佛斯特(Edward Morgan Forster, 1879–1970)主張採用法國批評家謝活利(M. Abel Chavalley)的定義：「小說是用散文寫成的某種長度的虛構故事。」這個定義的好處是簡單明瞭且有彈性，用在中國古典小說上，也大致合適。

三、神話、傳說和小說的關係

神話、傳說都是「故事」中的一種。神話是先民對大自然各種現象的想像和解釋，內容以神為中心，人往往處於配角的地位。廣義的傳說可以包括神話，但現在學界多主張把二者區分開來，也就是採用狹義的傳說，把傳說界定在與歷史人物、事件和地方風物、習俗有關的故事。由於神話和傳說都具有故事性質，和中國早期的小說重疊，所以不妨看成是小說的源頭。

四、古典小說發展的四階段

（一）六朝筆記小說：數百字短篇的文言小說，內容以志怪（記鬼神怪異之事）為大宗，其次為志人（記名人軼事雋語）。代表作如搜神記、幽明錄、世說新語等。

（二）唐代傳奇小說：亦為短篇文言小說，但字數可長達數千字。內容除延續六朝志怪外，尚有愛情、俠義及佛道思想類。寫作技巧已臻成熟，佳作名篇頗多，如鶯鶯傳、霍小玉傳、虬髯客傳、紅線、南柯太守傳等。

（三）宋代話本小說：是從「說話」而來，故為語體小說。短篇為主，內容偏重市井生活，如碾玉觀音、錯斬崔寧等；亦有長篇，多與朝代興廢有關，如新編五代史平話、宣和遺事等。

（四）明清章回小說：是宋代話本小說的進一步發展，仍為語體，但已形成長篇章回體，少則十餘回，多則一百多回。每一回皆有回目，多為對偶句，用來概括故事內容。如三國演義、水滸傳、西遊記、紅樓夢皆是膾炙人口的名著。

五、閱讀古典小說的方法

古典小說的作品太多，如何才能有效率地閱讀？從選本入手是一個不錯的方式，市面上有不少這類選本，如傳奇小說選、唐傳奇選、唐人小說、宋人小說、今古奇觀等。選本也有註解本和白文本的區別，對初學或自修的人來說，有註解的版本比較方便，可以加快閱讀的理解力和速度。

另外讀古典小說和讀現代小說一樣，最好能對小說這種文體有基本的認識，像情節安排、人物刻畫、主題呈現和時空背景等知識，都可以幫助我們掌握小說的要點。閱讀時不妨用心找出小說中的主要和次要人物，分析他們的個性；同時注意小說中事件的因果關係是否合情合理，其中是否蘊含某種寓意；而故事是發生在何朝何代、哪些地點也不能忽略。新聞學裡強調的5W (who, when, where, what, why)和1H (how)原則在閱讀小說時非常實用。

閱讀古典小說可以是很個人的享受，神遊在古人的天地裡；也可以是一種熱鬧的團體活動，大家共同分享心得。「獨樂樂不如眾樂樂」，如果你讀出了什麼，請你不要害羞，勇敢地告訴你的老師和同學；假如你在字裡行間發現疑問和困惑，並想著如何解決，恭喜你，這表示你已經讀出古典小說的滋味了。

六朝志怪與志人小說

吳、東晉、宋、齊、梁、陳相繼建都建康（今南京），稱為六朝。這裡借用作為魏晉南北朝的省稱，從魏文帝黃初元年（西元二二〇年）到隋文帝開皇九年（西元五八九年）滅陳統一全國為止。

六朝筆記小說從內容上大致可分為兩類：志怪與志人。志怪小說是寫鬼神怪異的事情，志人小說則是名人軼事雋語的紀錄。

這兩種不同類型的小說是從什麼樣的環境中孕育出來的？

一、動亂的時代：從東漢末年起，中國就長期處於戰亂，黃巾之亂，三國鼎立，西晉統一後又有八王之亂，接著五胡十六國出現，東晉偏安，再往後是南北朝的長期對立，社會動盪不安，老百姓的痛苦可想而知。志怪小說正是在這種情形下的產物，人們藉著鬼神故事抒發內心的苦悶，寄託自己的願望。

二、宗教信仰的瀰漫：西漢前期黃老思想盛行，到了東漢與神仙方術結合形成道教，在魏晉南北朝持續發展；佛教則在東漢明帝時由印度傳入，流傳日漸廣泛。這兩種宗教信仰的勢力在六朝發展得很快，不論是王公貴族或平民百姓都喜歡談佛論道，對怪力亂神之說也深信不疑，因而社會上普遍流行鬼神靈驗、輪迴報應等觀念。佛教徒和道教徒固然到處宣揚他們的教義，就連文人也有以「發明神道之不誣」為己任，努力創作的。這麼一來，志怪小說當然就大量湧現了。

三、清談的盛行：六朝文人名士喜歡清談，所謂清談又可分為兩種內容，一是品評人物，也就是批評人品的高低；一是談論玄學，主要是辯論老子、莊子、周易中的義理。這種清談是知識分子為了逃避現實政治而產生的活動，卻也談出許多有趣的人物故事，被寫成了志人小說。

六朝志怪與志人小說有哪些重要的作家和作品呢？

志怪小說比較著名的有魏文帝曹丕的列異傳、晉張華的博物志、晉葛洪的西京雜記、晉干寶的搜神記、南朝宋劉義慶的幽明錄、南朝梁吳均的續齊諧記等，限於篇幅，本書無法一一選錄，但在此不妨稍微介紹幾篇遺珠之作。

像列異傳的談生，講一個四十歲的單身漢，經常在夜裡誦讀詩經，結果招來美麗的鬼妻，故事淒美浪漫。又如大家熟知的王昭君和番，是西京雜記中的名篇，影響後來的詩歌、戲曲非常深遠。而續齊諧記也有一篇描述奇異吞吐術的陽羨書生，那位書生不但能吐出一桌酒席，還能吐出美女，真是令人嘆為觀止。

志人小說最有名的就是南朝宋劉義慶所編撰的世說新語，書中記錄了漢末到東晉名人高士的遺聞軼事，文字雋永，耐人尋味，也是研究六朝士人思想言行最可靠的材料。本書選了四則，前三則是許允婦阮氏的故事，阮氏雖長相奇醜，但她的口才贏得夫婿的敬重，她過人的智慧和處變不驚的沉著，更值得喝采！另一則韓壽偷香是男女自由戀愛的故事，在當時可是非常前衛的舉動哩！

六朝志怪小說繼承了古代的神話傳說，並且具備簡單的情節發展和人物刻畫，通常被認為是中國小說的雛形，但大多數作品還是採用交代故事的方式，以離奇取勝，藝術技巧不夠精緻。不過這些情形到唐傳奇出現後都獲得改善，不少唐傳奇其實就是把六朝志怪改寫成功的作品，如枕中記和南柯太守傳取材自搜神記的「楊林」故事，離魂記是幽明錄裡龐阿的變化。所以六朝志怪為唐傳奇做了鋪路的工作，沒有六朝志怪，就不可能有唐傳奇。

至於志人小說，它也對小說的發展有很大的貢獻，特別是在人物的刻畫和語彙的豐富方面。

三王墓

導讀

本文選自搜神記卷一一。內容記述干將為楚王鑄劍卻被殺，其子赤比為父復仇的故事。文中可見干將為楚王鑄劍之「忠」、赤比為父復仇之「孝」、客助赤比報仇之「義」。

作者干寶，字令升，東晉人，生卒年不詳。所著搜神記搜錄了大量漢晉以來的鬼神傳聞故事，是魏晉六朝最著名的志

怪小說集。

楚干將、莫邪❶為楚王作劍，三年乃成。王怒，欲殺之。劍有雌雄。其妻重身❷當產，夫語妻曰：「吾為王作劍，三年乃成。王怒，往必殺我。汝若生子是男，大，告之曰：『出戶望南山，松生石上，劍在其背。』」於是即將雌劍，往見楚王。王大怒，使相❸之：「劍有二，一雄一雌。雌來，雄不來。」王怒，即殺之。

莫邪子名赤比，後壯，乃問其母曰：「吾父所在？」母曰：「汝父為楚王作劍，三年乃成。王怒，殺之。去時囑我：『語汝子：出戶望南山，松生石上，劍在其背。』」於是，子出戶南望，不見有山。但覩堂前松柱下，石低❹之上，即以斧破其背，得劍。日夜思欲報楚王。

王夢見一兒，眉間廣尺，言：「欲報讎❺。」王即購❻之千金。兒聞之，亡去。入山行歌。客有逢者，謂：「子年少，何哭之甚悲耶？」曰：「吾干將、莫邪子也。楚王殺吾父，吾欲報之！」客曰：「聞王購子頭千金，將子頭與劍來，為子報之。」兒曰：「幸甚！」即自刎，兩手捧頭及劍奉之，立僵❼。客曰：「不負子也。」於是屍乃仆。

客持頭往見楚王，王大喜。客曰：「此乃勇士頭也。當於湯鑊❽煮之。」王如其言。煮頭三日三

---

❶干將莫邪　春秋時著名的鑄劍工匠，兩人為夫妻。

❷重　身　懷孕。

❸相　音ㄒㄧㄤˋ。察看。

❹石　低　柱石的基礎。低，通「砥」。

❺讎　通「仇」。

❻購　懸賞。

❼立　僵　指人死後屍身不倒，此多因死者死不瞑目或尚有心願未了的緣故。

❽湯　鑊　古代一種烹人的刑具。鑊，音ㄏㄨㄛˋ。無足之鼎。

夕，不爛。頭踔⑨出湯中，躓目⑩大怒。客曰：「此兒頭不爛，願王自往臨視之，是必爛也。」王即臨之。客以劍擬⑪王，王頭隨墮湯中。客亦自擬己頭，頭復墮湯中。三首俱爛，不可識別，乃分其湯肉葬之，故通名「三王墓」。今在汝南北宜春縣⑫界。

⑨踔　音ㄓㄨㄛˊ。跳躍。
⑩躓目　疑為「瞋目」。瞪大眼睛。
⑪擬　指向；比劃。
⑫汝南北宜春縣　汝南郡北宜春縣。汝南郡轄區在今河南省東南部，北宜春縣在河南省汝南縣西南。

語譯

楚國的干將、莫邪夫婦為楚王鑄造寶劍，三年才鑄成。楚王很生氣，想殺了他們。他們鑄的劍有一雌一雄，正好一對。當時干將的妻子莫邪懷有身孕，將要分娩，干將對她說：「我替楚王鑄劍，三年才完成。楚王很生氣，我一去，他必定會殺害我。如果你生的是男孩，等孩子長大了，就告訴他說：『出門望著南山，見到松樹生長在石頭上，寶劍就藏在樹的背面。』」於是，干將就帶著那把雌劍去見楚王，楚王果然非常生氣，叫人仔細察看，說：「劍有兩把，一雄一雌，現在雌劍帶來了，雄劍卻沒帶來。」楚王發怒，就把干將殺死了。

莫邪的兒子名字叫赤比，他長大以後，就問他母親說：「我父親在哪裡？」他母親說：「你父親為楚王鑄劍，三年才鑄成。楚王發怒，就把他殺了。他離家時囑咐我：『告訴你兒子，出門望著南山，會看到松樹長在石頭上，寶劍就藏在樹的背面。』」於是，赤比就走出家門向南眺望，卻看不到有什麼山。只見堂前有一根松木柱子，豎立在石礎上面。他就用斧頭劈開柱子，果然得到一把寶劍。他日思夜想，一定要向楚王報仇。

楚王夢見一個男孩，眉毛間有一尺寬，說著：「我要報仇！」楚王便懸賞千金要捉拿他。男孩聽到這消息，連忙逃走，躲進了深山。他一邊走，一邊悲哀地唱著歌。在路上遇見一個俠客，問他說：「你小小年紀，為什麼哭得這麼悲傷呢？」男孩說：「我是干將、莫邪的兒子。楚王殺死了我父親，我要報仇。」俠客說：「聽說楚王出了千兩黃金來收買你的腦袋，你把你的腦袋和這把寶劍給我，我替你報仇去。」男孩說：「這太好了！」他立即割下自己的頭，雙手捧著頭和寶劍交給俠客，屍體卻不倒下。俠客說：「我絕不會辜負你的。」屍體這才仆倒在地上。

俠客帶著赤比的人頭去見楚王，楚王十分高興。俠客說：「這是勇士的腦袋，應該用湯鑊來煮它。」楚王照他的話去辦，一連煮了三天三夜，頭還是煮不爛。頭在滾水中跳出水面，瞪大眼睛充滿憤怒。那個俠客又說：「這孩子的頭煮不爛，希望大王親自到湯鑊邊觀看，這樣就一定能煮爛。」楚王便走到湯鑊邊。俠客用寶劍朝楚王劃了一刀，楚王的腦袋馬上就掉進滾水中。那俠客又在自己的頭上劃了一刀，他的腦袋也掉進了滾水裡。於是，三顆腦袋都煮得稀爛，無法分辨出身分，只好把鍋裡的湯和肉分成三份埋葬，所以總稱為「三王墓」。這座墓就在汝南郡的北宜春縣境內。

賞析

本文首先記干將鑄劍三年始成，料想楚王饒不了自己，乃留下遺言慨然赴死。其次記干將子赤比長大，得知父親遺言，決心替父親報仇。再次記赤比在山中遇見俠客，把自己的頭顱及寶劍交給俠客，好替自己報仇。最後，記俠客不負赤比所託，刺殺楚王。

從本篇故事可以看到許多中國傳統文化的特點：

第一是忠臣意識。「君要臣死，臣不敢不死」，所以干將受楚王之命鑄劍，花了三年才成功，即使知道楚王可能會殺他，仍是冒死獻劍，終於犧牲了性命。

第二是復仇意志。「殺父之仇，不共戴天」，所以當赤比得知父親遺言，便「日夜思欲報楚王」；當山中俠客允諾為己報仇，隨即自刎獻頭與寶劍，展現為報父仇，即使奉獻生命也在所不辭的精神；此外，要等俠客親口承諾「不負子也」，屍體才肯倒下，「煮頭三日三夕，不爛。頭踔出湯中，躓目大怒」，亦一再凸顯他強烈的復仇意志。

第三是俠客精神。「路見不平，拔刀相助」，山中俠客在聽完赤比的遭遇後，主動答應助他報仇；而「受人之託，忠人之事」，俠客在拿到赤比的人頭及寶劍後，並沒有忘記承諾，去向楚王換取千金之賞，反而藉以接近楚王、斬殺楚王；至於俠客最後為何自殺？「士為知己者死」，赤比二話不說即獻頭與俠客，這是知他有能力為己報仇、信他必不負所託；對俠客而言，赤比的自刎，是出於對自己的信任與了解，於是，在完成任務後，亦斬下己頭，同煮於湯中，陪伴知己。

第四是性別觀念。干將赴死，妻子莫邪卻無可奈何，不能為丈夫報仇，非得等到兒子長大，才能讓兒子報此深仇大恨。而干將臨行的遺言，更強調如果生男孩就為己報仇。那麼，如果生女兒呢？是否意味著仇恨就此沉於大海，永難再報？這都足以看出中國古代重男輕女的觀念。

本篇故事雖短，卻結構完整，詳略得當。故事的重點在干將之死與赤比的復仇，所以對於赤比的成長過程，只用「後壯」二字帶過，而赤比的逃亡，帶出與山中俠客的相遇，就情節發展來說，亦相當合理，中國小說發展至此，可說是趨近成熟了。

延伸閱讀

1. 韓憑夫婦（可參考三民書局出版之干寶搜神記）
2. 徐鐵臼（太平廣記卷一二〇）
3. 王世貞劍俠傳

李寄斬蛇

導讀

本文選自搜神記卷一九。內容記敘東越閩中有大蛇作祟，必須定時以童女祭祀，這讓當地百姓和地方官吏非常困擾。後來智勇雙全的少女李寄深入蛇穴，終於智斬大蛇，為民除害。本文旨在教人不能屈服於環境，應運用智慧，解決困難，才能創造美好的生活。

東越❶閩中❷有庸嶺❸，高數十里。其西北隰❹中，有大蛇，長七八丈，大十餘圍，土俗常懼。東冶❺都尉❻及屬城長吏❼，多有死者。祭以牛羊，故❽不得福。或與人夢，或下諭巫祝，欲得啗童女年十二三者。都尉令長，並共患之。然氣厲不息❾。共請求人家生婢子❿，兼有罪家女養之。至八

❶東越　西漢時小國，為越王句踐之後，在今浙江省東南及福建省一帶。

❷閩中　地區名。即今福建省一帶。

❸庸嶺　又名烏嶺，在今福建省邵武縣西北。

❹隰　音ㄒㄧˊ。低窪的地方。

❺東冶　古邑名。在今福建省福州市。

❻都尉　管理軍事的長官。

❼屬城長吏　所屬縣城的長官。

❽故　依然。

❾氣厲不息　大蛇氣焰凶猛，為害不止。

❿家生婢子　古代奴婢的子女仍做奴婢，男的被稱為家生奴，女的被稱為家生婢。

月朝祭⑪，送蛇穴口。蛇出，吞嚙之。累年如此，已用九女。爾時⑫預復募索，未得其女。將樂縣⑬李誕家，有六女，無男，其小女名寄，應募欲行，父母不聽。寄曰：「父母無相⑭，惟生六女，無有一男，雖有如無。女無緹縈⑮濟父母之功，既不能供養，徒費衣食，生無所益，不如早死。賣寄之身，可得少錢，以供父母，豈不善耶？」父母慈憐，終不聽去。寄自潛行，不可禁止。

寄乃告請好劍及咋⑯蛇犬。至八月朝，便詣廟中坐。懷劍，將犬。先將數石米餈⑰，用蜜麨⑱灌之，以置穴口。蛇便出，頭大如囷⑲，目如二尺鏡。聞餈香氣，先啗食之。寄便放犬，犬就嚙咋，寄從後斫得數創。瘡⑳痛急，蛇因踊出，至庭而死。寄入視穴，得其九女髑髏㉑，悉舉出，咤㉒言曰：「汝曹怯弱，為蛇所食，甚可哀愍。」於是寄女緩步而歸。

越王聞之，聘寄女為后，拜其父為將樂令，母及姊皆有賞賜。自是東冶無復妖邪之物。其歌謠至今存焉。

⑪朝祭　初一的祭祀。
⑫爾時　這時。
⑬將樂縣　三國吳置，即今福建省將樂縣。
⑭無相　沒有福相。舊社會重男輕女，不生男就說是無福。
⑮緹縈　姓淳于，西漢太倉令淳于意的幼女。曾上書自願入官為婢，以贖父罪。文帝受了感動，詔除肉刑，其父得免。
⑯咋　音ㄗㄜˊ。咬。
⑰米餈　用糯米蒸製的飯糰。餈，音ㄘˊ。
⑱麨　音ㄔㄠˇ。將米、麥炒熟後磨成的粉。
⑲囷　音ㄐㄩㄣ。一種圓形穀倉。
⑳瘡　通「創」。音ㄔㄨㄤ。傷口。
㉑髑髏　音ㄉㄨˊ ㄌㄡˊ。死人的頭骨。
㉒咤　通「吒」。音ㄓㄚˋ。痛惜。

語譯

東越國閩中地區有一座庸嶺，山高幾十里。庸嶺西北方的溼地有條大蛇，長七八丈，粗十多圍，當地的百姓都很懼怕。東冶都尉以及所屬縣城的長官，被牠咬死的很多。人們用牛羊去祭祀牠，但依然得不到保佑。大蛇有時給人託夢，有時又指示巫祝，說牠想吃十二三歲的女孩。郡縣的各級官吏都為此大傷腦筋，但那蛇妖的瘧害仍沒停止。大家只好去找那些奴婢生的女孩和犯罪人家的女孩先養起來，等到八月初一的祭期，再把女孩送到蛇洞口。大蛇出來，便把女孩吞食了。一連好幾年都是這樣，已經犧牲九個女孩了。

這時，官府又在事先招募女孩，卻還沒找到。將樂縣有個叫李誕的人，家裡有六個女兒，沒有男孩，他的小女兒名叫李寄，想應募前往，但她的父母親不同意。李寄說：「父母親沒有福相，只生下六個女兒，沒有一個男孩，雖然有孩子卻和沒有一樣。女兒沒有像緹縈救父母的功勞，又不能奉養父母，只是白白浪費家中的衣服糧食，活著沒有什麼幫助，還不如早一點死去。把我賣了，可以得到一點錢，拿來供養父母，難道不好嗎？」李寄的父母疼愛女兒，始終不肯答應她去。李寄自己偷偷前往，她的父母終究沒法阻攔。

李寄向官府請求一把鋒利的劍和一隻會咬蛇的狗。到了八月初一祭祀那天，便抱著劍、帶著狗，到廟中坐著。她先拿幾石糯米做成飯糰，拌上蜂蜜麥粉，放在蛇洞口。那大蛇便鑽出洞來，牠的頭大得像圓形的穀倉，眼睛像兩尺寬的銅鏡。牠聞到飯糰的香氣，就先吃起來。這時，李寄將狗放出，讓狗上去咬大蛇，自己則繞到蛇的背後用劍砍傷大蛇好幾處。大蛇痛極了，跳出蛇洞，爬到庭院裡就死了。李寄走進蛇洞察看，發現九個女孩的頭骨，就全部拿出來，痛惜地說：「你們膽小軟弱，所以才被蛇吃掉，實在可悲可憐啊。」李寄這才慢慢地走回家去。

東越國王聽說這件事，便聘李寄為王后，任命她父親為將樂縣令，她的母親和姐姐們也都得到賞賜。從此以後，東冶一帶不再出現妖異怪物。而歌頌李寄事跡的歌謠至今還流傳不已。

賞析

本文屬於六朝志怪小說。內容分為三部分：首先，記大蛇在閩中作亂的情形；其次，記李寄請求父母讓她去當大蛇的活祭；最後，記李寄智斬大蛇的過程。

本文所刻畫的李寄，是一個具備「智」、「勇」、「孝」的女孩。在朝祭之前，李寄告請好劍及咋蛇犬，可見殺蛇一事，她是事先就計畫好的。全篇沒有驚心動魄的交戰畫面，只是很平順地敘述了斬蛇的過程，顯示一切都在李寄的掌握之中；而殺蛇之後，李寄的緩步而歸，更表現她的從容不迫。對於這樣一條連郡縣官吏都束手無策的大蛇，李寄的主動出擊，除了機智，更需要一份過人的勇氣，於是，文中愈是敘述大蛇的種種凶殘，愈是襯托出李寄的英勇。而說到李寄應募的動機，只是單純地希望「賣寄之身，可得少錢，以供父母」，這是中國重男輕女的觀念下的悲哀，也是年幼的李寄回報父母的養育之恩所能想到的唯一方式。

古人面臨自然環境及毒蛇猛獸侵害而一籌莫展時，大多求助於巫術、祭祀。本篇故事就對這樣屈服環境的人們，作了嘲諷和批判。人們對於凶殘的大蛇，意圖祭以牛羊，換取苟安，但毫無用處。大蛇的胃口不小，真正想要的是吃人，而地方官員居然也真的聽命，供奉童女。因此，當李寄慨嘆那些犧牲的童女「汝曹怯弱，為蛇所食，甚可哀愍」之際，不也是指責人們的懦弱，才造成童女的犧牲？而斬蛇的工作要透過李寄這樣年幼的少女來執行，不也正是對那些官員最大的嘲諷！

故事的最後，寫李寄被東越王聘為王后，家人也各有封贈，這是民間故事常用的手法，意味著有善行必獲善報。只可惜文末所說的歌謠沒有完整地保留下來，不然應該是首動人的故事詩吧！

延伸閱讀

1. 河伯娶親（可參考三民書局出版之史記滑稽列傳）
2. 宋定伯賣鬼（可參考三民書局出版之干寶搜神記）

劉晨阮肇

導讀

本文選自幽明錄，內容敘述劉晨、阮肇入天台山遇仙女的故事。劉、阮遇仙之事在許多古籍中均有記載，到了唐代已流傳很廣，詩文中多所題詠。宋代詞牌阮郎歸也是起源於此。後世戲曲小說多有據此情節演繹者，如今存的元王子一誤入桃源雜劇等。清代蒲松齡聊齋誌異中翩翩一文，敘

述凡人入深山洞府與仙女結婚生子，也頗受此篇影響。

作者劉義慶為南朝宋的皇室宗親，愛好文學，著有幽明錄、世說新語、宣驗記、小說等。和其他六朝志怪小說一樣，幽明錄收集了許多晉宋時期的奇聞異事、鬼怪傳說。文筆流暢、內容新穎，可稱為志怪小說中的佳作。

漢明帝永平❶五年，剡縣❷劉晨、阮肇共入天台山❸取穀皮❹，迷不得返。經十三日，糧食乏盡，飢餒殆死。遙望山上，有一桃樹，大有子實；而絕巖邃澗❺，永無登路。攀援藤葛，乃得至上。各噉❻數枚，而飢止體充。復下山，持杯取水，欲盥漱。見蕪菁❼葉從山腹流出，甚鮮新，復一杯流出，有胡麻飯糝❽。相謂曰：「此必去人徑不遠。」便共沒水❾，逆流二三里，得度山，出一大溪。

溪邊有二女子，姿質妙絕，見二人持杯出，便笑曰：「劉阮二郎，捉❿向⓫所失流杯來。」晨肇既不識之，緣⓬二女便呼其姓，如似有舊，乃相見忻喜。問：「來何晚耶？」因邀還家。其家筒瓦屋，南壁及東壁下各有一大床，皆施絳羅帳，帳角懸鈴，金銀交錯。床頭各有十侍婢。敕⓭云：「劉阮二

❶永平　東漢明帝年號（西元五八－七五年）。
❷剡縣　在今浙江省嵊州市。剡，音ㄕㄢˋ。
❸天台山　在今浙江省天台縣北，自古被視為仙山。
❹穀皮　穀樹之皮，可製衣、造紙、入藥。穀，木名，又名「楮」。
❺絕巖邃澗　陡峭的斷崖和幽深的溪澗。
❻噉　音ㄉㄢˋ。吃。
❼蕪菁　植物名。一年或二年生草本，根及嫩葉可供食用。或稱「大頭芥」、「大頭菜」。
❽胡麻飯糝　芝麻和飯粒混合煮食。胡麻，芝麻。糝，音ㄙㄢˇ。飯粒。
❾沒水　游泳；潛水。沒，音ㄇㄛˋ。
❿捉　握；拿。晉宋人的口語。
⓫向　剛才。
⓬緣　因為；由於。
⓭敕　音ㄔˋ。吩咐；命令。

郎，經涉山岨⑭，向雖得瓊實⑮，猶尚虛弊⑯，可速作食。」食胡麻飯、山羊脯、牛肉，甚甘美。食畢行酒。有一群女來，各持五三桃子，笑而言：「賀汝婿來。」酒酣作樂，劉阮忻怖交并⑰。至暮，令各就一帳宿，女往就之，言聲清婉，令人忘憂。

十日後，欲求還去，女云：「君已來是，宿福所牽⑱，何復欲還耶？」遂停半年。氣候草木是春時，百鳥啼鳴，更懷悲思，求歸甚苦。女曰：「罪牽君⑲，當可如何⑳？」遂呼前來女子，有三四十人，集會奏樂，共送劉阮，指示還路。

既出，親舊零落，邑屋改異，無復相識。問訊㉑得七世孫，傳聞上世㉒入山，迷不得歸。至晉太元㉓八年，忽復去，不知何所。

⑭山岨　山中險峻難行之地。岨，音ㄗㄨˇ。
⑮瓊實　指劉晨、阮肇所吃的桃子。
⑯虛弊　身體虛弱疲憊。
⑰忻怖交并　又高興又害怕。忻，通「欣」。音ㄒㄧㄣ。喜悅。
⑱宿福所牽　前世種下的福報所牽引。
⑲罪牽君　世俗的罪孽仍牽累著你們。
⑳當可如何　有什麼辦法。有無可奈何之意。
㉑問訊　詢問。
㉒上世　前代祖先。
㉓太元　東晉孝武帝年號（西元三七六—三九六年）。

語譯

漢明帝永平五年，剡縣的劉晨和阮肇，一起進入天台山去採楮樹皮。在山裡迷了路回不了家，過了十三天，糧食已經吃完了，兩人餓得快要死了。他們遠遠地望見山上有一株桃樹，樹上結了很多桃子，但中間隔著陡峭的斷崖和幽深的溪澗，沒有可通往的道路。兩人於是抓著藤蔓攀爬，才得以到達山上。他們各自吃了幾個桃子後，不再覺得飢餓，體力也恢復了。便再度下山，用杯子取水，想要梳洗一下。他們看見有蕪菁葉從山腰處流下來，顏色非常新鮮，又有一個杯子順流而下，裡面裝著胡麻飯。於是兩人互相安慰說：「這裡必定離人走的小路不遠了。」就一起游泳，逆流游了兩三里，得以越過山脈，到達一條大溪邊。

溪邊有兩個姿色美麗的女子，看到二人拿著杯子出現，就笑著說：「劉、阮二位郎君，拿剛才流走的杯子來了。」劉晨和阮肇完全不認識她們，卻因為這兩個女子叫出自己的姓氏，好像之前曾經相識一般，於是很欣喜的和她們相見。兩個女子問說：「怎麼來晚了呢？」使邀請劉晨、阮肇跟她們回家。她們的家是有圓筒形屋瓦的房子，南邊和東邊牆下各有一張大床，兩張床都掛著深紅色的羅帳，帳角上懸著鈴鐺，用金銀雕嵌，縱橫交錯。床頭各站著十名婢女。女子吩咐婢女說：「劉、阮二位郎君跋山涉水來這裡，之前雖然吃了桃子，身體還是很虛弱疲憊，趕快去做飯來！」他們倆吃了胡麻飯、山羊肉乾和牛肉，味道都很甘美。吃完飯又喝酒。忽然有一群女子前來，每個人手上都拿著三五個桃子，笑著說：「祝賀你們的夫婿到來！」大家喝酒盡興互相取樂，劉晨和阮肇感到又高興又害怕。到了晚上，兩名女郎讓劉晨與阮肇各到一張床上去歇息，並分別去服侍他們，女郎們說話清麗嬌婉，讓人忘記煩憂。

過了十天，兩人想要回家，女郎說：「你們來到這裡，是受到前世種下的福報所牽引，為什麼還要回去呢？」於是又在這裡停留了半年。等到氣候溫暖、草木繁盛的春天，百鳥啼鳴的聲音，使他們更為思鄉，想回家的心情更加急迫。女郎就說：「世俗的罪孽仍牽累著你們，還有什麼辦法呢？」於是將先前來過的女子都叫來，一共有三四十人，大家聚在一起演奏音樂，共同為劉晨阮肇送行，並指點他們回去的道路。

劉晨和阮肇離開山裡回到家鄉以後，親人朋友都已經死了，村落和房子也改變了，不再是過去熟悉的模樣。經過打聽詢問才找到自己的第七代子孫。子孫們說：傳說前代的祖先進入山中以後，迷了路沒有回來。到東晉孝武帝太元八年的時候，劉晨和阮肇忽然又離開家裡，不知道到什麼地方去。

賞析

本文可分為三部分，首先言劉、阮二人入天台山迷路之事，接著敘述他們歷經險阻後遇到二位女仙，在山中仙境居住了半年多，最後寫他們思鄉情切，但歸家以後卻發現人事全非的經過。

這篇故事結構簡單，但卻充滿道家求仙的迷離色彩。文中的天台山向來被視為是仙山，在歷代小說中也被視為仙境所在之地，因為道教徒認為採藥煉丹、入山修行是成仙的方式，而且要「入名山、絕人事」；根據晉葛洪抱朴子記載，胡麻飯是「服之不老」的仙藥；此外山中歲月和現實世界時間上的落差，也顯示仙人具有永生不死的力量。誤入仙境的傳說，其實正是體現著人們對於成仙的追求。然而文末描寫劉、阮二人無法忘情於世俗，終究回到人間，暗示了絕塵出世、得道成仙的困難。

從文章的寫作背景來看，魏晉時期戰亂頻仍、人命朝不保夕，人們慨嘆生命的短暫無常，加上當時道教盛行，遂對幸福仙鄉產生嚮往。如同陶淵明建構了避禍安樂的桃花源，劉晨、阮肇天台遇仙，也呈現亂世中人們希求理想世界的願望。只是前者的世界仍立基於現實，後者卻添加了「女兒國」和「人仙聯姻」的浪漫元素，更引人遐思。

延伸閱讀

1. 爛柯山故事（任昉述異記）
2. 袁相根碩（陶淵明搜神後記卷一）
3. 黃原（劉義慶幽明錄，見古小說鉤沉上冊）

買粉兒

導讀

本文選自幽明錄。內容敘述一名富家公子與市場上賣胡粉的女子相愛，公子卻在幽會時暴斃，之後又死而復生的故事。元雜劇無名氏王月英元夜留鞋記情節與買粉兒類似，只是破案的關鍵改成鞋子而已。

有人家甚富，止有一男，寵恣過常。游市，見一女子美麗，賣胡粉❶，愛之，無由自達❷，乃託買粉。日往市，得粉便去，初❸無所言。積漸久，女深疑之。明日復來，問曰：「君買此粉，將欲何施？」答曰：「意相愛樂，不敢自達，然恆欲相見，故假此以觀姿耳。」女悵然有感，遂相許以私，尅❹以明夕。

其夜，安寢堂屋，以俟女來，薄暮果到。男不勝其悅，把臂❺曰：「宿願始伸於此！」歡踴遂死。女惶懼，不知所以，因遯❻去，明還粉店。至食時，父母怪男不起，往視，已死矣。

❶胡　粉　古人用來擦臉的鉛粉。
❷無由自達　沒有辦法表達自己的愛意。
❸初　始終；從來。
❹尅　約定。
❺把　臂　握住對方的手臂，表示親密。
❻遯　通「遁」。音ㄉㄨㄣˋ。逃。

當就殯斂，發篋笥❼中，見百餘裹胡粉，大小一積❽。其母曰：「殺吾兒者，必此粉也。」入市遍買胡粉，次❾此女，比之，手跡如先，遂執問女曰：「何殺吾兒？」女聞嗚咽，具以實陳。父母不信，遂以訴官。女曰：「妾豈復吝死，乞一臨尸❿盡哀。」縣令許焉。徑往，撫之慟哭，曰：「不幸致此，若死魂而靈，復何恨哉！」男豁然更生，具說情狀。遂為夫婦，子孫繁茂。

❼篋笥　放置物品的竹器。笥，音ㄙˋ。

❽大小一積　大小如一。

❾次　輪到。

❿尸　通「屍」。

語譯

有戶很富有的人家，只生了一個男孩，所以對他非常地寵愛放任。這位公子在市場裡閒逛時，遇到一位賣胡粉的美麗女子，很愛慕她，又沒有辦法表達自己的愛意，只好藉著買粉去看她。這位公子每天都到市場，買了粉之後就離去，從來不說一句話。日子久了，女子深感疑惑。等公子第二天又來的時候，就問他說：「您買這胡粉，是有什麼用途嗎？」公子回答說：「我很喜歡你，卻不敢向你表達，但常常想要看見你，只好藉著買粉來欣賞你的姿容。」女子聽了很感動，便答應和公子私下約會，約定明天晚上相見。

那天夜裡，公子在房間裡等待女子的到來，黃昏時分，女子果然來了。公子高興得不得了，握著女子的手臂說：「我長久的願望終於能在今晚實現了。」但公子卻因為過度興奮而暴斃，女子非常害怕，不知道該怎麼辦，只好偷偷地逃走，隔天又回到賣粉店裡。到了吃飯的時候，公子的父母奇怪公子怎麼還沒起床，便去看望他，才發現他已經死了。

到了殯殮的時候，家人打開公子放物品的竹箱，發現裡面有上百包胡粉，大小如一。公子的母親說：「殺我兒子的，一定和這些胡粉有關。」於是派人到市場買遍所有賣胡粉的商家，輪到這名女子時，對照一看，發現包裝方式和公子房裡的胡粉一模一樣。於是抓著女子質問她說：「你為何要殺我兒子？」女子聽了開始哭泣，詳細地說出實情。但公子的父母並不相信，就到官府控告她。女子說：「我怎麼會捨不得死呢，只求能夠見他的遺體來表達我的哀傷。」縣官允許她的請求。女子直接來到公子家，撫著公子的遺體痛哭，並說：「我不幸有這樣的下場，如果你死去的魂魄有靈的話，我還有什麼好憤恨的！」這時，公子卻突然復活，把他們相會的經過說了一遍。兩人於是結為夫婦，子孫繁衍。

賞析

本篇內容可分為幾部分：首先敘述一名富家公子愛上一位賣胡粉的女子，在不知該如何表達的情形下，只好天天向她買粉藉以一睹芳容；其次寫時日一久，女子生疑，得知真相後為公子的情意而感動，便答應和公子約會。到了約會時，公子卻因為過度興奮而暴斃。女子不知所措，只好偷偷溜走。接著寫當公子的父母為公子殯殮時，因發現上百包胡粉而起疑，並循線找出這名女子，女子說明事情的經過但不被採信，只好向縣官請求到公子的靈前致哀。就在女子見到公子遺體而哀痛欲絕時，公子卻突然復活，最後有情人終成眷屬。

這篇愛情故事頗為動人，雖然語涉神怪，卻未減損它所呈現的真摯感情。故事中的富家公子儘管「寵恣過常」，但追求愛人時卻未使用家族勢力或暴力，反而採取循序漸進、含蓄內斂的方式，相較於許多以惡勢力搶奪良家婦女的士族豪紳，不啻天壤之別。女子家境平凡，以賣粉為生，卻不因公子家境富裕而心動，而是受公子情意感動，才訂下盟約。兩人視對方的身世背景如無物，純粹以情感作考量，的確真誠感人。而暴斃死亡、死而復生的過程看似荒誕，也間接點出兩人的深厚情意，足以感天動地。六朝時期許多文學作品出現鬼怪幻異、荒誕不羈的情節。如：死而復生、因果循環、法術妖異等，都和當時興盛的宗教信仰脫不了干係，賈粉兒也可視為這種風氣影響下的作品。

延伸閱讀

1. 河間女子（可參考三民書局出版之干寶搜神記）
2. 韋諷女奴（太平廣記卷三七五）
3. 元雜劇無名氏王月英元夜留鞋記

嵇康

導讀

本文選自靈鬼志，原書於宋代亡佚，今見於太平廣記卷三一七。內容敘述鬼魂教授嵇康古樂曲廣陵散的故事。嵇康遇鬼一事最早見於東晉裴啟語林，不過裡面所提到的鬼魂為蔡邕，也沒有傳授廣陵散之事。南朝劉敬叔的異苑卷六、卷七則記載傳授廣陵散的鬼魂是黃帝伶人。類似故事還可見於晉書、太平御覽、說郛等。

作者荀氏，晉人，生卒年不詳。魯迅古小說鉤沉輯得靈鬼志二十四條，內容多記神怪鬼物、佛教故事。

嵇康❶燈下彈琴，忽有一人長丈餘，著黑單衣，革帶❷。康熟視❸之，乃吹火滅之曰：「恥與魑魅爭光！」

嘗行，去洛數十里，有亭名月華。投此亭，由來❹殺人。中散心神蕭散❺，了無懼意。至一更操琴，先作諸弄❻，雅聲逸奏。空中稱善，中散撫琴而呼之：「君是何人？」答云：「身是故人❼，幽

---

❶嵇康　字叔夜，魏譙郡（今安徽省亳縣）人。「竹林七賢」之一，善於彈琴。曾作過魏中散大夫，世稱嵇中散。

❷革帶　皮草做的腰帶。

❸熟視　仔細觀看。

❹由來　自始以來；歷來。

❺蕭散　瀟灑；灑脫。

❻弄　樂曲。

沒於此。聞君彈琴，音曲清和，昔所好，故來聽耳。身不幸非理就終❽，形體殘毀，不宜接見君子。然愛君之琴，要當相見，君勿怪惡之。君可更作數曲。」中散復為撫琴，擊節❾。曰：「夜已久，何不來也？形骸之間，復何足計！」乃手挈❿其頭曰：「聞君奏琴，不覺心開神悟，怳若⓫蹔生⓬。」遂與共論音聲之趣，辭甚清辯⓭。謂中散曰：「君試以琴見與⓮。」乃彈廣陵散⓯。便從受之，果悉得。中散先所受引⓰，殊不及。與中散誓，不得教人。

天明語中散：「相與雖一遇於今夕，可以遠同千載。於此長絕，不勝悵然！」

❼故人　亡故之人。
❽非理就終　死於非命。
❾擊節　打拍子。
❿挈　音ㄑㄧㄝˋ。提；舉。
⓫怳若　好像；彷彿。怳，通「恍」。音ㄏㄨㄤˇ。
⓬蹔生　暫時復活。蹔，通「暫」。音ㄓㄢˋ。
⓭清辯　言詞清楚有條理。
⓮見與　給我。見，用在動詞前面，代指自己。與，給。
⓯廣陵散　原為東漢末年流行於吳、楚一帶的民間樂曲，嵇康善於彈奏此曲，卻祕不傳人。他臨刑之前，曾彈奏此曲，並且說：「廣陵散於今絕矣！」
⓰引　琴曲。

語譯

嵇康有一次在燈下彈琴，忽然有個人進到屋裡，高一丈多，穿黑衣服，紮皮腰帶。嵇康仔細地看著他，便把燈吹滅說：「和鬼怪爭這一盞光，我覺得羞恥！」嵇康曾出遠門，走到離洛陽幾十里的地方，有一座月華亭。他就夜宿在月華亭裡，這裡歷來有殺人事件。嵇康為人瀟灑曠達，一點也不害怕。到了一更的時候，他在亭中彈琴，彈了幾首曲子，琴聲悠揚動聽。忽然聽到空中有人稱讚，嵇康一邊彈琴一邊問：「您是什麼人？」對方回答說：「我是一個已亡故的人，就死在這裡。聽到您彈琴的聲音，曲調很清新悠揚，我以前也愛好彈琴，所以前來聆聽。我不幸死於非命，形體遭到損毀，不便現身和您見面。然而我十分喜歡您的琴藝，如果我現形，請您不要害怕嫌惡。您再彈幾首曲子吧！」嵇康就繼續為他彈琴，那鬼魂也和著琴聲打拍子。嵇康說：「夜已深了，您怎麼還不出來呢？形體的美醜，又何必計較呢！」鬼魂於是提著自己的頭現形說：「聽您彈琴，我感到心情舒暢，彷彿復活了一般。」鬼魂和嵇康談論琴藝方面的理論，言辭清楚有條理。他對嵇康說：「請您把琴給我，讓我也彈一曲。」然後彈了古樂曲廣陵散。嵇康向鬼魂學習這首曲子，鬼魂全部傳授給他。嵇康過去也曾學過這首曲子，但遠不如鬼魂彈得好。鬼魂教完後，讓嵇康發誓絕對不再教給別人。

天亮時，鬼魂對嵇康說：「雖然我們的交往只有今天一個晚上，但友情卻足以勝過千年。現在我們要永遠分別了，真是非常惆悵啊！」

賞析

本文首先寫嵇康遇鬼不懼的個性。之後寫他在鬧鬼的月華亭彈琴，遇到一位通曉音律的鬼一起談論琴藝。而後，鬼魂教導嵇康彈奏古曲廣陵散，並要他發誓不可教人，天亮以後才悵然告別。

魏晉時期不乏許多鬼怪靈異的故事，但本文卻是透過鬼怪故事來寫人，顯示嵇康個人的獨特風采。故事一開始透過嵇康恥於和鬼魅爭光的談話，表現他遇鬼時氣定神閒、毫無畏懼的態度。但他並非一味排拒鬼怪，在月華亭遇到善音律的鬼魂時，雖然對方的形貌可怖，卻沒有絲毫嫌惡，反而因為彼此都喜愛彈琴，產生相知相惜之感。情趣高雅的鬼魂和灑脫曠達的嵇康，二人的形象在故事中鮮明可見。

魏晉的志怪故事中，人和鬼之間的關係不是互相幫助、對立爭鬥，就是傾心戀慕。本文所描寫的人和鬼卻有如知音好友，在彈琴授藝過程中，超脫幽冥殊途的限制，道途相遇、以琴會友、依依難捨的描寫，使通篇故事洋溢著溫馨的氣氛。鬼授廣陵散一事，也顯示古人對於絕妙的音樂技藝有如神鬼傳授的神祕想像。

此外，故事中的鬼魅通曉音律卻死於非命，和之後嵇康受讒，被司馬昭棄市的下場相對照，似乎有呼應之意。用音樂藝術來寄託情志，和亡故之人切磋琴藝，也反映出在當時混亂黑暗的政治環境中，文人只能談玄論虛的無奈。

延伸閱讀

1. 嵇康臨刑（可參考三民書局出版之世說新語雅量）
2. 俞伯牙和鍾子期（可參考三民書局出版之呂氏春秋本味）
3. 沈冬小女孩和琴（二〇〇五年十二月十五日聯合副刊）

許允婦

導讀

本篇選自世說新語賢媛，內容敘述許允的夫人阮氏雖無美貌卻有德智，不僅贏得丈夫的敬重，也因了解當時政治狀況與當政者的性格，挽救了丈夫及孩子們的性命。

世說新語由南朝宋劉義慶率領門客共同編纂，收集了漢末至東晉約兩百年間名流的言行軼事。全書共分三十六篇，每篇各有主題，如：德行、雅量、品藻、文學、夙慧、容止、賢媛、任誕、儉嗇等。此書記錄了六朝詭譎多變的政治情勢及當時士人的思想言行，是研究魏晉時代的重要典籍，也是魏晉志人小說的代表，文字雋永簡潔。許多膾炙人口的名篇至今仍令人津津樂道，影響後世頗大。

(一)

許允❶婦，是阮衛尉❷女，德如❸妹，奇醜；交禮竟❹，允無復入理，家人深以為憂。會允有客

❶許允　字士宗，魏高陽（今屬河北省）人。官至領軍將軍。

❷阮衛尉　阮共，字伯彥，魏尉氏（今屬河南省）人。清真守禮。官至衛尉卿。

❸德如　阮侃，字德如。阮共的少子。有俊才，與嵇康為友。官至河內太守。

❹交禮竟　新婚交拜之禮完畢。竟，完成；完畢。

至，婦令婢視之，還答曰：「是桓郎。」桓郎者，桓範❺也。婦云：「無憂，桓必勸入。」桓果語許云：「阮家既嫁醜女與卿，故當有意，卿宜察之。」許便回入內。既見婦，即欲出。婦料其此出，無復入理，便捉裾❻停之。許因謂曰：「婦有四德❼，卿有其幾？」婦曰：「新婦❽所乏唯容爾。然士有百行❾，君有幾？」許云：「皆備。」婦曰：「夫百行以德為首，君好色不好德，何謂皆備？」允有慚色，遂相敬重。

(二)

許允為吏部郎❿，多用其鄉里，魏明帝⓫遣虎賁⓬收⓭之。其婦出誡允曰：「明主可以理奪⓮，難以情求。」既至，帝覈問⓯之。允對曰：「『舉爾所知⓰』；臣之鄉人，臣所知也。陛下檢校⓱為稱職與不；若不稱職，臣受其罪。」既檢校，皆官得其人，於是乃釋；允衣服敗壞，詔賜新衣。初，允被收，舉家號哭；阮新婦自若⓲云：「勿憂，尋⓳還。」作粟粥待。頃之，允至。

(三)

許允為晉景王⓴所誅，門生走㉑入告其婦；婦正在機中，神色不變，曰：「蚤知爾耳㉒！」門人欲藏其兒；婦曰：「無豫㉓諸兒事。」後徙居墓所，景王遣鍾會㉔看之；若才流㉕及父，當收。兒以咨母，母曰：「汝等雖佳，才具不多；率胸懷㉖與語，便無所憂。不須極哀，會止㉗便止；又可多少問朝事。」兒從之，會反，以狀對，卒免。

❺桓　範　字允明，魏沛郡（今安徽省宿縣西北）人。官至大司農。

⑥捉裾　牽住衣襟。裾，音ㄐㄩ。衣服的前襟。
⑦四德　指婦德、婦言、婦容、婦功。為古代社會婦女所應具備的德行。
⑧新婦　漢魏時婦人的自稱。亦泛指婦人。
⑨百行　各種品行。行，良好的行為。
⑩吏部郎　古官名。掌管官吏的任免、升降、調動。
⑪魏明帝　曹叡，在位十三年（西元二二六—二三九年）。
⑫虎賁　古官名。主要掌帝王貼身禁衛之事。
⑬收　拘捕。
⑭理奪　用道理來爭取認同。
⑮覈問　審問。覈，音ㄏㄜˊ。
⑯舉爾所知　語出論語子路篇。意思是舉用你所熟知的賢才。
⑰檢校　查核。
⑱自若　鎮定如常。
⑲尋　隨即；立刻。
⑳晉景王　指司馬師，字子元，司馬懿長子。以撫軍大將軍輔政，謚曰景王。
㉑走　跑。
㉒蚤知爾耳　早知道會如此。蚤，通「早」。爾，如此。
㉓豫　通「預」。干係；關係。
㉔鍾會　字士季。少敏惠，及壯，博學精練。與鄧艾統兵伐蜀，降之。後謀反，為亂軍所殺。
㉕才流　才智；才華。
㉖率胸懷　率意；依循本意。
㉗止　不哭。

語譯

（一）

許允的妻子，是阮衛尉的女兒，阮德如的妹妹，長得非常醜陋；在行過交拜禮後，許允就不再進入洞房去理睬她，家人為此很擔憂。這時恰巧有許允的客人來訪，阮氏就叫婢女去看看是誰，婢女回來答道：「是桓郎。」桓郎，就是桓範。阮氏說：「不要擔憂了，桓範一定會勸他進來的。」桓範果然對許允說：「阮家既然把醜女兒嫁給您，必定別有用意，您應該仔細體察。」許允聽了桓範的話回到洞房裡。但他一見到阮氏，就馬上想要出去。阮氏心想他這次出去，絕不會再進來理睬她，就抓著許允的衣襟阻攔他。許允對阮氏說：「婦女應具備四種美德，您有幾種呢？」阮氏說：「我所缺乏的只是容貌而已。然而士人應具備的百種品行，您又有幾種？」許允說：「我全都具備了。」阮氏說：「百種品行，以德行為第一；您卻喜好美色，不好德行，怎能說全都具備呢？」允面有愧色，於是二人互相敬重。

(二)

許允擔任吏部郎，任用許多同鄉的人為官，魏明帝派虎賁去拘捕他。他的妻子出來告誡許允說：「英明的君主可以用道理來爭取他的認同，卻很難用人情懇求他的寬恕。」到了宮中，明帝審問他。許允回答：「孔子曾說：『舉用你熟知的賢才。』臣的同鄉，都是臣所熟知的啊。請陛下查核他們是否稱職；如不稱職，臣願意接受懲罰。」經過查核之後，發現每個人都能勝任其職，於是就把許允釋放了；明帝見到許允的衣服破舊，還下令賜他新衣服。當初，許允被拘捕的時候，全家人都悲號痛哭；但阮氏卻很鎮定地說：「不要擔心，不久就會回來了。」還煮了小米粥等他。過了一會兒，許允果然回到家裡。

(三)

許允被晉景王殺死，他的弟子跑到家裡告訴阮氏；阮氏當時正在織布，神色不變地說：「我早知道會這樣的！」弟子想把她的兒子藏起來，阮氏卻說：「無關孩子們的事。」後來孩子們遷居到許允的墳墓旁，景王派鍾會去察看，如果才華比得上父親，就要拘捕他們。孩子們拿這件事和母親商量，阮氏說：「你們雖然很好，但是才器不大；只要坦率地和他說話，就沒什麼好憂慮的。不要表現得太悲哀，鍾會不哭了，你們也就不哭了；還可以稍微問一問朝廷裡的事情。」孩子們照她的話做了，等鍾會回朝，把所見的情形報告上去，終於免去了災難。

賞析

本篇共收錄三則故事。首篇寫許妻阮氏雖陋於外貌，卻能以道理和學識得到丈夫的敬重；次篇寫婚後當丈夫遇到危難，她提供極有助益的意見，幫助丈夫化險為夷；最後一篇則寫當丈夫被害，孩子們也可能不保時，她並不像一般婦女陷入慌亂，反而能冷靜處理，最終亦保全了孩子們的生命。

在第一則故事中，我們能了解阮氏是一位既有自知之明、又具識人之才的賢德女子。因為自知，她不諱言自己容貌之醜，而能肯定自己的才德。「新婦所乏唯容爾」，這是多麼莊嚴可敬的宣言啊！緊接著她順口引用毛詩鄭箋「士有百行」的話，也足以表達她的學養深厚、才思敏銳。因為知人，她信賴桓範，也接納了因理屈而羞慚的新郎，足以展現出她過人的胸襟與包容力。

第二則故事表現阮氏的知人之明。她知道魏明帝是「可以理奪，難以情求」的明主；也知道許允多用鄉里之人，是用人唯才，並非為著私利。於是許允能在她泰然自若的等待中平安歸來。

第三則故事凸顯了阮氏臨危不亂、知己知彼的形象。她早知晉景王胸襟狹小、妒忌心重，以許允的作為免不了被他殺死；也知道鍾會奉命前來，必將據實以報，不致惡意陷害，所以使才情中上的諸兒坦率以對之外，又教他們勿哀傷過度，以免景王猜忌；又讓久與朝廷隔絕的兒子略問朝事，由於問語的淺薄，也可以減輕景王的猜疑，諸兒從命，終於免於劫難。一般來說，作母親的難免對自己的孩子有著過度的評價，總覺得他們才華洋溢，具有不世之才；然而，能像阮氏這般清楚知道自己孩子的程度在哪裡，不過分期待，才能在這場慌亂中，保全孩子們的性命。試想，當初阮氏若聽從門生的意見，讓孩子們逃走，不論孩子們是否「才流及父」，這種「此地無銀三百兩」的行為，恐怕更會增加孩子們的危險，為他們招來性命之憂。

由以上三篇文字，塑造出許允妻子機智賢慧的形象。從新婚到婚後生活，再至守寡的生命歷程中，阮氏在在表現出她的豐富學養和沉穩性格。套一句桓範的話：「阮家既嫁醜女與卿，故當有意。」阮氏為人妻母所展現出的風範，大概就是阮家以女兒為榮，而敢嫁給許允的主要原因了吧！

延伸閱讀

1. 世說新語賢媛（可參考三民書局之版本）
2. 劉向列女傳（可參考三民書局之版本）
3. 梅鼎祚青泥蓮花記

韓壽偷香

導讀

本文選自世說新語惑溺，內容敘述晉朝大臣賈充之女與父親手下官員韓壽發生私情，賈充發現後不但沒有拆散他們，反而將女兒嫁給韓壽，成就了一段姻緣。

所謂「惑溺」，是指心志迷亂陷溺而產生偏見之意。惑溺一篇，即收集魏、晉名人過於耽溺情愛而導致言行有失禮法的故事。

韓壽❶美姿容，賈充❷辟❸以為掾❹；充每聚會，其女於青璅❺中看，見壽，悅之；內懷存想，發於吟詠。後婢往壽家，具述如此，并言女色麗。壽聞之心動，遂請婢潛修音問❻。及期往宿，壽蹻捷❼絕人，踰牆而入，家中莫知。自是充覺女盛自拂拭❽，說暢❾有異於常。後會諸吏，聞壽有奇香之氣，是外國所貢；一箸❿人，則歷月不歇。充計⓫武帝唯賜己及陳騫⓬，餘家無此香，疑壽與女通；而垣牆重密，門閤急峻⓭，何由得爾？乃託言有盜，令人修牆。使反曰：「其餘無異；唯東北角有人跡，而牆高，非人所踰。」充乃取女左右考問⓮，即以狀⓯對。充祕之，以女妻壽。

❶韓壽　字德真，南陽赭陽（今河南省方城縣東）人。

❷賈充　字公閭，襄陵（今山西省襄陵縣東）人。晉武帝受禪，有輔佐之功，官至尚書令。

❸辟　音ㄅㄧˋ。徵召。

❹掾　音ㄩㄢˋ。屬官。

❺青璅　刻鏤成格的窗戶。璅，通「瑣」。音ㄙㄨㄛˇ。

❻音問　音訊；書信。

❼蹻捷　身手矯健敏捷。蹻，音ㄐㄧㄠˇ。壯健；勇武。

❽拂拭　整理裝飾。

❾說暢　喜悅歡暢。說，通「悅」。音ㄩㄝˋ。

❿箸　通「著」。音ㄓㄨㄛˊ。附著。

⓫計　思量；忖度。

⓬陳騫　字休淵，東陽（今安徽省天長縣西北）人。滑稽而多智謀，官至大司馬。

⓭門閤急峻　指門禁森嚴。

⓮考問　拷打審問。

⓯狀　情狀；實情。

語譯

韓壽的容貌姿態非常俊美，賈充徵召他當作屬官；賈充每次和賓客聚會，他的女兒都從窗格中觀看，當她見到韓壽，就喜歡上他了；於是她把內心的相思，表現在吟詠的詩篇裡。後來有一個賈女的婢女到韓壽家去，把這些情形都告訴了韓壽，還說賈女的容貌很美麗。韓壽聽了很心動，就請這位婢女暗通消息。到了約定的時候，就去賈家幽會。韓壽身手矯健敏捷超乎常人，所以他翻牆而入，家裡沒有人知道。此後，賈充發覺女兒濃妝豔抹，心情特別愉悅。後來賈充接見僚屬，聞到韓壽身上有股奇特的香味，那是外國進貢的香料，一碰到人的身上，就幾個月都不消散。賈充心想武帝只賜給自己和陳騫，別家都沒有這種香料，便懷疑韓壽和女兒私通；可是圍牆重疊周密，門禁森嚴，怎麼會發生這種事呢？於是他假裝說有盜賊，叫人修整圍牆。使者回報說：「其他的地方沒有異狀；只有東北角似乎有人攀登的痕跡，可是牆很高，不是人所能翻越的。」賈充就將女兒左右的人抓來拷問，他們只好說出實情。賈充沒有洩漏這件事，反而把女兒嫁給韓壽為妻。

賞析

本文共分為幾部分：首先敘述賈女被韓壽的容貌所吸引，心生愛慕；其次則為透過婢女的中介，兩人終於能私下幽會；接著敘述賈充發現韓壽身上有奇香，而懷疑他與自己的女兒私通，並派人調查；最後當賈充得知女兒與韓壽確有私情時，卻祕而不宣，反將女兒許配給韓壽。

這一則故事記賈充循武帝所賜奇香的線索，察覺女兒與韓壽的私情，但他不但沒有興師問罪，反而還成就這對情侶的好事。賈充的處理方式既不棒打鴛鴦，又保全了美好的家聲，可說是非常明智的舉動。劉義慶所以把此則列入惑溺，是據韓壽踰牆和賈女幽會之事而言，與賈充的寬恕成全無關。

魏晉時人特別注重家世門第，婚嫁亦不例外。婚配對象通常是選擇門當戶對的子女，至於兩人自身條件如何、性格相配與否則不列入考慮。可以想見，這種風氣會造成不少表面上天作之合，實際上卻貌合神離的怨偶。韓壽與賈充之女暗通私情的行為，雖然不合禮法，卻相當符合人性，可視為中國古代自由戀愛的先聲。

延伸閱讀

1. 世說新語惑溺（可參考三民書局之版本）
2. 馮夢龍情史

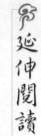

唐代傳奇小說

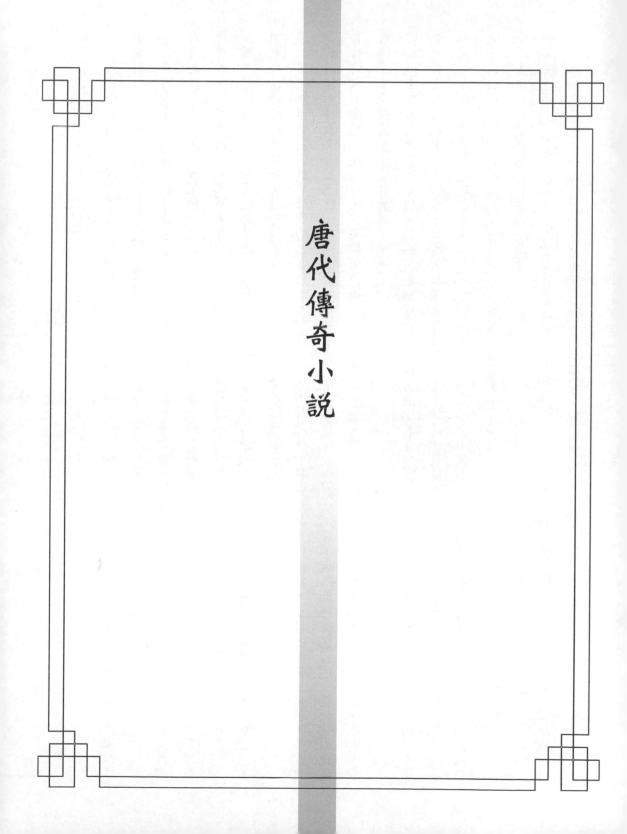

大家都知道「詩」是唐代的代表文學，但唐代的小說也是很了不起的。唐代小說稱為「傳奇」是一種借用，因為晚唐的裴鉶寫了一部小說，取名叫傳奇，大家就把這一類的短篇文言小說稱作「傳奇」。但後來戲曲裡也有傳奇，比如明清傳奇就是戲曲而非小說，和唐傳奇完全不同。

唐傳奇是如何產生的？從小說本身的發展來看，它是順著六朝志怪在內容擴大和藝術技巧提升後的產物。六朝人寫志怪小說，是一種記錄奇聞異事的心態，唐朝人才是「作意好奇，假小說以寄筆端」（明胡應麟語）。王夢鷗教授曾舉沈既濟為例，說他寫成枕中記後，轟動一時，遂造成文人紛紛創作傳奇小說的風氣（詳參其唐人小說概述）。當然，這種寫作風氣和唐代的政治、社會各方面也都有密切的關聯。和六朝比起來，唐代的政治開明，貞觀之治、開元之治造成經濟繁榮，社會進步，城市興盛，文學藝術也自然蓬勃地發展。

另一個因素是宗教。唐代的王室姓李，和老子同姓，於是極力推崇道教；但唐代不少君王也擁護佛教，民間更是普遍信奉佛教；再加上傳統的儒學仍然受到重視，所以唐代可以說是儒、釋、道三教同時盛行的。這種情形使得當時的人們思想比較活躍，在文學上的表現也就更豐富多采。譬如有些唐傳奇就是改寫佛經故事的作品，也有不少唐傳奇小說裡流露出濃郁的佛道思想。

過去有人以為唐傳奇的興盛和科舉制度關係密切，南宋趙彥衛就曾提出所謂的「溫卷」說，認為唐代的舉人常會把自己所寫的小說呈給主考官看，加深主考官的印象。但這種說法已遭到不少學者駁斥，最明顯的證據就是這些小說的作者多半都是已經考上進士或做了官的，根本不需要拿小說去溫卷；而且溫卷的行為在憲宗元和（西元八〇六—八二〇年）以後才流行，在這之前唐傳奇早就盛行幾十年了。

唐傳奇小說都寫些什麼內容呢？

一、**神怪類**：這是六朝志怪小說的遺跡，像王度的古鏡記，寫一面古鏡的來龍去脈。又如本書所選的補江總白猿傳，是猿妖竊婦的故事；任氏傳是寫狐狸精的故事，都相當引人入勝。

二、**愛情類**：多半是進士和娼妓的戀愛故事。最有名的是霍小玉傳和李娃傳，一悲一喜，千古傳唱。本書選的鶯鶯傳，女主角崔鶯鶯雖不是娼妓，最後仍被張生拋棄，也是膾炙人口的名作。

三、**豪俠類**：安史之亂以後，唐代的政治開始走下坡，藩鎮跋扈，魚肉百姓，因此產生了描繪奇人異士的豪俠小說，像虬髯客傳、紅線、崑崙奴等都是相當精采的。

四、**宗教類**：以故事說明佛理或道教的人生觀，如枕中記藉著盧生黃粱一夢的經歷，印證人生如夢，富貴無常的道理。南柯太守傳也是透過夢境表達類似旨趣，杜子春則是詳述煉丹成仙的困難。這類小說雖然有濃厚的宗教味，卻因為寫作技巧高超，讓人絲毫沒有傳教的感覺。

還有一些不易歸類或代表作較少的，在此就不一一舉例了。

唐傳奇的特色可分為幾方面來看：

1. 從文字上來說，是以散文為主，但也夾雜駢文，風格華美綺麗。唐傳奇常以散文敘事，駢體抒情寫景，靈活運用，這應該是優點。

2. 從結構上來說，文中往往穿插著詩歌，這與作者多為詩人，喜好作詩有關，效果好壞不一。大部分唐傳奇結尾又有議論或交代故事來源等文字，這是受了史傳文學的影響，就小說作品本身而言是顯得累贅，但對了解小說的背景或主題卻很有幫助。

3. 在人物刻畫方面，唐傳奇已有很高的成就，如哀怨動人的崔鶯鶯、單純痴心的霍小玉、世故沉著的李娃、神祕莫測的虬髯客、浪蕩不羈的杜子春、虛偽薄倖的李益等，無一不是刻畫得栩栩如生，令人難以忘懷。

4. 在呈現手法方面，唐傳奇是兼具寫實與浪漫精神的。像長恨歌傳是寫唐玄宗和楊貴妃的愛情，除了史實的鋪敘，還有仙山尋妃一段，浪漫而動人。南柯太守傳裡的大槐安國和唐朝朝廷沒有兩樣，但其實只是一個螞蟻穴，構思堪稱奇特又大膽。

最後再談談唐傳奇對後世文學的影響。從中國小說史的發展上說，唐傳奇本身代表著文言小說的成熟，具有承先啟後的地位。它的題材廣泛地被後來的話本小說、講唱文學和戲曲所吸收採用，影響深遠。傳奇小說這種文體，到了宋朝仍有不少作品，明代也有瞿佑的剪燈新話等小說集，到了清代蒲松齡的聊齋誌異出現，那就是傳奇的復興了。

補江總白猿傳

導讀

本文選自太平廣記卷四四四，原題作歐陽紇。新唐書藝文志題作補江總白猿傳。

內容敘述梁代武將歐陽紇攜妻征戰，妻子為白猿盜走，歐陽紇深入險境，殺死白猿救出妻子。一年後歐陽紇之妻生下一子，模樣極似白猿，長大後以才學著稱。

這篇小說對後世的小說創作有一定的影響，如宋元話本陳巡檢梅嶺失妻記、南戲陳巡檢梅嶺失妻都是從此蛻變而成的。

梁大同❶末，遣平南將軍藺欽❷南征，至桂林❸，破李師古、陳徹❹。別將❺歐陽紇❻略地❼至長樂❽，悉平諸洞❾，深入險阻。紇妻纖白，甚美。其部人❿曰：「將軍何為挈麗人經此？地有神，善竊少女，而美者尤所難免。宜謹護之。」紇甚疑懼，夜勒兵⓫環其廬，匿婦密室中，謹閉甚固，而以女奴十餘伺守之。爾夕⓬，陰風晦黑，至五更，寂然無聞。守者怠而假寐，忽若有物驚悟⓭者，即已失妻矣。關扃⓮如故，莫知所出。出門山險，咫尺迷悶，不可尋逐。迨明，絕無其跡。紇大憤痛，誓不徒還。

因辭疾，駐其軍，日往四遐⓯，即深凌險⓰以索之。既逾月，忽於百里之外叢篠⓱上，得其妻繡履一隻，雖雨浸濡，猶可辨識。紇尤悽悼，求之益堅。選壯士三十人，持兵⓲負糧，巖棲野食。又旬餘，遠所舍約二百里，南望一山，蔥秀迥出。至其下，有深溪環之，乃編木以度。絕巖翠竹之間，時見紅綵，聞笑語音。捫蘿引絙⓳，而陟⓴其上，則嘉樹列植，間以名花；其下綠蕪㉑，豐軟如毯。清迥岑寂，杳然殊境。東向石門，有婦人數十，帔服㉒鮮澤，嬉遊歌笑，出入其中。見人皆慢視遲立㉓，至則問曰：「何因來此？」紇具以對。相視歎曰：「賢妻至此月餘矣。今病在床，宜遣視之。」入其門，以木為扉。中寬闢若堂者三。四壁設床，悉施錦薦㉔。其妻臥石榻上，重茵累席㉕，珍食盈前。紇就視之。回眸一睇㉖，即疾揮手令去。諸婦人曰：「我等與公之妻，比㉗來久者十年。此神物所居，力能殺人，雖百夫操兵，不能制也。幸其未返，宜速避之。但求美酒兩斛㉘，食犬十頭，麻數十斤，當相與謀殺之。其來必以正午。後慎勿太早，以十日為期。」因促之去。紇亦遽退。

遂求醇醪㉙與麻、犬，如期而往。婦人曰：「彼好酒，往往致醉。醉必騁力㉚，俾㉛吾等以綵練

❶大同 南朝梁武帝年號（西元五三五—五四六年）。

❷藺欽 應為「蘭欽」之誤。蘭欽，字休明，因戰功卓著，由東宮直閣轉授衡州刺史，進號平南將軍，封曲江縣公。

❸桂林 南朝郡名。轄今廣西省桂林、柳州一帶。

❹李師古陳徹 李師古，不詳。陳徹，史載大同末年，少數民族首領陳文徹兄弟舉兵自立，為蘭欽所破。本文的陳徹或即陳文徹之誤。

❺別將 與主力軍配合作戰的部隊將領。

❻歐陽紇 字奉聖。陳武帝時襲封陽山郡公，都督交廣等十九州諸軍事，任廣州刺史。陳宣帝立，徵他入朝任左衛將軍，他舉兵謀反，兵敗被誅。故本文末稱他被陳武帝所誅，與史實不符。此外，史載追隨蘭欽南征的也不是歐陽紇，而應是其父歐陽頠。

❼略地 攻占土地。

❽長樂 洞名。在今廣西省境內。

❾洞 即蠻洞。古代南方少數民族的部落單位。

❿部人 當地部落的土著；轄境內的居民。

⓫勒兵 陳設兵力。

⓬爾夕 當晚。

⓭驚悟 驚醒。

⓮關扃 封鎖。扃，音ㄐㄩㄥ。門閂。

⓯四遐 四方邊遠的地方。遐，遠。

⓰即深凌險 遍及幽深險阻之處。即，到。凌，越過。

⓱叢篠 叢生的細竹。篠，音ㄒㄧㄠˇ。細竹。

⓲持兵 手握兵器。

⓳捫蘿引絙 牽著藤蘿，拉著繩子。蘿，女蘿，一種蔓生植物。絙，音ㄍㄥ。大繩子。

⓴陟 音ㄓˋ。攀登。

㉑蕪 叢生的綠草。

㉒帔服 帔子和裙襖。帔，音ㄆㄟˋ。披肩。

㉓慢視遲立 停住腳步凝視著。慢，一本作「謾」。遲立，佇立。

㉔錦薦 錦緞製成的褥墊。

㉕重茵累席 多重褥子，數層席子。茵，墊褥。累，多。

㉖睇 音ㄉㄧˋ。斜視。

㉗比 先前；以前。

㉘斛 量詞。十斗為一斛。

㉙醇醪 味道濃厚的好酒。醪，音ㄌㄠˊ。酒。

縛手足於床，一踴㉜皆斷。嘗紉三幅㉝，則力盡不解。今麻隱帛中束之，度不能矣。遍體皆如鐵，唯臍下數寸，常護蔽之，此必不能禦兵刃。」指其傍一巖曰：「此其食廩㉞，當隱於是，靜而伺之。酒置花下，犬散林中，待吾計成，招之即出。」如其言，屏氣以俟㉟。日晡㊱，有物如匹練，自他山下，透至若飛㊲，徑入洞中。少選㊳，有美髯丈夫長六尺餘，白衣曳杖，擁諸婦人而出。見犬驚視，騰身執之，披裂吮咀，食之致飽。婦人競以玉杯進酒，諧笑甚歡。既飲數斗，則扶之而去。又聞嬉笑之音。良久，婦人出招之，乃持兵而入。見大白猿，縛四足於床頭，顧人蹙縮㊴，求脫不得，目光如電。競兵㊵之，如中鐵石。刺其臍下，即飲刃㊶，血射如注。乃大嘆咤曰：「此天殺我，豈爾之能。然爾婦已孕，勿殺其子，將逢聖帝，必大其宗。」言絕乃死。

搜其藏，寶器豐積，珍羞盈品㊷，羅列案㊸几。凡人世所珍，靡不充備。名香數斛，寶劍一雙。婦人三十輩，皆絕其色。久者至十年。云，色衰必被提去，莫知所置。又捕採唯止其身，更無黨類。旦盥洗，著帽，加白袷㊹，被素羅衣，不知寒暑。遍身白毛，長數寸。所居常讀木簡，字若符篆㊺，了不可識；已，則置石磴㊻下。晴晝或舞雙劍，環身電飛，光圓若月。其飲食無常，喜啗果栗；尤嗜犬，咀而飲其血。日始逾午，即歘然㊼而逝。半晝往返數千里，及晚必歸，此其常也。所須無不立得。夜就諸床嬲戲㊽，一夕皆周，未嘗寐。言語淹詳㊾，華旨會利㊿。然其狀，即猳玃(51)類也。今歲木葉之初(52)，忽愴然曰：「吾為山神所訴，將得死罪。亦求護之於眾靈，庶幾可免。」前月哉生魄(53)，石磴生火，焚其簡書。悵然自失曰：「吾已千歲，而無子。今有子，死期至矣。」因顧諸女，汍瀾(54)者久，且曰：「此山複絕，未嘗有人至。上高而望，絕不見樵者。下多虎狼怪獸。今能至者，非天假之，何耶？」紇即取寶玉珍麗及諸婦人以歸，猶有知其家者。

紇妻周歲生一子(55)，厥狀肖焉(56)。後紇為陳武帝(57)所誅。素與江總善。愛其子聰悟絕人，常留養之，故免於難。及長，果文學善書，知名於時。

30 騁　力　炫示強大有力。
31 俾　使。
32 踊　音ㄩㄥˇ。往上跳。
33 嘗紉三幅　曾經用三條彩綢擰成繩子綑他。紉，搓；捻。
34 廪　糧倉。
35 屏氣以俟　摒住呼吸等待。俟，等待。
36 日　晡　泛指傍晚。晡，音ㄅㄨ。申時，下午三點至五點。
37 透至若飛　像飛一樣地跳了過來。透，跳躍。
38 少　選　一會兒。
39 蹙　縮　退縮；蜷縮。
40 兵　用兵器殺人。
41 飲　刃　鋒刃沒入肌體；挨刀劍。
42 珍羞盈品　充滿了各類精美的食品。羞，精緻美味的食品。盈，滿。品，眾多。
43 桉　通「案」。音ㄢˋ。桌子。
44 白　袷　白色的夾袍。袷，音ㄐㄧㄚˊ。
45 符　篆　像篆文的符咒。
46 磴　石階。
47 欻　然　忽然；迅疾不定的樣子。欻，音ㄏㄨ。
48 嬲　戲　狎弄。嬲，音ㄋㄧㄠˇ。
49 淹　詳　淵博詳盡。
50 華旨會利　美妙的聲音流利動人。會利，流利；流暢。
51 猳　玃　音ㄐㄧㄚ ㄐㄩㄝˊ。大猴。
52 木葉之初　樹木剛開始落葉的時候，指初秋。
53 哉生魄　指月亮開始發光。哉，通「才」。魄，通「霸」。月初生，不甚光明的樣子。古代常用作陰曆初二或初三的代稱。
54 汍　瀾　涕淚橫流的樣子。
55 子　即歐陽詢。唐初著名書法家、文學家。
56 厥狀肖焉　他的相貌很像白猿。厥，他。焉，代名詞，指白猿。
57 陳武帝　姓陳名霸先。梁朝時曾討平侯景，迎梁敬帝復位，自任相國，封陳王。後受禪為帝，國號陳。

語譯

梁武帝大同末年，皇帝派遣平南將軍藺欽去征討南方各部落。藺欽到了桂林，打敗了李師古、陳徹。別將歐陽紇一路攻占到長樂，將那兒的蠻洞全部掃平，又深入腹地走遍了險阻的地方。歐陽紇的妻子身材纖細，皮膚白皙，非常美麗。當地的土著對他說：「將軍為什麼帶這麼美麗的女子經過這裡？此地有個神靈，很會偷少女，美麗出眾的更難倖免。將軍要留神保護好夫人啊。」歐陽紇聽了非常擔憂害怕，夜晚部署兵力將住所團團圍住，把妻子藏在密室中，門戶關閉得極嚴實，又叫十幾名女僕守護在她身邊。這天晚上，天色昏黑，陰風陣陣。到了五更，四周變得非常寂靜，什麼聲音也沒有。守衛的人這時因為疲倦，就打起了瞌睡。忽然，像是有什麼東西驚醒了他們，起來一看，歐陽紇的妻子已經失蹤了。門窗還像先前一樣關閉著，不知道是從什麼地方出去的。出門去看，只見山道險阻，天色昏暗，視線很差，無法追趕尋找。到天明時，毫無妻子的蹤跡。歐陽紇非常憤怒悲痛，發誓找不到妻子就不回去。

歐陽紇於是推託有病，把部隊駐紮在原地。每天到四方邊遠之處，走遍幽深險阻的地方尋找妻子。一個多月以後，忽然在百里以外的細竹叢上發現妻子的一隻繡鞋，雖然被雨淋得溼透，但還能辨認出來。歐陽紇更加悲傷，尋找妻子的意念也更堅定。他挑選了三十名身強力壯的士兵，帶著糧食武器繼續尋找，白天就在荒野中吃飯，夜晚露宿在山崖上。又過了十幾天，離開駐兵的地方約有二百多里了，忽然看到南面有一座山，樹木蔥蘢，奇峰挺秀高聳。來到山下，有一條深溪環繞著，他們便編了木筏擺渡過去。只見懸崖上翠竹間不時有女子的紅色衣裙閃現，又聽到說笑的聲音。他們牽著藤蘿，拉著繩子往上攀登。到了山上，看到美好的樹木成行的種植，中間還點綴著名貴花草；樹下芳草鮮美，豐軟得就像毯子一樣。環境清雅幽靜，與尋常景色絕然不同。向東的山壁上有個石門，幾十個穿著鮮豔衣裙的婦人嘻嘻哈哈地玩耍唱歌，從那石門中進進出出。那群婦人見到生人都停住腳步凝視他們，等歐陽紇等人走到面前時便問：「你們為什麼到這裡來？」歐陽紇把找尋妻子的事講給她們聽。那些婦人相互看看又嘆息著說：「令妻到這兒已經一個多月了，現在生病躺在床上，你該去看看她。」歐陽紇跟著婦人進去，洞門是用木材做的。洞內很寬敞，有三間廳堂那麼大。四面牆壁擺設床鋪，上面都鋪著錦緞做成的褥墊。他的妻子躺在石榻上，身下鋪了好幾層褥子，面前擺滿了珍異的食品。歐陽紇走近去看他的妻子，他的妻子轉過臉來向他斜看了一眼，便急忙揮手叫他出去。那些婦人對他說：「我們和你的妻子被擄到這裡，最久的已經有十年了。這裡是神物所住的地方，他的力氣非常大，能輕易把人殺死。就是一百個人拿了武器也無法制服他。幸虧他現在還沒回來，你趕快避開吧。你如果能準備好美酒兩斛，供食用的狗十頭，麻繩幾十斤，我們就能夠合力殺了他。他每天一定在中午時候來，所以你下次再來時切記不要太早。我們就約定十天為期吧。」說完便催他快走，歐陽紇也急忙離開了。

回去後，歐陽紇便準備了醇酒和狗、麻繩，按照約定的日子到山上去。婦人對他說：「那個神物喜歡喝酒，常常喝得酩酊大醉。醉了以後總要逞強使力，會叫我們用彩綢把他的手腳綑綁在床上，他用力往上一跳就把彩綢掙斷了。有一次用了三條彩綢擰成繩索來綁他，他用盡力氣也沒能掙開。現在我們把麻繩裹在絲綢中去綁他，料想他一定掙不開。他全身堅硬如鐵，只有臍下幾寸，總是遮護得很嚴實，想必此處一定不能抵禦兵刃。」又指著石室旁邊的一個巖洞說：「那裡是他的糧倉，你們可以躲藏在裡面，靜靜地等著。你把酒放在花下，狗就散放在樹林中，等我們的計謀一成功，喊你你就馬上出來。」歐陽紇照著她們的話做了，躲在糧倉裡屏氣斂聲等待著。傍晚時，有個像白綢布匹的東西，從別座山下來，像飛的一樣騰躍而至，直接進入石洞內。不一會兒，一個六尺多高留著漂亮鬍鬚的男子，身穿白衣，提著木杖，擁著那些婦人走出來。見到樹林中的狗驚訝地看了一會兒，便撲上去捉住，把狗撕開開始吮血啃肉，吃飽了才罷休。婦人們爭著用玉杯斟酒給他喝，大家說說笑笑地很高興。喝了幾斗酒之後，便把他扶進洞去，洞裡又傳來嘻鬧的聲音。過了好久，婦人出來喊他，歐陽紇一群人便拿著兵器進入洞裡。只見一隻大白猿，四肢被綁在床頭上，見到人來就蜷縮身子，想用力掙脫束縛，卻沒有成功，只能用他那銳利有神的目光看著眾人。大家爭著用兵器去砍他，卻像砍在鐵塊石頭上一樣。刺他肚臍下的要害，馬上就刺了進去，鮮血像水柱一般噴射出來。白猿於是大大地嘆口氣說：「這是天要殺我，哪裡是你的本領啊。不過你的妻子已經懷孕了，你不要殺死這個孩子，將來遇到聖明天子，他必能為你光宗耀祖。」說完便死去了。

清點白猿的收藏，只見各種珍玩寶器堆積如山，各式各樣精美的食品擺列在桌上。只要是世人認為珍貴的東西樣樣齊備。還有名貴香料幾十斛，寶劍一對。三十幾名婦人，全都容貌豔麗，世上少有。在洞中住得最久的，已有十年了。她們告訴歐陽紇：被帶來這裡的女子一旦姿色衰老，就會被白猿帶離石洞，不知送到哪兒去了。他擄掠婦女都是單獨行動，並沒有同夥。每天早上洗臉、戴帽，穿白夾袍，外罩白羅衣，不論春夏秋冬，都是這樣。全身長滿了好幾寸長的白毛。白猿平日愛讀木簡，上面的字又像篆文又似符咒，婦人們完全看不懂，讀完了就放在石階下。遇到晴朗的白天，有時會舞耍那對寶劍，只見劍光環繞全身，像閃電一般飛舞，像月亮一般光亮渾圓。他的飲食沒有定規，喜歡吃果子和栗子，特別愛吃狗肉，不但吃肉還飲狗血。每天中午一過，就突然離去，半天之中往返幾千里，到晚上一定回來，這是他的慣例。他想要的東西沒有不立刻得到的。夜裡就到各床上狎弄，一夜之間，全都淫遍，根本不睡覺。白猿言談淵博詳盡，聲音美妙動人。但他的外貌，卻完全是大猴子的樣子。今年初秋，他忽然悲傷地說：「山神到天帝那兒控告我，我將被處死罪。我也向眾多的神靈乞求保護，希望能夠倖免。」上個月的初二初三，石階下忽然起火，把他的木簡焚毀了。他滿臉懊喪地說：「我已活了一千年，卻一直沒有兒子。現在有了兒子，死期卻要到了。」便看著婦人們，痛哭了好久，又說：「這座山的山勢重疊險峻，向來沒有外人到過這裡。往上瞧，看不到一個樵夫。向下看，多的是虎狼怪獸。現在能上來的人，不是老天要借他的手來處罰我，又是什麼呢？」

歐陽紇就帶了珠寶珍品和婦人們回去了。那些婦人之中還有些知道自己家在哪裡的人。

歐陽紇的妻子一年後生了一個兒子，模樣很像白猿。歐陽紇後來被陳武帝所殺。他與江總素來交情很深，江總喜歡他兒子的聰穎過人，所以常把孩子留在自己家裡照顧，因此而倖免於難。孩子長大後，果然學識淵博，擅長書法，在當時極為出名。

賞析

本篇故事可分為幾部分：首先，敘述歐陽紇帶妻出征，卻因當地有妖物出沒，儘管警衛森嚴，他的妻子仍然在夜裡被盜走。接著寫歐陽紇很悲憤，決心找不到妻子就不回去，經過月餘地毯式的搜索，終於在荒山野嶺中找到已經懷孕的妻子。後來歐陽紇遵照山中婦女的建議，準備了美酒、食犬和麻繩，到了約定日期，果然殺死猿妖，救回了妻子。最後則寫歐陽紇之妻生下一個貌似白猿的男孩，他就是唐初的名臣歐陽詢。

歐陽詢相貌醜陋，在當時是廣為人知的，太尉長孫無忌就曾經作詩譏笑他：「聳膊成山字，埋肩不出頭；誰家麟閣上，畫此一獮猴？」可見歐陽詢聳肩駝背、頸短縮頭，是很像猴子的。本文的作者可能就是據此而虛構了這篇小說。唐代社會開放，言論較為自由，文人之間往往借文字互相嘲笑、調侃，不必視為惡意中傷。

小說中借白猿之口說：「勿殺其子，將逢聖帝，必大其宗。」又說歐陽詢小時候「聰悟絕人」，長大後「文學善書」，對歐陽詢的稟賦才能都給予很高的評價。因此，虛構歐陽詢是「居讀木簡，晴舞雙劍」、「言語淹詳，華旨會利」的神猴所生，可說是對歐陽詢奇特的外貌做了一個頗富想像力的闡釋，又與這位一代文宗、館閣重臣開了個不大不小的玩笑。

據王夢鷗先生的考證，本篇應當是隋末唐初的作品。雖然它的小說技巧還不是十分成熟，但篇中描寫風景的部分很細膩，對大白猿的刻畫也栩栩如生，令人印象深刻。至於歐陽紇「失妻」、「尋妻」、「救妻」的過程，敘事也有條不紊，動人心弦，這些都是應予肯定的。

延伸閱讀

1. 王度古鏡記（可參考三民書局出版之唐傳奇選）
2. 李朝威柳毅（可參考三民書局出版之唐傳奇選）
3. 參考資料：
王夢鷗閒話「補江總白猿傳」（收於唐人小說研究四集，藝文印書館）

任氏傳

導讀

本文選自太平廣記卷四五二，敘述狐女任氏與鄭六兩人相戀同居，任氏表現出她的堅貞品德和聰明能幹的一面，最後卻不幸被獵犬咬死。以人格化手法描寫狐女，本文是中國小說史上的第一篇，這樣的表現方式打破了「人」、「狐」異類的藩籬，也消弭現實與虛構之間的界線。清代聊齋誌異中許多善良可愛、聰穎慧黠的狐女形象，可以說或多或少都受了任氏傳的影響。

作者沈既濟（約西元七五〇—八〇〇年），蘇州人。唐德宗時曾擔任左拾遺、史館修撰。著有唐傳奇名篇枕中記、任氏傳。

任氏，女妖也。有韋使君❶者，名崟，第九，信安王禕❷之外孫。少落拓❸，好飲酒。其從父妹❹壻曰鄭六，不記其名。早習武藝，亦好酒色，貧無家，託身於妻族；與崟相得，遊處不間❺。天寶❻九年夏六月，崟與鄭子偕行於長安陌❼中，將會飲於新昌里❽。至宣平❾之南，鄭子辭有故，請間去❿，繼至飲所。崟乘白馬而東。鄭子乘驢而南，入昇平之北門。偶值三婦人行於道中，中有白衣者，容色姝麗。鄭子見之驚悅，策⓫其驢，忽先之，忽後之，將挑⓬而未敢。白衣時時盼睞⓭，意有所受。鄭子戲之曰：「美豔若此，而徒行，何也？」白衣笑曰：「有乘⓮不解相假⓯，不徒行何為？」鄭子曰：「劣乘不足以代佳人之步，今輒以相奉。某得步從，足矣。」相視大笑。同行者更相眩誘⓰，稍已狎暱⓱。鄭子隨之東，至樂遊園⓲，已昏黑矣。見一宅，土垣車門⓳，室宇甚嚴⓴。白衣將入，顧曰：「願少踟躕㉑。」而入。女奴從者一人，留於門屏間，問其姓第㉒，鄭子既告，亦問之。對曰：「姓任氏，第二十。」少頃，延入。鄭縶㉓驢於門，置帽於鞍。始見婦人年三十餘，與之承迎，即任氏姊也。列燭置膳，舉酒數觴㉔。任氏更粧而出，酣飲極歡。夜久而寢，其妍姿美質，歌笑態度，舉措皆豔，殆非人世所有。將曉，任氏曰：「可去矣。某兄弟名係教坊㉕，職屬南衙㉖，晨興將出，不可淹留。」乃約後期而去。既行，及里門，門扃未發㉗。門旁有胡人鬻餅之舍，方張燈熾爐。鄭子憩其簾下，坐以候鼓，因與主人言。鄭子指宿所以問之曰：「自此東轉，有門者，誰氏之宅？」主人曰：「此隤墉㉘棄地，無第宅也。」鄭子曰：「適過之，曷以云無？」與之固爭。主人適悟，乃曰：「吁！我知之矣。此中有一狐，多誘男子偶宿㉙，嘗三見矣，今子亦遇乎？」鄭子赧㉚而隱曰：

❶使君　古代對刺史、州牧、郡守等州郡長官的通稱。韋崟曾任隴州刺史，故以「使君」稱之。

❷信安王禕　李禕，太宗子吳王李恪的孫子。

❸落拓　胸襟闊大，不拘小節。

❹從父妹　堂妹。從父，伯父、叔父的通稱。從，音ㄗㄨㄥˋ。

❺不間　不分開。

❻天寶　唐玄宗年號（西元七四二—七五六年）。

❼陌　街道。

❽新昌里　即新昌坊。唐代長安城有若干條縱橫大道，把全城隔成一百多個方塊形的區域，稱之為「坊」。

❾宣平　與下文的「昇平」都是鄰近新昌坊的里坊。

❿請間去　請求暫時離開一會兒。

⓫策　鞭打。

⓬挑　音ㄊㄧㄠˇ。挑逗。

⓭盼睞　眼睛斜瞟著。

⓮乘　音ㄕㄥˋ。坐騎。

⓯假　借。

⓰眩誘　迷惑引誘。

⓱狎暱　親熱。

⓲樂遊園　即樂遊原，長安城東南角的一處遊賞勝地。

⓳土垣車門　土牆大門。土垣，土牆。車門，可供車輛出入的大門。

⓴嚴　整齊。

㉑踟躕　逗留；歇息。

㉒姓第　姓氏和排行。

㉓縶　音ㄓˊ。用繩子繫住。

㉔觴　音ㄕㄤ。盛滿酒的杯。泛指酒器。

㉕某兄弟名係教坊　我們姐妹們名籍屬於教坊。某，我。兄弟，古時姐妹也稱兄弟。教坊，唐代掌管承應宮廷歌舞、音樂，以及管理宮廷藝人、歌妓的官署。

㉖南衙　唐代十六衛禁軍的總稱，玄宗時曾管理過教坊。

㉗門扃未發　里門鎖著，還沒打開。唐代京城實行宵禁，長安承天門入夜時擊鼓，各坊的里門（即坊門）關閉，人們只能在坊內活動，直到天亮擊鼓方重新打開。

㉘隤墉　斷裂倒塌的牆。隤，通「頹」。音ㄊㄨㄟˊ。墉，牆垣。

㉙偶宿　伴宿。

㉚赧　音ㄋㄢˇ。因羞愧而臉紅；慚愧。

「無。」質明[31]，復視其所，見土垣車門如故。窺其中，皆蓁荒[32]及廢圃耳。

既歸，見崟。崟責以失期。鄭子不泄，以他事對。然想其豔冶，願復一見之心，嘗存之不忘。經十許日，鄭子遊，入西市[33]衣肆，瞥然見之，曩[34]女奴從。鄭子遽呼之，任氏側身周旋於稠人中以避焉。鄭子連呼前迫，方背立，以扇障其後，曰：「公知之，何相近焉？」鄭子曰：「雖知之，何患？」對曰：「事可愧恥，難施面目。」鄭子曰：「勤想如是，忍相棄乎？」對曰：「安敢棄也，懼公之見惡耳。」鄭子發誓，詞旨益切。任氏乃迴眸去扇，光彩豔麗如初。謂鄭子曰：「人間如某之比者非一，公自不識耳，無獨怪也。」鄭子請之與敘歡。對曰：「凡某之流，為人惡忌者，非他，為其傷人耳。某則不然。若公未見惡，願終己以奉巾櫛[35]。」鄭子許，與謀棲止[36]。任氏曰：「從此而東，大樹出於棟間者，門巷幽靜，可稅[37]以居。前時自宣平之南，乘白馬而東者，非君妻之昆弟乎？其家多什器[38]，可以假用。」

是時崟伯叔從役[39]於四方，三院什器，皆貯藏之。鄭子如言訪其舍，而詣崟假什器。問其所用，鄭子曰：「新獲一麗人，已稅得其舍，假具以備用。」崟笑曰：「觀子之貌，必獲詭陋[40]。何麗之絕也。」崟乃悉假帷帳榻席之具，使家僮之惠黠[41]者，隨以覘[42]之。俄而奔走返命，氣吁汗洽[43]。崟迎問之：「有乎？」又問：「容若何？」曰：「奇怪也！天下未嘗見之矣。」崟姻族廣茂，且夙從逸遊[44]，多識美麗。乃問曰：「孰若某美？」僮曰：「非其倫[45]也！」崟遍比其佳者四五人，皆曰：「非其倫。」是時吳王[46]之女有第六者，則崟之內妹[47]，穠豔如神仙，中表[48]素推第一。崟問曰：「孰與吳王家第六女美？」又曰：「非其倫也。」崟撫手大駭曰：「天下豈有斯人乎？」遽命汲水澡頸，巾首膏脣[49]而往。

既至，鄭子適出。崟入門，見小僮擁篲[50]方掃，有一女奴在其門，他無所見。徵[51]於小僮。小僮笑曰：「無之。」鋻周視室內，見紅裳出於戶下。迫而察焉，見任氏戢52身匿於扇53間。鋻別出就明而觀之，殆過於所傳矣。鋻愛之發狂，乃擁而凌54之，不服。鋻以力制之，方急，則曰：「服矣。請少迴旋55。」既從，則捍禦如初，如是者數四。鋻乃悉力急持之。任氏力竭，汗若濡雨56。自度不免，乃縱體不復拒抗，而神色慘變。鋻問曰：「何色之不悅？」任氏長嘆息曰：「鄭六之可哀也！」鋻曰：「何謂？」對曰：「鄭生有六尺之軀，而不能庇一婦人，豈丈夫哉！且公少豪侈，多獲佳麗，遇某之比者眾矣。而鄭生，窮賤耳。所稱愜者，唯某而已。忍以有餘之心，而奪人之不足乎？哀其窮餒，不

31 質明　天大亮的時候。
32 蓁荒　雜草叢生的荒地。
33 西市　唐代長安設東西二市，是規模較大的商業區。
34 曩　從前。
35 奉巾櫛　侍候洗臉梳頭，意謂做人妻妾。巾，手巾。櫛，梳子。
36 棲止　寄居停留的地方；住所。
37 稅　租。
38 什器　日用雜物。
39 從役　赴任官事。
40 詭陋　奇醜之人。
41 惠黠　聰明伶俐。
42 覘　音ㄓㄢ。窺視。
43 氣吁汗洽　氣喘吁吁，汗流浹背。
44 逸遊　放縱遊樂。
45 倫　比較；匹敵。
46 吳王　信安王李禕之弟李祗、祗子李巘均襲封吳王，這裡指李巘。
47 內妹　古稱姨舅之子為「內兄弟」。內妹，即姨表妹。
48 中表　表兄弟姐妹。
49 巾首膏脣　戴上頭巾，抹上唇膏。
50 擁篲　拿著掃帚。篲，音ㄏㄨㄟˋ。
51 徵　詢問。
52 戢　音ㄐㄧˊ。藏匿。
53 扇　門扇；門扉。
54 凌　侵犯；欺壓。
55 少迴旋　稍微放鬆一下。
56 濡雨　溼雨。

能自立，衣公之衣，食公之食，故為公所繫[57]耳。若糠糗[58]可給，不當至是。」崟豪俊有義烈，聞其言，遽置之。斂衽[59]而謝曰：「不敢。」俄而鄭子至，與崟相視咍樂[60]。

自是，凡任氏之薪粒牲餼[61]，皆崟給焉。任氏時有經過[62]，出入或車馬轝步[63]，不常所止[64]。崟日與之遊，甚歡。每相狎暱，無所不至，唯不及亂而已。是以崟愛之重之，無所恡[65]惜；一食一飲，未嘗忘焉。任氏知其愛己，因言以謝曰：「愧公之見愛甚矣。顧[66]以陋質，不足以答厚意，且不能負鄭生，故不得遂公歡。某，秦[67]人也，生長秦城[68]，家本伶倫[69]，中表姻族，多為人寵媵[70]，以是長安狹斜[71]，悉與之通。或有姝麗，悅而不得者，為公致之可矣。願持此以報德。」崟曰：「幸甚！」鄽中[72]有鬻衣之婦曰張十五娘者，肌體凝潔，崟常悅之，因問任氏識之乎。對曰：「是某表娣妹，致之易耳。」旬餘，果致之。數月厭罷。任氏曰：「市人易致，不足以展效[73]。或有幽絕之難謀者，試言之，願得盡智力焉。」崟曰：「昨者寒食[74]，與二三子遊於千福寺，見刁將軍緬張樂[75]於殿堂。有善吹笙者，年二八，雙鬟垂耳，嬌姿豔絕。當識之乎？」任氏曰：「此寵奴也。其母，即妾之內姊[76]也。求之可也。」崟拜於席下，任氏許之。乃出入刁家。月餘，崟促問其計，任氏願得雙縑[77]以為賂，崟依給焉。後二日，任氏與崟方食，而緬使蒼頭控青驪以迓任氏[78]。任氏聞召，笑謂崟曰：「諧[79]矣。」初，任氏加寵奴以病，針餌莫減[80]。其母與緬憂之方甚，將徵[81]諸巫。任氏密賂巫者，指其所居，使言從就[82]為吉。及視疾，巫曰：「不利在家，宜出居東南某所，以取生氣。」緬與其母詳其地，則任氏之第在焉。緬遂請居。任氏謬辭以偪狹[83]，勤請而後許。乃輦服玩[84]，并其母偕送於任氏。至，則疾愈。未數日，任氏密引崟以通之，經月乃孕。其母懼，遽歸以就緬，由是遂絕。

他日，任氏謂鄭子曰：「公能致錢五六千乎？將為謀利。」鄭子曰：「可。」遂假求於人，獲錢六千。任氏曰：「鬻馬於市者，馬之股有疵，可買以居[85]之。」鄭子如市，果見一人牽馬求售者，眚[86]

在左股。鄭子買以歸，其妻昆弟皆嗤之，曰：「是棄物也，買將何為？」無何，任氏曰：「馬可鬻矣。當獲三萬。」鄭子乃賣之。有醻87二萬，鄭子不與。一市盡曰：「彼何苦而貴買，此何愛而不鬻？」

---

57 繫絆　羈絆；牽制。
58 糗糧　粗糧。糗，音ㄑㄧㄡˇ。乾糧。
59 斂衽　整理衣襟，表示恭敬。
60 咍樂　嘻笑歡樂。咍，音ㄏㄞ。
61 薪粒牲餼　柴米肉食。牲，肉食。餼，音ㄒㄧˋ。生食。
62 經過　來往；過訪。
63 轝步　乘轎或步行。轝，通「輿」。轎子。
64 不常所止　不常留在自己家裡。
65 悋　通「吝」。音ㄌㄧㄣˋ。
66 顧　但是。
67 秦　今陝西、甘肅一帶。
68 秦城　指唐代秦州的州治成紀，即今甘肅省天水縣。
69 伶倫　傳說中黃帝時的樂官名，後代指演員、藝人。
70 媵　音ㄧㄥˋ。指姬妾。
71 狹斜　妓女住處的代稱。
72 鄽中　市場。鄽，通「廛」。音ㄔㄢˊ。
73 展效　出力報效。
74 寒食　節日名，清明前一至兩日。寒食節禁煙火，吃冷食，並外出掃墓、郊遊。
75 張樂　置樂；奏樂。
76 內姊　表姐。
77 縑　細緻的細絹。
78 使蒼頭控青驪以迓任氏　派僕人駕著黑馬來迎請任氏。蒼頭，僕人的代稱。青驪，毛色青黑相雜的馬。迓，音ㄧㄚˋ。迎接。
79 諧　辦妥；辦成。
80 針餌莫減　治療無效。針餌，針灸和藥餌，代指醫生的治療。減，減輕。
81 徵　詢問。
82 從就　往從；往就。
83 謬辭以偪狹　假意用房子狹窄的理由推辭。謬，假意。辭，推辭。偪狹，狹窄。偪，通「逼」。
84 輦服玩　載送服飾器用玩好之物。
85 居　囤積；儲存。
86 眚　音ㄕㄥˇ。小毛病。
87 醻　同「酬」。音ㄔㄡˊ。酬金。

鄭子乘之以歸；買者隨至其門，累增其估，至二萬五千也，不與，曰：「非三萬不鬻。」其妻昆弟聚而詬之，鄭子不獲已，遂賣，卒不登三萬。既而密伺買者，徵其由，乃昭應縣之御馬疵股者，死三歲矣，斯吏不時除籍[88]。官徵其估[89]，計錢六萬。設其以半買之，所獲尚多矣。若有馬以備數，則三年芻粟之估，皆吏得之。且所償蓋寡，是以買耳。任氏又以衣服故弊，乞衣於崟。崟將買全綵[90]與之。任氏不欲，曰：「願得成制[91]者。」崟召市人張大為買之，使見任氏，問所欲。張大見之，驚謂崟曰：「此必天人貴戚，為郎所竊。且非人間所宜有者，願速歸之，無及於禍。」其容色之動人也如此。竟買衣之成者而不自紉縫也，不曉其意。

後歲餘，鄭子武調[92]，授槐里府果毅尉[93]，在金城縣[94]。時鄭子方有妻室，雖晝遊於外，而夜寢於內，多恨不得專其夕[95]。將之官，邀與任氏俱去。任氏不欲往，曰：「旬月同行，不足以為歡。請計給糧餼，端居以遲[96]歸。」鄭子懇請，任氏愈不可。鄭子乃求崟資助。崟與更勸勉，且詰其故。任氏良久，曰：「有巫者言某是歲不利西行，故不欲耳。」鄭子甚惑也，不思其他，與崟大笑曰：「明智若此，而為妖惑，何哉！」固請之。任氏曰：「儻[97]巫者言可徵[98]，徒為公死，何益？」二子曰：「豈有斯理乎？」懇請如初。任氏不得已，遂行。崟以馬借之，出祖[99]於臨皋[100]，揮袂[101]別去。信宿[102]，至馬嵬[103]。任氏乘馬居其前，鄭子乘驢居其後；女奴別乘，又在其後。是時西門圉人[104]教獵狗於洛川，已旬日矣。適值於道，蒼犬騰出於草間。鄭子見任氏欻然墜於地，復本形而南馳。蒼犬逐之，鄭子隨走叫呼，不能止。里餘，為犬所獲。鄭子銜涕出囊中錢，贖以瘞[105]之，削木為記。迴覩其馬，嚙草於路隅，衣服悉委於鞍上，履襪猶懸於鐙間，若蟬蛻然。唯首飾墜地，餘無所見，女奴亦逝矣。

旬餘，鄭子還城，崟見之喜，迎問曰：「任子無恙乎？」鄭子泫然對曰：「歿矣。」崟聞之亦慟，相持[106]於室，盡哀。徐問疾故，答曰：「為犬所害。」崟曰：「犬雖猛，安能害人？」答曰：「非人。」

崟駭曰：「非人，何者？」鄭子方述本末。崟驚訝嘆息不能已。明日，命駕與鄭子俱適[107]馬嵬，發瘞視之，長慟而歸。追思前事，唯衣不自製，與人頗異焉。其後鄭子為總監使[108]，家甚富，有櫪馬十餘匹。年六十五，卒。

大曆[109]中，沈既濟居鍾陵，嘗與崟遊，屢言其事，故最詳悉。後崟為殿中侍御史[110]，兼隴州刺史[111]，

---

88 除籍　刪除名籍。唐代御馬，立有名籍，馬死則須除名。
89 官徵其估　官家徵收養這匹馬所發放的價錢。估，價格。
90 全綵　整幅的綵綢。
91 成制　製好的成衣。
92 武調　參加武職的銓選。
93 槐里府果毅尉　唐初實行府兵制，各地設軍府，軍府的軍事長官稱「折衝都尉」，副職為「果毅都尉」。槐里，軍府名。
94 金城縣　唐中宗送金城公主相別之地。故治在今陝西省興平縣東南。
95 不得專其夕　不能整夜在一起。
96 遲　音ㄓˋ。等待。
97 儻　通「倘」。假如。
98 可徵　可信。
99 出祖　餞行送別。祖原為路神，古代遠行為祈求平安，要設酒筵祭路，後來這種酒筵便用以為人餞行。
100 臨皋　從長安向西行的第一個驛站。
101 袂　衣袖。
102 信宿　本指住了兩個晚上，此處借指過了兩天。
103 馬嵬　驛站名，在今陝西省興平縣西北。
104 圉人　馬夫。
105 瘞　音ㄧˋ。埋葬。
106 相持　兩人手握著手。
107 適　去；到。
108 總監使　古官名。太僕寺屬官，職掌牧養馬匹。
109 大曆　唐代宗年號（西元七六六－七七九年）。
110 殿中侍御史　古官名。唐代監察機關御史臺的屬官。
111 隴州刺史　隴州，唐代州名，州治在汧源，即今陝西省隴縣。刺史，唐代州的行政長官。

遂歿而不返。嗟乎，異物之情也有人焉！遇暴不失節，狥人⑫以至死，雖今婦人，有不如者矣。惜鄭生非精人，徒悅其色而不徵其情性。向使淵識之士，必能揉變化之理，察神人之際，著文章之美，傳要妙⑬之情，不止於賞翫風態而已。惜哉！

建中⑭二年，既濟自左拾遺⑮與金吾將軍⑯裴冀、京兆少尹⑰孫成、戶部郎中⑱崔需、右拾遺⑲陸淳皆謫居⑳東南，自秦徂吳㉑，水陸同道。時前拾遺朱放因旅遊而隨焉。浮潁涉淮㉒，方舟㉓沿流，晝讌㉔夜話，各徵其異說。衆君子聞任氏之事，共深嘆駭，因請既濟傳之，以志異云。沈既濟撰。

112 狥人　以死從人。狥，通「殉」。
113 要妙　通「要眇」。精微而美好的意思。
114 建中　唐德宗年號（西元七八〇—七八三年）。
115 左拾遺　古官名。屬門下省，職掌對皇帝的諫諍規諷。
116 金吾將軍　古官名。管轄金吾衛衛士，負責宮城宿衛、京城警衛、扈從皇帝和部領皇帝儀仗等職。
117 京兆少尹　古官名。首都長安的副行政長官。
118 戶部郎中　古官名。尚書省戶部的屬官，職掌民政、稅收。
119 右拾遺　古官名。中書省屬官，職掌對皇帝的規諫。
120 謫居　貶調至偏遠地區為官。
121 自秦徂吳　自西北關中一帶到江南去。徂，往。
122 浮潁涉淮　渡過潁水和淮河。
123 方舟　兩船相並。
124 讌　通「宴」。

語譯

任氏是一個女妖。有一位姓韋的刺史，名崟，排行第九，是信安王李禕的外孫。他年輕時落拓放浪，喜歡喝酒。他有個堂妹婿叫鄭六，我也記不清他大名叫什麼了。鄭六年輕的時候學武，也喜歡酒色，他窮得沒有安身之處，只好寄住在妻子娘家。他和韋崟很合得來，往來交遊都在一起。

天寶九年夏季六月，韋崟與鄭六結伴在長安街上行走，要一起到新昌里去喝酒。到了宣平里的南面，鄭六推說有事，要暫時離開一會，然後再去酒樓相會。韋崟便乘著白馬向東而去，鄭六則騎著驢子向南走。進了昇平里的北門，鄭六忽然遇到三個婦人走在路上，其中有個穿白衣的女子，容貌特別美麗。鄭六見了又驚又喜，趕著他的驢子，一會兒跑在她前面，一會兒跑到她後面，想上前挑逗那個女子，卻又有些不敢。那白衣女子不時向鄭六送秋波，好像有接納他的意思。鄭六便調戲她說：「像你這麼漂亮的女子，為什麼要徒步行走？」白衣女子笑道：「有人有坐騎也不知道相借，我不步行又能怎麼辦呢？」鄭六說：「我的坐騎太差，不配供佳人代步，但我現在願意奉送給你。我能步行跟從，就很滿足了。」說完，兩人相視大笑。同行的兩個婦人也互相挑逗引誘鄭六，不一會兒大家便親熱起來了。鄭六跟著她們朝東走，到了樂遊園，天已經黑了。見到一所宅子，有土牆和供車馬出入的大門，屋宇很整齊。白衣女子要進去前，回頭對鄭六說：「請稍等片刻。」說完便進去了。有一個隨從的女僕留在屏門中間，詢問鄭六的姓氏排行。鄭六告訴她後，也問她剛才那個白衣女子的姓氏排行。婢女答道：「姓任，排行二十。」過了一會兒，便請鄭六進去。鄭六把驢子繫在門前，將帽子放在鞍上。這時看到有個三十多歲的婦人前來接待，她就是任氏的姐姐。當下擺列燈燭，安排酒食，大家一連喝了好幾杯。這時任氏也重新打扮一番出來，飲酒作樂，極為歡暢。到了深夜，鄭六與任氏同床共枕，覺得任氏妍麗的容貌、美妙的資質，以及歌聲笑容、姿態風度，一舉一動都豔麗極了，簡直不是人間所能有的。天快亮的時候，任氏說：「你該走了。我們姐妹都是教坊中人，由南衙管理，早晨起來就要出門，不能耽擱。」於是兩人約定之後會面的時間，便分手了。鄭六出來後，走到里門，里門還沒打開。門旁有個胡人賣餅的店舍，正點燈生爐子。鄭六在他的簾子下歇息，等待天亮敲鼓開門，就與主人閒聊起來。鄭六指著昨夜留宿的地方問道：「從這兒向東轉彎，有一座高門的房子，那是誰家的宅子啊？」主人說：「此地是一片殘牆廢地，沒有什麼宅第啊。」鄭六說：「我剛從那兒經過，怎麼說沒有呢？」和那主人竭力爭辯。主人才醒悟過來，說：「啊呀！我曉得了。這兒有一頭狐狸，常常引誘男子和她過夜，我已經見過三次了，現在你也碰上了嗎？」鄭六很不好意思，便隱瞞說：「沒有。」等天一亮，他又去那兒查看，只見土牆和大門依舊，但往裡面瞧，都是荒草廢園罷了。

回家後，鄭六見到韋崟，韋崟怪他失約，鄭六沒有洩露這件事，只推說有其他事不能去。回想起任氏妖豔的容貌，鄭六很想再見她一次，心中念念不忘。過了十多天，鄭六出門閒遊，來到西市的成衣店，忽然看見任氏，上次那個婢女跟著她，鄭六急忙呼喊她，任氏卻側著身子在人群中鑽來鑽去以躲避他。鄭六連聲叫喚向前追趕，任氏才背朝著他站住，用扇子遮著身後說：「你已知道我的底細了，為什麼還要來接近我？」鄭六說：「就是知道了，又有什麼要緊？」任氏說：「這事很難為情，我沒有臉再見你。」鄭六說：「我這樣苦苦地思念你，你難道忍心拋棄我嗎？」任氏答道：「怎麼敢拋棄你，只不過怕你厭惡我罷了。」鄭六連忙對天發誓，話語也更加懇切。任氏於是轉過臉來，拿開扇子，容貌和從前一樣光鮮豔麗。任氏對鄭六說：「人間像我這樣的人不止一個，你自己不知道罷了，用不著單單對我驚怪。」鄭六請求和她重敘歡情，任氏答道：「我們這樣的人，之所以會被人憎惡畏忌，不為別的，只是因為會傷人罷了。但我卻不是這樣的，如果你不嫌棄我，我願意終身服侍你。」鄭六答應了，和她商量找個棲身之處。任氏說：「從這兒向東，有一棵大樹從屋宇之間長出的，門巷幽靜，可以租下來住。先前從宣平里南面，騎白馬向東去的，不是你妻子的兄弟嗎？他家有很多日用器具，你可以向他借來用。」

當時韋崟的伯伯叔叔們到各地做官，三家的家具雜物都存放在韋崟家。鄭六照任氏所說找到那間屋舍，並向韋崟借用家具。韋崟問他作什麼用，鄭六說：「我最近得到一位美人，已經租好了房子，所以向你借家具供那裡用。」韋崟笑著說：「我看你的相貌，得到的一定是個醜怪的人，還說什麼佳麗絕色！」韋崟便將帷幕床榻枕席之類的器具都借給了鄭六，又找了一個聰明伶俐的家僮跟著去窺探。沒多久，家僮便氣喘吁吁、汗流浹背地跑回來回話。韋崟上前問道：「有那個女人嗎？」又問：「長得怎麼樣？」家僮回答說：「真怪！天底下沒見過這麼美的女人。」韋崟的家族龐大，平時又愛尋歡作樂，見識過的美人很多，便問道：「與某某人相比，哪個美？」家僮說：「不能和她相比。」韋崟於是把四五個美人都拿來相比，家僮說：「都比不上她。」當時吳王的第六個女兒是韋崟的表妹，長得像神仙般豔麗，表兄弟姐妹中一向公認她為最美的。韋崟便問道：「她與吳王的六女兒哪個美？」家僮還是說：「比不上她。」韋崟拍手大驚道：「天底下哪會有這樣的人呢？」於是連忙叫人打水洗臉，戴上頭巾，塗上唇膏，前去一探究竟。

到了那裡，鄭六正巧出門了。韋崟進門後，看見一個小僮正拿著掃帚掃地，另有一個婢女在家，別的人一概沒見到。韋崟便向小僮打聽，小僮笑著說：「沒有別人。」韋崟環顧四周，發現門下露出一截紅裙，就近一看，只見任氏正藏在門扇中間。韋崟在亮處仔細打量她，覺得比家僮描述得還漂亮。韋崟愛她愛得發狂，便抱住她準備侵犯她，任氏不從。韋崟便用強力制住她，正在緊急的時候，任氏說：「我順從了，請先放開。」韋崟便依了她，誰知她又像剛才那樣抵抗起來。這樣反覆數次，韋崟便全力抓牢她。任氏用盡了力氣，汗像雨水般流下，她自知免不了要遭強暴，便攤開身體不作抵抗，但臉上卻慘然變色。韋崟問她：「你為什麼不高興？」任氏長嘆一聲說：「鄭六真可憐！」韋崟問：「為什麼？」任氏回答：「鄭六空有六尺之軀，卻不能保護一個女人，算什麼男子漢！而你從小生活富裕，擁有很多美人，像我這樣的人多得很；但鄭六卻生活貧困，他所稱心的，只有我一個而已，你怎麼忍心以你所豐厚的去奪他所不足的？我可憐他窮餓，不能自立，穿你的，吃你的，所以才受你牽制，要是他的生活稍可自給，就不會淪落到這個地步了。」韋崟是個豪邁講義氣的人，聽了她的話，立即就放開了她。韋崟整了整衣服，向任氏行禮謝罪說：「不敢。」不久，鄭六回來了，看見韋崟，彼此笑得很開心。

從此以後，凡是任氏所需要的柴米肉食，都由韋崟供給。任氏與他來往頻繁，出入或騎馬坐車、或乘轎走路，不常留在自己家裡。韋崟天天和她一同遊玩，非常開心。兩人非常親暱，無所不至，只是從不亂來。因此韋崟既愛慕她又敬重她，對她毫不吝嗇，就是吃喝的時候，也沒有忘記過她。任氏知道韋崟很愛自己，便感謝他說：「我很慚愧承蒙您的錯愛，我自知容貌醜陋，不足以報答您的厚意，也不能辜負鄭六，所以無法如您的願。我是秦地人，生長在秦城，家裡本以優伶為業，中表親族中，很多人做了人家的寵妾，因此長安的煙花女子，都與她們有來往。

您要是喜歡某個佳麗卻又得不到，我可以幫您得到。我希望能用這個辦法來報答您的恩德。」韋崟說：「太好了！」市集上有個賣成衣的婦女叫張十五娘，肌膚光潔潤澤，韋崟一直很喜歡她，便問任氏是否認識。任氏說：「她是我的表姐妹，想得到她很容易。」過了十幾天，果然把她招來了。韋崟和她相處幾個月後便厭倦而停止來往。任氏說：「一般百姓很容易弄到手，不足以展示我報效您的心意，假如有什麼深藏幽閨難以得手的女子，您說給我聽，我願意竭盡心力為您達成。」韋崟說：「之前寒食節那天，我和兩三個朋友到千福寺遊玩，看到刁緬將軍在殿堂裡排開樂隊奏樂。其中有個很會吹笙的女子，年方十六，梳著一對垂到耳朵的環形髮髻，姿容嬌豔絕頂。你應該認識她吧？」任氏說：「她是寵奴。她的母親，就是我的表姐。要她也不成問題。」韋崟便向任氏拜謝，任氏答應了他。此後，任氏便常常出入刁家。過了一個多月，韋崟來催問任氏有什麼辦法，任氏想要兩匹細絹當作賄賂，韋崟照她要的給了。又過了兩天，任氏正和韋崟一道吃飯，刁緬忽然派一個僕人牽著一匹毛色青黑的馬來接任氏去刁家。任氏聽到刁緬的召喚，便笑著對韋崟說：「您的事辦妥了。」原來任氏先在寵奴身上施法讓她生病，針灸服藥都沒有用，她母親和刁緬都很擔憂，就要求助於巫師。任氏偷偷地賄賂巫師，把自己的居所指給她看，要巫師說把病人送到這裡來病就會好。到了刁緬請巫師去看病時，巫師說：「在家住不好，最好住在東南方的某個地方，以取得精氣。」刁緬與寵奴的母親仔細查找巫師所說的地方，原來就是任氏的住所。刁緬於是請求讓寵奴暫住在任氏家，任氏假意推辭說地方狹小，刁家多次請求，她才同意。於是刁家用車子載運衣服用具，將寵奴和她母親一同送到任氏那裡。一到那裡，寵奴的病就好了。沒過幾天，任氏便悄悄領著韋崟和她私通，過了一個月，寵奴有了身孕，她母親非常害怕，連忙把她帶回刁緬家。從此，韋崟和她也就斷絕了往來。

有一天，任氏對鄭六說：「你能弄到五六千錢嗎？我打算為你謀取利潤。」鄭六說：「能。」於是他就去向人告貸，借了六千錢。任氏對鄭六說：「有個在市集上賣馬的人，他的馬腿上有小毛病，你可以買回來養著。」鄭六去了市集，果然看到一個牽馬叫賣的人，馬的左腿上有點毛病。鄭六便把牠買了回來。他的妻舅們都嗤笑他說：「這是個廢物，買牠幹什麼？」沒過多久，任氏說：「馬可以出手了，應該能賣三萬錢。」鄭六就去賣馬了。有人願意出兩萬，鄭六不賣。市集上的人都說：「他何苦出那麼高的價買，而你又為什麼吝惜不肯賣？」鄭六騎著這馬回了家，那個買者跟著他到了門口，一再抬高價錢，一直加價到二萬五，鄭六還是不肯賣，說：「非三萬不賣。」他的妻舅們聚在一起罵他，鄭六不得已，只好以少於三萬的價錢賣了。過後偷偷請人去探問買者，問他出高價錢的理由。原來昭應縣有一匹大腿上有毛病的御馬，已經死了三年了，管馬的小吏當時沒有立即將馬從名籍上刪除。如今官府向他徵收三年來養這馬所發放的費用，共計六萬錢。假如能以一半之數買到代替的馬，利潤還是很多。如果有馬充數，這三年的糧草錢都歸小吏，況且支付的錢又少，所以他才買了下來。任氏又因為自己的衣服破舊，向韋崟要衣服。韋崟要買整匹的綵緞給她，任氏不要，說：「我要已做好的成衣。」韋崟找來賣衣服的張大，讓他去見任氏，問她想要什麼。張大見到任氏，驚訝地對韋崟說：「她一定是天上的神仙，人間的貴人，讓您偷來了。這樣的美人不是人間所當有的，您趕緊送還，免得惹來災禍。」任氏容顏的美麗動人竟到了這種程度！她最後還是買了成衣而不自己縫紉，不知是什麼意思。

又過了一年多，鄭六因為武職調選，被任命為槐里府果毅尉，要去金城縣。那時鄭六還有妻室，雖然白天可以出外到任氏那裡，可是夜裡還是要回家睡，很遺憾不能整夜和任氏在一起。現在要上任了，鄭六便邀任氏一同前往。任氏不想去，說：「十天半個月在一起趕路，不足以盡歡。請你計算天數留下生活費給我，我會在家等你歸來。」鄭六再三懇切地要求，任氏更加不同意。鄭六無奈，只好去請求韋崟幫助。韋崟便和鄭六一起勸說，並問任氏為什麼不願去。任氏沉吟好久才說：「有位巫師說我今年不利於西行，所以不想去。」鄭六聽了感到很奇怪，沒有多想，就和韋崟一起大笑著說：「你這麼明智，卻被妖言所惑，是怎麼回事啊！」仍然堅持要求任氏同去。任氏說：「假如巫師的話應驗了，白白為你送死，又有什麼好處呢？」鄭、韋二人都說：「哪有這種道理？」接著又像先前那樣懇求。任氏不得已，只好和鄭六一塊前往了。韋崟將馬借給了任氏，又在臨皋為二人餞行後，才揮手而別。過了兩天，二人來到馬嵬。任氏騎馬在前，鄭六騎驢在後，婢女另有坐騎，跟在最後。這時西門的養馬人正在洛川訓練獵狗，已經練了十天了。鄭六一行恰巧在路上遇見了他們，一條黑狗突然從草叢中竄出，鄭六只見任氏忽然從馬上墜地，現出狐貍的原形向南逃去。黑狗在後面追她，鄭六跟在後面一邊跑一邊呼喊，卻制止不住。任氏跑了一里多路，終於被狗咬住了。鄭六含著眼淚從行囊中拿出錢，將任氏贖了回來，把她安葬了，並且削了塊木牌插在她墳頭作為標記。回頭再看任氏所騎的馬，仍在路旁吃草，任氏的衣服全散落在鞍上，鞋襪仍掛在馬鐙上，好像蟬蛻下的殼一樣。只有首飾掉落地上，其他什麼也沒看到，那名婢女也不見了。

過了十多天，鄭六回到京城，韋崟看到他非常高興，迎上前去問道：「任氏好嗎？」鄭六泫然淚下，答道：「她已經死了。」韋崟聽後也很悲傷，兩人在房裡握著手，一起痛哭一場。之後，韋崟細問任氏是生什麼病死的，鄭六回答說：「是給狗害死的。」韋崟說：「狗雖然凶猛，但怎能殺人？」鄭六答道：「任氏不是人。」韋崟驚駭地說：「不是人，是什麼？」鄭六才將事情的原委告訴他。韋崟驚訝感嘆不止。第二天，韋崟命令僕人駕著馬車與鄭六一起到了馬嵬，掘開墓穴來看，大哭許久方才回去。他們回想任氏的往事，只有不自己做衣服這一件事，和人類不同而已。後來鄭六做了總監使，家裡很富裕，養了十多匹馬。六十五歲的時候過世。

大曆年間，沈既濟住在鍾陵，曾與韋崟往來，多次談及此事，所以知道得很詳細。後來韋崟做到殿中侍御史兼隴州刺史，便死於任上，未能返鄉。嗚呼！異類的感情中居然也有人性！任氏遇到強暴不失貞節，能夠為愛人而死，即便是現在的婦人，也有比不上她的。可惜鄭六是個粗人，只喜歡她的姿容而不懂得探尋她的情性；假如他是一位淵博明智之士，一定能研究其中的變化之理，體察人神之別，寫出美妙的文章，來傳達其中深邃精妙的感情，而不僅僅是把玩任氏的風姿儀態而已，真是可惜啊！

建中二年，既濟從左拾遺一職上被貶了官，和金吾將軍裴冀、京兆少尹孫成、戶部郎中崔需、右拾遺陸淳等人一起降職到東南做官，從關中到江南，無論水路旱路都是同行。當時前拾遺朱放因旅遊正好跟我們在一塊兒，渡潁水和淮河時，兩船並行，白天喝酒晚上閒聊，各人都提供自己所知道的奇事。諸君聽說任氏的事後，都深深地感嘆驚駭，於是便要我把此事記載下來，以保留這件奇聞。以上就是沈既濟的紀錄。

賞析

本文首先寫鄭六與任氏一見鍾情，共度良宵後才發現任氏是狐狸精。但鄭六毫不嫌棄任氏的身分，兩人遂租屋同居。接下來寫鄭六所依附的親戚韋崟，看到任氏美貌想強行求歡，任氏極力抗拒並曉以大義，韋崟才打消念頭，行禮謝罪。此後三人往來密切，韋崟對任氏雖抱持愛慕之心，卻從不亂來。任氏為了答謝韋崟的厚愛，幫忙設計引誘韋崟想要的女子，此外也用她奇異的力量幫鄭六謀取錢財。最後寫鄭六強邀任氏赴外地任職，途中不幸被獵犬咬死。

雖然文章一開頭就說：「任氏，女妖也。」但全篇讀來卻毫無「妖氣」。我們見到的任氏不是呼風喚雨、四處作祟的女妖，而是一位美麗聰慧的人間女子，她集「外美」與「內秀」於一身，不僅「容色姝麗」、「妍資美質」，更難得的是她既有貞節端莊的操守，又有不同流俗的識見。任氏對於鄭六一往情深、至死不渝，然而又並非一味服從，甘為附庸。相反地，在持家、理財方面，她處處表現不俗。對於韋崟，她調笑狎昵，「無所不至」，可是又貞剛持重，絕不失去分寸。由此可見，作者心中的女主人公絕不是惑人的妖孽，而是眾美兼備、富有個性的奇女子。作者之所以要寫女妖，也並非純為了志異，而是要借助超現實的事件來表現對理想女性的嚮往和追求，他認為任氏能抗拒強暴不失節，為了愛情不惜赴死，即使是身為人類的女子也很難比得上。可惜鄭六不懂得欣賞，無法「察神人之際，著文章之美」。這樣的評論很明白地透露出作者的創作心態。

然而故事中任氏的作為並非沒有可議之處，她為了報答韋崟，同時維護自己對鄭六的忠貞，竟不惜設計謀取多位女子供韋崟取樂，顯得太自私了。然而若從另一個角度來看，或許正因這樣的描寫，任氏狐狸精「美而狡」的形象才顯得更深刻飽滿吧！

延伸閱讀

1. 蒲松齡聊齋誌異嬰寧
2. 參考資料：
(1)李元貞試論唐人傳奇：「任氏傳」（收於中國古典文學研究叢刊小說之部㈡，巨流圖書公司）
(2)何湘瑩人間自是有情癡——美狐與蕩子的生死戀（一九九一年十二月二十七日中央日報長河第十七版）
(3)彭慶生精魅的文化——談「任氏傳」在古小說發展中的意義（收於中國古典小說戲劇賞析，木鐸出版社）

南柯太守傳

導讀

本文選自太平廣記卷四七五，原題作淳于棼，今據李肇國史補定其篇名為南柯太守傳。內容敘述淳于棼在夢中被大槐安國國王招為駙馬，並當上南柯太守，顯赫一時，然公主死後，隨即失勢，最後被斥回鄉。當他從夢中醒來，才發現所謂大槐安國不過是一個蟻穴，因而體悟浮生若夢、富貴無常的道理。本篇小說影響甚大，明代湯顯祖的傳奇南柯記等，即是據此改編而成。

作者李公佐，字顓蒙。中唐隴西人，生卒年不詳。著有南柯太守傳、謝小娥傳、馮媼傳等傳奇多篇。

東平❶淳于棼，吳楚❷游俠之士。嗜酒使氣，不守細行❸。累巨產，養豪客。曾以武藝補淮南軍裨將❹，因使酒忤❺帥，斥逐落魄❻，縱誕❼飲酒為事。家住廣陵郡❽東十里，所居宅南有大古槐一

❶東　平　唐代郡名，郡治即今山東省東平縣。
❷吳　楚　吳，今江浙一帶。楚，今湖北、湖南一帶。
❸不守細行　不拘小節。
❹補淮南軍裨將　補官為淮南道駐軍中的偏將。補，補充官員的缺額。
❺忤　冒犯；觸犯。
❻落　魄　失意無依。
❼縱　誕　恣肆放誕。
❽廣陵郡　唐郡名，郡治在江蘇省江都縣東北，是當時最為繁榮的商業城市。

株，枝幹修密，清陰數畝。淳于生日與群豪，大飲其下。貞元⑨七年九月，因沉醉致疾。時二友人於坐扶生歸家，臥於堂東廡⑩之下。二友謂生曰：「子其寢矣！余將秣馬⑪濯足，俟子小愈⑫而去。」生解巾就枕，昏然忽忽，髣髴若夢。見二紫衣使者，跪拜生曰：「槐安國王遣小臣致命⑬奉邀。」生不覺下榻整衣，隨二使至門。見青油小車，駕以四牡⑭，左右從者七八，扶生上車，出大戶，指古槐穴而去。使者即驅入穴中，生意頗甚異之，不敢致問。忽見山川風候草木道路，與人世甚殊。前行數十里，有郛郭城堞⑮。車輿人物，不絕於路。生左右傳車者傳呼⑯甚嚴，行者亦爭闢⑰於左右。

又入大城，朱門重樓，樓上有金書，題曰「大槐安國」。執門者趨拜奔走。旋有一騎傳呼曰：「王以駙馬遠降，令且息東華館。」因前導而去。俄見一門洞開，生降車而入。彩檻雕楹；華木珍果，列植於庭下；几案茵褥，簾幃殽膳，陳設於庭上。生心甚自悅。復有呼曰：「右相⑱且至。」生降階祗奉。有一人紫衣象簡⑲前趨，賓主之儀敬盡焉。右相曰：「寡君不以弊⑳國遠僻，奉迎君子，託以姻親。」生曰：「某以賤劣之軀，豈敢是望？」右相因請生同詣其所。

行可百步，入朱門。矛戟斧鉞，布列左右，軍吏數百，辟易㉑道側。生有平生酒徒周弁者，亦趨其中。生私心悅之，不敢前問。右相引生升廣殿，御衛嚴肅，若至尊之所。見一人長大端嚴，居王位，衣素練服，簪㉒朱華冠。生戰慄，不敢仰視。左右侍者令生拜，王曰：「前奉賢尊㉓命，不棄小國，許令次女瑤芳，奉事㉔君子。」生但俯伏而已，不敢致詞。王曰：「且就賓宇，續造儀式㉕。」有旨，右相亦與生偕還館舍。生思念之，意以為父在邊將，因歿㉖虜中，不知存亡。將謂父北蕃交通㉗而致茲事。心甚迷惑，不知其由。

是夕，羔雁幣帛㉘，威容儀度，妓樂絲竹，殽膳燈燭，車騎禮物之用，無不咸備。有群女，或稱華陽姑，或稱青溪姑，或稱上仙子，或稱下仙子，若是者數輩。皆侍從數千，冠翠鳳冠，衣金霞帔，綵碧金鈿，目不可視。遨遊戲樂，往來其門，爭以淳于郎為戲弄。風態妖麗，言詞巧豔，生莫能對。復有一女謂生曰：「昨上巳日㉙，吾從靈芝夫人過禪智寺，於天竺院觀石延舞婆羅門㉚。吾與諸女坐

⑨貞元　唐德宗年號（西元七八五—八〇五年）。

⑩廡　正廳旁的廊屋。

⑪䬴馬　餵馬吃草。䬴，通「秣」。音ㄇㄛˋ。

⑫小愈　病稍微好一點。愈，通「癒」。

⑬致命　傳話；傳達命令。

⑭牡　公馬。

⑮郛郭城堞　指城和牆。郛郭，防禦用的外城。堞，城上的矮牆。

⑯傳呼　古時官員出門，由差役在前面喝道，以使行人避讓。

⑰闢　通「避」。

⑱右相　唐代中央設尚書、門下、中書三省，中書省長官稱中書令，高宗、玄宗時改稱右相。

⑲紫衣象簡　穿紫衣，持牙笏。紫衣，唐代三品以上官員的服裝（前文「紫衣使者」是穿粗紫布衫的小吏，與此不同）。簡，笏。古代臣子朝見皇帝時所持以記事的手板。

⑳弊　通「敝」。謙詞，敝陋之意。

㉑辟易　退避；避開。

㉒簪　插；戴。

㉓尊　對別人父親的敬稱。

㉔奉事　服侍，引申為「嫁給」。

㉕續造儀式　下一步就安排結婚的儀式。造，舉辦；安排。

㉖歿　通「沒」。陷沒之意。

㉗交通　交往。

㉘羔雁幣帛　婚禮上用的禮物。羔，小羊。幣，財幣。帛，絲織品。

㉙上巳日　古代以三月上旬的巳日（魏以後定為三月初三）為上巳節。人們會在這天到河邊沐浴洗濯，以為可以祓除災病；後來演變為踏青、郊遊的日子。

㉚婆羅門　曲調名。為唐開元中西涼都督楊敬述進獻，天寶十三年改名霓裳羽衣曲。

北牖㉛石榻上，時君少年，亦解騎㉜來看。君獨強來親洽，言調笑謔。吾與窮英妹結絳巾，挂於竹枝上，君獨不憶念之乎？又七月十六日，吾於孝感寺侍上真子，聽契玄法師講觀音經。吾於講下㉝捨金鳳釵兩隻，上真子捨水犀合子一枚。時君亦講筵中於師處請釵合視之，賞嘆再三，嗟異良久。顧余輩曰：『人之與物，皆非世間所有。』或問吾氏，或訪吾里，吾亦不答。情意戀戀，矚盼不捨。君豈不思念之乎？」生曰：「中心藏之，何日忘之？」群女曰：「不意今日與君為眷屬㉞。」

復有三人，冠帶甚偉，前拜生曰：「奉命為駙馬相者㉟。」中一人與生且故，生指曰：「子非馮翊㊱田子華乎？」田曰：「然。」生前，執手敘舊久之。生謂曰：「子何以居此？」子華曰：「吾放遊，獲受知於右相武成侯段公，因以棲託㊲。」生復問曰：「周弁在此，知之乎？」子華曰：「周生，貴人也。職為司隸㊳，權勢甚盛。吾數蒙庇護。」言笑甚歡。俄傳聲曰：「駙馬可進矣。」三子取劍佩冕服，更衣之。子華曰：「不意今日獲覩盛禮，無以相忘也。」有仙姬數十，奏諸異樂，婉轉清亮，曲調悽悲，非人間之所聞聽。有執燭引導者，亦數十。左右見金翠步障㊴，彩碧玲瓏，不斷數里。生端坐車中，心意恍惚，甚不自安。田子華數言笑以解之。向者群女姑娣，各乘鳳翼輦㊵，亦往來其間。至一門，號「修儀宮」。群仙姑姊亦紛然在側，令生降車輦拜，揖讓升降，一如人間。徹障去扇㊶，見一女子，云號金枝公主。年可十四五，儼若神仙。交歡之禮，頗亦明顯。

生自爾情義日洽，榮曜日盛，出入車服，遊宴賓御，次於王者。王命生與群寮備武衛，大獵於國西靈龜山。山阜峻秀，川澤廣遠，林樹豐茂，飛禽走獸，無不蓄之。師徒㊷大獲，竟夕而還。

生因他日，啟王曰：「臣頃㊸結好之日，大王云奉臣父之命。臣父頃佐邊將，用兵失利，陷沒胡中，爾來絕書信十七八歲矣。王既知所在，臣請一往拜覲。」王遽謂曰：「親家翁職守北土，信問不絕。卿但具書狀知聞，未用便去。」遂命妻致饋賀之禮，一以遣之。數夕還答。生驗書本意，皆父平生之跡，書中憶念教誨，情意委曲，皆如昔年。復問生親戚存亡，閭里㊹興廢。復言路道乖㊺遠，風煙㊻阻絕。詞意悲苦，言語哀傷。又不令生來覲，云：「歲在丁丑，當與女㊼相見。」生捧書悲咽，情不自堪。

他日，妻謂生曰：「子豈不思為政㊽乎？」生曰：「我放蕩不習政事。」妻曰：「卿但為之，余當奉贊。」妻遂白於王。累日，謂生曰：「吾南柯政事不理，太守黜廢，欲藉卿才，可曲屈之。便與小女同行。」生敦授教命㊾。王遂敕有司㊿備太守行李。因出金玉、錦繡、箱奩、僕妾、車馬，列於廣衢(51)，以餞公主之行。生少遊俠，曾不敢有望，至是甚悅。因上表曰：「臣將門餘子，素無藝術(52)，猥(53)當大任，必敗朝章。自悲負乘(54)，坐致覆餗(55)。今欲廣求賢哲，以贊不逮。伏見司隸潁川周弁，

㉛牖　窗戶。

㉜解騎　下馬。

㉝講下　講席之下。

㉞眷屬　親屬；親戚。

㉟相者　導引賓客、贊助行禮的人。

㊱馮翊　古郡名，轄長安以西一帶。

㊲棲託　寄託；安身。

㊳司隸　古官名。負責巡察首都治安的官員。

㊴步障　官僚貴族出行時用以擋風遮塵的屏風。

㊵輦　原指皇帝所乘車輛，這裡泛指貴族的車子。

㊶徹障去扇　撤去輦車的障幕，除去紗扇。

㊷師徒　士卒；軍隊。

㊸頃　不久以前。

㊹閭里　家鄉故里。

㊺乖　隔絕；斷絕。

㊻風煙　消息；音訊。

㊼女　通「汝」。即「你」的意思。

㊽為政　參與政治，指做官。

㊾敦授教命　接受國王託付政事的命令。敦授，敬受。

㊿敕有司　命令有關部門。

(51)衢　大路；四通八達的道路。

(52)藝術　指學術與行政經驗。

(53)猥　辱；承。這裡是謙詞。

(54)負乘　謙稱自己擔任太守一職將遭致麻煩。

忠亮剛直，守法不回，有毗佐之器。處士[56]馮翊田子華清慎通變，達政化之源。二人與臣有十年之舊，備知才用，可託政事。周請署[57]南柯司憲[58]，田請署司農[59]。庶使臣政績有聞，憲章不紊也。」王並依表以遣之。

其夕，王與夫人餞於國[60]南。王謂生曰：「南柯國之大郡，土地豐壤，人物豪盛，非惠政不能以治之。況有周田二贊。卿其勉之，以副國念。」夫人戒公主曰：「淳于郎性剛好酒，加之少年；為婦之道，貴乎柔順。爾善事之，吾無憂矣。南柯雖封境不遙，晨昏有間[61]，今日睽別，寧不沾巾？」生與妻拜首南去，登車擁騎，言笑甚歡。累夕達郡。郡有官吏、僧道、耆老、音樂、車轝、武衛、鑾鈴，爭來迎奉。人物闐咽[62]，鐘鼓喧譁，不絕十數里。見雉堞臺觀，佳氣鬱鬱。入大城門，門亦有大榜，題以金字曰「南柯郡城」。見朱軒棨[63]戶，森然深邃。

生下車[64]省風俗，療病苦，政事委以周、田，郡中大理。自守郡二十載，風化廣被，百姓歌謠，建功德碑，立生祠宇。王甚重之，賜食邑[65]，錫爵位，居臺輔。周、田皆以政治著聞，遞遷大位。生有五男二女。男以門蔭[66]授官；女亦娉於王族。榮耀顯赫，一時之盛，代莫比之。

是歲，有檀蘿國者，來伐是郡。王命生練將訓師以征之。乃表周弁將兵三萬，以拒賊之眾於瑤臺城。弁剛勇輕敵，師徒敗績，弁單騎裸身潛遁，夜歸城。賊亦收輜重鎧甲而還。生因囚弁以請罪，王並捨[67]之。是月，司憲周弁疽發背，卒。生妻公主遘疾[68]，旬日又薨[69]。生因請罷郡，護喪赴國。王許之，便以司農田子華行南柯太守事。生哀慟發引[70]，威儀在途，男女叫號，人吏奠饌，攀轅遮道[71]者不可勝數。遂達於國。王與夫人素衣哭於郊，候靈轝之至。謚公主曰「順儀公主」。備儀仗羽葆[72]鼓吹，葬於國東十里盤龍岡。是月，故司憲子榮信，亦護喪赴國。

生久鎮外藩，結好中國，貴門豪族，靡不是洽。自罷郡還國，出入無恆，交遊賓從，威福日盛。

王意疑憚之。時有國人上表云：「玄象謫見[73]，國有大恐[74]。都邑遷徙，宗廟崩壞。釁起他族，事在蕭牆[75]。」時議以生侈僭[76]之應也。遂奪生侍衛，禁生遊從，處之私第。生自恃守郡多年，曾無敗政，流言怨悖，鬱鬱不樂。王亦知之，因命生曰：「姻親二十餘年，不幸小女夭枉[77]，不得與君子偕老，良用痛傷。」夫人因留孫自鞠育[78]之。又謂生曰：「卿離家多時，可暫歸本里，一見親族。諸孫留此，

---

[55] 覆餗　打翻鼎裡煮的食物。比喻因力不勝任而搞砸事情。餗，音ㄙㄨˋ。美味佳餚。

[56] 處士　品學優而不做官的讀書人。

[57] 署　充任。

[58] 司憲　古官名。掌管司法的官員。

[59] 司農　古官名。掌管錢穀的官員。

[60] 國　首都。

[61] 晨昏有間　與父母隔離，不能早晚請安。

[62] 闐咽　熱鬧；喧譁。闐，音ㄊㄧㄢˊ。

[63] 棨　音ㄑㄧˇ。一種木製的戟，插在建築物前以示威儀。

[64] 下車　指初即位或初到任。

[65] 食邑　古代帝王將一方土地及其住戶封給臣下，讓他們向百姓徵稅，這塊地方即稱之為「食邑」。

[66] 門蔭　貴族官員的親戚或子孫，依等級授給官位的資格。

[67] 捨　赦免；釋放。

[68] 遘疾　生病。

[69] 薨　古代諸侯、王公死亡稱「薨」。

[70] 發引　出殯。引，棺材前牽引的繩索或白布。

[71] 攀轅遮道　拉著車轅，擋住車道，表示挽留。

[72] 羽葆　儀仗中的華蓋，用鳥羽裝飾，只有皇族和有大功勳的大臣才能使用。

[73] 玄象謫見　日月星辰等天象的變動。古人以為這是上天對人間的譴責或警告。

[74] 大恐　大災禍。

[75] 蕭牆　作為內部屏障的當門小牆。這裡指靠近皇帝的地方。

[76] 侈僭　指生活享受超越了應有的身分規定。

[77] 夭枉　年少死亡。

[78] 鞠育　撫養。

無以為念。後三年，當令迎生。」生曰：「此乃家矣，何更歸焉？」王笑曰：「卿本人間，家非在此。」生忽若惛[79]睡，瞢然[80]久之，方乃發悟前事，遂流涕請還。王顧左右以送生。生再拜而去，復見前二紫衣使者從焉。

至大戶外，見所乘車甚劣，左右親使御僕，遂無一人，心甚嘆異。生上車，行可數里，復出大城。宛是昔年東來之途，山川原野，依然如舊。所送二使者，甚無威勢，生逾怏怏。生問使者曰：「廣陵郡何時可到？」二使謳歌自若，久乃答曰：「少頃即至。」俄出一穴，見本里閭巷，不改往日，潸然自悲，不覺流涕。二使者引生下車，入其門，升自階，己身臥於堂東廡之下。生甚驚畏，不敢前近。二使因大呼生之姓名數聲，生遂發寤如初。見家之僮僕擁篲於庭，二客濯足於榻，斜日未隱於西垣，餘樽尚湛於東牖。夢中倏忽，若度一世矣。

生感念嗟嘆，遂呼二客而語之，驚駭，因與生出外，尋槐下穴。生指曰：「此即夢中所驚入處。」二客將謂狐狸木媚[81]之所為祟，遂命僕夫荷斤斧，斷擁腫[82]，折查枿[83]，尋穴究源。旁可袤[84]丈，有大穴，根洞然[85]明朗，可容一榻。上有積土壤，以為城郭臺殿之狀。有蟻數斛，隱聚其中。中有小臺，其色若丹，二大蟻處之，素翼朱首，長可三寸。左右大蟻數十輔之，諸蟻不敢近，此其王矣。即槐安國都也。又窮一穴：直上南枝可四丈，宛轉方中，亦有土城小樓，群蟻亦處其中，即生所領南柯郡也。又一穴：西去二丈，磅礴空圬[86]，嵌窞[87]異狀。中有一腐龜，殼大如斗。積雨浸潤，小草叢生，繁茂翳薈[88]，掩映振[89]殼，即生所獵靈龜山也。又窮一穴：東去丈餘，古根盤屈，若龍虺[90]之狀。中有小土壤，高尺餘，即生所葬妻盤龍岡之墓也。追想前事，感嘆於懷，披閱窮跡，皆符所夢。不欲二客壞之，遽令掩塞如舊。

是夕，風雨暴發。旦視其穴，遂失群蟻，莫知所去。故先言「國有大恐，都邑遷徙」，此其驗矣。

復念檀蘿征伐之事，又請二客訪跡於外。宅東一里有古涸澗，側有大檀樹一株，藤蘿擁織91，上不見日。旁有小穴，亦有群蟻隱聚其間。檀蘿之國，豈非此耶？嗟乎！蟻之靈異，猶不可窮，況山藏木伏之大者所變化乎？

時生酒徒周弁、田子華並居六合縣92，不與生過從旬日矣。生遽遣家僮疾往候之。周生暴疾已逝，田子華亦寢疾於床。生感南柯之浮虛，悟人世之倏忽，遂棲心道門，絕棄酒色。後三年，歲在丁丑，亦終93於家，時年四十七，將符宿契之限94矣。

公佐貞元十八年秋八月，自吳之洛，暫泊淮浦，偶覿95淳于生兒楚96，詢訪遺跡，飜覆97再三，事皆摭實98，輒編錄成傳，以資好事。雖稽神語怪，事涉非經，而竊位著生99，冀將為戒。後之君子，

79 惛　昏昏沉沉。
80 瞢然　眼睛看不清楚的樣子，引申作神智不清。瞢，通「懵」。
81 木媚　樹木化成的妖精。
82 擁腫　樹上突起不平的地方。
83 查枿　砍伐後又長出的樹枝。枿，音ㄋㄧㄝˋ。
84 袤　長度，一般指縱長。
85 洞然　空空洞洞的樣子。
86 磅礴空圬　廣大而中空，中間低而四面高。磅礴，廣大的樣子。圬，同「圩」。凹；中間低而四面高。
87 嵌窞　凹陷的深坑。窞，音ㄉㄢˋ。
88 翳薈　叢聚而掩蔽的樣子。翳，覆蔽。薈，叢生。

89 振　披拂；叢生。
90 虺　一種較長的毒蛇。
91 擁織　糾纏在一起。
92 六合縣　即今江蘇省六合縣。
93 終　人死。
94 符宿契之限　符合以前約定的期限。即槐安國王所謂「後三年，當令迎生」，以及淳于棼父親所謂「歲在丁丑，當與女相見」。
95 覿　音ㄉㄧˊ。見到。
96 淳于生兒楚　「兒楚」原作「棼」，但貞元十八年淳于棼已死。故據明虞初志改。
97 飜覆　反覆。飜，通「翻」。

幸以南柯為偶然，無以名位驕於天壤間云。

前華州參軍李肇[100]贊曰：貴極祿位，權傾國都。達人視此，蟻聚何殊。

[98] 摭　實　據實。摭，音ㄓˊ。摘取。

[99] 竊位著生　指沒有才能而占住要位，藉以生活的人。

[100] 李　肇　元和年間任翰林學士、中書舍人，著有國史補、翰林志。

語譯

東平郡的淳于棼，是江南一帶的俠士。他喜歡喝酒，又常常意氣行事，不拘小節。家中積蓄萬貫財富，還收留了一批豪俠之士。他曾經憑著武藝補官做了淮南軍的偏將，卻因為喝醉酒冒犯主帥，被革職趕走，從此很不得意，整日只顧著喝酒，放浪形骸。他家住在廣陵郡東面十里之地，住宅南邊有一棵古老的大槐樹，枝幹又長又密，樹蔭遮蓋了好幾畝地。淳于棼每天都與那批豪俠之士在槐樹下開懷暢飲。

貞元七年九月的一天，淳于棼因為喝酒過量不舒服。當時兩個朋友就將他由席上扶至家中，讓他躺在正屋東面的廊屋下。二人對他說：「你好好睡著，我們去餵馬、洗腳，等你略好一些再走。」淳于棼解下頭巾上床睡覺，腦袋昏昏沉沉、恍恍惚惚，好像做起夢來。他看到有兩個穿紫衣的使者向他跪拜道：「槐安國王派小臣傳旨邀請大駕。」淳于棼不知不覺起身下床，整了整衣服就跟著兩位使者到了門口。只見一輛青色油壁小車，套著四匹馬，車旁還站著七八個侍從。他們將淳于棼扶上馬車，出了大門，就向古槐樹下的洞穴奔去。使者駕著馬車進入洞中，淳于棼心中覺得很奇怪，卻不敢發問。這時忽然發現眼前的山河景物、草木道路都與人間大為不同。又往前走了幾十里，出現了一座城牆。車轎行人，川流不息。淳于棼身旁駕車的人很有威勢地喝道，路上的行人爭相往兩邊躲閃。

車子進入大城，朱紅色的城門，幾層高的城樓，樓上有一塊金字匾額，上面題著「大槐安國」。守城門的人見到淳于棼，連忙跑出來拜見。一會兒，有個騎馬的人來傳令說：「國王因駙馬遠道光臨，吩咐請暫時在東華館休息。」說完，就在前面帶路。不久就看到一道大門敞開著，淳于棼下車走了進去。只見五彩的欄杆，雕花的樑柱，庭院裡種著一排排珍奇的花草果木，廳堂上則擺放著茶几、桌椅、墊褥、簾幕、酒菜。淳于棼看了，心裡很高興。接著又有人喊：「右丞相要來了。」淳于棼連忙下臺階恭候。只見一位穿著紫色官袍，手持象牙笏板的人快步走上前來，兩人恭敬地行了賓主之禮。右丞相說：「敝國國君不自量自己國家的荒遠偏僻，奉請您來，是想和您締結姻親。」淳于棼說：「我這種微賤愚劣之人，怎敢有此妄想？」右丞相於是請淳于棼同到皇宮拜謁。

走了大約一百來步，進了一道朱紅色的大門。左右兩旁陳列著矛、戟、斧、鉞等儀仗，幾百名禁衛軍官都退立在走道兩邊，淳于棼平日的一個酒友周弁也站在其中。淳于棼心裡暗自高興，卻不敢上前問候。右相領著淳于棼登上大殿，侍衛森嚴，似乎就是大殿所在。只見一個高大威嚴的人坐在王位上，身穿白色絹袍，頭戴華麗的紅色王冠。淳于棼嚇得渾身發抖，不敢抬頭看。兩旁的侍者教淳于棼下拜，國王說：「先前我得到令尊大人的吩咐，承蒙他不嫌棄我們這個小國，同意讓我的二女兒瑤芳嫁給您。」淳于棼只是俯首伏地，一句話也不敢說。國王接著說：「請您先暫住賓館休息，然後舉辦婚禮。」旨意傳下，右相也陪著淳于棼回到了賓館。淳于棼心中想著此事，自己的父親帶兵守邊，後來陷沒在敵軍中，生死不明。大概是他與北面的蕃邦有來往才促成了這樁婚事。他心中很疑惑，不明白到底是怎麼回事。

當晚，便舉行婚禮。羔羊、大雁、財幣、綢緞等聘禮，禮儀法度、樂器歌女、酒筵燈燭、車馬禮品等無不齊備。又有一群女子，有的叫華陽姑，有的叫青溪姑，有的叫上仙子、下仙子，像這樣的姑娘有好多個。她們都有幾千個的侍從，戴著珠翠鑲的鳳冠，穿著金線織就的霞帔，身上五彩青碧的嵌金首飾，使人眼花撩亂。她們嬉戲玩耍，在賓館來來去去，爭著與淳于棼開玩笑。這些女子風姿妖嬈美麗，言詞巧妙浮豔，淳于棼根本不能應付。又有一個女子對他說：「上回上巳日，我跟著靈芝夫人到禪智寺，在天竺院看石延跳婆羅門舞。我和女伴們坐在北窗邊的石床上，那時你還年輕，也下馬來看，還獨自湊過來硬要和我們親近，與我們調笑戲謔。我與窮英妹妹把紅頭巾打了個結，掛在竹枝上，這些事你都不記得了嗎？還有七月十六日，我在孝感寺陪著上真子，聽契玄法師講觀音經。我在講壇下施捨了兩隻金鳳釵，上真子施捨了一隻犀牛角的盒子。當時你也在講席中，向法師請求將釵、盒拿來看看。你讚嘆不已，感慨了很久，還對我們說：『你們的人與東西，都不是人世間所能有的。』一會兒又問我們的姓氏，一會兒探聽我們的住址，我們一概不回答，你就戀戀不捨，望著我們不願離去。你難道不記得了嗎？」淳于棼說：「這些事我都放在心裡，沒有一天忘記過。」眾女子說：「想不到今天竟和你成了親戚。」

接著有三個穿戴得很威風體面的男子，上前向淳于棼拜揖，說：「我們奉命來為駙馬做儐相。」其中有一個人正是淳于棼的舊識，淳于棼指著他問：「你不是馮翊郡的田子華嗎？」田子華說：「是啊！」淳于棼於是上前，拉住他的手敘舊了好一陣子。淳于棼問他道：「你怎麼會在這裡呢？」田子華說：「我到處遊蕩，得到了右丞相武成侯段老爺的賞識，才得以在此棲身。」淳于棼又問道：「周弁也在這裡，你知道嗎？」田子華說：「周弁可是個顯要的人。他擔任司隸，權勢可大了。我好幾次都得到了他的照顧庇護。」兩人有說有笑，十分高興。不久，有人傳話說：「駙馬可以進宮了。」三個儐相便捧出寶劍、玉珮、衣帽請淳于棼換上。田子華說：「想不到今天有幸看到這樣隆重的婚禮，你以後可不要忘記我啊！」這時有幾十名美女演奏著各種奇妙的樂曲，聲音婉轉清亮，曲調淒切悲涼，絕不是人世間所能聽到的。另外又有幾十個美女捧著燈燭，在前面引路。一路走著，兩旁都是金黃翠綠的步障，顏色絢麗，式樣精巧，綿延數里。淳于棼端坐在車中，心神恍惚，覺得很不安。田子華和他說說笑笑，解除他不安的情緒。剛才那群姑嫂姐妹也各自乘著鳳翼車，來往於步障之間。到了一處稱為「修儀宮」的門前，那群女子都擁在淳于棼身邊，讓他下車行禮，那些跪拜進退的禮節與人間毫無兩樣。等到侍女撤去輦車的障幕，移走紗扇，看見一個女子，號為金枝公主，年紀大約十四五歲，彷彿神仙一般美麗。後來舉行的交拜之禮也很有排場。

淳于棼婚後與公主的感情一天比一天深，榮寵也與日俱增，出門時的車馬服飾，遊樂宴會時的排場，只比國王稍差些。有一次，國王命令淳于棼與大臣們帶著侍衛，到京城西面的靈龜山進行大規模的狩獵。那裡的山崗峻拔秀美，河流湖泊廣闊深遠，樹木繁茂，蓄養了各式各樣的飛禽走獸。整隊人馬收穫豐盛，玩到通宵才回去。

有一天，淳于棼啟奏國王說：「臣下結婚的時候，大王說是奉家父的命令。家父以前帶兵守邊，打仗失利，陷落在蕃邦，到現在音訊不通已經有十七、八年了。大王既然知道他的下落，請讓我去拜見一次。」國王連忙說：「親家公守衛北方疆土，音信不斷，你只要寫封信把情況告訴他就行了，不用急著跑去。」淳于棼就請妻子打點好禮物，與家信一道送去。幾天後，回信就來了。淳于棼細看信上的內容，都是父親的舊事，又有思念和教導的話，情意深婉含蓄，和以前一樣。還問到親友的生死情形，家鄉的興衰變化。又說道路阻隔遼遠，音訊不通，說得很是淒苦，卻又不讓淳于棼來會見，只說：「到了丁丑年，我們就會見面的。」淳于棼捧著信悲傷地哭了起來，難過得不得了。

一天，妻子對淳于棼說：「你難道不想做官嗎？」淳于棼說：「我生性閒散放浪，不熟悉做官之道。」妻子說：「你只管做好了，我會幫助你的。」妻子便去稟告國王。過了幾天，國王對淳于棼說：「我國的南柯郡治理得不好，太守已被革職，我想借重你的才幹，你就委屈擔任這個職務，和小女一道去吧！」淳于棼恭敬地接受了任命。國王於是命令有關部門為太守準備行裝用物，並拿出許多黃金、寶玉、綢緞、箱籠、婢女、車馬，排列在大街上，為公主餞行。淳于棼自小就只會行俠仗義，從來沒有過這種希望，現在能得到這種榮耀非常高興。他上了一道奏章說：「臣是武將的後代，素來沒有什麼本領，竟擔當如此的重任，一定會敗壞國家的政事。臣自覺不能擔此重任，擔心貽誤公事。現在想廣泛地徵求有才德的人，來彌補我的不足。以臣的淺見，司隸潁川郡的周弁，忠正剛直，執法無私，有佐理政務的才幹。馮翊郡的處士田子華為人清廉謹慎，通曉事理的變化，深知施政教化的根本。這兩個人與臣都有十年交情，深知他們的才能，可以把政事託付給他們。請求讓周弁擔任南柯郡司憲，田子華擔任司農，希望這樣可以使臣做出些成績，法制也不致紊亂。」國王批准了奏章，把兩人派給了他。

當晚，國王和夫人在城南為淳于棼設宴餞行。國王對淳于棼說：「南柯是我國的一個大郡，土地肥沃，人口繁盛，不用寬厚愛民的政策是治理不好的。何況現在有周、田二人的輔佐，希望你好好努力，以符合國家的期望。」夫人也告誡公主道：「淳于棼性格倔強，又愛喝酒，加上年輕氣盛；做妻子的，最重要的是溫柔和順。你能好好地侍候他，我就不擔心了。南柯雖然並不很遠，但畢竟不能早晚見面，今日一別，叫我怎能不落淚呢？」淳于棼和妻子向國王、夫人磕頭辭行，便向南而去，坐上車子，兩旁有大批的騎士護衛，二人說說笑笑，很是高興。過了幾天，到達了南柯郡。那裡的大小官員、和尚道士、父老士紳、奏樂的、趕車的、侍衛、儀仗隊等都爭先恐後地來迎接他們。路上人群擁擠，聲音雜亂，鐘鼓鳴奏，綿延了十幾里路。只見城牆樓臺，雄偉壯觀。進了城門，城門上也有一塊匾額，上面題著「南柯郡城」四個金字。而朱紅的屋宇，門前的各種兵器儀仗，看上去既威嚴又幽深。

淳于棼到任後體察風俗民情，解除百姓的痛苦，行政事務則交給周、田二人，將南柯郡治理得極好。淳于棼做了二十年太守，教化普及郡內，百姓們歌頌他，為他樹立述頌功德的石碑，他還活著就為他建立祠堂。國王也很器重他，賞給他封地，賜給他爵位，讓他位居宰輔之位。周、田二人也因政績卓著，不斷升官。淳于棼生了五個兒子兩個女兒。兒子都靠門蔭封了官，女兒也與王族子弟訂了婚。淳于棼的榮耀顯赫，盛極一時，沒人能和他相比。

就在這年，有個檀蘿國來侵犯南柯郡。國王命令淳于棼選將練兵去抵禦檀蘿入侵。淳于棼於是上奏保薦周弁，讓他帶三萬兵力在瑤臺城阻擊敵人。周弁剛愎自用，單憑血氣之勇，輕視敵人，結果打了個大敗仗。周弁單身匹馬，光著身體乘著夜色偷偷地逃回城中。敵軍則獲取了各種武器、物資撤兵回國。淳于棼將周弁押起來向國王請罪，國王卻赦免了他們。就在這個月，周弁背上長了毒瘡，一下就死了。淳于棼的妻子金枝公主也染上了疾病，十幾天就逝世了。淳于棼於是請求卸除太守的職務，護送靈柩回京。國王批准了他的請求，就委任司農田子華行使太守職權。淳于棼悲傷痛苦，護送靈柩起程，儀仗一路上走，都有男男女女痛哭呼號，百姓官吏設酒菜祭奠，攀住車轅、擋住去路捨不得太守離去的更是不計其數。到了首都，國王和夫人已穿了白衣服在城外哭泣，等候靈車到來。國王賜給公主的諡號是「順儀公主」。他們備辦了隆重的儀仗、華蓋、樂隊，將公主葬在京城東面十里的盤龍岡。當月，故司憲周弁之子周榮信，也護送靈柩回到京城。

淳于棼雖然長期鎮守外郡，但與京城的人士有交情，豪門顯貴，沒有不和他交好的。自從他解職回京後，隨意出入，交遊廣闊，權勢一天比一天高。國王開始對他有所懷疑忌憚。這時有人上了一道奏章說：「天象出現了凶險的預兆，國家將有大的災禍，都城會遷移，宗廟會毀壞，禍端雖是外族挑起，事變卻出自內部。」當時輿論認為這些是淳于棼奢侈越禮所導致的徵兆。國王於是撤除了他的侍衛，禁止他與別人交往，將他軟禁在家中。淳于棼自恃鎮守南柯郡多年，從來沒有失職的地方，現在卻遭受這種待遇，不免發一些牢騷，心中悶悶不樂。國王也知道了，就對他說：「我們結成親戚已經二十多年了，不幸我女兒死得太早，不能和你白頭到老，這真讓人難過啊！」夫人便將外孫留在身邊自己撫養。國王又對淳于棼說：「你離開家鄉已經很久了，可以暫時回到故里，探望一下親戚。外孫們就留在這裡，不必掛念。三年以後，我會派人去接你的。」淳于棼說：「這裡就是我的家啊，我還能回到哪兒去呢？」國王笑著說：「你本是人間之人，家並不在這兒。」淳于棼這時忽然感覺自己好像一直在昏睡，迷糊了好一會兒，才想起了以前的事，於是流著淚請求回家。國王看看左右侍從，示意他們送淳于棼離開。淳于棼向國王拜了兩拜就離開了。這時，又看到了從前那兩位紫衣使者跟隨在一旁了。

到了大門外，發現為他準備的車子十分簡陋，身邊連一個侍從、車夫也沒有，淳于棼心裡覺得很詫異。他登上車，走了幾里路，又出了大城，宛然就是當年東來時走過的路，山川田野，景色如舊。可是送他的兩個使者，一點兒都不威風，淳于棼心中更加不快。他問使者說：「什麼時候能到廣陵郡？」兩人自顧自地唱著歌，過了好久才回答說：「一會兒就到了。」不久，車子駛出一個洞穴，淳于棼看到家鄉的街道巷弄，和從前一模一樣，不由得落下眼淚。兩個使者領著他下車，進了家門，走上臺階，發現自己正睡在正廳東面的廊屋下，淳于棼大吃一驚，不敢往前。兩個使者於是大喊了幾遍淳于棼的名字，淳于棼這才驚醒過來。他看到家裡的僮僕正拿著掃帚在打掃庭院，兩位朋友正坐在床邊洗腳，夕陽也還沒有隱沒在西牆之下，杯中的剩酒還在東窗下反光。夢中光陰快速，好像已經過了一輩子。

淳于棼感慨嘆息，便把兩位朋友叫來，將夢中的經歷都告訴了他們，兩人聽了都很驚訝，於是和淳于棼一起出門尋找槐樹下的洞穴。淳于棼指著那洞穴說：「這就是我夢中進入的地方。」兩位朋友認為這是狐貍或樹妖之類的東西在作怪，就命令僕人拿著刀斧，砍掉樹根上的疙瘩，折掉樹根邊新生的枝杈，想要一探究竟。結果發現樹根邊丈把遠的地方，有一個大洞。洞裡寬敞明亮，可以放下一張床。上面有堆積的泥土，像是城樓宮殿的樣子。有無數螞蟻藏在裡面。中間還有一個小臺，顏色紅得像朱砂，有兩隻大螞蟻在上面，白色的翅膀，紅色的頭，大約有三寸長，兩旁有幾十隻大螞蟻護衛著牠們，其他的螞蟻都不敢靠近，牠就是國王。而這裡就是槐安國的京城。他們又挖通一個洞穴，直通南面的樹枝，大約有四丈遠。洞裡彎彎曲曲，也有土城和小樓，裡面也住著一群螞蟻，這就是淳于棼所統轄的南柯郡。還有一個洞穴，在西面兩丈左右，廣闊而空洞，中間低而四邊高，凹陷的深坑形狀很奇怪，中間有一隻腐爛的烏龜，殼大得像一隻斗。由於積雨的浸潤，小草叢生，長得茂盛濃密，把整個龜殼都遮住了，這就是淳于棼打獵去過的靈龜山。又挖到一個洞穴，在東面一丈多遠的地方，那兒有老樹根盤繞著，彷彿龍蛇的模樣，中間有個小土堆，一尺多高，就是淳于棼埋葬妻子的盤龍岡墓穴。淳于棼追憶往事，心中感慨萬千，看看挖掘出來的這些蹤跡，和夢中經歷的完全相符。因為不想讓兩個朋友毀壞它們，便趕快讓僕人將它們照舊掩埋好。

當晚，風雨大作。第二天去察看洞穴時，發現蟻群已經不見，不知跑到哪裡去了。所以先前夢中所聽到的「國家將有大難，京城將要遷移」的話，得到應驗了。淳于棼又想到與檀蘿國征戰的事，又請兩位朋友外出尋訪蹤跡。住宅的東面一里遠，有一條早已枯竭的小澗，小澗旁有一棵大檀樹，上面爬滿了藤蘿，遮蔽得看不見太陽。樹旁有一個小洞，也有蟻群聚集在裡面。所謂「檀蘿國」不就是這地方嗎？唉，螞蟻的精靈怪異，尚且難以窮盡，更何況那些潛藏在山林中的大動物的靈異變化呢？

當時淳于棼的酒友周弁、田子華都住在六合縣，和淳于棼已有十多天沒來往了，淳于棼連忙派僕人趕快去探望他們，才知道周弁已得急病死了，田子華也臥病在床。淳于棼有感於南柯夢境的虛幻，體悟到人生的短暫，就專心學道，戒絕酒色了。三年後，正是丁丑年，他也在家中逝世，當時四十七歲，正符合從前夢中他父親與國王所定的期限。

貞元十八年秋八月，公佐從吳郡赴洛陽，在淮河邊暫時停泊，偶然見到了淳于棼的兒子淳于楚，便向他打聽此事，並多次考察，發現此事全部屬實，於是就將此事編成傳記，給那些好事的人作為談資。雖然是談神說怪，不合道理，但希望能使那些竊取高位、貪戀世間享受的人引以為戒。也希望後代的君子把淳于棼南柯夢中的驟然富貴當作偶然，不要因為名聲地位而在天地間驕傲凌人。

前華州參軍李肇有贊語說：官做到最高，權勢勝過京城裡的每個人，在通達的人看來，與一群螞蟻有什麼兩樣。

賞析

本文是唐代夢幻類傳奇小說的代表作。可概分為五大部分：首先，敘淳于棼酒醉沉睡，夢中受邀至大槐安國。接著，敘淳于棼被國王招為駙馬，過著富貴的生活。其次，敘淳于棼任南柯太守，治績卓著，顯赫一時。緊接著筆鋒一轉，敘公主過世後，淳于棼受譏被斥逐回鄉。最後，敘淳于棼夢醒，尋得蟻穴，從而體悟人世的浮虛。

本文的特色在於它獨特的情節設置。作者不僅假託夢境，更將背景設定在蟻穴之中。明明是淳于棼的幻夢一場，可是醒來後「尋穴究源」，夢中的經歷又一一找到實據。真邪？幻邪？虛邪？實邪？真假莫辨，耐人尋味。淳于棼的得勢與失勢、剛到大槐安國的驚異與勘察蟻穴後的恍然大悟，構成了一組組戲劇張力，為小說增添了搖曳跌宕之姿。作者大肆鋪敘淳于棼的宦海沉浮，細緻描繪他得意時的顯赫富貴以及失勢時的委屈落寞，從而吸引讀者對主人公遭遇的濃厚興趣。正當讀者對小說的敘事飽含期待之時，作者又用淡淡幾筆翻轉了局勢，指出這所有鄭重其事的喧囂與寂寞、顯赫與落魄全屬虛妄、無稽。這在讀者心靈上所產生的震撼力，較之淳于棼，恐怕也相去無幾，對淳于棼「感南柯之浮虛，悟人世之倏忽」的感悟，也就很容易認同了。

延伸閱讀

1. 盧汾（太平廣記卷四七四）
2. 櫻桃青衣（太平廣記卷二八一）
3. 沈既濟枕中記（可參考三民書局出版之唐傳奇選）
4. 參考資料：
張漢良「楊林」故事系列的原型結構（收於中外文學三卷十一期，一九七五年四月）

鶯鶯傳

導讀

本篇選自太平廣記卷四八八。內容敘述張生在蒲州普救寺巧遇富家女崔鶯鶯，兩人一見鍾情，私訂終身。後來張生進京考試，卻拋棄了鶯鶯，最後各自婚嫁，戀情化為烏有。鶯鶯傳是唐代傳奇小說中的愛情名篇，對後世的影響很大，無論是宋代趙德麟的商調蝶戀花、金董解元的西廂記諸宮調，或是元王實甫的雜劇西廂記，都是在本文的基礎上發展而成的。

作者元稹（西元七七九—八三一年），字微之。中唐詩人，與白居易齊名，兩人共同提倡「新樂府」詩體，世稱「元白體」。著有元氏長慶集。

貞元❶中，有張生者，性溫茂❷，美風容，內秉堅孤❸，非禮不可入。或朋從游宴，擾雜其間，他人皆洶洶拳拳❹，若將不及❺，張生容順❻而已，終不能亂。以是年二十三，未嘗近女色。知者詰

❶貞　元　唐德宗年號（西元七八五—八〇五年）。
❷溫　茂　溫和多情。
❸內秉堅孤　秉性堅毅孤傲。
❹洶洶拳拳　吵鬧起鬨的樣子。
❺若將不及　唯恐不及別人。
❻容　順　表面隨和敷衍。

之，謝而言曰：「登徒子[7]非好色者，是有凶行[8]。余真好色者，而適不我值[9]。何以言之？大凡物之尤者，未嘗不留連於心，是知其非忘情者也。」詰者識[10]之。

無幾何，張生遊於蒲[11]。蒲之東十餘里，有僧舍曰普救寺，張生寓焉。適有崔氏孀婦，將歸長安，路出於蒲，亦止茲寺。崔氏婦，鄭女也。張生出於鄭，緒其親，乃異派之從母[12]。是歲，渾瑊[13]薨於蒲。有中人[14]丁文雅，不善於軍，軍人因喪而擾，大掠蒲人。崔氏之家，財產甚厚，多奴僕。旅寓惶駭，不知所託。先是，張與蒲將之黨有善，請吏護之，遂不及於難。十餘日，廉使杜確[15]將天子命以總戎節[16]，令於軍，軍由是戢[17]。

鄭厚張之德甚，因飾饌[18]以命[19]張，中堂宴之。復謂張曰：「姨之孤嫠未亡[20]，提攜幼稚。不幸屬[21]師徒大潰，實不保其身。弱子幼女，猶君之生。豈可比常恩哉！今俾以仁兄禮奉見，冀所以報恩也。」命其子曰歡郎，可十餘歲，容甚溫美。次命女：「出拜爾兄，爾兄活爾。」久之，辭疾。鄭怒曰：「張兄保爾之命。不然，爾且擄矣。能復遠嫌乎？」久之，乃至。常服睟容[22]，不加新飾，垂鬟接黛[23]，雙臉銷紅[24]而已。顏色豔異，光輝動人。張驚，為之禮。因坐鄭旁，以鄭之抑[25]而見也，凝睇[26]怨絕，若不勝其體者。問其年紀。鄭曰：「今天子甲子歲之七月，終於貞元庚辰[27]，生年十七矣。」張生稍以詞導之，不對。終席而罷。

張自是惑之，願致其情，無由得也。崔之婢曰紅娘，生私為之禮者數四，乘間遂道其衷。婢果驚沮，腆然[28]而奔。張生悔之。翼日，婢復至。張生乃羞而謝之，不復云所求矣。婢因謂張曰：「郎之言，所不敢言，亦不敢泄。然而崔之姻族，君所詳也。何不因其德而求娶焉？」張曰：「余始自孩提，性不苟合。或時紈綺[29]閒居，曾莫流盼。不為當年，終有所蔽[30]。昨日一席間，幾不自持。數日來，行忘止，食忘飽，恐不能逾旦暮，若因媒氏而娶，納采問名[31]，則三數月間，索我於枯魚之肆[32]矣。

爾其謂何？」婢曰：「崔之貞慎自保，雖所尊不可以非語㉝犯之。下人之謀，固難入矣。然而善屬文，往往沉吟章句，怨慕㉞者久之。君試為喻情詩以亂㉟之。不然，則無由也。」張大喜，立綴春詞二首

⑦登徒子　戰國時代宋玉寫了一篇登徒子好色賦，後以「登徒子」為好色者的代稱。

⑧凶行　猶「淫行」。

⑨適不我值　偏偏我又沒有遇到。

⑩識　以為有見識，作動詞用。

⑪蒲　蒲州。位於長安東北方，治所在今山西省永濟縣西。

⑫從母　姨母。

⑬渾瑊　唐朝將領。瑊，音ㄓㄣ。

⑭中人　宦官。

⑮廉使杜確　廉使，觀察使。杜確，原為同州刺史，渾瑊去世後，受命為河中尹兼河中絳州觀察使。

⑯戎節　兵符。引申指兵權。

⑰戢　止息。

⑱飾饌　即擺設宴席。

⑲命　邀請；宴請。

⑳孤嫠未亡　指孤兒寡婦。

㉑屬　音ㄓㄨˇ。適逢。

㉒睟容　天然光澤的臉色。睟，音ㄙㄨㄟˋ。潤澤的樣子。

㉓垂鬟接黛　兩鬟（少女髮型）低垂下來靠近眉毛，指沒有特別修飾容貌的樣子。黛，畫眉之物，此處指雙眉。

㉔雙臉銷紅　兩頰微紅。

㉕抑　強迫。

㉖凝睇　注視；注目斜視。

㉗庚辰　貞元十六年（西元八〇〇年）。

㉘腆然　害羞的樣子。

㉙紈綺　有花紋的細絹，這裡代指女子。

㉚不為當年二句　當年不肯做，是由於見識不通明的緣故。這裡再度說明了第一段的「余真好色者，而適不我值」。

㉛納采問名　古代婚姻成立須經過納采、問名、納吉、納徵、請期、親迎六個步驟，禮節極其繁瑣。

㉜枯魚之肆　賣乾魚的店鋪。語出莊子外物篇。

㉝非語　不正經的話。

㉞怨慕　怨己之不得親而思慕也。

㉟亂　打動；擾亂。

以授之。是夕，紅娘復至，持綵箋以授張，曰：「崔所命也。」題其篇曰明月三五夜㊱。其詞曰：「待月西廂下，迎風戶半開。拂牆花影動，疑是玉人來。」張亦微喻其旨。是夕，歲二月旬有四日矣。崔之東有杏花一株，攀援可踰。既望之夕，張因梯其樹㊲而踰焉。達於西廂，則戶半開矣。紅娘寢於床。生因驚之。紅娘駭曰：「郎何以至？」張因紿㊳之曰：「崔氏之箋召我也，爾為我告之。」無幾，紅娘復來。連曰：「至矣！至矣！」張生且喜且駭，必謂獲濟㊴。及崔至，則端服嚴容，大數張曰：「兄之恩，活我之家，厚矣。是以慈母以弱子幼女見託。奈何因不令㊵之婢，致淫逸之詞。始以護人之亂為義，而終掠亂以求㊶之。是以亂易亂，其去幾何？誠欲寢㊷其詞，則保人之姦，不義。明之於母，則背人之惠，不祥。將寄於婢僕，又懼不得發其真誠。是用託短章，願自陳啟。猶懼兄之見難，是用鄙靡之詞，以求其必至。非禮之動，能不愧心？特願以禮自持，毋及於亂！」言畢，翻然而逝。張自失者久之。復踰而出，於是絕望。

數夕，張生臨軒獨寢，忽有人覺之。驚駭而起，則紅娘斂衾攜枕而至，撫張曰：「至矣，至矣！睡何為哉！」並枕重衾而去。張生拭目危坐久之，猶疑夢寐，然而修謹以俟。俄而紅娘捧㊸崔氏而至。至，則嬌羞融治，力不能運支體㊹，曩時㊺端莊，不復同矣。是夕，旬有八日也。斜月晶瑩，幽輝半床。張生飄飄然，且疑神仙之徒，不謂從人間至矣。有頃，寺鐘鳴，天將曉，紅娘促去，崔氏嬌啼宛轉，紅娘又捧之而去，終夕無一言。張生辨色而興㊻，自疑曰：「豈其夢邪？」及明，覩粧㊼在臂，香在衣，淚光熒熒然，猶瑩於茵席而已。是後又十餘日，杳不復知。張生賦會真㊽詩三十韻，未畢，而紅娘適至，因授之，以貽崔氏。自是復容之，朝隱而出，暮隱而入，同安於曩所謂西廂者，幾一月矣。張生常詰鄭氏之情，則曰：「我不可奈何矣。」因欲就成之。

無何，張生將之長安，先以情諭之。崔氏宛無難詞，然而愁怨之容動人矣。將行之再夕㊾，不復可見，而張生遂西下。數月，復遊於蒲，會於崔氏者又累月。崔氏甚工刀札[50]，善屬文。求索再三，終不可見。往往張生自以文挑，亦不甚覩覽。大略崔之出人者，藝必窮極，而貌若不知；言則敏辯，而寡於酬對。待張之意甚厚，然未嘗以詞繼之。時愁豔幽邃[51]，恆若不識，喜慍之容，亦罕形見。異時[52]獨夜操琴，愁弄悽惻。張竊聽之，求之，則終不復鼓矣。以是愈惑之。

張生俄以文調[53]及期，又當西去。當去之夕，不復自言其情，愁嘆於崔氏之側。崔已陰知將訣矣，恭貌怡聲，徐謂張曰：「始亂之，終棄之。固其宜矣，愚不敢恨。必也君亂之，君終之，君之惠也。則沒身之誓[54]，其有終矣。又何必深感[55]於此行？然而君既不懌[56]，無以奉寧[57]。君常謂我善鼓琴，向時羞顏，所不能及。今且往矣，既君此誠[58]。」因命拂琴，鼓霓裳羽衣序，不數聲，哀音怨亂，不

[36] 三五夜　農曆十五日的晚上。

[37] 梯其樹　以樹為梯。

[38] 紿　音ㄉㄞˋ。哄騙。

[39] 獲濟　得以成功；能夠濟事。

[40] 不令　不善。

[41] 掠亂以求　乘人之危而求取。

[42] 寢　隱瞞。

[43] 捧　簇擁；扶擁。

[44] 支體　整個身體。亦僅指四肢。

[45] 曩時　從前。

[46] 辨色而興　天色微明時就起床了。辨色，指天將明，能辨清東西的時候。

[47] 粧　脂粉。

[48] 會真　遇仙的意思。唐人一般用「真」或「仙」作妖豔女子的代稱。

[49] 再夕　前兩天晚上。

[50] 刀札　借指書法。

[51] 愁豔幽邃　愁容豔麗、靜默深沉。

[52] 異時　他時；有一天。

[53] 文調　指科舉考試。

[54] 沒身之誓　至死不分離的盟誓。

[55] 感　通「憾」。遺憾。

[56] 不懌　不悅。懌，音ㄧˋ。

[57] 無以奉寧　沒有什麼可以安慰你。

復知其是曲也。左右皆欷歔。崔亦遽止之，投琴，泣下流連[59]，趨歸鄭所，遂不復至。明旦而張行。

明年，文戰不勝[60]，張遂止於京[61]。因贈書於崔，以廣其意[62]。崔氏緘報[63]之詞，粗載於此，曰：「捧覽來問，撫愛過深。兒女之情，悲喜交集。兼惠花勝一合[64]，口脂五寸，致耀首膏脣之飾。雖荷殊恩，誰復為容？睹物增懷，但積悲嘆耳。伏承[65]使於京中，就業進修之道，固在便安[66]。但恨僻陋之人，永以遐棄[67]。命也如此，知復何言！自去秋已來，常忽忽如有所失。於喧譁之下，或勉為語笑，閒宵自處，無不淚零，乃至夢寐之間，亦多感咽。離憂之思，綢繆繾綣，暫若尋常，幽會[68]未終，驚魂已斷。雖半衾如暖，而思之甚遙。一昨[69]拜辭，倏逾舊歲。長安行樂之地，觸緒牽情。何幸不忘幽微[70]，眷念無斁[71]。鄙薄之志，無以奉酬。至於終始之盟，則固不忒[72]。鄙昔中表相因，或同宴處。婢僕見誘，遂致私誠。兒女之心，不能自固。君子有援琴之挑[73]，鄙人無投梭之拒[74]。及薦寢席，義盛意深。愚陋之情，永謂終託。豈期既見君子，而不能定情，致有自獻之羞，不復明侍巾幘[75]。沒身永恨，含嘆何言？倘仁人用心，俯遂幽眇[76]，雖死之日，猶生之年。如或達士略情[77]，捨小從大，以先配[78]為醜行，以要盟[79]為可欺。則當骨化形銷，丹誠不泯，因風委露，猶託清塵[80]。存沒之誠，言盡於此。臨紙鳴咽，情不能申。千萬珍重，珍重千萬！玉環一枚，是兒[81]嬰年所弄，寄充君子下體所佩[82]。玉取其堅潤不渝，環取其終始不絕。兼亂絲一絇[83]，文竹茶碾子[84]一枚。此數物不足見珍。意者欲君子如玉之真[85]，弊[86]志如環不解。淚痕在竹，愁緒縈絲。因物達情，永以為好耳。心邇身遐[87]，拜會無期。幽憤所鍾，千里神合。千萬珍重！春風多厲，強[88]飯為嘉。慎言自保，無以鄙為深念。」

張生發其書於所知，由是時人多聞之。所善楊巨源好屬詞，因為賦崔娘詩一絕云：「清潤潘郎[89]玉不如，中庭蕙草[90]雪銷初。風流才子多春思，腸斷蕭孃[91]一紙書。」河南元稹亦續生會真詩三十韻，詩曰：（略）

58 既君此誠　滿足你這個心願。

59 流　連　即「流漣」，淚水不斷的樣子。

60 文戰不勝　考試落第。

61 遂止於京　唐時習俗，士子考試落第後一般都留居長安，找一僻靜地方讀書習文，以備再考。

62 廣其意　使她寬心。

63 緘　報　復信；回信。

64 花勝一合　一盒首飾。花勝，古代女子佩戴的花形髮飾。合，通「盒」。

65 伏　承　敬詞。即「敬從來信得知……」的意思。

66 便　安　便利安靜。

67 遐　棄　遠遠地拋棄。

68 幽　會　指夢中相會。

69 一　昨　前些日子。

70 幽　微　鶯鶯自稱的謙詞。意謂自己很渺小卑微。

71 無　斁　沒有厭棄。斁，音ㄧˋ。

72 不　忒　不變。忒，音ㄊㄜˋ。變更。

73 援琴之挑　指張生以詩文打動鶯鶯芳心。典故出自漢代司馬相如以琴聲挑逗卓文君，文君於是夜奔相如。

74 投梭之拒　指鶯鶯沒有拒絕張生的挑逗。典故出自晉代謝鯤隔牆調戲鄰居高家女兒，高女投擲織布梭子，打掉了謝鯤的兩顆牙齒。

75 侍巾幘　侍候丈夫穿戴。代指作人妻子。

76 俯遂幽眇　屈就我的願望。俯，指張生在高處低身來屈就卑下的自己。遂，成全。幽眇，猶卑微，鶯鶯對自己的謙稱。

77 略　情　不重視愛情。

78 先　配　未告祖廟而先行婚配。

79 要　盟　指兩人最初結合時所訂的誓約。

80 清　塵　這裡指張生。清塵原為車後揚起的灰塵，引申指尊貴者的車駕。後又用為對人的敬稱。

81 兒　古代婦女自稱。

82 下體所佩　古人佩玉，用絲繩繫在腰帶上。

83 亂絲一絇　頭髮一束。絇，音ㄑㄩˊ。用布縷或絲麻搓編成的繩索。

84 茶碾子　碾製茶葉的用具。

85 真　通「貞」。堅貞。

86 弊　通「敝」。謙指自己。

87 心邇身遐　心近身遠。邇，近。遐，遠。

88 強　勉力。

89 潘　郎　晉代潘岳貌美，工詩賦，為婦女所愛慕，後人稱其為「潘郎」，並常用此詞代指貌美的男子。這裡借指張生。

張之友聞之者，莫不聳異[92]之，然而張志亦絕矣。稹特與張厚，因徵其詞。張曰：「大凡天之所命尤物也，不妖[93]其身，必妖於人。使崔氏子遇合富貴，乘寵嬌，不為雲，為雨，則為蛟[94]，為螭[95]，吾不知其變化矣。昔殷之辛[96]，周之幽[97]，據百萬之國，其勢甚厚。然而一女子敗之。潰其眾，屠其身，至今為天下僇笑[98]。予之德不足以勝妖孽，是用忍情[99]。」於時坐者皆為深嘆。

後歲餘，崔已委身於人，張亦有所娶。適經所居，乃因[100]其夫言於崔，求以外兄[101]見。夫語之，而崔終不為出。張怨念之誠，動於顏色，崔知之，潛賦一章，詞曰：「自從消瘦減容光，萬轉千迴懶下床。不為旁人羞不起，為郎憔悴卻羞郎。」竟不之見。後數日，張生將行，又賦一章以謝絕云：「棄置今何道？當時且自親。還將舊時意，憐取眼前人。」自是，絕不復知矣。時人多許張為善補過者。予嘗於朋會之中，往往及此意者，夫使知者不為，為之者不惑。貞元歲九月，執事[102]李公垂[103]宿於予靖安里第，語及於是，公垂卓然稱異，遂為鶯鶯歌[104]以傳之。崔氏小名鶯鶯，公垂以命篇。

---

[90] 蕙草　俗稱佩蘭，春日開花。
[91] 蕭孃　唐人對美女的泛稱。這裡指鶯鶯。
[92] 聳異　驚奇。
[93] 妖　禍害。
[94] 蛟　傳說中的龍類動物，能飛騰、興洪水、吞人。
[95] 螭　音ㄔ。傳說中的無角龍，能飛騰太空。
[96] 殷之辛　殷代的受辛，即紂王。史稱他寵愛妲己而亡國。
[97] 周之幽　周幽王，史稱他寵愛褒姒而被犬戎所殺。
[98] 僇笑　恥笑。僇，音ㄌㄨˋ。
[99] 忍情　抑制感情。
[100] 因　透過；憑藉。
[101] 外兄　表兄。
[102] 執事　對朋友的尊稱。
[103] 李公垂　李紳，字公垂。唐代著名詩人。
[104] 鶯鶯歌　為七言古詩，今已散佚不全。

語譯

貞元年間，有位姓張的讀書人，性情溫和多情，容貌俊美，秉性堅毅孤傲，對不合禮法的言詞行為，從來不加理睬。有時隨著朋友參加宴會或出遊，和各種各樣的人相處，有的人吵鬧起鬨唯恐不及別人的樣子，張生卻只是表面上隨和敷衍而已，始終也沒有跟著胡來。因此到了二十三歲，還沒有近過女色。知道的朋友追問他的想法，他感謝人家的關心，解釋說：「登徒子不是喜好女色的人，只是貪戀尋歡作樂。我倒是真心喜歡容顏美麗的女子，偏巧又從來沒有遇見過。為什麼這麼說呢？只要是絕色的美人，我未嘗不把她放在心上，時時思念。由此可知道我也不是無情的人啊！」朋友覺得他很有見解。

沒多久，張生到蒲州去遊覽。蒲州東面十幾里的地方，有一座名為普救寺的僧寺，張生就寄住在裡面。恰巧有一位姓崔的寡婦，從外地返回長安，途經蒲州，也暫住在寺中。崔夫人娘家姓鄭，而張生的母親也姓鄭，敘起親來，她還是張生的遠房姨母呢。那一年，節度使渾瑊在蒲州去世，監軍的宦官丁文雅不善於管理軍隊，轄下的士兵們趁舉喪的機會作亂，大肆搶掠蒲州的百姓。崔家是個富有之家，財產豐厚，僕從眾多，在旅途中遇到這樣的事，非常驚慌恐懼，不知道依靠什麼人才好。張生之前與蒲州將領很有交情，便請軍吏來保護崔家，這才沒有遭難。十幾天以後，觀察使杜確奉了皇帝的命令來蒲州主持軍務，整飭了亂軍，騷亂才得以平息。

鄭氏非常感謝張生的幫助，便準備了宴席，在中堂宴請他。又對張生說：「姨母是個寡婦，又帶著兩個孩子。不幸遇到軍隊大亂，實在無法保護自己。幼弱的兒女如同是您讓他們重生，這恩德可不比尋常啊！現在我要讓他們以見兄長的禮節來拜見您，希望能以此來報答您的恩德。」先叫她的兒子歡郎出來拜見，約十來歲，模樣很是溫文秀美。接著又叫女兒：「出來拜見你的兄長，是你的兄長救了你的命。」過了好久，女兒推說有病不能出來，鄭氏生氣地說：「張家兄長保住了你的性命，若不是他，你早被亂軍搶走了，哪能再避嫌呢？」又過了好久，崔氏才出來。她穿著家常衣服，沒有刻意修飾。容貌豐潤光澤，兩鬢低垂下來靠近眉毛，只有雙頰微微泛紅。容顏豔麗，光輝動人。張生很驚訝，連忙起來與她見禮，姑娘就坐到了鄭氏身邊。因為是鄭氏勉強她出來見張生的，所以她凝視的眼神非常怨恨，身體好像支持不住的樣子。張生問起她的年齡，鄭氏說：「她生在當今皇上興元甲子年七月，到貞元庚辰年是十七歲了。」張生用一些話來引她開口，她卻不回答。一直到宴會結束，也沒有說一句話。

張生從此就迷上了她，想表達自己的心意，卻沒有機會。崔鶯鶯的婢女名叫紅娘，張生私下好幾次向她恭敬的行禮，有一次找到機會就把自己的心事說了出來。婢女聽後果然驚恐失色，難為情地跑開了。張生後悔極了。第二天，婢女又來了。張生羞慚地向她道歉，也不再講要請她幫忙的話了。婢女對張生說：「先生講的話我不敢對小姐講，也不敢向別人洩露。但是崔家的親戚，先生也都熟悉，為什麼不憑著你對他們有恩惠而向他們求親呢？」張生說：「我從小性情就不隨和。即使有時和婦女們在一起，也沒有看過她們一眼。當年我不肯接近女子，是因為我一直沒有遇見喜歡的人。那天在酒席上，我幾乎無法控制住自己。這幾天以來，走路忘了目的地，吃飯忘了飢飽。再這樣下去，恐怕支持不了一天半天了。要是請人說媒求親，納采、問名等六禮俱備，要好幾個月才能完成，到時怕是要到乾魚店去找我了。你說我該怎麼辦？」婢女說：「小姐個性謹慎堅貞，很懂得保護自己，即使是她的尊長也不能對她說一句不正經的話。我這個婢女的主意是很難被她採納的。但小姐擅長寫詩作文，常常仔細推敲詩文的詞句，被它們感動得久久不能平靜。先生可以試著寫些抒發愛情的詩句，看能不能打動她。除此以外，也沒有別的辦法了。」張生很高興，立刻寫了二首春詞交給紅娘。這天晚上，紅娘又來了，拿著一張彩色的信箋遞給張生說：「這是小姐叫我送來的。」張生一看，是一首題名為明月三五夜的詩：「在西廂下等待月亮升起，半開著門戶迎接春風的吹拂。月光下院牆上的花影輕輕搖動，心裡懷疑是不是意中人來到了身邊。」看完後，張生隱隱地明白了詩中的涵義。當晚，是二月十四日了。

崔氏住的房院東牆外有一株杏樹，爬上杏樹就可翻進牆內。到了十五日晚上，張生就以杏樹為梯翻過了牆，來到西廂房外面。門果真是半開著。紅娘睡在床上，張生把她推醒。紅娘驚恐地問道：「先生怎麼來了？」張生騙她說：「是你家小姐在信中約我來的，你去替我通報一聲。」紅娘進去了，沒多久，就走出來，連連說道：「她來啦，她來啦！」張生又喜又怕，猜想事情必定是成功了。等到崔氏走出來，卻是衣著端莊、面容嚴肅，大大地斥責張生道：「兄長救了我們全家，這恩德是深厚的，所以我的母親將幼子弱女託付給你。為什麼你要透過不成器的婢女傳遞那種淫詞豔詩來挑逗我。你開始時的行為是救人之危，而最終卻又乘人之危以達到你的目的。你這是以危難來替代危難，和那些亂軍又有什麼差別呢？如果我隱瞞你的挑逗行為，那就等於包庇了你的惡行，是不義的；如果把它告訴母親，那樣又背棄了你的恩情，是不吉祥的。想叫婢女僕婦轉告，又怕說不清我真實的心意。所以才藉著一封短信，希望能親自向你說明，還怕兄長有顧慮不敢來，所以詩中用了些輕浮的詞句，使你必定會來。這是不合禮法的舉動，能不感到慚愧嗎？只希望你能用禮教來約束自己，不要做出越軌的行為來。」說完，一轉身就走掉了。張生失魂落魄地站了好久，才又翻牆出去。從此斷絕了想望。

幾天後的晚上，張生獨自睡在房間的窗戶邊，忽然被人喚醒，吃驚地坐起來一看，見到紅娘抱了被子枕頭站在面前，拍著他說：「她來了，她來了！還睡什麼覺呀！」說著把被子鋪上，枕頭並排放好後就走了。張生揉著眼睛，又端坐了許久，還懷疑自己是在做夢。但是仍然起來打扮得整整齊齊，恭謹地坐著等候。一會兒，紅娘簇擁著崔氏來了。來到後，她顯現出一副羞怯嬌媚的樣子，肢體柔弱無力，再不是往昔那種端莊的樣子了。這晚是十八日，斜月晶瑩剔透地掛在天上，清幽的月光灑了半張床。張生飄飄然地看著崔氏，直懷疑是天上的神仙來到了人間。不久，寺裡的鐘聲響起，天快要亮了，紅娘來催她回去，崔氏宛轉地嬌聲啼哭著，被紅娘攙扶著走了，一整夜也沒說一句話。天才亮，張生就起床了，懷疑地說：「難道是做夢嗎？」等到天色大亮，看到了自己臂上的脂粉印痕，聞到衣服上的餘香，崔氏臨走時流下的滴滴珠淚還在褥子上閃光。以後又過了十幾天，一點崔氏的消息也沒有。一天，張生正在房裡寫會真詩三十韻，還沒有寫完，恰巧紅娘來了，便遞給紅娘，叫她送給崔氏。從此以後，崔氏又和他繼續相會，清晨偷偷出來，夜晚悄悄進去，兩人一同住在往昔詩中所稱的西廂，將近有一個月之久。張生常常詢問鄭氏的意見，鄭氏只是說：「這事既已如此，我也無可奈何了。」想因此就成全他們的婚事。

沒過多久，張生打算到長安去，就先把實情告訴崔氏。崔氏好像沒有說什麼留難的話，但是臉上卻露出了非常愁怨的樣子。分別前的兩晚，崔氏就沒有再和他見面，張生也就起程到長安去了。過了幾個月，張生又到蒲州遊覽，和崔氏又相會了幾個月。崔氏的書法寫得很好，又擅長寫詩作文。張生再三向她索要作品，她卻不肯寫。張生常常自己先寫一些詩文以引逗崔氏酬和，但崔氏連他的詩文也不怎麼看。大概崔氏不同於常人的地方，就在於才能高超卻好像什麼也不懂的樣子；能言善辯卻又很少和人酬對。她對張生情意深厚，然而從來沒有以詩詞與他唱和過。有時美麗的臉上帶著深沉的憂愁，好像根本不認識張生的樣子，高興或生氣，也很少在表情上顯露出來。有一次她獨自在夜晚彈琴，聲調哀愁淒涼。張生偷聽到了，求她再彈，她卻始終不肯。所以張生更加迷戀她。

不久，科舉考試的日期快到了，張生又要西行至長安。要走的前一晚，張生沒有再向崔氏訴說自己的情意，只是在崔氏身旁愁悶地嘆息。崔氏心知將要訣別了，態度恭順、聲調柔和地對張生緩緩說道：「你先是違背禮法占有了我，最後又遺棄了我。對你來說是自然的，我也不敢怨恨你。如果你在奪去了我的貞操以後，能堅定不移，負責到底，那就是你給我的恩惠了。我們至死不分離的誓言，就有了圓滿的結局。你又何必為這次的出行感到遺憾呢？既然你心中不快樂，我也沒有什麼可以安慰你的。你常說我的琴彈得好，以前由於害羞，所以沒有彈給你聽。如今你要走了，我就滿足你的這個心願吧。」說完就叫婢女把瑤琴擦拭乾淨，彈奏起霓裳羽衣序，沒彈幾下，琴音變得哀怨、紊亂，聽不出原來的曲調了。旁邊的人都傷心嘆息起來。崔氏也突然停止彈奏，丟下瑤琴，淚水潸潸落下，急忙跑回鄭氏的房間，再也沒有出來。天明以後，張生就動身了。

第二年，張生考試落榜，便留在長安。他寄了一封信給崔氏以寬慰她心情。崔氏給他回了信，信裡的言詞大略記述在下：「捧讀你的來信，你對我的關愛實在太深厚了。我們兩人之間的愛情，使我悲喜交加。又送給我一盒髮飾，五寸唇膏，讓我梳妝打扮用。雖然得到你特別的恩賜，可是我又能打扮給誰看呢？見了東西反倒添了愁思，更加重了悲嘆而已。從你的來信中知道你留在京中，求學進修，本該在一個方便、安靜的環境。只恨我這個鄙陋的人，永久被你遠遠地拋棄了。命運如此，又有什麼可說的！自從去年秋天以來，常常感到心神恍惚像丟失了什麼東西。在人多熱鬧的時候，還能勉強說笑幾句，晚上一個人獨處閨中，卻沒有一天不流淚的，甚至在夢裡也會悲傷哭泣。離別的憂思是那樣深厚纏綿，有時會夢見和從前一樣，但幽會還沒結束，夢魂就被驚斷。雖然那半邊錦被還像以前那麼溫暖，但想起往事，卻又那麼遙遠。我們分別以後，匆匆又過了一年。長安是個花花世界，容易牽引情思。何其幸運承你還沒有忘記我這個渺小的人，想念著我而沒嘗得厭煩。我這一點微薄的心意，不足以作為報答。至於我倆白頭偕老的盟誓，我一定堅守不變。過去因為和你有表兄妹的親戚關係，曾經同席宴飲。由於婢女的誘惑，便向你表示了愛慕之情。兒女之情，自己也把持不住了。你像司馬相如用琴音挑逗卓文君似的來挑逗我，我卻沒有像高女投梭拒絕謝鯤那樣來拒絕你。待到和你同床共枕，我們兩人的情意更加深厚，總以為終身有託了。誰料到雖然和你屢屢相會，卻又未能訂下婚姻來，以致蒙上了自薦枕席的羞恥，而不能光明正大地做你的妻子。這終身的憾恨，除了嘆息又有什麼可說的？倘若你心存忠厚能俯就我的願望，那麼我就是死了也和活著一樣快樂。倘若你像某些曠達之人輕視愛情，捨棄小的情愛去求取功名，以未婚先合為醜行而背棄我倆的盟約。那麼我即使身軀化作灰塵，一片真心也不會泯滅，隨風附露，也還要依託在你腳下的塵土中。我對你至死不變的心意，在這裡全都說完了。我邊寫邊哭，不能夠全部表達我的心情。你要千萬珍重，珍重千萬！這裡有一枚玉環，是我幼年時拿著玩的，寄給你讓你掛在腰帶上。玉是取它堅固潤澤不變的意思；環是取它團圓不斷的意思。另外附上我的頭髮一束，斑竹茶碾子一枚。這些都不是珍貴的東西，只希望你像玉石一樣堅貞，我的心志就像環一樣永遠分不開。我的眼淚滴在斑竹上，滿腔愁緒就像那纏繞著的亂絲。用物件來傳遞我的心意，希望我們永遠相愛。我的心很貼近你，身體卻隔得很遠，相會的日子遙遙無期。幽深的愁思聚集在心裡，我的精神將到千里以外和你會合。千萬要珍重啊！春天的風還很冷峭，你要努力加餐飯。小心說話保重自己，不要掛念我。」

張生將這封信拿給知心朋友看，因此當時的文人都知道了這件事。他的好朋友楊巨源喜歡賦詩作詞，就為此題了一首名為崔娘詩的絕句：「英俊瀟灑的張生，連玉都不如他美。現在院子裡的冬雪剛剛融化，佩蘭也快開花了。張生這個風流才子感情豐富得很，正為著美女崔鶯鶯的來信肝腸寸斷哩！」河南元稹也接著張生又寫了三十韻的會真詩，詩道：（下略）

張生的朋友聽說了張生與崔氏的這一段韻事，沒有不感到驚訝的，然而張生有意斷絕對崔氏的情意。我與張生交情很深，就問他為什麼跟她斷絕。張生說：「凡是上天所造就的絕色美人，必定是個妖物，不是害了自身，就是禍害他人。倘若崔家的女子嫁到富貴人家去，受到丈夫的寵愛，那她不是翻雲覆雨，便是變蛟變螭。我實在無法預知她的能耐。從前殷朝的紂王，周朝的幽王，雖然統治著幾百萬人的國家，勢力非常雄厚，最終卻因為一個女子而失敗。國亡了，自己也被殺死了，至今仍為天下人所恥笑。我的德行低微，不足以戰勝妖孽，所以才忍心割斷這段戀情。」當時在座的人聽到這一番話後都深深地為之嘆息。

一年多後，崔氏已嫁了丈夫，張生也娶了妻室。有一次張生恰好經過崔氏的住處，便以表兄的名義去找崔氏的丈夫，請他向崔鶯鶯表達見面的意願。丈夫告訴崔氏，崔氏卻始終不肯出來相見。張生十分幽怨想念，臉上露出了失望的表情。崔氏知道後，悄悄地題了一首詩：「自從分別以後，我日漸消瘦，容貌也減少了光彩，躺在床上思緒萬千懶得起來。不是為旁人害羞不起來，是為了郎君憔悴而又羞於見到郎君。」終究還是沒見張生。過了幾天，張生要離開了，崔氏又題了一首詩以拒絕張生。詩道：「既然遺棄了我還有什麼可說的？當初卻是你自己要來親近我的。你還是把過去對我的情意，來愛你眼前的妻子吧。」從此，就斷了音訊。當時的人都稱讚張生是個善於改正自己錯誤的人。我在和朋友的聚會中經常談到張生遺棄崔氏的這番道理，為的是使懂得這些道理的人不再去做類似的事情，已經做了錯事的人也不至於沉湎其中不能自拔。貞元某年九月，我的朋友李公垂住在我靖安里的宅子裡，談論到這件事，公垂深感於此事的不同尋常，便寫了鶯鶯歌以使它流傳於世。崔氏小名叫做鶯鶯，公垂就用它作了篇名。

賞析

本文可分為幾部分，首先敘述張生孤傲不群的性情和謹守禮法的品格，繼言其與鶯鶯相遇的契機，在鶯之婢女紅娘的幫助下，私會相戀的過程。後來張生進京趕考，鶯鶯雖以書信表明心志，最終仍遭張生以尤物妖人的理由狠心拋棄。各自婚嫁後張生要求再見一面，被鶯鶯賦詩拒絕，彼此再也沒有音訊往來。

鶯鶯傳是唐傳奇中第一篇純然描寫現實生活中男女愛情的小說，它提供了「癡情女子負心漢」、「始亂終棄」的故事原型，影響後世深遠。故事中的女主角鶯鶯溫婉嫻靜、姿容超俗，不但工於詩書且聰慧可人，她面對愛情時矛盾舉止；她被拋棄時婉轉透過書信表達的堅貞情思，以及最終謝絕張生求見、回歸禮教的表現，描繪出一個鮮活突出、貼近真實的女性形象。其中「還將舊時意，憐取眼前人」二句詩更顯現出鶯鶯將過往感情昇華的超脫與釋然。

古代名門閨秀和知識分子的愛欲受禮法所束縛，個人對愛情的嚮往常常在社會道德要求下被禁止，從女主角鶯鶯身上我們可看出這種徘徊在禮教與情感之間的掙扎。剛開始鶯鶯拒絕見張生，見面時不加修飾容貌且露出不情願的神色，然後又借紅娘之口說她「貞慎自保……不可以非語犯之」。接到張生挑逗的詩文後，也曾嚴詞拒絕，數落了他一頓，但正當張生以為絕望時，卻又主動接納張生，發生關係。她的行為轉折顯示出禮教的防備雖然嚴格，卻抵擋不了追求愛情的渴望。反觀張生，對鶯鶯傾心後迫不及待想一親芳澤，但兩情繾綣之際，他又拋下鶯鶯，去長安應試。最後張生功名未就，鶯鶯對他的愛情又不能對仕途有實質幫助，再加上他們私訂鴛盟並不合當時禮法，於是對鶯鶯的情意也逐漸淡薄，不但遺棄鶯鶯，還說出一番妖物禍人，自己忍情斷絕的荒謬言論。

歷來許多學者考據認為，本篇是作者元稹的真實經歷。無論如何，純就作品本身來看，生動的人物塑造、曲折的情節安排和優美的文筆敘述，才是它流傳久遠的原因。

延伸閱讀

1. 白行簡李娃傳（可參考三民書局出版之唐傳奇選）
2. 蔣防霍小玉傳（可參考三民書局出版之唐傳奇選）
3. 參考資料：
   (1)陳寅恪讀鶯鶯傳（收於元白詩箋證稿，世界書局）
   (2)葉慶炳崔鶯鶯的愛情歷程（收於中國古典小說中的愛情，時報出版公司）
   (3)王夢鷗「鶯鶯傳」敘錄（收於唐人小說校釋上冊，正中書局）
   (4)劉紹銘尤物賈禍，張生忍情？批評與考證：再讀「鶯鶯傳」（一九八六年十二月九日聯合副刊）
   (5)周振甫「讀鶯鶯傳」獻疑（收於文學遺產，一九九二年第六期，頁六〇—六五）

馮燕傳

導讀

本文出自沈下賢文集。內容敘述馮燕見義勇為、敢做敢當的豪俠事跡。馮燕的故事在唐代很流行，除了沈亞之為他作傳外，司空圖也作了一首馮燕歌。到了宋代，曾布以這個故事為主題，作了水調七遍。

作者沈亞之，字下賢，中唐吳興（今浙江湖州）人，憲宗元和十年（西元八一五年）進士，文名甚高。今傳有沈下賢文集。除馮燕傳外，沈亞之還著有秦夢記、湘中怨辭等傳奇小說。

馮燕者，魏❶豪人，父祖無聞名。燕少以意氣任俠❷，專為擊毬鬥雞戲。魏市有爭財鬥者，燕聞之往，搏殺❸不平，遂沉匿田間。官捕急，遂亡滑❹。益與滑軍中少年雞毬相得。相國賈公耽在滑，能燕材，留屬中軍❺。

他日出行里中，見戶旁婦人，翳❻袖而望者，色甚冶，使人熟其意，遂室❼之。其夫，滑將張嬰者也。嬰聞其故，累毆妻，妻黨❽皆望❾嬰。會從其類❿飲，燕伺得間⓫，復偃⓬寢中，拒寢戶⓭。嬰還，妻開戶納嬰，以裾蔽燕。燕卑蹐步⓮就蔽，轉匿戶扇後，而巾墮枕下，與佩刀近。嬰醉且瞑，燕指巾令其妻取，妻即刀授燕。燕熟視，斷其妻頸，遂巾而去。

明旦嬰起，見妻毀死⓯，愕然，欲出自白。嬰鄰以為真嬰煞⓰，留縛之。趨告妻黨，皆來，曰：「常嫉毆吾女，乃誣以過失，今復賊煞之矣，安得他殺事？即其他殺，安得獨存耶？」共持嬰，且百餘笞，遂不能言。官家收繫⓱殺人罪，莫有辨者，強伏其辜⓲。

司法官小吏持朴者數十人，將嬰就市，看者圍而千餘人。有一人排⓳看者來，呼曰：「且無令不辜死者。吾竊其妻，而又煞之，當繫我。」吏執自言人，乃燕也。司法官與俱見賈公，盡以狀對。賈公以狀聞，請歸其印，以贖燕死。上誼⓴之。下詔，凡滑城死罪皆免。

贊曰：「余尚太史㉑言，而又好敘誼事。其賓黨耳目之所聞見，而謂余道。元和中，外郎劉元鼎語余以馮燕事，得傳焉。嗚呼！淫惑之心，有甚水火，可不畏哉！然而燕殺不誼，白不辜，真古豪矣！」

❶魏郡　郡名，約在今河北省南部和河南省北端。
❷任俠　任使氣力以助人。
❸搏殺　擊殺。
❹亡滑　逃匿到滑州。亡，逃匿。滑州，約在今河南汲縣。
❺中軍　是古代軍隊中發號施令的單位，由主帥親自統領。
❻翳　遮蔽。
❼室　指男女發生關係。
❽妻黨　妻子的親友。
❾望　怨恨；責怪。
❿類　同伴；朋友。
⓫得間　有隙可乘；得到機會。
⓬偃　仰臥。
⓭拒寢戶　關閉內室的門。拒，關閉。
⓮蹐步　小步行走。這裡形容馮燕遮掩、躲藏的情狀。蹐，音ㄐㄧˊ。
⓯毀死　殺傷致死。
⓰煞　通「殺」。
⓱收繫　拘囚；拘禁。
⓲強伏其辜　強迫他承擔罪責。伏，承受。辜，罪。
⓳排　推；擠開。
⓴誼　通「義」。認為合乎道義而加以稱許。
㉑太史　指太史公司馬遷，著有史記一書。

語譯

馮燕，是魏地的豪傑，他的父親和祖父都沒有顯赫的名聲。馮燕年少時常憑著意氣幫助別人，喜歡擊毬、鬥雞的遊戲。魏市曾有人因爭財而相鬥，馮燕聽到這消息就趕過去，殺掉了蠻橫不講理的一方，於是躲藏在鄉野間。後來官府追捕得很急迫，就逃到滑州。馮燕和滑地軍中的年輕人擊毬、鬥雞，相當投機。這時相國賈耽也在滑州，他很賞識馮燕的才能，就留他在部隊的中軍裡。

有一天，馮燕出遊到鄉里之中，看到一戶人家門前的婦人用袖子遮著臉看往來的行人，她的神態很迷人，馮燕派人去了解她的意圖，後來就和她有了男女關係。婦人的丈夫是滑州的軍官張嬰。張嬰聽到風聲，就常常毆打妻子，妻子娘家的人都很怨恨張嬰。有一次張嬰出門和同僚喝酒，馮燕趁這個機會，又到那婦人房裡關著房門和她偷情。沒想到張嬰突然回來，婦人只得開門讓張嬰進來，並用裙子遮掩馮燕。馮燕屈著身體藏在裙子後面小步地走，再悄悄地躲到門後，匆忙之間，他的頭巾掉在枕頭下，剛好在佩刀附近。張嬰爛醉後快要睡著，馮燕指著頭巾要婦人幫忙取過來，她卻拿了佩刀給馮燕。馮燕仔細地看了她一會兒，就割斷她的頸子，戴上頭巾離去了。

第二天早上張嬰起床，發現妻子被殺死了，非常驚訝，想去官府自白。他的鄰居以為真的是張嬰所殺，就把他捆綁起來，並趕緊通知妻子的家人，沒多久他們都來了，說：「這人常因嫉妒毆打我的女兒，還誣賴她做錯事，現在又把她殺了，這怎麼可能是別人殺的？如果是別人所殺，怎麼可能只留他活口？」就一起捉住張嬰，還打了他百來下，讓張嬰痛得說不出話來。官府便以殺人的罪名把張嬰關進監獄，因為沒有人可以證明他的清白，就強迫他認罪。

行刑的這天，司法官與幾十個持刑杖的衙吏，押著張嬰到刑場。圍觀的有一千多人，突然有一人推開人群走出來，大叫：「不要讓無辜的人冤枉而死。是我私通他的妻子，又殺了她，應該抓我才對。」衙吏拘捕了這個人，原來就是馮燕。司法官帶著他一起去見賈耽，馮燕把經過全部說了一遍。賈耽於是上表說明事情的原由，並請求以自己的官位來贖馮燕的性命。皇上見表，認為馮燕很有義氣，於是下詔赦免全滑城犯死罪的人。

沈亞之說：「我向來仰慕太史公的書，而又喜歡記敘俠義之事，所以親朋好友聽到什麼、看到什麼都會來告訴我。元和年間，外郎劉元鼎告訴我馮燕的事跡，使我得以記下這件事。唉！色慾比水火還要恐怖，能夠不謹慎小心嗎！然而馮燕殺了不義之人，又替無辜的人辨白，真有如古代的豪俠啊！」

賞析

本文內容可概分為四個部分：首先略述馮燕的個性及事跡，其次記馮燕殺張嬰妻的經過，再記張嬰被冤枉與馮燕出面自首，最後是作者的評論。

本文的情節相當曲折。馮燕與張嬰妻私通，正好遇到張嬰酒醉回家，整個氣氛頓時緊張起來，好不容易馮燕在情婦的遮掩下，躲到門後，眼看著就能不著痕跡地離開了，卻赫然發現自己的頭巾落在枕下，真是一波未平一波又起。馮燕只得趕緊示意情婦替他拾回頭巾，不料情婦拿來的不是頭巾，而是頭巾旁邊的佩刀。接下來的發展更讓人意外，馮燕居然殺了情婦離去，也留給讀者一陣錯愕。到底「燕熟視」三字之中，包含了多少內心的糾纏與矛盾？是看清這女人的狠毒？還是對張嬰產生同情？還是對自己居然迷戀這樣的女人感到悔恨？值得細細品味。殺人的罪名，所有人一致指向張嬰，馮燕應該可以置身事外，而事件也似乎可以隨著張嬰被判死刑而落幕；但就在張嬰赴法場之前，馮燕出現了，還擔下所有的罪過，事情急轉直下，不禁讓人擔心起馮燕的安危。幸而賈耽用官位相贖、皇帝下詔赦免，才又讓人鬆了一口氣。

故事開頭就交代了馮燕是一個豪傑，全文以此為主線進行，所以有人爭財相鬥，他前去搏殺不平；情婦想要殺害親夫，他反而殺了情婦；對他而言，不義之人，人人得而誅之。更難得的是，看到無辜的張嬰為他蒙受不白之冤，他能挺身而出，這才是「義」的最高境界，難怪賈耽願意用官位去為他贖罪，皇帝也願意下詔赦免了。除此之外，文中說張嬰累毆妻子，妻黨皆望嬰，造成後來所有人一致認定張嬰就是殺人兇手；又說賈耽「能燕材」，所以有後來的願以官付相贖；這樣「前有伏，後有應」，情節的發展相當合理。

平心而論，馮燕先後殺了兩個人，在法律上他是不折不扣的殺人犯。第一次他殺人後畏罪潛逃，到了滑州搖身一變成了軍人；第二次他抹了情婦的脖子，差點讓張嬰做了替死鬼。雖然他後來自首認罪，但用現代人的眼光來看，馮燕的「義」是有瑕疵的。不過這篇小說文字精簡，又採用描繪外在而不透入人物內心的手法，類似現代小說客觀觀點的敘述，實在是令人激賞！

延伸閱讀

1. 裴鉶崑崙奴（可參考三民書局出版之唐傳奇選）
2. 杜光庭虬髯客傳（可參考三民書局出版之唐傳奇選）
3. 參考資料：

傳樂成唐人的生活（收於漢唐史論集，聯經出版公司）

崔護

導讀

本文選自太平廣記卷二七四，出自孟棨的本事詩。以唐崔護的題都城南莊一詩為故事張本，內容記敘了書生崔護與一純情少女的戀愛故事。本文篇幅雖短，但對後世影響甚遠，如宋代雜劇崔護六幺、元代崔護渴漿、明代桃花記、清代人面桃花等，都是據此故事改編而成。

作者孟棨，字初中，晚唐人，生卒年不詳。有本事詩一卷，專記唐詩的相關故事，保存了不少詩人的軼事。

博陵❶崔護❷，資質❸甚美，而孤潔寡合❹。舉進士下第❺。清明日，獨遊都城南。得居人莊，一畝之宮❻，花木叢萃，寂若無人。扣門久之，有女子自門隙窺之，問曰：「誰耶？」護以姓字對，曰：「尋春獨行，酒渴求飲。」女入，以杯水至，開門設床❼命坐。獨倚小桃斜柯❽佇立，而意屬殊

❶博　陵　唐代郡名，郡治在今河北省定縣。
❷崔　護　唐代詩人。貞元進士。
❸資　質　本指人的天資稟賦，此處指人的容貌、風度。
❹孤潔寡合　清高孤僻，不喜與人交往。
❺下　第　指考試落榜。
❻一畝之宮　形容住屋狹小。一畝，十步見方的範圍。宮，牆垣。
❼床　唐代指坐榻，即椅子。
❽斜　柯　斜倚著身體。

厚。妖姿媚態，綽有餘妍❾。崔以言挑之，不對，彼此目注者久之。崔辭去，送至門，如不勝情而入。崔亦睠盼❿而歸。爾後絕不復至。

及來歲清明日，忽思之，情不可抑，徑往尋之。門院如故，而已扃鎖⓫之。崔因題詩於左扉曰：「去年今日此門中，人面桃花相映紅；人面不知何處去，桃花依舊笑春風。」

後數日，偶至都城南，復往尋之。聞其中有哭聲，扣門問之。有老父出曰：「君非崔護耶？」曰：「是也。」又哭曰：「君殺吾女！」崔驚怛⓬，莫知所答。老父曰：「吾女笄年⓭知書，未適人⓮。自去年已來，常恍惚若有所失。比日⓯與之出，及歸，見在左扉有字，讀之，入門而病，遂絕食數日而死。吾老矣，惟此一女，所以不嫁者，將求君子，以託吾身。今不幸而殞，得非君殺之耶！」又持崔大哭。崔亦感慟，請入哭之，尚儼然⓰在床。崔舉其首，枕其股⓱，哭而祝曰：「某在斯！某在斯！」須臾開目，半日復活矣。老父大喜，遂以女歸⓲之。

❾綽有餘妍　美貌超過常人。
❿睠盼　眷顧；依戀地回顧。睠，通「眷」。盼，通「盼」。
⓫扃鎖　鎖閉。
⓬驚怛　驚異不安。怛，音ㄉㄚˊ。
⓭笄年　古代女子十五歲可盤髮插簪，表示已經成年，稱及笄。笄，簪子。
⓮適人　嫁人。
⓯比日　近日。
⓰儼然　彷彿如生的樣子。
⓱股　大腿，此處指身體而言。
⓲歸　指女子出嫁。

語譯

博陵的崔護，人長得很英俊，個性卻清高孤僻，不愛與人交往，是一個進士落第的考生。他在清明那天，一個人到京城南郊遊玩。他走到一處村莊，發現有一座小宅子，裡面花木茂密，寂然無聲。崔護敲了很久的門，才有一名女子從門縫中向外張望，問說：「是誰啊？」崔護就把自己的姓名告訴了她，並說：「我趁著春天一個人出來郊遊，走得口渴了，想要討杯水喝。」那個女子便走進屋內，拿了一杯水出來，開門放了張椅子讓崔護坐下。她把身子斜靠在一棵矮桃樹上站著，對崔護彷彿甚有情意。她容顏嬌媚，姿態妖嬈，美貌遠非常人可比。崔護用話語去挑逗她，她沒有答話，二人只是對視良久。崔護告辭離去，那女子送他到門口，滿懷無限情意地進屋去了。崔護也一再地回頭看她才依依不捨地回去。此後，崔護便再也沒有到那兒去過。

到了第二年的清明節，崔護忽然想起這個女子，心中抑制不住思念之情，於是就前去尋訪。只見那裡庭院依舊，但卻門戶深鎖。崔護於是在大門左扇上題詩道：「去年今天就在這扇門中，人臉與桃花相映而紅；如今人面不知去向何處，唯有桃花在春風中笑容依舊。」

又過了幾天，崔護偶然來到城南，再去探訪舊跡。到了那裡，忽然聽到屋裡有哭聲，他連忙敲門詢問。有一位老先生出來問他：「您莫非是崔護嗎？」崔護答道：「是啊。」老先生哭著說：「您殺了我的女兒啦！」崔護驚訝之極，不知道說什麼好。老先生說：「我女兒已經成年了，知書達禮，還沒許配人家。自從去年以來，常常心神恍惚若有所失。前幾天她和我一起出門，回來時看到大門左扇上有字，讀過之後，回到屋裡就生起病來，接著絕食幾天便死去了。我老了，只有這麼一個女兒，之所以不把她嫁出去，是想為她找一位才德出眾的丈夫，我也可以有個依靠。現在她不幸去世，難道不是您殺了她嗎？」說完，又拉著崔護大哭。崔護也很激動哀傷，請求老先生讓他進屋去弔唁死者。進去看見女子躺在床上，彷彿還活著一樣。崔護抬起她的頭，將自己的臉靠在她的身子上，哭著說：「崔護在這兒！崔護在這兒！」過了一會兒，女子竟睜開了眼睛；又過了半日，她便復活了。老先生非常驚喜，便把女兒嫁給了崔護。

賞析

孔子讀詩經關雎，曾有「樂而不淫，哀而不傷」之讚；我們欣賞「人面桃花」的故事，也會有近似的感覺。不同的是，崔護並沒有「寤寐思服」、「輾轉反側」的困擾，也沒有展開「琴瑟友之」的追求。在不經意的初次偶遇時，雖然雙方都有好感，崔護也曾出言挑逗，但女子卻謹守分寸，始終不發一語。於是崔護不敢造次了。這以後崔護似乎忘了這件事，直到一年以後，也就是第二年的清明節，崔護突然有一種按捺不住的衝動，再去造訪那座莊院，想看看伊人是否別來無恙？由此我們可以了解，雖然這一年當中，崔護沒有採取任何行動，但女子美麗的倩影早已深深烙印在他的腦海，潛意識裡情愛的芽苗也不知不覺滋長了。

崔護撲了個空，女子家大門深鎖。這原本就是沒有期約的造訪，能怪誰呢？寫首詩吧。「人面桃花相映紅」是對女子美好印象的記憶，「桃花依舊笑春風」則傾洩了再訪未遇的惆悵。沒想到這首題都城南莊詩竟成了感情的觸媒，大大震撼了女子的心弦。過了幾天，崔護又去。可是那女子死了，事出突然，不啻青天霹靂！「我不殺伯仁，伯仁卻因我而死。」這是多大的諷刺！崔護這時顧不得男女之防，要求入內弔哭，傷心欲絕的老父也爽快地應允。一聲聲「崔護在這兒，你醒醒啊！」終於把女子從陰曹邊緣又勾回人間，這是睡美人故事的中國版。

結局是美滿的，崔護和知書達禮的美嬌娘結為連理，而「人面桃花」的故事也一代一代地傳了下去。

延伸閱讀

1. 陳玄祐離魂記（可參考三民書局出版之唐傳奇選）
2. 韋皋（太平廣記卷二七四）
3. 賈雲華還魂記（李昌祺剪燈餘話）

定婚店

導讀

本篇出自太平廣記卷一五九，原收於續玄怪錄。

內容敘述唐代一名世家子弟韋固，從月下老人處得知他未來的妻子是賣菜老婦的女兒，心生不滿派人行刺。多年後，韋固娶得如花美眷，竟發現妻子就是當年月下老人所說的那名女孩，方知

「姻緣天注定」、「天意不可違也」。本篇文章對後世影響最大者，應屬書中出現的耄耋老者——月下老人。月下老人為天下男女牽紅線的形象家喻戶曉，而「月老」、「千里姻緣一線牽」更成為詩詞小說中常用的典故。明代劉兌曾作月下老定世間配偶雜劇，即以本文敷衍而成。

作者李復言，生卒年不詳，著有短篇小說集續玄怪錄。牛僧孺曾撰玄怪錄，故此書可說是玄怪錄的續作。內容多為談鬼說怪、神仙妖異等情事。

杜陵❶韋固，少孤，思早娶婦，多歧❷求婚，必無成而罷。元和❸二年，將遊清河❹，旅次❺宋城❻南店。客有以前清河司馬潘昉女見議者，來日先明，期於店西龍興寺門。固以求之意切，旦往焉，斜月尚明。有老人倚布囊，坐於階上，向月撿❼書。固步覘❽之，不識其字；既非蟲篆八分科斗❾之勢，又非梵書❿。因問曰：「老父所尋者何書？固少小苦學，世間之字，自謂無不識者，西國梵字，亦能讀之，唯此書目所未覿，如何？」老人笑曰：「此非世間書，君因何得見？」固曰：「非世間書則何也？」曰：「幽冥⓫之書。」固曰：「幽冥之人，何以到此？」曰：「君行自早，非某不當來也。凡幽吏皆掌人生之事，掌人可不行冥中乎？今道途之行，人鬼各半，自不辨爾。」固曰：「然則君又何掌？」曰：「天下之婚牘⓬耳。」固喜曰：「固少孤，常願早娶，以廣胤嗣⓭。爾來十年，多方求之，竟不遂⓮意。今者人有期此，與議潘司馬女，可以成乎？」曰：「未也。命苟未合，雖降衣纓而求屠博⓯，尚不可得，況郡佐乎？君之婦，適三歲矣。年十七，當入君門。」因問：「囊中何物？」曰：「赤繩子耳。以繫夫妻之足。及其生，則潛用相繫，雖讎敵之家，貴賤懸隔，天涯從宦，吳楚異鄉，此繩一繫，終不可逭⓰。君之腳，已繫於彼矣。他求何益？」曰：「固妻安在？其家何為？」曰：「此店北，賣菜陳婆女耳。」固曰：「可見乎？」曰：「陳嘗抱來，鬻菜於市。能隨我行，當即示君。」

及明，所期不至。老人卷書揭囊而行，固逐⑰之，入菜市。有眇⑱嫗，抱三歲女來，弊陋⑲亦甚。老人指曰：「此君之妻也。」固怒曰：「煞⑳之可乎？」老人曰：「此人命當食天祿，因子而食邑，庸可煞乎？」老人遂隱㉑。固罵曰：「老鬼妖妄如此。吾士大夫之家，娶婦必敵㉒，苟㉓不能娶，即聲伎之美者，或援立㉔之，奈何婚眇嫗之陋女？」磨一小刀子，付其奴曰：「汝素幹事㉕，能為我煞

❶杜陵　地名，在今陝西省西安市東南。
❷多歧　多方；用各種方法。歧，路；岔路。指各種途徑。
❸元和　唐憲宗年號（西元八〇六—八二〇年）。
❹清河　郡名，在今河南省商丘縣東。
❺旅次　旅途中暫住。
❻宋城　唐代宋州治所。故址在今河南省商丘縣南。
❼撿　清理；察看。
❽覘　音ㄓㄢ。偷偷地察看。
❾蟲篆八分科斗　都是書體名。蟲篆，秦時八體書的一種，字體像蟲鳥的形狀。八分，漢代隸書的別名。科斗，竹簡作成，蘸油漆書寫。因漆黏不暢，筆畫頭大尾細，形似蝌蚪，故名。
❿梵書　古印度文字。
⓫幽冥　陰間。
⓬婚牘　婚書。
⓭胤嗣　後嗣；子孫。
⓮遂　如意。
⓯降衣纓而求屠博　降低自己世家大族的身分去與市井小民通婚。衣纓，衣冠簪纓是古代貴者之服，這裡借指有地位身分的人。屠博，以宰牲及賭博為業者，借指市井小民。
⓰逭　音ㄏㄨㄢˋ。逃避。
⓱逐　隨；跟隨。
⓲眇　音ㄇㄧㄠˇ。瞎了一隻眼。
⓳弊陋　醜陋。
⓴煞　通「殺」。
㉑隱　隱沒。
㉒敵　相當；對等。
㉓苟　假如。
㉔援立　引以為正妻。
㉕幹事　辦事幹練。

彼女，賜汝萬錢。」奴曰：「諾。」明日，袖刀入菜行中，於眾中刺之而走，一市紛擾。固與奴奔走，獲免。問奴曰：「所刺中否？」曰：「初刺其心，不幸才中眉間。」爾後固屢求婚，終無所遂。

又十四年，以父蔭㉖參相州㉗軍。刺史王泰俾攝㉘司戶掾㉙，專鞫㉚詞獄，以為能，因妻以其女。可年十六七，容色華麗，固稱愜之極。然其眉間，常帖一花子㉛，雖沐浴閒處，未嘗暫去。歲餘，固訝之，忽憶昔日奴刀中眉間之說，因逼問之。妻潸然曰：「妾郡守之猶子㉜也，非其女也。疇昔父曾宰宋城，終其官㉝。時妾在襁褓，母兄次沒。唯一莊在宋城南，與乳母陳氏居。去店近，鬻蔬以給朝夕。陳氏憐小，不忍暫棄。三歲時，抱行市中，為狂賊所刺。刀痕尚在，故以花子覆之。七八年前，叔從事盧龍㉞，遂得在左右。仁念以為女嫁君耳。」固曰：「陳氏眇乎？」曰：「然。何以知之？」固曰：「所刺者固也。」乃曰：「奇也，命也。」因盡言之，相欽愈極。後生男鯤，為鴈門㉟太守，封太原郡太夫人。乃知陰隲㊱之定，不可變也。宋城宰聞之，題其店曰「定婚店」。

㉖蔭　音一ㄣˋ。庇蔭。古代子孫因祖先有功勞而得到官位或免罪。
㉗相州　唐州名。治所在今河南省安陽市。
㉘俾攝　使代理。俾，使。攝，攝政；治理。
㉙司戶掾　古官名。郡府之佐吏，主管民戶。
㉚鞫　音ㄐㄩˊ。審問罪犯。
㉛花子　唐代婦女臉部的裝飾品。
㉜猶子　姪女。
㉝終其官　在任期內死亡。
㉞盧龍　唐方鎮名。治所在今河北省北京市西南。
㉟鴈門　唐郡名。治所在今山西省代縣西。
㊱陰隲　命中注定。隲，通「騭」。音ㄓˋ。

語譯

杜陵縣有個名叫韋固的書生，小時候父親就去世了，因此想早點結婚。雖然多方請人說媒求親，都因論婚不成而作罷。元和二年，韋固打算到清河去遊覽，中途住宿在宋城南店。同住店內的一位客人知道了他的情形後，就想為他去向前清河司馬潘昉的女兒求親，約定第二天早晨在旅店西面的龍興寺門口見面。韋固求親心切，一大早就去了，這時斜月還掛在天邊。韋固見到一位老人倚著布袋坐在石階上，藉著月光在察看一本書。韋固走到老人身邊看他的書，卻發現那本書上的文字一個也不認識；既不是蟲篆、八分、科斗等書體，也不是古印度的梵文。便問那位老人：「老人家翻查的是什麼書啊？我從小就刻苦讀書，自以為世上的字沒有不認識的。即使是西面印度的梵文，我也能夠誦讀。但您老這種書體卻是從來沒有見到過的，到底是什麼文字呢？」老人笑著說：「這不是人間的書，先生怎麼會見到過呢？」韋固道：「不是人間的書，那又是哪裡的呢？」老人說道：「是幽冥的書。」韋固問：「那麼您既然是幽冥的人，怎麼會到這裡來的呢？」老人說：「是先生出來得太早，而不是我不該到這裡來。凡是幽冥的官吏都掌管著人一生的事，既管著事，又怎能不在冥司中行走呢？如今在路上行走的人，其實是人鬼各半，不過是你分辨不出而已。」韋固道：「那麼先生掌管什麼呢？」老人回答：「我掌管天下人的婚書。」韋固聽了高興地說：「我幼年喪父，常希望早些娶妻，以使傳宗接代。但十多年來雖然多方求親，卻總是不能如意。今天有人約了我來，要給我和潘司馬的女兒議婚，您看能成功嗎？」老人說：「不行。你的命裡注定還沒有到結婚的時候，就算你降低要求，捨棄了世家大族而到市井小民家去議婚，都不能成功，何況是想和郡佐家聯姻呢？先生的妻子才剛滿三歲，到她十七歲時，就會嫁到先生的家中去。」韋固便問他：「您的布袋裡裝的是什麼？」老人說：「紅繩啊，這是用來繫住夫妻兩人的腳的。當他們剛出生的時候，我就悄悄地用這紅繩把他們綁在一起，哪怕兩家是仇敵，或者貴賤相差懸殊，還是遠到天涯海角去做官，或是家住異地、天各一方，只要這根紅繩一綁，那是再也逃不掉的。先生的腳，已經和那個女孩子綁在一起了。再去謀求別的婚姻又有什麼好處呢？」韋固問：「我的妻子在什麼地方？家裡是做什麼的？」老人說：「就在旅店的北方，是賣菜陳婆的女兒。」韋固說：「我可以見見她嗎？」老人說：「陳婆曾經抱了她到市集上來賣菜。你跟著我走，我馬上指給你看。」

等到天亮，韋固所等的人沒有來。老人把書本捲起來拎起布袋就走了，韋固便跟在他的身後，走進菜市場。見到一個瞎了一隻眼的老婆子，抱著一個三歲的女孩，那女孩長得也很醜陋。老人指著那女孩說：「這就是先生的妻子。」韋固生氣地說：「我可以殺掉她嗎？」老人說：「這女孩命中該得封誥，會因為兒子的官職而受到封賞，怎麼可以殺死她呢？」老人說完話就不見了。韋固氣得罵道：「老鬼做事這麼荒誕怪異。我是士族出身，娶妻一定得門當戶對。就算遇不到合適的，也可以找個美麗的歌妓，再扶為正室。怎麼能去娶一個瞎老婆子的醜女兒呢？」便磨了一把鋒利的小刀，交給他的僕人說：「你素來做事幹練，如能替我去把那個女孩殺死，我賞你一萬錢。」僕人說：「遵命。」第二天，就把刀藏在袖子裡走進菜市場，夾在人群中用刀刺了那女孩後轉身就跑，市場上一下子騷動起來。韋固和僕人急忙逃走，沒有被抓到。韋固問僕人：「你刺中了沒有？」僕人說：「我原本打算刺她的心窩，卻不幸只刺中了眉間。」此後，韋固一再地求媒說婚，卻始終沒有成功。

又過了十四年，韋固由於父親的庇蔭，做了相州參軍。刺史王泰叫他代理司戶掾，專門負責審問各類訴訟案件。王泰認為他很能幹，就把女兒嫁給他。王泰的女兒才十六、七歲，容貌美麗，韋固非常滿意。但妻子的眉間總貼著一枚花子，即使是洗澡睡覺的時候也不曾撕下來。過了一年多，韋固感到非常奇怪。忽然想到過去僕人用小刀刺中了女孩眉心的事，就盤問妻子。妻子流著淚說：「我其實是郡守的姪女而不是他的女兒。我的父親曾是宋城縣宰，在任期中不幸去世。那時我還在襁褓之中，母親和哥哥又相繼身亡，只留下一所房屋在宋城南郊，就和乳母陳氏住在那裡。因為靠近旅店，就賣蔬菜勉強度日。陳氏憐惜我年齡幼小，就整天把我抱在手上，一刻也不放下。三歲的時候，陳氏抱我到市集上，被一個狂賊刺了一刀，留下了一個疤痕，所以貼著花子來遮住它。七、八年前，叔叔到盧龍來做官，便將我接到身邊。後來又出於好心把我當作親生女兒嫁給了你。」韋固問：「陳氏有一隻眼睛是瞎的吧？」妻子說：「是啊。你怎麼知道？」韋固說：「刺你的人就是我呀。」又說：「奇怪，這真是命中注定的呀。」便把過去的事全都告訴了妻子，兩人從此更加相敬相愛。後來生了個兒子取名叫鯤，長大後做了鴈門太守，他的母親也被封為太原郡太夫人。這才知道命中注定的事是不可改變的。宋城縣宰聽說了這段故事後，就將那個旅店題名為「定婚店」。

賞析

本篇文章共分為幾部分：首先敘述韋固求「婚」若渴，卻一直無法如願；其次描寫他偶遇月下老人，得知自己未來的妻子竟是個年僅三歲的貧家陋女；接著寫韋固不滿這種安排，派僕人刺殺女孩，但並未成功；最後一段寫韋固於多年後迎娶年輕貌美的刺史之女，卻發現妻子就是當年的小女孩，才領悟命中注定之事，果然無法改變。

本文明顯地宣揚一種婚姻宿命論的觀點，男主角韋固雖「思早娶婦，多歧求婚」，但總是「無成而罷」，原因就在於他的婚姻早就被掌管天下婚牘的月下老人派定了。十四年後，韋固果然與賣菜陳婆之女結合。這意味著人在自己的婚姻愛情道路上，毫無自主權，一切只能任憑冥冥之中的神祕力量擺布，一切人為的掙扎都徒勞無功。

過去，中國的男女一向依賴「父母之命，媒妁之言」完成終身大事，極少自由選擇的可能。所謂「郎才女貌」、「門當戶對」，就是大家公認的最高標準。即使如此，仍不免造成許多貌合神離、同床異夢的失敗婚姻。到了唐代，由於受到魏、晉以來門第之見的影響，家世更是成為婚配的最大考量，男子以能娶到世家大族之女為畢生的夢想。然而，定婚店故事中的月下老人說：「雖讎敵之家，貴賤懸隔，天涯從宦，吳楚異鄉，此繩一繫，終不可逭。」根本否定了傳統婚姻裡門第與身分必須一致的慣例，這倒是宿命論中可喜的新意了。

有人認為，西方掌管愛情的神祇為孩童般的邱比特，中國則是垂垂老矣的月下老人，讓這一老一小掌管婚姻大事，簡直是對世間婚姻的一大諷刺。但換個角度來看，愛情本無道理可循，孩童天真單純的心思，不就像男女間最單純誠摯的愛情？而老人閱歷豐富、在看盡人間百態後，焉知他的分派沒有道理？

延伸閱讀

1. 灌園嬰女（太平廣記卷一六〇）
2. 盧承業女（定命錄）
3. 盧生（續玄怪錄）
4. 參考資料：
樂蘅軍唐傳奇的意志世界（收於臺靜農先生八十壽慶論文集，聯經出版公司）

紅線

導讀

本文選自太平廣記卷一九五，原出於袁郊甘澤謠。內容敘述魏博節度使田承嗣廣招兵馬，想要侵吞潞州節度使薛嵩的領地，薛嵩的婢女紅線為了替主人解憂，利用自身異能，夜半前往田承嗣枕邊盜盒示警，嚇阻田承嗣入侵的意圖，消弭了一場兵禍災難。這篇小說本於淮南子道應篇的「楚偷」故事，為唐傳奇的豪俠名篇，

故事背景反映出唐代安史之亂後藩鎮割據的亂象。後世根據這則故事改編的小說、戲曲有：宋代話本紅線盜印（已佚）、明代梁辰魚的雜劇紅線女夜竊黃金盒，以及近代梅蘭芳的京劇紅線盜盒等。

作者袁郊，字之乾（一說字之儀），蔡州朗山（今河南省汝南縣）人，生卒年不詳。唐懿宗咸通（西元八六〇—八七三年）時曾任祠部郎中、虢州刺史。著有傳奇集甘澤謠一卷。

紅線，潞州❶節度使薛嵩❷青衣❸，善彈阮❹，又通經史，嵩遣掌其牋表❺，號曰「內記室❻」。時軍中大宴，紅線謂嵩曰：「羯鼓❼之音調頗悲，其擊者必有事也。」嵩亦明曉音律，曰：「如汝所言。」乃召而問之，云：「某妻昨夜亡，不敢乞假。」嵩遽遣放歸。

時至德❽之後，兩河❾未寧，初置昭義軍❿，以滏陽為鎮⓫，命嵩固守，控壓山東⓬。殺傷之餘⓭，軍府草創。朝廷復遣嵩女嫁魏博節度使田承嗣⓮男，男娶滑州節度使令狐彰⓯女；三鎮互為姻婭⓰，人使日浹往來⓱。而田承嗣常患熱毒風⓲，遇夏增劇。每曰：「我若移鎮山東，納其涼冷，可緩⓳數年之命。」乃募軍中武勇十倍者得三千人，號「外宅男⓴」，而厚卹養之。常令三百人夜直㉑州宅。卜選㉒良日，將遷㉓潞州。

嵩聞之，日夜憂悶，咄咄㉔自語，計無所出。時夜漏將傳㉕，轅門㉖已閉。杖策庭除㉗，唯紅線從行。紅線曰：「主自一月，不遑㉘寢食。意有所屬㉙，豈非鄰境乎？」嵩曰：「事繫安危，非汝能料。」紅線曰：「某雖賤品，亦能解主憂者。」嵩乃具告其事，曰：「我承祖父遺業㉚，受國家重恩，一旦失其疆土，即數百年勳業盡矣。」紅線曰：「易爾，不足勞主憂。乞放某一到魏郡㉛，看其形勢，覘其有無㉜。今一更首途㉝，三更可以復命。請先定一走馬㉞兼具寒暄書，其他即俟某卻迴㉟也。」嵩大驚曰：「不知汝是異人，我之暗㊱也。然事若不濟，反速㊲其禍，奈何？」紅線曰：「某之行，

❶潞州　也稱上黨郡，約在今山西省東南及河北省南部。州治在今山西省長治市。

❷薛嵩　唐名將薛仁貴之孫。曾參加安史之亂，後降唐。

❸青衣　婢女。

❹阮　樂器，「阮咸」的簡稱。古琵琶之一種，形似月琴。相傳西晉「竹林七賢」中之阮咸善彈奏這種樂器，因而得名。

❺牋表　文書章奏。

❻內記室　猶女祕書。

❼羯鼓　一種打擊樂器。形如漆桶，兩頭可擊。

❽至德　唐肅宗年號（西元七五六—七五七年）。

❾兩河　指唐代河北道、河東道。約包括今河北、山西一帶。這一地區是安史叛亂時的主要戰場。

❿昭義軍　相衛六州節度使的軍號。

⓫鎮　節度使軍府的所在地。

⓬山東　唐代稱太行山以東廣大地區為山東。

⓭殺傷之餘　指安史之亂後。

⓮田承嗣　原為安祿山部將，後降唐，任魏博節度使。

⓯令狐彰　原為安史部將，後降唐。鎮滑州（今河南省滑縣），又稱滑州節度使。

⓰姻婭　聯姻結親。婭，音ㄧㄚˋ。

⓱日浹往來　來往頻繁。

⓲熱毒風　中醫病名，由感受溼熱和風邪致病。

⓳緩　推遲；延緩。

⓴外宅男　猶禁衛軍。

㉑直　通「值」。

㉒卜選　選擇。

㉓遷　此處指吞併。

㉔咄咄　嘆息聲。

㉕夜漏將傳　快要起更傳點的時候。漏，又叫「銅壺滴漏」，古代計時器。分一晝夜為一百刻，一夜為五更，起更傳點約從晚上七時開始，每一更，每一刻都敲擊梆子報時，叫「傳點」。

㉖轅門　官署的外門。

㉗杖策庭除　拄著拐杖在庭院裡散步。庭除，庭院。

㉘不遑　沒有閒暇。

㉙屬　屬意；注意。

㉚承祖父遺業　薛嵩的祖父薛仁貴，父薛楚玉，都是唐代顯赫的將領。

㉛魏郡　魏州。治所在今河北省大名縣。

㉜覘其有無　窺探他的虛實。

㉝首途　啟程。

㉞走馬　騎馬稟報軍情或傳遞消息的使者。

㉟卻迴　返回。

無不濟者。」乃入閨房，飾其行具。梳烏蠻髻[38]，攢金鳳釵[39]，衣紫繡短袍，繫青絲輕履[40]。胸前佩龍文匕首，額上書太乙神[41]名。再拜而行，倏忽不見。

嵩乃返身閉戶，背燭危坐[42]。常時飲酒，不過數合[43]，是夕舉觴十餘不醉。忽聞曉角吟風[44]，一葉墜露[45]，驚而試問，即紅線迴矣。嵩喜而慰問曰：「事諧[46]否？」曰：「不敢辱命。」又問曰：「無傷殺否？」曰：「不至是。但取床頭金合為信[47]耳。」

紅線曰：「某子夜前三刻[48]，即到魏郡，凡歷數門，遂及寢所。聞外宅男止[49]於房廊，睡聲雷動。見中軍[50]士卒，步於庭廡[51]，傳呼風生[52]。某發其左扉，抵其寢帳。見田親家翁正於帳內，鼓趺[53]酣眠，頭枕文犀[54]，髻包黃縠[55]，枕前露一七星劍[56]。劍前仰開一金合，合內書生身甲子[57]與北斗神名；復有名香美珍，散覆其上。揚威玉帳[58]，但期心豁[59]於生前；同夢蘭堂[60]，不覺命懸於手下。寧[61]勞擒縱，祇益傷嗟[62]。時則蠟炬光凝，爐香燼煨[63]，侍人四布，兵器森羅。或頭觸屏風，鼾而嚲[64]者；或手持巾拂[65]，寢而伸者。某拔其簪珥，縻[66]其襦裳，如病如昏，皆不能寤；遂持金合以歸。出魏城西門，將行二百里，見銅臺[67]高揭，而漳水東流；晨飈[68]動野，斜月在林。憂往喜還，頓忘於行役[69]；感知[70]酬德，聊副於心期[71]。所以夜漏三時，往返七百里；入危邦，經五六城；冀減主憂，敢言其苦。」

嵩乃發使遺承嗣書曰：「昨夜有客從魏中來，云：自元帥頭邊獲一金合，不敢留駐，謹卻[72]封納。」專使星馳，夜半方到。見搜捕金合，一軍憂疑。使者以馬撾[73]扣門，非時請見。承嗣遽出，以金合授之。捧承之時，驚怛絕倒。遂駐使者止於宅中，狎以宴私[74]，多其賜賚[75]。明日遣使齎繒帛三萬疋，

---

[38] 烏蠻髻　烏蠻式的髮髻。烏蠻，唐時居住於雲南等地的少數民族。

[36] 暗　愚昧；不明白。

[37] 速　招致。

㊴ 攢金鳳釵　用金鳳釵別住髮髻。

㊵ 青絲輕屨　黑絲做的輕便鞋。

㊶ 太乙神　即北極神，為道教所信奉。額上寫神名，表示祈請這位神作「護身」。

㊷ 危坐　端正地坐著。

㊸ 合　音ㄍㄜˇ。量詞。十合為一升。

㊹ 曉角吟風　報曉的號角聲在風中響起。

㊺ 一葉墜露　就像樹葉上墜落一滴露水那樣輕。

㊻ 諧　成功。

㊼ 信　憑據。這裡是指到過田承嗣床頭的憑據，暗示薛嵩有能力派人輕取田承嗣的首級。

㊽ 子夜前三刻　約為十時十五分左右。子夜，晚上十一時至次日淩晨一時。

㊾ 止　休息。

㊿ 中軍　古代兵制分為左中右三軍，中軍為主帥駐所。

51 庭廡　庭院走廊。

52 傳呼風生　指士卒的口令聲氣勢盛大。

53 鼓趺　屈腿蹺腳。趺，通「跗」。腳背。

54 文犀　有花紋的犀牛皮枕頭。

55 縠　縐紗。

56 七星劍　鑲有北斗七星圖案的寶劍，古代將帥常佩帶。

57 生身甲子　生辰八字。古代用天干地支記出生的年、月、日、時，合為八字。

58 玉帳　主帥的帳幕。

59 心豁　稱心如意。

60 蘭堂　香閨。指內室。

61 寧　哪裡會。

62 傷嗟　悲傷感嘆。

63 燼煨　燒成灰燼。煨，音ㄨㄟ。

64 嚲　音ㄉㄨㄛˇ。低垂。

65 拂　拂子。一種用麈（麋鹿一類動物）尾或馬尾做成的除灰塵、驅蚊蠅的工具。

66 縻　音ㄇㄧˊ。繫；綁。

67 銅臺　即銅雀臺。三國時曹操所建。故址在今河北省臨漳縣西南。

68 飇　疾風。

69 行役　旅途勞苦。

70 感知　感激知遇。

71 副於心期　實現了心願。

72 卻　退還。

73 馬撾　馬鞭。

74 狎以宴私　單獨宴請來討好使者。

75 賜賚　賞賜。賚，音ㄌㄞˋ。

名馬二百匹，他物稱是⑯，以獻於嵩曰：「某之首領，繫在恩私。便宜知過自新，不復更貽伊戚⑰。專膺指使⑱，敢議姻親。役⑲當奉轂⑳後車，來則揮鞭前馬。所置紀綱僕㉑號為外宅男者，本防他盜，亦非異圖。今並脫其甲裳，放歸田畝矣。」由是一兩月內，河北河南，人使交至。

忽一日，紅線辭去。嵩曰：「汝生我家，而今欲安往？又方賴汝，豈可議行？」紅線曰：「某前世本男子，歷江湖間，讀神農藥書82，救世人災患。時里有孕婦，忽患蠱癥83，某以芫花84酒下之。婦人與腹中二子俱斃，是某一舉殺三人。陰司見誅，降為女子。使身居賤隸，而氣稟賊星85，所幸生於公家，今十九年矣。身厭86羅綺，口窮甘鮮，寵待有加，榮亦至矣。況國家建極87，慶且無疆。此輩背違天理，當盡弭患88。昨往魏郡，以示報恩。今兩地保其城池，萬人全其性命，使亂臣知懼，烈士89謀安。某一婦人，功亦不小。固可贖其前罪，還其本身。便當遁跡塵中90，棲心物外，澄清一氣，生死長存。」嵩曰：「不然，遺爾千金為居山之所。」紅線曰：「事關來世，安可預謀。」嵩知不可駐91，乃廣為餞別，悉集賓客，夜宴中堂。嵩以歌送紅線，請座客冷朝陽92為詞曰：「採菱歌怨木蘭舟93，送別魂消百尺樓。還似洛妃94乘霧去，碧天無際水長流。」歌畢，嵩不勝悲。紅線拜且泣，因偽醉離席，遂亡其所在。

---

76 稱　是　與此相稱或相當。稱，音ㄔㄥˋ。
77 貽伊戚　即自招災殃。
78 專膺指使　聽從你的差遣。
79 役　差遣。
80 轂　輪軸。此處指車。
81 紀綱僕　春秋時，秦穆公送三千名侍衛給晉公子重耳返國，稱為「紀綱之僕」。這裡是指掌管安全防護的僕人。
82 神農藥書　指神農本草經。現已佚。
83 蠱　癥　腹內生蟲的疾病。
84 芫　花　落葉灌木。花蕾有毒，可入藥，主治腹脹等病，但服食過量會中毒。芫，音ㄩㄢˊ。

85 氣稟賊星　命帶賊星。賊星，妖星，俗稱流星。
86 厭　滿足。
87 建極　建立治國的準則。
88 弭患　消除禍患。
89 烈士　有志於建立功業的人。此處指薛嵩。
90 遁跡塵中　離開塵世。遁，消失。
91 駐　挽留。
92 冷朝陽　唐代詩人。金陵（今江蘇省南京市）人。大曆四年進士及第。
93 木蘭舟　以木蘭樹做的舟，相傳為魯班所造。古人常於船啟行時作樂，歌唱送別。
94 洛妃　即洛神。

語譯

紅線，是潞州節度使薛嵩家的婢女，擅長彈奏阮咸，還通曉經史，薛嵩派她掌管文書章奏，稱她為「內記室」。有次軍中舉行盛大的宴會，紅線對薛嵩說：「羯鼓的聲音聽起來很悲涼，敲鼓的人一定有心事。」薛嵩也是個懂得音樂的人，說道：「你講得很對。」便把那人喚來詢問，那人說道：「昨天夜裡我的妻子死了，我不敢請假。」薛嵩馬上讓他回家去了。

當時正是至德年後，河北、河東兩道還沒有安定，朝廷設置了昭義軍，以滏陽為鎮守之地，命令薛嵩在那兒堅守，以控制鎮壓太行山以東的叛軍。因為安史之亂才剛平定，軍政機構尚處於初創階段。皇帝下旨把薛嵩的女兒嫁給魏博節度使田承嗣的兒子，又命薛嵩的兒子娶了滑州節度使令狐彰的女兒。三個藩鎮互相結成了姻親，使者往來頻繁。田承嗣素常患有熱毒風這種疾病，每到夏天病情更加嚴重。他常說：「我如果能遷到山東去鎮守，吸收那裡的陰涼氣息，一定能延長幾年的壽命。」於是他挑選軍中武藝膽略都十倍於常人的武士三千人，命名為「外宅男」，以優厚的待遇供養著他們。平常總有三百人在州衙的家宅內值夜。田承嗣命人挑選了好日子，準備吞併潞州。

薛嵩聽說了這件事，日夜擔憂愁悶，常常自言自語，卻想不出辦法來對付。有天晚上，更鼓將起時，官衙的大門已經關上，薛嵩拄了手杖在庭院裡踱步，只有紅線跟在身旁。紅線說：「這一個月來，主人寢食不安，好像有什麼心事，是為了鄰州的事嗎？」薛嵩說：「事關本州的安危，不是你料想得到的。」紅線道：「我雖然是個低賤的人，也能為您分憂。」薛嵩就把田承嗣妄圖吞併潞州的事一一告訴了她，並說：「我繼承祖父與父親遺留下來的功業，身受國家的厚恩，如果有朝一日失去了這片疆土，那麼幾百年的功勳事業就毀了。」紅線道：「這件事好辦，主人不用擔憂。請讓我到魏郡去一趟，看看那兒的形勢，窺察田承嗣的虛實。今晚一更出發，三更就可以回來復命了。請您先派遣一個騎馬的使者，並給田承嗣寫一封應酬問候的書信。其餘的事就等我回來再說吧。」薛嵩大吃一驚，說道：「沒想到你是個具有非凡才能的人，是我太愚昧了。但是倘若事情沒能辦成，反而招來災禍，又該怎麼辦呢？」紅線說：「我所辦的事沒有不成功的。」說完便進入自己的閨房，收拾行裝打扮了起來。她梳了一個烏蠻髻，用一枝金鳳釵別住。穿上紫色的繡花短襖和黑絲做的輕便鞋。胸前佩掛刻有龍紋的匕首，額頭寫上太乙神名。出來對薛嵩拜了兩拜就出發，一下子就不見了蹤影。

薛嵩轉身把門關好，背著燭光端坐著喝酒。平時薛嵩飲酒最多不過幾杯，這天晚上連喝了十幾杯都還沒醉。忽然聽到黎明的號角聲在風中響起，又聽到葉上朝露墜落的細微聲響，薛嵩驚起詢問，原來是紅線回來了。薛嵩非常高興地慰問她說：「事情辦成了嗎？」答道：「幸而沒有辜負您的使命。」又問：「有沒有殺傷人？」答道：「用不著這樣。我不過拿了田承嗣床頭的金盒作為憑據罷了。」

紅線又說道：「我在子時前三刻就到達了魏郡，穿過幾重門，就到了田承嗣的臥室，聽到那些外宅男都在房外走廊上休息，鼾聲像打雷一樣。又見到保衛節度使駐所的軍士在庭院走廊上巡邏，不時傳出威嚴的口令聲。我打開左邊的門，走到田承嗣的床邊。見到田親家翁正在帳內屈腿蹺腳呼呼大睡。頭枕著犀牛皮的枕頭，髮髻用黃色的縐紗包著。枕頭邊露出一把七星寶劍，劍旁有一只開著的金盒，盒內寫著生辰八字與北斗神名，又有名貴的香料和珍寶零散地覆蓋在上面。那田承嗣平素耀武揚威，只希望稱心如意一輩子，卻沒料到熟睡在臥室裡，會讓性命懸於我的手中。何必費神擒拿縱放，徒然增加傷感嘆息。那時屏內燭光很微弱，爐中的香料已燒成灰燼。侍者分布在四周，兵器交叉羅列。那些人有靠著屏風低頭打鼾的，有手拿著汗巾拂塵伸開身子睡的。我把她們的簪子耳環拔下，把她們的衣裳綁住，她們卻像得了病或昏迷了一樣醒不過來，我便拿了金盒回來。出了魏城西門，大約走了二百多里，見到銅雀臺高高聳立著，漳河水滔滔向東流；晨風吹過田野，斜月還掛在林梢。我懷著憂慮而去，帶著喜悅回來，頓時忘了旅途的勞苦。感謝您的知遇之恩，總想報答，這次稍微實現了我的心願。我之所以在半夜三個時辰裡，往返七百里路程；進入那危險的地方，經過五、六座城池，只是希望能減輕您的憂愁，哪敢說自己的辛苦啊！」

薛嵩便派使者送信給田承嗣，上面寫道：「昨天夜裡有位客人從魏城到我這兒來，說他從元帥頭邊得到了一只金盒，我不敢擅自留下，恭敬地封好送還給您，請收下。」專使騎著快馬飛馳去，直到半夜才到達魏城。只見那裡正在搜捕偷金盒的人，全軍上下驚疑不定。專使用馬鞭敲門，請求節度使破例接見他。田承嗣急忙走出來，專使就把金盒交給他。田承嗣拿著金盒時，驚駭得幾乎昏倒。於是他將專使留住在宅第內，又親熱地單獨宴請他，還給他很多賞賜。第二天，田承嗣派了使者帶著三萬匹綢緞，二百匹名馬和其他數量相當的貴重禮品，去獻給薛嵩，對他說：「我的首級，是承您的恩惠才得以保留下來的。理當改過自新，再也不去自招災殃。從此當一心一意聽從您的指揮，怎敢再以姻親自居。您出征時，我當跟在車後照料、侍奉；您回來時，我就騎馬在前面為您開道。我所設置的那些稱為外宅男的奴僕，本是為了防盜賊，並沒有什麼非分的意圖。現在我叫他們都脫去軍裝，回家種田去了。」此後一、二個月內，河北河南，使者書信來往，絡繹不絕。

有一天，紅線向薛嵩告辭準備離去。薛嵩說：「你生在我家，如今要到哪裡去？況且，我正要依靠你幫助。怎麼可以說要走呢？」紅線道：「我前生本是個男子，在民間行走。讀過神農本草經，為世人消災治病。當時家鄉有個孕婦患了蠱病，我用芫花酒為她治療，誰知服藥後，孕婦和腹中的雙胞胎都死了，我一下子殺死了三個人。陰司懲罰我，於是讓我降生為女子，身處於卑賤的奴隸之中，但命裡卻帶著賊星。幸運的是我降生在您的家裡，至今已經十九年了。穿夠了綾羅綢緞，吃夠了山珍海味，十分受到寵愛，可以說是極為幸運的。況且，朝廷已建立治國的準則，國運昌盛沒有窮盡。那些人違背天理，應當被除去。上次去魏郡，是為了報答您的恩情。現在兩處的城池都保住了，千萬人的生命也得以保全。作亂的大臣知道害怕，您這位有志之士可以安心建立功業了。我身為一個女子，這次立的功勞也不算小，足以贖前世的罪孽，還我本來面目了。因此，我就要離開紅塵，不再過問世事，靜心煉氣，求得長生不老。」薛嵩道：「不然的話，我贈給你千金，讓你到山林中去隱居。」紅線道：「這關係到下一輩子的事，怎可事先安排？」薛嵩知道留不住她，就大張筵席為她餞行，並把所有的賓客全都請來，晚上在中堂開宴。薛嵩親自唱歌為紅線送別，請在場客人冷朝陽作歌詞，歌道：「採菱曲幽怨地蕩漾在木蘭舟中，在高樓上送別令人黯然神傷。你就像洛神般乘著雲霧飛去，無邊的藍天下，江水空自流淌。」唱完，薛嵩再也克制不住自己的悲傷。紅線哭著向薛嵩拜別，假稱酒醉離開宴席，然後就不知去向了。

賞析

本文首先介紹紅線的身分以及她通曉音律、經史的特長。接著敘述田承嗣有併吞薛嵩領地的意圖，紅線自告奮勇前往魏郡探察，潛入田的臥房盜取他枕邊的金盒，使田承嗣驚恐萬分，打消攻占潞州的念頭。最後則描述紅線向薛嵩說明自身來歷後拜別引退。

這篇小說的結構很有特色，從紅線十九歲在薛嵩家當婢女開始敘述，接著顯示出她的豪俠身分，最後追溯她的前生經歷和今世託生的因緣，並交代她遁隱塵世的歸宿，使文章高潮迭起，扣人心弦。

從故事內容來看，這是一篇思想意義較為複雜的作品。紅線為一介女流，卻能以超人的本領制止藩鎮之間的爭戰，使「兩地保其城池，萬人全其性命，使亂臣知懼，烈士謀安」，在一定程度上揭示了中唐以後藩鎮割據、互謀吞併的黑暗現實，作者描寫紅線靠一己之力平息戰爭的創作意旨，也反映了當時百姓渴望剷除暴虐、安居樂業的心願。故事中薛嵩的軟弱無能、田承嗣的跋扈狂妄卻又外強中乾，對比紅線冷靜自信、身手不凡的俠女形象，似乎意圖挑戰當時社會主貴奴賤、男尊女卑的情況。然而紅線前生本為男子，因為犯錯今世才被謫為婢女；她身懷異能，也是由於命帶賊星的緣故，還是回歸到以男性為尊的傳統觀點。文末紅線自敘身世來歷，夾雜了因果輪迴、報恩贖身、脫離塵世等佛道思想。

此外值得一提的是，故事中「夜盜金盒」這一段精采的場面，作者是透過紅線之口用倒敘的手法作側面描寫，而且使用華麗的駢文來鋪陳，不但凸顯出紅線的絕技異能，也使得本篇的敘事文字別有風味。

延伸閱讀

1. 裴鉶聶隱娘（可參考三民書局出版之唐傳奇選）
2. 杜光庭虬髯客傳（可參考三民書局出版之唐傳奇選）
3. 參考資料：

葉慶炳談紅線傳（收於古典小說論評，幼獅文化公司）

板橋三娘子

導讀

本文選自太平廣記卷二八六，原出於唐薛漁思河東記。內容敘述板橋店的女主人三娘子，使用妖術將客人變為驢子，再沒收其財貨。此事偶然被店中客人趙季和發現，他「以其人之道，還治其人之身」，亦將三娘子變為驢子騎乘，並侵占其妖器。多年後，三娘子幸得一老人的幫助，才恢復原身。清代蒲松齡聊齋誌異的造畜一篇，亦記載將人變成驢和羊的故事，可與此文參照。

作者薛漁思，生卒年不詳。宋代晁公武郡齋讀書志稱河東記：「亦記譎怪事，序云續牛僧孺之書。」可知此書晚於玄怪錄，屬志怪小說集。

唐汴州❶西有板橋店，店娃三娘子者，不知何從來，寡居，年三十餘，無男女，亦無親屬。有舍數間，以鬻餐❷為業。然而家甚富貴，多有驢畜。往來公私車乘，有不逮者，輒賤其估以濟之❸。人皆謂之有道❹，故遠近行旅多歸之。

元和❺中，許州❻客趙季和，將詣東都❼，過是宿焉。客有先至者六七人，皆據便榻。季和後至，最得深處一榻，榻鄰比主人房壁。既而三娘子供給諸客甚厚。夜深致酒，與諸客會飲極歡。季和素不飲酒，亦預❽言笑。至二更許，諸客醉倦，各就寢。三娘子歸室，閉關息燭。人皆熟睡，獨季和轉展不寐。隔壁聞三娘子悉窣，若動物之聲。偶於隙中窺之，即見三娘子向覆器❾下，取燭挑明之。後於巾廂❿中，取一副耒耜⓫，並一木牛，一木偶人，各大六七寸，置於竈前，含水噀⓬之。二物便行走，小人則牽牛駕耒耜，遂耕床前一席地，來去數出。又於廂中，取出一裹蕎麥子，受於小人種之。須臾生，花發麥熟，令小人收割持踐⓭，可得七八升。又安置小磨子，磑成麵訖⓮，卻收木人子於廂中，即取麵作燒餅數枚。有頃雞鳴，諸客欲發，三娘子先起點燈，置新作燒餅於食床上，與客點心。季和心動遽辭，開門而去，即潛於戶外窺之。乃見諸客圍床食燒餅，未盡，忽一時踣⓯地，作驢鳴，須臾皆變驢矣。三娘子盡驅入店後，而盡沒其貨財。季和亦不告於人，私有慕其術者。

　　後月餘日，季和自東都回，將至板橋店，預作蕎麥燒餅，大小如前。既至，復寓宿焉。三娘子歡悅如初，其夕更無他客，主人供待愈厚。夜深，殷勤問所欲，季和曰：「明晨發，請隨事⓰點心。」三娘子曰：「此事無疑，但請穩睡。」半夜後，季和窺見之，一依前所為。天明，三娘子具盤食，果

❶汴　州　唐州名，在今河南省開封縣西北。

❷鬻　餐　賣飯菜。鬻，賣。

❸輒賤其估以濟之　往往以低廉的價格將驢子賣給那些人來幫助他們。估，價格。濟，幫助。

❹有　道　很有品德。

❺元　和　唐憲宗年號（西元八〇六－八二〇年）。

❻許　州　唐州名，在今河南省臨潁縣附近。

❼東　都　洛陽。

❽預　參加；加入。

❾覆　器　罩明之物，防止風吹燭滅。

❿巾　廂　古時放書卷、文件等物品的箱子。廂，疑為「箱」之誤。

⓫耒　耜　翻土用的農具。

⓬噀　音ㄒㄩㄣˋ。含在口中而噴出。

⓭持　踐　打穀去殼。

⓮磑成麵訖　磨成麵粉。磑，音ㄨㄟˋ。磨研。訖，完畢。

⓯踣　音ㄅㄛˊ。仆倒。

⓰隨　事　隨意準備。

實燒餅數枚於盤中訖，更取他物，季和乘間⑰走下，以先有者易⑱其一枚，彼不知覺也，季和將發，就食，謂三娘子曰：「適會某自有燒餅，請撤去主人者，留待他賓。」即取己者食之。方飲次⑲，三娘子送茶出來。季和曰：「請主人嘗客一片燒餅。」乃揀所易者與噉之。纔入口，三娘子據地⑳作驢聲，即立變為驢，甚壯健。季和即乘之發，兼盡收木人木牛子等。然不得其術，試之不成。季和乘策所變驢，周遊他處，未嘗阻失，日行百里。

後四年，乘入關，至華岳廟㉑東五六里，路傍忽見一老人，拍手大笑曰：「板橋三娘子，何得作此形骸？」因捉驢謂季和曰：「彼雖有過，然遭君亦甚矣，可憐許，請從此放之。」老人乃從驢口鼻邊，以兩手擘開㉒，三娘子從皮中跳出，宛復舊身，向老人拜訖，走去，更不知所之。

⑰乘間　利用空檔的機會。間，空隙；縫隙。
⑱易　交換。
⑲次　時候。
⑳據地　兩手按地。
㉑華岳廟　又稱岳廟，是歷代帝王祭謁華山的神廟，位於今華陰市原縣城東約二公里處。
㉒擘開　分開。擘，音ㄅㄛˋ。剖分。

語譯

唐代汴州西邊有一家板橋店，店主人叫三娘子，沒人知道她是從哪裡來的，只知道她一個人獨居，年紀大概三十多歲，沒有兒女，也沒有親戚。她擁有幾間房子，以販賣餐飲為業。不過家境頗為富有，還養了許多驢子。往來的公私車輛，只要有馬匹拉不動的，她往往以低廉的價格將驢子賣給那些需要的人。大家都稱讚她很有品德，所以遠近的旅客都喜歡到她店裡。

憲宗元和年間，有一位許州來的客人趙季和，他要前往東都，路過這裡便住宿店中。有六、七位比他早到的客人都已占好床位了，因為季和晚到，只剩下最裡面的一個床榻，隔牆就是主人的房間。不久，三娘子為客人們準備豐盛的晚餐，深夜時，她還準備了美酒，和客人們一塊飲酒作樂，大家都非常高興。季和平常不喝酒，不過也加入大家的談笑中。到了二更多，客人們酒醉疲倦，各自就寢。三娘子也回到她的房間，關上門、熄掉燭火。當大家都睡得很熟時，只有季和輾轉反側，無法入眠。他聽到隔牆的三娘子房裡悉悉窣窣，好像是搬動東西的聲音。無意間從牆壁的細縫中，看到三娘子從一個罩明的器具裡，取出蠟燭把燭芯挑亮。然後從箱子裡取出一副耒耜、一個木牛和一個小木人。每個東西都六、七寸大，三娘子將它們放在爐火前，口裡含著水噴向它們。這時，木牛與小木人竟開始行走，小木人牽著牛套上耒耜，便開始在床前一席之地耕種起來，來來去去好幾趟。三娘子又從箱子中取出一包蕎麥的種子，交給小木人耕種。一轉眼就發芽，花開麥熟，她命令小木人收割打穀，得到七、八升的麥子。她又放了一個小石磨，命小木人磨成麵粉後，再將小木人收在箱子裡，就拿那些麵粉做成幾枚燒餅。不久天亮雞鳴，客人們準備要出發，三娘子先起來點燈，將新做好的燒餅放在餐桌上，讓客人們享用。季和心裡感到懷疑，便馬上告辭，開門離去，一出去就躲在門外偷看。他看到客人們圍著桌子吃燒餅，燒餅還沒吃完，卻忽然同時仆倒在地，還發出驢子的叫聲，剎那間他們全都變成驢子了。三娘子將驢子全部驅趕到店後，把這些客人的財物全都沒收。季和也沒把這件事告訴別人，內心裡很羨慕三娘子的法術。

一個多月後，季和從東都回來，快到板橋店時，預先做了幾個蕎麥燒餅，大小和之前的一模一樣。到了板橋店，又住宿在店裡。三娘子還是像之前一樣那麼歡喜，當天晚上沒有別的客人，主人的招待也就更為豐盛。夜深了，三娘子很殷勤地詢問趙季和的需要，季和說：「明天早上出發時，請隨便幫我準備一些點心。」三娘子回道：「這件事不用擔心，請您安心地睡吧！」到了半夜，季和偷看三娘子，她做了和之前一樣的行為。天亮時，三娘子準備一盤食物，果然放了幾枚燒餅在盤子裡，她又去拿別的東西。季和趁著這個機會，以原先準備好的燒餅偷換一枚三娘子的燒餅，三娘子卻沒有發覺。季和準備出發，正要吃東西時，跟三娘子說：「正好我自己有燒餅，請你將這些燒餅收走，留給其他客人享用。」說完便拿出自己準備好的燒餅開始吃。正當喝茶的時候，三娘子端了茶出來，季和便說：「請主人也嚐嚐看我的燒餅。」他揀出剛剛偷換來的燒餅給三娘子。才一入口，三娘子便仆倒在地發出驢子的叫聲，馬上就變成一頭驢子，而且非常健壯。季和於是騎著這頭驢子出發，並將三娘子的木牛和小木人全都占為己有。不過，因為他不懂得三娘子的法術，試了幾次還是無法成功。季和騎著三娘子變成的驢子，周遊各地，從來沒有出什麼差錯，而且一天能夠行走一百里。

四年後，季和騎著驢子入關，在華岳廟東邊五、六里的地方，路旁突然出現一位老人，他拍著手大笑說：「板橋三娘子，你怎麼會變成這個模樣？」說完便捉住驢子對季和說：「她雖然有過錯，但遇到你之後也受夠了，請可憐可憐她，放她離開吧！」說完，老人便用兩隻手從驢子的口鼻中間分開，三娘子便從驢皮中跳出來，恢復原來的模樣。她向老人拜謝後便離開，不知道她到哪裡去了。

賞析

本文內容可分為四部分。首先，敘述三娘子的身分背景。她獨自經營旅館，頗受遠近稱讚。第二段寫許州客人趙季和寄宿店中，發現三娘子讓客人吃燒餅變成驢子的祕密。第三段寫趙季和再度前往板橋店，把三娘子變成驢子，成為自己的坐騎。最後寫四年後三娘子被一個老人從驢皮中解救出來，從此不知去向。

傳統社會中，女子鮮少能獨立營生，三娘子既無丈夫孩子，又無親屬，雖然生財有道，但神祕的背景讓她一出場就帶著濃厚謎團。接著，透過趙季和的窺視，讀者總算挖掘出三娘子的驚人祕密。原來表面上「人皆謂之有道」的女老闆，私下卻利用法術驅使木人與木牛耕種，並做出讓人一吃就變成驢子的燒餅，這個鮮明的「女巫」形象，在中國古典小說中是很罕見的。這種「人前助人，人後害人」的邪惡形象，也可視為對人世間那些表裡不一者的投射。然而，這位生意興隆的黑店女老闆，卻在不知不覺中栽了跟頭，輕易地就被趙季和「以其人之道，還治其人之身」。

許州客趙季和是個詭計多端的人物。他知道三娘子陷害無辜旅客，侵占他人財物的惡行，卻未揭發告官，只因「私有慕其術者」。在精心計畫之下，他再度前往板橋店，實行制服三娘子的計謀。順利地讓三娘子吃下她自己做的燒餅，變成驢子，趙季和就騎著「她」到處遊歷了四年，這是所謂的「惡人自有惡人磨」吧！不過趙季和雖然制止了三娘子的惡行，但因動機不純，所以並沒有得到「善有善報」的獎賞，充其量只是在四年內擁有一匹健壯、可供驅使的驢子罷了！

故事中最精彩處，要屬木人和木牛耕地的情節。小木人耕地種麥，「須臾生，花發麥熟」接著收割、打穀、磨麥，原本農家要花數月才能完成的耕種過程，它們卻能在一夜之間工作完畢，著實令人驚嘆！速成的農耕多少透露出農業社會期待早日收成的渴望。而「神祕的麵粉」做成的燒餅竟會讓吃的人變成驢子，讀者閱讀至此，才恍然大悟前文所說三娘子家「多有驢畜」的原因。

本文重點在二、三段的種麥和詐騙過程，一、四段則簡要帶過，故事安排可說是輕重得宜。內容則幻想豐富，描述生動，頗富趣味。

延伸閱讀

1. 陽羨書生（吳均續齊諧記）
2. 畫工（太平廣記卷二八六）
3. 參考資料：

王隆升唐代小說「板橋三娘子」探析（收於輔大中研所學刊第四期，一九九五年三月）

宋代話本與傳奇小說

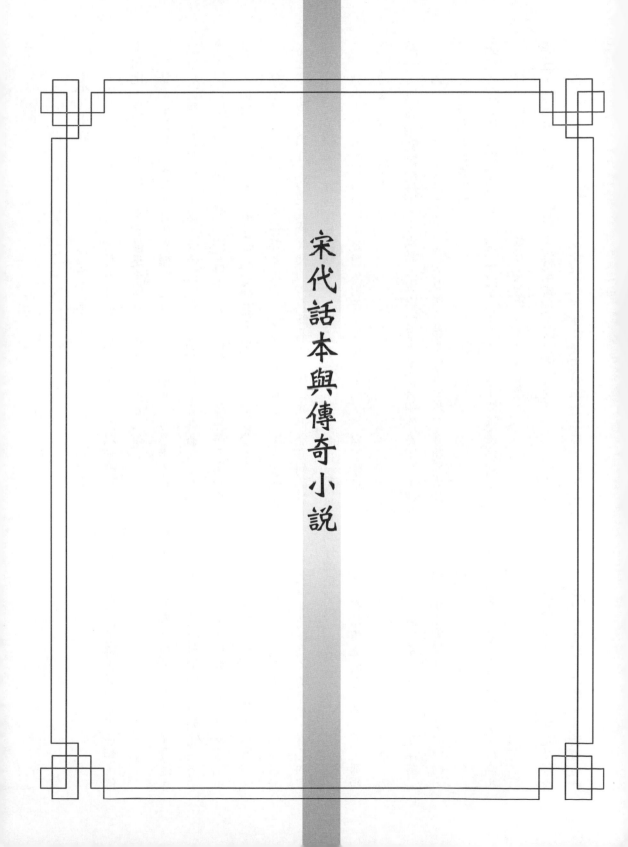

宋代小說以話本為大宗，傳奇小說次之。宋傳奇是唐傳奇的餘緒，題材不超出唐傳奇的範圍，但以愛情類為主，有明顯的模仿痕跡，成績也不能和唐傳奇相比，只有少數佳作。本書僅選李師師外傳一篇，以見一斑。

話本小說和「說話」行業有關。「說話」就是說書、講故事，這一行在宋代相當興盛。原來宋代工商業發達，城市居民開始重視休閒生活，表演場所瓦舍勾欄裡經常有戲曲演出和「說話」的節目，是百姓閒暇娛樂消遣的好去處。「說話」還分為四家數：「一曰小說；二曰說經、說參請，或加說諢經；三曰講史；四曰合生。」第一家「小說」是講短小的故事，當天就可知道結局；第三家講歷史故事，是長篇大論；這兩家和話本小說關係比較密切。

話本是說話人的底本，但話本的作者多半不知是何許人也，因為說話人師徒相傳，不斷地補充資料，到後來話本已不是個人創作，而是幾代師徒的心血結晶了。現在我們能看到的話本小說不見得都是說話人的原貌，有些內容簡略可能只是摘要，有些比較完整可能是經過潤飾的，至於明代文人模擬創作的則稱做「擬話本」。

話本小說是宋代新興的小說體，因為是從說話來的，所以不使用文言而是白話，在結構上也有它的特色，都和說話的表演方式有關：

第一，以詩詞開始和結束：說話人常以一首或多首詩詞作為開頭，就是所謂的「定場詩」；中間也常出現「有詩為證」、「有詞為證」，引用詩詞說明；結束時再引用一首相關的詩詞。這種情形顯然是說話人講故事的口吻，成為話本小說的慣例。

第二，在正式故事登場前，先說一段入話：說話人在觀眾還沒到齊之前，先講一兩個小故事，熱熱場子，叫做「入話」或「得勝頭迴」，然後再言歸正傳，進入主題。

第三，故事進行當中，說話人經常會加入評論：讀話本小說時，常可以看到「看官聽說」等字樣，就是故事暫停，說話人要現身說法了。說話人除了講故事娛樂觀眾外，同時也以社會教育者自居，經常灌輸一些倫理道德的觀念。之後，再以「閒話休提」，繼續講述故事。

第四，長篇話本分回敘述：長篇故事不可能一次講完，說話人就在情節關鍵或最精采的地方打住，「欲知後事如何，且聽下回分解」，請觀眾下次再來捧場。

這種結構就小說本身來說，是毫無必要的，但如果了解它為何如此，也就不足為怪了。閱讀話本小說時，不妨把自己想像成是一名聽眾，正在聆聽精采的說書表演。

話本原本就不是為了閱讀而寫作，當時也沒有人把它看成是文學創作，根本未受到重視，一旦說話人死亡，沒有徒弟傳承，恐怕就立即消失了。所以能流傳下來的話本作品並不多，值得我們珍惜。宋代話本短篇以京本通俗小說最重要，雖然也有學者懷疑這本書裡的作品未必都是出於宋代，但從文中動輒用「我宋」如何如何，以及所述都是宋朝的地名看來，應該確實是宋代流傳下來的話本。至於長篇方面，現在僅存大唐三藏取經詩話、新編五代史平話、宣和遺事三種，這些作品本身的文學價值不高，但它們卻是後來章回小說的胚胎，吳承恩的西遊記就是根據大唐三藏取經詩話擴充寫成，施耐庵的水滸傳中有不少故事也都可以在宣和遺事中找到。

本書選的三篇宋代話本內容各不相同：碾玉觀音是愛情類的鬼故事，拗相公是王安石罷相後的遭遇，錯斬崔寧是糊塗官判糊塗案，共同的特色則是情節曲折，出人意表。

碾玉觀音

導讀

本文選自京本通俗小說。內容敘述咸安郡王府家的婢女璩秀秀，對府裡玉匠崔寧一往情深，趁著失火的機會兩人私逃到外地，後來卻被郡王手下的郭排軍發現告密。秀秀被捉回府裡殺死，鬼魂仍戀慕著崔寧，跟隨他一起生活。身分暴露後甚至不惜殺死崔寧，一起到陰間繼續作夫妻。故事描繪下層階級的婦女勇於追求自由和愛情，是宋代愛情類話本的代表作之一。明代馮夢龍警世通言亦收錄此文，題為崔待詔生死冤家。清代錢曾也是園書目將此篇收錄於宋人詞話。本文篇首原有描述春景的詩詞十三首，篇幅甚長，與小說情節無關，故刪去不錄。

京本通俗小說是宋代的短篇小說集，一九一五年由繆荃孫刊印。歷來學者對其真偽問題作了許多考證，雖然內容可能有後人的增改，難以保全宋人原貌，但根據文中用字和語氣，大部分仍可相信是宋代作品。

【上】

紹興❶年間，行在❷有個關西延州延安府人，本身是三鎮節度使咸安郡王❸。當時怕春歸去，將帶著許多鈞眷❹遊春。至晚回家，來到錢塘門裡，車橋前面。鈞眷轎子過了，後面是郡王轎子到來。只聽得橋下裱褙鋪裡一個人叫道：「我兒出來看郡王！」當時郡王在轎裡看見，叫幫窗虞候❺道：「我從前要尋這個人，今日卻在這裡！只在你身上，明日要這個人入府中來！」當時虞候聲諾，來尋這個看郡王的人，是甚色目❻人？正是：

塵隨車馬何年盡？情繫人心早晚休。

只見車橋下一個人家，門前出著一面招牌，寫著「璩家裝裱古今書畫」。舖裡一個老兒，引著一個女兒，生得如何？

雲鬢輕籠蟬翼，蛾眉淡拂春山。朱唇綴一顆櫻桃，皓齒排兩行碎玉。蓮步半折小弓弓，鶯囀一聲嬌滴滴。

便是出來看郡王轎子的人。虞候即時來他家對門一個茶坊裡坐定，婆婆把茶點來，虞候道：「啟請婆婆，過對門裱褙舖裡，請璩大夫❼來說話。」婆婆便去請到來。兩個相揖了就坐，璩待詔❽問：「府幹❾有何見諭？」虞候道：「無甚事，閒問則個❿。適來叫出來看郡王轎子的人，是令愛麼？」待詔

❶紹興　南宋高宗年號(西元一一三一—一一六二年)。

❷行在　皇帝出巡時所駐的地方。此指杭州。

❸咸安郡王　即南宋抗金名將韓世忠(西元一〇八九—一一五一年)，紹興十三年封咸安郡王。

❹鈞眷　對豪門貴族的親屬或家眷的尊稱。

❺幫窗虞候　幫窗，即「傍窗」，高官出行時在轎窗旁的侍從。虞候是低階的軍官。

❻色目　身分。

❼大夫　對手工藝工人的美稱。

❽待詔　宋代對手工藝匠的稱呼。

❾府幹　府中差役。

❿閒問則個　隨便打聽一下。則個，語助詞。略表示委婉或商量、解釋的語氣。

道：「正是拙女，止有三口。」虞候又問：「小娘子貴庚？」待詔應道：「一十八歲。」再問：「小娘子如今要嫁人，卻是趨奉⑪官員？」待詔道：「老拙家寒，那討錢來嫁人？將來也只是獻與官員府第。」虞候道：「小娘子有甚本事？」待詔說出女孩兒一件本事來，有詞寄眼兒媚為證：

深閨小院日初長，嬌女綺羅裳。不做東君造化，金針刺繡群芳樣。　斜枝嫩葉包開蕊，唯只欠馨香。曾向園林深處，引教蝶亂蜂狂。

原來這女兒會繡作。虞候道：「適來郡王在轎裡，看見令愛身上繫著一條繡裹肚⑫。府中正要尋一個繡作的人，老丈何不獻與郡王？」璩公歸去與婆婆說了，到明日寫一紙獻狀⑬，獻來府中。郡王給與身價，因此取名秀秀養娘⑭。

不則一日，朝廷賜下一領團花繡戰袍，當時秀秀依樣繡出一件來。郡王看了歡喜道：「主上賜與我團花戰袍，卻尋甚麼奇巧的物事獻與官家？」去府庫裡尋出一塊透明的羊脂美玉來，即時叫將門下碾⑮玉待詔道：「這塊玉堪做甚麼？」內中一個道：「好做一副勸盃⑯。」郡王道：「可惜！恁般⑰一塊玉，如何將來只做得一副勸盃！」又一個道：「這塊玉上尖下圓，好做一個摩侯羅⑱兒。」郡王道：「摩侯羅兒只是七月七日乞巧使得，尋常間又無用處。」數中⑲一個後生，年紀二十五歲，姓崔名寧，趨事郡王數年，是昇州建康府人；當時叉手向前，對著郡王道：「告恩王：這塊玉上尖下圓，甚是不好，只好碾一個南海觀音。」郡王道：「好！正合我意！」就叫崔寧下手，不過兩個月，碾成了這個玉觀音。郡王即時寫表進上御前，龍顏大喜。崔寧就本府增添請給⑳，遭遇㉑郡王。

不則一日，時遇春天，崔待詔遊春回來，入得錢塘門，在一個酒肆，與三四個相知方纔吃得數盃，則聽得街上鬧炒炒，連忙推開樓窗看時，見亂烘烘道：「井亭橋有遺漏㉒！」吃不得這酒成，慌忙下酒樓看時，只見：

初如螢火，次若燈火。千條蠟燭焰難當，萬座糝盆㉓敵不住。六丁神㉔推倒寶天爐，八力士放起焚山火。驪山會上，料應褒姒逞嬌容；赤壁磯頭，想是周郎施妙策。五通神㉕牽住火葫蘆；宋无忌㉖趕番赤騾子。又不曾瀉燭澆油，直恁的烟飛火猛！

崔待詔望見了，急忙道：「在我本府前不遠！」奔到府中看時，已搬挈得罄盡，靜悄悄地無一個人。崔待詔既不見人，且循著左手廊下入去。火光照得如同白日，去那左廊下，一個婦女搖搖擺擺從府堂裡出來，自言自語，與崔寧打個胸廝撞㉗。崔寧認得是秀秀養娘，倒退兩步，低聲唱個喏㉘。原來郡王當日嘗對崔寧許道：「待秀秀滿日，把來嫁與你。」這些眾人都攛掇㉙道：「好對夫妻！」崔

---

⑪趨奉　侍候；服侍。下文「趨事」意同。
⑫裹肚　古代繫在腰腹間的圍裙。
⑬獻狀　賣身契。
⑭養娘　婢女。
⑮碾　打磨；雕刻。
⑯勸盃　勸酒所用的大酒杯，通常為一對。
⑰恁般　這般。恁，這，這麼；如此。
⑱摩侯羅　用土或蠟製成小孩形狀的玩具，多在七夕乞巧時使用。
⑲數中　其中；內中。
⑳請給　音ㄑㄧㄥˊ ㄐㄧˇ。官府給的俸祿。
㉑遭遇　有幸遇到，指受到賞識。
㉒遺漏　失火。
㉓糝盆　應作「籸（ㄕㄣ）盆」。古代除夕夜祭祀祖先和百神時，在庭院中焚燒松柏樹枝的火盆。糝，音ㄙㄢˇ。
㉔六丁神　道教中的火神。
㉕五通神　民間傳說中的火神，亦名華光。
㉖宋无忌　傳說中的火仙。
㉗胸廝撞　指兩人迎面相撞。
㉘唱個喏　古人行禮時雙手作揖、出聲致敬。喏，音ㄖㄜˇ。
㉙攛掇　音ㄘㄨㄢ ㄉㄨㄛˊ。慫恿。

寧拜謝了，不則一番。崔寧是個單身，卻也癡心，秀秀見恁地個後生，卻也指望。當日有這遺漏，秀秀手中提著一帕子金珠富貴，從左廊下出來，撞見崔寧，便道：「崔大夫！我出來得遲了，府中養娘，各自四散，管顧不得。你如今沒奈何，只得將我去躲避則個。」

當下崔寧和秀秀出府門，沿著河走到石灰橋。秀秀道：「崔大夫！我腳疼了，走不得。」崔寧指著前面道：「更行幾步，那裡便是崔寧住處。小娘子到家中歇腳，卻也不妨。」到得家中坐定，秀秀道：「我肚裡飢，崔大夫與我買些點心來吃。我受了些驚，得杯酒吃更好。」當時崔寧買將酒來，三盃兩盞，正是：

三盃竹葉穿心過，兩朵桃花上臉來。

道不得個「春為花博士，酒是色媒人」。秀秀道：「你記得當時在月臺上賞月，把我許你，你兀自拜謝。你記得也不記得？」崔寧叉著手，只應得喏。秀秀道：「當日眾人都替你喝采：『好對夫妻！』你怎地到忘了？」崔寧又則應得喏。秀秀道：「比似㉚只管等待，何不今夜我和你先做夫妻？不知你意下何如？」崔寧道：「豈敢！」秀秀道：「你知道不敢，我叫將起來，教壞了你。你卻如何將我到家中？我明日府裡去說！」崔寧道：「告小娘子：要和崔寧做夫妻不妨；只一件，這裡住不得了。要好趁這個遺漏，人亂時，今夜就走開去，方纔使得。」秀秀道：「我既和你做夫妻，憑你行。」當夜做了夫妻。

四更已後，各帶著隨身金銀物件出門。離不得飢餐渴飲，夜住曉行，迤邐來到衢州㉛。崔寧道：「這裡是五路總頭㉜，是打那條路去好？不若取信州㉝路上去。我是碾玉作㉞，信州有幾個相識，怕那裡安得身。」即時取路到信州。住了幾日，崔寧道：「信州常有客人到行在往來，若說道我等在此，郡王必然使人來追捉，不當穩便。不若離了信州，再往別處去。」兩個又起身上路，徑取潭州㉟。

不則一日，到了潭州，卻是走得遠了。就潭州市裡，討間房屋，出面招牌，寫著「行在崔待詔碾玉生活」。崔寧便對秀秀道：「這裡離行在有二千餘里了，料得無事。你我安心，好做長久夫妻。」潭州也有幾個寄居官員，見崔寧是行在待詔，日逐也有生活㊱得做。崔寧密使人打探行在本府中事，有曾到都下的，得知府中當夜失火，不見了一個養娘，出賞錢尋了幾日，不知下落。也不知道崔寧將他走了，見在潭州住。

時光似箭，日月如梭，也有一年之上。忽一日，方早開門，見兩個著皂衫的，一似虞候、府幹打扮，入來鋪裡坐地㊲，問道：「本官聽得說有個行在崔待詔，教請過來做生活。」崔寧分付了家中，隨這兩個人到湘潭縣路上來。便將崔寧到宅裡，相見官人，承攬了玉作生活。回路歸家，正行間，只見一個漢子，頭上帶個竹絲笠兒，穿著一領白段子兩上領㊳布衫，青白行纏㊴扎著褲子口，著一雙多耳麻鞋，挑著一個高肩擔兒；正面來，把崔寧看了一看。崔寧卻不見這漢面貌，這個人卻見崔寧，從後大踏步尾㊵著崔寧來。正是：

㉚ 比似　與其。
㉛ 衢州　州名，在今浙江省衢縣。衢，音ㄑㄩˊ。
㉜ 五路總頭　指四通八達的交通要道。
㉝ 信州　州名，在今江西省上饒縣。
㉞ 作　音ㄗㄨㄛ。從事手工藝的人。
㉟ 潭州　州名，在今湖南省長沙縣。
㊱ 生活　活兒；工作。
㊲ 坐地　坐著。
㊳ 兩上領　古人在衣領上加縫襯領，以便於拆洗。
㊴ 行纏　綁腿布。
㊵ 尾　跟隨；跟蹤。

誰家稚子鳴榔板[41]，驚起鴛鴦兩處飛。

竹引牽牛花滿街，疎籬茅舍月光篩。琉璃盞內茅柴酒[42]，白玉盤中簇荳梅。休懊惱，且開懷，平生贏得笑顏開。三千里地無知己，十萬軍中掛印來。

【下】

這隻鷓鴣天詞是關西秦州雄武軍劉兩府[43]所作；從順昌入戰[44]之後，閒在家中，寄居湖南潭州湘潭縣。他是個不愛財的名將，家道貧寒，時常到村店中吃酒。店中人不識劉兩府，讙呼囉唣[45]。劉兩府道：「百萬番人，只如等閒。如今卻被他們誣罔！」做了這隻鷓鴣天，流傳直到都下。當時殿前太尉[46]是陽和王[47]，見了這詞，好傷感：「原來劉兩府直恁孤寒！」教提轄官差人送一項錢與劉兩府。今日崔寧的東人[48]郡王，聽得說劉兩府恁地孤寒，也差人送一項錢與他。卻經由潭州路過，見崔寧從湘潭路上來，一路尾著崔寧到家，正見秀秀坐在櫃身子裡，便撞破[49]他們道：「崔大夫！多時不見，你卻在這裡！秀秀養娘他如何也在這裡？郡王教我下書[50]來潭州，今遇著你們。原來秀秀養娘嫁了你？也好！」當時諕殺[51]崔寧夫妻兩個，被他看破。

那人是誰？卻是郡王府中一個排軍[52]，從小伏侍郡王，見他朴實，差他送錢與劉兩府。這人姓郭名立，叫做郭排軍。當下夫妻請住郭排軍，安排酒來請他，分付道：「你到府中，千萬莫說與郡王知道。」郭排軍道：「郡王怎知得你兩個在這裡？我沒事卻說甚麼？」當下酬謝了出門。回到府中，參見郡王，納了回書，看看郡王道：「郭立前日下書回，打潭州過，卻見兩個人在那裡住。」郡王問：「是誰？」郭立道：「見秀秀養娘并崔待詔兩個，請郭立吃了酒食，教休來府中說知。」郡王聽說，便道：「叵耐53這兩個做出這事來！卻如何直走到那裡？」郭立道：「也不知他仔細。只見他在那裡住地，依舊掛招牌做生活。」郡王教幹辦去分付臨安府，即時差一個緝捕使臣，帶著做公的54，備了盤纏，徑來湖南潭州府，下了公文，同來尋崔寧和秀秀。卻似：

皂雕追紫燕，猛虎啖羊羔。

不兩月，捉將兩個來，解到府中；報與郡王得知，即時陞廳。原來郡王殺番人時，左手使一口刀，叫做「小青」；右手使一口刀，叫做「大青」；這兩口刀不知剁了多少番人。那兩口刀，鞘內藏著，掛在壁上。郡王陞廳，眾人聲喏，即將這兩個人押來跪下。郡王好生焦躁，左手去壁牙55上取下小青，右手一掣，掣刀在手，睜起殺番人的眼兒，咬著牙齒剁剁地響。當時諕殺夫人，在屏風背後道：「郡王！這裡是帝輦之下，不比邊庭上面。若有罪過，只消解去臨安府施行56。如何胡亂凱57得人？」郡

---

41 鳴榔板　漁人捕魚時敲打木板趕魚入網。

42 茅柴酒　劣等薄酒。

43 劉兩府　即劉錡（西元一〇九八－一一六二年），字信叔，南宋抗金名將。

44 順昌入戰　紹興年間劉錡曾在順昌大敗金兵十餘萬。

45 讙呼囉唕　喧譁呼號、吵鬧的樣子。

46 太尉　古官名。宋代至徽宗政和二年以後定為武官的最高職位。

47 陽和王　應為「楊和王」，即楊存中（西元一一〇二－一一六六年），南宋抗金將領，死後追封和王。

48 東人　主人。

49 撞破　揭穿。

50 下書　投遞書信。

51 諕殺　嚇死。諕，音ㄒㄧㄚˋ。

52 排軍　泛指官府內的軍官。

53 叵耐　可惡；可恨。叵，音ㄆㄛˇ。「不可」的合音。

54 做公的　衙門的差役。

55 壁牙　牆壁上的短鉤。

王聽說道：「叵耐這兩個畜生逃走，今日捉將來，我惱了，如何不凱？既然夫人來勸，且捉秀秀入府後花園去；把崔寧解去臨安府斷治。」

當下喝賜錢酒賞犒捉事人。解這崔寧到臨安府，一一從頭供說：「自從當夜遺漏，來到府中，都搬盡了。只見秀秀養娘從廊下出來，揪住崔寧道：『你如何安手在我懷中？若不依我口，教壞了你。』要共逃走。崔寧不得已，與他同走。只此是實。」臨安府把文案呈上郡王。郡王是個剛直的人，便道：「既然恁地，寬了崔寧，且與從輕斷治。」崔寧不合在逃，罪杖，發遣建康府居住。當下差人押送。方出北關門，到鵝項頭，見一頂轎兒，兩個人抬著，從後面叫：「崔待詔，且不得去！」崔寧認得像是秀秀的聲音，趕將來又不知恁地[58]，心下好生疑惑。傷弓之鳥，不敢攬事，且低著頭只顧走。只見後面趕將上來，歇了轎子，一個婦人走出來，不是別人，便是秀秀，道：「崔待詔，你如今去建康府，我卻如何？」崔寧道：「卻是怎地好？」秀秀道：「自從解你去臨安府斷罪，把我捉入後花園，打了三十竹篦，遂便趕我出來。我知道你建康府去，趕將來同你去。」崔寧道：「恁地卻好。」討了船，直到建康府。押發人[59]自回。若是押發人是個學舌[60]的，就有一場是非出來。因曉得郡王性如烈火，惹著他不是輕放手的；他又不是王府中人，去管這閒事怎地？況且崔寧一路買酒買食，奉承得他好，回去時，就隱惡而揚善了。

再說崔寧兩口在建康居住，既是問斷了，如今也不怕有人撞見，依舊開個碾玉作舖。渾家道：「我兩口卻在這裡住得好。只是我家爹媽，自從我和你逃去潭州，兩個老的吃了些苦；當日捉我入府時，兩個去尋死覓活。今日也好教人去行在取我爹媽來這裡同住。」崔寧道：「最好！」便教人來行在取他丈人丈母。寫了他地理腳色[61]與來人，到臨安府尋見他住處，問他鄰舍，指道：「這一家便是。」來人去門首看時，只見兩扇門關著，一把鎖鎖著，一條竹竿封著。問鄰舍：「他老夫妻那裡去了？」

鄰舍道：「莫說！他有個花枝也似女兒，獻在一個奢遮去處62，這個女兒不受福德，卻跟一個碾玉的待詔逃走了。前日從湖南潭州捉將回來，送在臨安府吃官司；那女兒吃郡王捉進後花園裡去。老夫妻見女兒捉去，就當下尋死覓活，至今不知下落，只恁地關著門在這裡。」來人見說，再回建康府來，兀自未到家。

且說崔寧正在家中坐，只見外面有人道：「你尋崔待詔住處，這裡便是。」崔寧叫出渾家來看時，不是別人，認得是璩公、璩婆。都相見了，喜歡的做一處。

那去取老兒的人，隔一日纔到，說如此這般，尋不見，卻空走了這遭。兩個老的且自來到這裡了。兩個老人道：「卻生受63你！我不知你們在建康住，教我尋來尋去，直到這裡。」其時四口同住，不在話下。

且說朝廷官裡，一日到偏殿看玩寶器，拿起這玉觀音來看。這個觀音身上，當時有一個玉鈴兒失手脫下。即時問近侍官員：「卻如何修理得？」官員將玉觀音反覆看了，道：「好個玉觀音！怎地脫落了鈴兒？」看到底下，下面碾著三字「崔寧造」，「恁地容易。既是有人造，只消得宣這個人來教他修整。」敕下郡王府，宣取碾玉匠崔寧。郡王回奏：「崔寧有罪，在建康府居住。」

即時使人去建康取得崔寧到行在歇泊了。當時宣崔寧見駕，將這玉觀音教他領去用心整理。崔寧謝了恩，尋一塊一般的玉，碾一個鈴兒接住了，御前交納；破分64請給養了崔寧，令只在行在居住。

56 施行　處置。
57 凱　砍；殺。
58 恁地　怎樣；怎麼。
59 押發人　押送罪犯的差役。
60 學古　搬弄口舌是非。
61 地理腳色　居住地址和姓名、年齡、相貌等資料。
62 奢遮去處　指富貴人家。奢遮，能幹出眾；了不起。
63 生受　難為；麻煩。

崔寧道：「我今日遭際御前，爭得氣再來清湖河下，尋間屋兒開個碾玉舖，須[65]不怕你們撞見！」可煞[66]事有蹊巧[67]，方纔開得舖三兩日，一個漢子從外面過來，就是那郭排軍，見了崔待詔便道：「崔大夫恭喜了！你卻在這裡住？」抬起頭來，看櫃身裡卻立著崔待詔的渾家。郭排軍吃了一驚，拽開腳步就走。渾家說與丈夫道：「你與我叫住那排軍，我相問則個。」正是：

平生不作皺眉事，世上應無切齒人[68]。

崔待詔即時趕上扯住。只見郭排軍把頭只管側來側去，口裡喃喃地道：「作怪！作怪！」沒奈何只得與崔寧回來，到家中坐地。渾家與他相見了，便問：「郭排軍！前者我好意留你吃酒，你卻歸來說與郡王，壞了我兩個的好事。今日遭際御前，卻不怕你去說。」郭排軍吃他相問得無言可答，只道得一聲「得罪！」相別了，便來到府裡，對著郡王道：「有鬼！」郡王道：「這漢則甚[69]？」郭立道：「告恩王，有鬼！」郡王問道：「有甚鬼？」郭立道：「方纔打清湖河下過，見崔寧開個碾玉舖，卻見櫃身裡一個婦女，便是秀秀養娘。」郡王焦躁道：「又來胡說！秀秀被我打殺了，埋在後花園，你須也看見，如何又在那裡？卻不是取笑我！」郭立道：「告恩王，怎敢取笑？方纔叫住郭立，相問了一回。怕恩王不信，勒下軍令狀[70]了去。」郡王道：「真個在時，你勒軍令狀來。」那漢也是合苦[71]，真個寫一紙軍令狀來。郡王收了，叫兩個當直的轎番[72]，抬一頂轎子，教：「取這妮子來。若真個在，把來凱取一刀；若不在，郭立你須替他凱取一刀！」郭立同兩個轎番，來取秀秀。正是：

麥穗兩歧，農人難辨。

郭立是關西人，朴直，卻不知軍令狀如何胡亂勒得！三個一逕來到崔寧家裡，那秀秀兀自在櫃身裡坐地，見那郭排軍來得恁地慌忙，卻不知他勒了軍令狀來取你。郭排軍道：「小娘子！郡王鈞旨，教命取你則個。」秀秀道：「既如此，你們少等，待我梳洗了同去。」即時入去梳洗，換了衣服，出來上了轎，分付了丈夫。兩個轎番便抬著逕到府前。郭立先入去。

郡王正在廳上等待。郭立唱了喏道：「已取到秀秀養娘。」郡王道：「著他入來。」郭立出來道：「小娘子！郡王教你進來。」掀起簾子看一看，便是一桶水傾在身上，開著口則合不得。就轎子裡不見了秀秀養娘！問那兩個轎番，道：「我不知。則見他上轎，抬到這裡，又不曾轉動。」那漢叫將入來道：「告恩王，恁地真個有鬼！」郡王道：「卻不叵耐，教人捉這漢，等我取過軍令狀來，如今凱了一刀！」先去取下小青來。那漢從來伏侍郡王身上，也有十數次官73了；蓋緣是粗人，只教他做排軍。這漢慌了道：「見有兩個轎番見證，乞叫來問。」即時叫將轎番來道：「見他上轎，抬到這裡，卻不見了。」說得一般，想必真個有鬼，只消得叫將崔寧來問。便使人叫崔寧來到府中。崔寧從頭至尾說了一遍。郡王道：「恁地，又不干崔寧事，且放他去。」崔寧拜辭去了。郡王焦躁，把郭立打了五十背花棒。

崔寧聽得說渾家是鬼，到家中問丈人丈母。兩個面面廝覷74，走出門，看著清湖河裡，撲通地都

---

64 破分　音ㄆㄛˋ ㄈㄣˋ。支付一份。
65 須　一定。
66 可煞　十分；非常。
67 鬬巧　湊巧。
68 切齒人　有仇恨的人。
69 則甚　做什麼。
70 勒下軍令狀　寫下接受命令後的保證書，表示不能完成任務，願受嚴厲處分。勒，寫。
71 合苦　應該受苦。
72 轎番　轎夫。
73 十數次官　十幾次當官的機會。
74 廝覷　相看。

跳下水去了。當下叫「救人」，打撈，便不見了尸首。原來當時打殺秀秀時，兩個老的聽得說，便跳在河裡，已自死了。這兩個也是鬼。

崔寧到家中，沒情沒緒，走進房中，只見渾家坐在床上，崔寧道：「告姐姐，饒我性命！」秀秀道：「我因為你，吃郡王打死了，埋在後花園裡。卻恨郭排軍多口，今日已報了冤仇，郡王已將他打了五十背花棒。如今都知道我是鬼，容身不得了。」道罷，起身雙手揪住崔寧，叫得一聲，四肢倒地。鄰舍都來看時，只見：

兩部脈盡總皆沉[75]，一命已歸黃壤下。

崔寧也被扯去和父母四個一塊兒做鬼去了。後人評論得好：

咸安王捺不下烈火性，郭排軍禁不住閒磕牙[76]；璩秀娘捨不得生眷屬，崔待詔撇不脫鬼冤家。

[75] 兩部脈盡總皆沉　脈，脈搏，古稱任督二脈。沉，低沉衰弱。

[76] 閒磕牙　說閒話。

賞析

本文可分為幾部分，首先寫裱褙匠的女兒璩秀秀因為擅長繡作，被咸安郡王收入府中作養娘。府中碾玉匠崔寧因為幫郡王碾了一個進貢的南海觀音，受到郡王賞識，曾說要將秀秀嫁給他。接下來寫秀秀和崔寧趁府中失火、眾人四散時私奔，到外地開碾玉舖營生。一年多後卻被府中排軍郭立發現，向郡王告密，於是秀秀被捉入王府，崔寧則被臨安府發配到建康。但崔寧在路上又遇到秀秀，兩人偕同秀秀父母一起定居建康。後來秀秀和父母是鬼魂的事又被郭排軍揭發，她無法繼續留在人世，遂將崔寧揪死。

宋代話本多以描寫市民生活為主，比起傳統的士大夫階級，他們在表達感情上更為直接，婚姻方面也不再局限於傳統的「父母之命，媒妁之言」，而是勇敢地去追求自己的所愛。本文女主角璩秀秀雖然身為僕婢，卻嚮往自由幸福的生活，她抓住失火的機會逃出王府，大膽地向崔寧示愛，甚至威脅他若不相從，就要「叫將起來，教壞了你」。即使在死後，秀秀也緊緊跟隨崔寧，等到被他知道自己是鬼，無法在陽世容身時，寧可將崔寧殺死，也要一同做對鬼夫妻。相較於此，崔寧就顯得懦弱謹慎，他大多是被動地承受著命運的安排，幾乎不主動爭取什麼，顛覆了傳統原本應該強勢的男性形象。

文中性如烈火、暴躁蠻橫的郡王，隨意打殺奴婢、濫施刑罰，代表著統治階級壓迫平民百姓的勢力。秀秀反抗權威和禮教的結果雖然是犧牲了性命，但卻不因人鬼殊途而阻擋她的追求。對於多嘴壞事的郭排軍，秀秀還使計教訓報復，死亡反而使她可以突破限制地和崔寧永遠在一起。透過「生死相隨」的具體實踐，本篇鮮明地描繪出平民百姓積極奮鬥的精神和形象。

延伸閱讀

1. 鬧樊樓多情周勝仙（可參考三民書局出版之醒世恆言卷一四）
2. 志誠張主管（京本通俗小說）

拗相公

導讀

本文選自京本通俗小說。內容敘述宋代宰相王安石託病辭去相位後，被派任到金陵頤養天年，在沿途遊覽風景的路上，聽到的、看見的卻都是百姓對他和新法的抱怨，以致病情加重、悔恨而死。王安石的「熙寧變法」引起北宋的「新舊黨爭」，相關記載有正史可供參考。本篇小說則可以看成是人民反對新法的心聲。

得歲月，延歲月；得歡悅，且歡悅，萬事乘除總在天，何必愁腸千萬結？放心寬，莫量窄，古今興廢言不徹。金谷❶繁華眼底塵；淮陰❷事業鋒頭血。臨潼會上膽氣消；丹陽縣裡簫聲絕❸。時來弱草勝春花；運去精金遜頑鐵。

*

消遙快樂是便宜，到老方知滋味別。粗衣澹飯足家常，養得浮生一世拙。

閒話已畢，未入正文，且說唐詩四句：

周公恐懼流言日，王莽謙恭下士時；假使當年身便死，一身真偽有誰知？❹

此詩大抵說人品有真有偽，須要惡而知其美，好而知其惡。

第一句說周公。那周公姓姬，名旦。是周文王少子，有聖德，輔其兄武王伐商，定了周家八百年天下。武王病，周公為冊文告天，願以身代，藏其冊於金匱，無人知之。以後武王崩，太子成王年幼，周公抱成王於膝以朝諸侯。有庶兄管叔、蔡叔，將謀不軌，心忌周公，反布散流言，說周公欺侮幼主，不久篡位。成王疑之。周公辭了相位，避居東國，心懷恐懼。一日，天降大雨疾雷，擊開金匱。成王見了冊文，方知周公之忠，迎歸相位，誅了管叔、蔡叔，周室危而復安。假如管叔、蔡叔流言方起，說周公有反叛之心，周公一病而亡，金匱之文未開，成王之疑未釋，誰人與他分辨？後世卻不把好人當做惡人？

第二句說王莽。王莽字巨君，乃西漢平帝之舅，為人奸詐，自恃椒房❺寵勢，相國威權，陰有篡漢之意。恐人心不服，乃折節謙恭，尊禮賢士，假行公道，虛張功業，天下郡縣稱莽功德者，共四十八萬七千五百七十二人。莽知人心歸己，乃酖平帝，遷太后，自立為君，改國號曰新，一十八年，直至南陽劉文叔起兵復漢，被誅。假如王莽早死了十八年，卻不是完全名節，一個賢宰相，垂之史冊，不把惡人當做好人麼？

所以古人說：「日久見人心。」又道：「蓋棺論始定。」不可以一時之譽，斷其為君子；不可以

---

❶金　谷　晉石崇有金谷園。

❷淮　陰　指漢淮陰侯韓信。

❸臨潼會上膽氣消二句　戰國時伍子胥曾在臨潼會上替楚王威迫強秦，後來獲罪奔吳，曾在丹陽市上吹簫乞食。

❹周公恐懼流言日四句　此詩為白居易放言。原詩次句為「王莽謙恭未篡時」，三句之「假使」本作「向使」。

❺椒　房　皇后所居住的宮殿，這裡是指漢元帝的王皇后，她是王莽的姑母。

一時之謗，斷其為小人。有詩為證。

毀譽從來不可聽，是非終久自分明；一時輕信人言語，自有明人話不平。

如今說先朝一個宰相，他在下位之時，也著實有名有譽的；後來大權到手，任性胡為，做錯了事，惹得萬口唾罵，飲恨而終。假若有名譽的時節，一個瞌睡死去了不醒，人還千惜萬惜，道國家沒福，恁般一個好人，未能大用，不盡其才，卻到也留名於後世。及至萬口唾罵時，就死也遲了。這到是多活了幾年的不是！

那位宰相是誰？在那一個朝代？這朝代不近不遠，是北宋神宗皇帝年間，一個首相，姓王，名安石，臨川人也。此人目下十行，書窮萬卷，名臣文彥博、歐陽脩、曾鞏、韓維等無不奇其才而稱之。方及二旬❻，一舉成名。初任浙江慶元府鄞縣知縣，興利除害，大有能聲。轉任揚州僉判❼，每讀書達旦不寐，日已高，聞太守坐堂，多不及盥漱而往。時揚州太守乃韓魏公名琦者，見安石頭面垢汗，知未盥漱，疑其夜飲，勸以勤學。安石謝教，絕不分辨。後韓魏公察聽他徹夜讀書，心甚異之，更誇其美，陞江寧府知府。賢聲愈著，直達帝聰。正是：

只因前段好，誤了後來人。

神宗天子勵精圖治。聞王安石之賢，特召為翰林學士。天子問為治何法。安石以堯舜之道為對。天子大悅。不二年，拜為首相，封荊國公。舉朝以為皐陶復出，伊周再生，同聲相慶，惟李承之見安石雙眼多白，謂是奸邪之相，他日必亂天下；蘇老泉見安石衣服垢敝，經月不洗面，以為不近人情，作辨奸論以刺之。此兩個人是獨得之見，誰人肯信？不在話下。

安石既為首相，與神宗天子相知，言聽計從，立起一套新法來。那幾件新法？

農田法，水利法，青苗法，保甲法，均輸法，免役法，市場法，保馬法，方田法，募役法。

專聽一個小人，姓呂，名惠卿，及伊子王雱，朝夕商議，斥逐忠良，拒絕直諫。民間怨聲載道，天變❽迭興。荊公自以為是，復倡為「三不足」之說：

天變不足畏，人言不足恤，祖宗之法不足守。

因他性子執拗，主意一定，佛菩薩也勸他不轉，人皆呼為「拗相公」。文彥博、韓琦許多名臣，先誇佳說好的，到此也自悔失言，一個個上表爭論，不聽，辭官而去。自此持新法益堅，祖制紛更，萬民失業。

一日，愛子王雱病疽❾而死，荊公痛思之甚，招天下高僧設七七四十九日齋醮❿，薦圖⓫亡靈。荊公親自行香拜表。

其日，第四十九日，齋醮已完，漏下四鼓，荊公焚香送佛，忽然昏倒於拜氈之上，左右呼喚不醒。到五更，如夢初覺，口中道：「詫異！詫異！」左右扶進中門。吳國夫人命丫鬟接入內寢，問其緣故。荊公眼中垂淚道：「適纔昏憒⓬之時，恍恍忽忽到一個去處，如大官府之狀，府門尚閉；見吾兒王雱

---

❻二　旬　二十幾歲。旬，十歲。史載王安石二十二歲就考上進士。

❼僉　判　指通判。宋代州郡主官的副職。

❽天　變　指天象的變異，如日蝕、星隕等。

❾疽　音ㄐㄩ。一種多生於肩、背、臀等處的毒瘡。

❿齋　醮　請僧人、道士設壇祈福。

⓫薦　圖　超度祭奠。

⓬昏　憒　心志昏亂。

荷巨枷，約重百斤，力殊不勝，蓬首垢面，流血滿體，立於門外，對我哭訴其苦道：『陰司以兒父久居高位，不思行善，專一任性執拗，行青苗等新法，蠹國害民，怨氣騰天。兒不幸陽祿先盡，受罪極重，非齋醮可言。父親宜及早回頭，休得貪戀富貴！』說猶未畢，府中開門吆喝，驚醒回來。」夫人道：「寧可信其有，不可信其無。妾亦聞外面人言籍籍，歸怨相公。相公何不急流勇退？早去一日，也省了一日的咒詈⑬。」

荊公從夫人之言，一連十來道表章，告病辭職。天子風聞外邊公論，亦有厭倦之意，遂從其請，以使相判江寧府。我宋以來，宰相解位，都要帶個外任的職銜，到那地方資祿養老，不必管事。荊公想江寧乃金陵古蹟之地，六朝帝王之都，江山秀麗，人物繁華，足可安居，甚是得意。夫人臨行，盡出房中釵釧衣飾之類及所藏寶玩，約數千金，布施各菴院寺觀，打醮焚香，以資亡兒王雱冥福。擇日辭朝起身，百官設餞送行。荊公託病都不相見。府中有一親吏，姓江，名居，甚會答應⑭。荊公只帶此一人，與僮僕隨家眷同行。

東京至金陵都有水路，荊公不用官船，微服而行，駕一小艇，由黃河泝流而下，將次開船，荊公喚江居及眾僮僕分付：「我雖宰相，今已掛冠而歸，凡一路碼頭歇船之處，有問我何姓何名，何官何職，汝等但言過往遊客，切莫對他說實話，恐驚動所在官府，前來迎送；或起夫防護，騷擾居民不便。若或洩漏風聲，必是汝等需索地方常例⑮，詐害民財。吾若知之，必皆重責。」眾人都道：「謹領鈞旨。」江居稟道：「相公白龍魚服⑯，隱姓潛名，倘或途中小輩不識高低，有毀謗相公者，何以處之？」荊公道：「常言道：『宰相腹中撐得船過。』從來人言不足恤。言吾善者，不足為喜；言吾惡者，不足為怒；只當耳邊風過去便了。汝切莫攬事。」江居領命，并曉諭水手知悉。自此水路無話。

不覺二十餘日，已到鍾離地方。荊公原有痰火症⑰，住在小舟多日，情懷抑鬱，火症復發，思欲舍舟登陸，觀看市井風景，少舒愁緒，分付管家道：「此去金陵不遠，你可小心服侍夫人，家眷從水路由瓜步淮揚過江，我從陸路而來，約到金陵江口相會。」安石打發家眷開船，自己只帶兩個僮僕，并親吏江居，主僕共是四人，登岸：

只因水陸舟車擾，斷送南來北往人。

江居稟道：「相公陸行，必用腳力，還是拿鈞帖⑱到縣驛取討？還是自家用錢雇賃？」荊公道：「我分付在前，不許驚動官府，只自家雇賃便了。」江居道：「若自家雇賃，須要投個主家⑲。」當下僮僕攜了包裹，江居引荊公到一個經紀人家來。主人迎接上坐，問道：「客官要往那裡去？」荊公道：「要往江寧。欲覓肩輿⑳一乘，或騾馬三四，即刻便行。」主人道：「如今不比當初，忙不得哩！」荊公道：「為何？」主人道：「一言難盡！自從拗相公當權，創立新法，傷財害民，戶口逃散。雖留下幾戶窮民，只好奔走官差，那有空役等雇？況且民窮財盡，百姓饔飧不飽，沒閒錢去養馬騾，就有幾頭，也不夠差使。客官坐穩，我替你找尋去。尋得下莫喜，尋不來莫怪。只是比往常一倍錢要兩倍哩！」江居問道：「你說那拗相公是誰？」主人道：「叫做王安石。聞說一雙白眼睛，惡人自有惡相。」

---

⑬咒　詈　用惡毒的言語咒罵人。詈，音ㄌㄧˋ。

⑭答　應　聽候使喚。

⑮常　例　指常例錢。古時官員、吏役向人勒索的名目之一。

⑯白龍魚服　比喻貴人微服出行。

⑰痰火症　一種痰塊很難咯出的病症。似哮喘，口乾脣燥，胸痛煩熱。

⑱鈞　帖　公文。

⑲主　家　牙儈（買賣介紹人）俗稱主人，他們所開的店鋪叫主家。

⑳肩　輿　轎子。

荊公垂下眼皮，叫江居莫管別人家閒事。

主人去了多時，來回復道：「轎夫只許你兩個，要三個也不能夠；沒有替換，卻要把四個人的夫錢。雇匹馬是沒有；止尋得一頭騾，一個叫驢㉑。明日五鼓到我店裡。客官將就去得時，可付些銀子與他。」

荊公聽了前番許多惡話，不耐煩，巴不得走路，想道：「就是兩個夫子，緩緩而行也罷，只是少一個牲口。沒奈何，把一匹與江居坐；那一匹叫他兩個輪流坐罷。」分付江居但憑主人定價，不要與他計較。江居把銀子稱付主人。

日光尚早，荊公在主人家悶不過，喚童兒跟隨，走出街市閒行。果然市井蕭條，店房稀少。荊公暗暗傷感。走到一個茶坊，到也潔淨。荊公走進茶坊，正欲喚茶，只見壁間題一絕句云：

祖宗制度至詳明，百載餘黎樂太平；白眼無端偏固執，紛紛變亂拂人情。

後款云：「無名子慨世之作」。

荊公默然無語，連茶也沒興吃了，慌忙出門，又走出數百步，見一所道院。荊公道：「且去隨喜㉒一回消遣則個。」走進大門，就是三間廟宇，荊公正欲瞻禮，尚未跨進殿楹，只見朱壁外面黏著一幅黃紙，紙上有詩句：

五葉㉓明良致太平，相君何事苦紛更？既言堯舜宜為法，當效伊周輔聖明；

排盡舊臣居散地，儘為斯法誤蒼生；翻思安樂窩中老，先識天津杜宇聲。

先前英宗皇帝時，有一高士，姓邵，名雍，別號堯夫，精於數學，通天徹地。自名其居為「安樂窩」；常與客游洛陽天津橋上，聞杜宇之聲，嘆曰：「天下從此亂矣！」客問其故，堯夫答道：「天下將治，地氣自北而南；天下將亂，地氣自南而北。洛陽舊無杜宇，今忽有之，乃地氣自南而北之徵。不久天子必用南人為相，變亂祖宗法度，終宋世不得太平。」這個兆，正應在王安石身上。荊公默誦此詩一遍，問香火道人：「此詩何人所作？沒有落款。」道人道：「數日前，有一道侶到此，索紙題詩，黏於壁上。說是罵什麼拗相公的。」

荊公將詩紙揭下，藏於袖中，默然而出。回到主人家，悶悶的過了一夜。五鼓雞鳴，兩名轎夫和一個趕腳㉔的，牽著一頭騾一個叫驢都到了，荊公素性不十分梳洗，上了肩輿；江居乘了驢子；讓那騾子與僮僕兩個更換騎坐。

約行四十餘里，日光將午，到一村鎮。江居下了驢，走上一步，稟道：「相公，該打中火㉕了。」荊公因痰火病發，隨身扶手㉖帶得有清肺乾糕及丸藥茶餅等物，分付手下：「只取沸湯一甌來，你們自去吃飯。」荊公將沸湯調茶，用了點心。眾人吃飯，兀自未了。荊公見屋傍有個坑廁，討一張毛紙，走去登坑。只見坑廁土牆上，白石灰畫詩八句：

初知鄞邑未陞時，為負虛名眾所推。蘇老辨奸先有識，李丞劾奏已前知。
斥除賢正專威柄，引進虛浮起禍基。最恨邪言三不足，千年流毒臭聲遺。

㉑叫　驢　雄驢。

㉒隨　喜　遊賞寺廟。

㉓五　葉　指宋太祖、太宗、真宗、仁宗和英宗五位皇帝。

㉔趕　腳　租牲口給別人或代運貨物的行業。

㉕打中火　吃午飯。

㉖扶　手　指扶手匣。隨身攜帶放東西的小盒子。

荊公登了坑，覷個空，就左腳脫下一隻方舄㉗，將舄底向土牆上抹得字跡糊塗。方纔罷手，眾人中火已畢，荊公復上肩輿而行。

又三十里，遇一驛舍，江居稟道：「這官舍寬敞，可以止宿。」荊公道：「昨日叮嚀汝輩是甚言語？今宿於驛亭，豈不惹人盤問？還到前村擇僻靜處民家投宿，方為安穩。」

又行五里許，天色將晚，到一村家，竹籬茅舍，柴扉半掩。荊公叫江居上前借宿。江居推門而入，內一老叟，扶杖走出，問其來由。江居道：「某等遊客，欲暫宿尊居一宵，房錢依例奉納。」老叟道：「但隨官人們尊便。」

江居引荊公進門，與主人相見。老叟延荊公上坐；見江居等三人侍立，知有名分，請到側屋裡另坐，老叟安排茶飯去了，荊公看新粉壁上有大書律詩一首，詩云：

文章謾㉘說自天成，曲學偏邪識者輕。強辨鶉刑㉙非正道，誤餐魚餌㉚豈真情？
姦謀已遂生前志，執拗空遺死後名。親見亡兒陰受梏，始知天理報分明。

荊公閱畢，慘然不樂。

須臾，老叟搬出飯來，從人都飽餐，荊公也略用了些，問老叟道：「壁上詩，何人寫作？」老叟道：「往來遊客所書，不知名姓。」公俛首尋思：「我曾辨帛勒為鶉刑，及誤餐魚餌二事，人頗曉得。只亡兒陰府受梏事，我單對夫人說，並沒第二人得知，如何此詩言及？好怪！好怪！」

荊公因此詩末句刺著他痛心之處，狐疑不已，因問：「老叟高壽幾何？」老叟道：「年七十八了。」

荊公又問：「有幾位賢郎？」老叟撲簌簌淚下，告道：「有四子，都死了！與老妻獨居於此。」荊公道：「四子何為俱夭？」老叟道：「十年以來，苦為新法所害，諸子應門，或歿於官，或喪於途。老漢幸年高，得以苟延殘喘；倘若少壯，也不在人世了！」

荊公驚問：「新法有何不便，乃至於此？」老叟道：「官人只看壁間詩可知矣。自朝廷用王安石為相，變易祖宗制度，專以聚斂為急；拒諫飾非，驅忠立佞。始設青苗法以虐農民；繼立保甲、免役、保馬、均輸等法，紛紜不一。官府奉上而虐下，日以箠掠為事；吏卒夜呼於門，百姓不得安寢，棄產業，攜妻子，逃於深山者，日有數十，此村百有餘家，今所存八九家矣！寒家男女共一十六口，今只有四口僅存耳！」說罷，淚如雨下。

荊公亦覺悲酸，又問道：「有人說新法便民，老丈今言不便，願聞其詳。」老叟道：「王安石執拗，民間稱為拗相公，若言不便，便加怒貶；說便，便加陞擢。凡說新法便民者，都是諂佞輩所為。其實害民非淺！且如保甲上番之法，民間每一丁教閱於場，又以一丁朝夕供送。雖說五日一教，那做保正的，日聚於教場中，受賄方釋；如沒賄賂，只說武藝不熟，拘之不放。以致農時俱廢，往往凍餒而死。」言畢，問道：「如今那拗相公何在？」荊公哄他道：「現在朝中輔相天子。」老叟唾地大罵道：「這等奸邪，不行誅戮，還要用他，公道何在！朝廷為何不相了韓琦、富弼、司馬光、呂誨、蘇軾諸君子，而偏用此小人乎！」

江居等聽得客座中喧嚷之聲，走來看時，見老叟說話太狠，咤叱道：「老人家不可亂言。倘王丞相聞知此語，獲罪非輕了。」老叟矍然怒起道：「吾年近八十，何畏一死！若見此奸賊，必手刃其頭，

㉗ 方舄　方形複底的鞋。舄，音ㄒㄧˋ。鞋子。

㉘ 謾　音ㄇㄢˊ。欺誑。

㉙ 強辨鶉刑　王安石曾為一個因鬥鶉殺人的少年辯護不應處刑。

㉚ 誤餐魚餌　王安石在宮裡賞花釣魚，誤吃了碟子裡的魚餌。

刳其心肝而食之！雖赴鼎鑊刀鋸，亦無恨矣！」眾人皆吐舌縮項。

荊公面如死灰，不敢答言，起立庭中，對江居說道：「月明如晝，還宜趲路。」江居會意，去還了老叟飯錢，安排轎車，荊公舉手與老叟分別。老叟笑道：「老拙自罵奸賊王安石，與官人何干？乃拂然而去！莫非官人與王安石有甚親故麼？」荊公連聲笑道：「沒有，沒有。」

荊公登輿，分付快走。從人跟隨踏月而行。又走十餘里，到樹林之下，只有茅屋三間，並無鄰比。荊公道：「此頗幽寂，可以息勞。」命江居叩門。內有老嫗啟扉。江居亦告以游客貪路，錯過邸店，特來借宿，來早奉謝。老嫗指中一間屋道：「此處空在，但宿何妨。只是草房窄狹，放不下轎馬。」江居道：「不妨，我有道理。」

荊公降輿入室，江居分付將轎子置於簷下，騾驢放在樹林之中。荊公坐於室內，看那老嫗時，衣衫褸襤，鬢蓬髮鬆，草舍泥牆，頗為潔淨，老嫗取燈火安置。荊公自去睡了，荊公見牕間有字，攜燈看時，亦是律詩八句。詩云：

生已沽名衒氣豪，死猶虛偽惑兒曹。既無好語遺吳國，卻有浮辭誑葉濤。
四野逃亡空白屋，千年嗔恨說青苗。想因過此來親覲，一夜愁添雪鬢毛。

荊公閱之，如萬箭攢心，好生不樂，想道：「一路來，茶坊道院，以至村鎮人家，處處有詩譏誚。這老嫗獨居，誰人到此？亦有詩句。足見怨詈語遍於人間矣。那第二聯詩，吳國乃吾之夫人也；葉濤是吾故友；此二句詩意尤不可解。」欲喚老嫗問之，聞隔壁打鼾之聲，江居等馬上辛苦，俱已睡去。荊公展轉尋思，撫膺頓足，懊悔不迭。想道：「吾只信福建子之言，道民間甚便新法，故吾違眾而行之，焉知天下怨恨至此？此皆福建子誤我也！」呂惠卿是閩人，故荊公呼為福建子。

是夜，荊公長吁短嘆，和衣偃臥，不能成寐，吞聲啼泣，兩袖皆沾濕了。將次天明，老嫗起身，蓬著頭，同一赤腳蠢婢趕二豬出門外。婢攜糠粃，老嫗取水，用木杓攪於木盆之中，口中呼：「囉，囉，囉；拗相公來！」二豬聞呼，就盆吃食。婢又呼雞：「喌㉛喌，喌喌；王安石來！」群雞俱至。江居和眾人看見，無不驚訝。

荊公心愈不樂，因問老嫗道：「老人家何為呼雞豬之名如此？」老嫗道：「官人難道不知王安石即當今之丞相？拗相公是他的渾名。自王安石做了相公，立新法以擾民，老妾二十年孀婦，子媳俱無，止與一婢同處，婦女二口，也要出免役、助役等錢。錢既出了，差役如故。老妾以桑麻為業，蠶未成眠，便預借絲錢用了。麻未上機，又借布錢用了。桑麻失利，只得畜豬養雞，等候吏胥里保來徵役錢，或准㉜與他，或烹來款待他，自家不曾嘗一塊肉。故此民間怨恨新法，入於骨髓，畜養雞豬，都呼為拗相公、王安石，把王安石當做畜生。今世沒奈何他，後世得他變為異類，烹而食之，以快胸中之恨耳！」

荊公暗暗垂淚，不敢開言。左右驚訝。荊公容顏改變，索鏡自照，只見鬚髮俱白，兩目皆腫。心下淒慘，自己憂恚所致。思想「一夜愁添雪鬢毛」之句，豈非數乎？命江居取錢謝了老嫗，收拾起來。江居走到輿前稟道：「相公施美政於天下，愚民無知，反以為怨；今宵不可再宿村舍，還是驛亭官舍，省些閒氣。」荊公口雖不答，點頭道是。

上路多時，到一郵亭㉝，江居先下驢，扶荊公出轎，升亭而坐，安排早飯。荊公看亭子壁間，亦

㉛喌　音ㄓㄡ。餵雞時發出的呼聲。

㉜准　折算；抵價。

㉝郵亭　驛館；遞送文書者休憩之處。

有絕句二首。第一首云：

富、韓、司馬總孤忠，懇諫良言過耳風；只把惠卿心腹待，不知殺羿是逢蒙㉞。

第二首云：

高談道德口懸河，變法誰知有許多！他日命衰時敗後，人非鬼責奈愁何？

荊公看罷，艴然㉟大怒，喚驛卒問道：「何物狂夫，敢毀謗朝政如此？」有一老卒應道：「不但此驛有詩，各處皆有留題也。」荊公問道：「此詩為何而作？」老卒道：「因王安石立新法以害民，所以民恨入骨。近聞得安石辭了相位，判江寧府，必從此路經過。早晚常有村農數百，在此左近伺候他來。」荊公道：「伺他來，要拜謁他麼？」老卒笑道：「仇怨之人，何拜謁之有？眾百姓持白梃㊱，候他到時，打殺了他，分而啖之耳！」

荊公大駭，不等飯熟，趨出郵亭上轎；江居喚眾人隨行，一路只買乾糧充飢，荊公更不敢出轎，分付兼程趲路，直至金陵與吳國夫人相見。羞入江寧城市，乃卜居於鍾山之半，名其堂曰「半山」。荊公只在半山堂中看經念佛，冀消罪愆。他原是過目成誦，極聰明的人，一路所見之詩，無字不記，私自寫出與吳國夫人看之，方信亡兒王雱陰府受罪非偶然也。以此終日憂憤，痰火大發，兼以氣隔，不能飲食，延及歲餘，奄奄待盡，骨瘦如柴，支枕而坐。吳國夫人在傍墮淚問道：「相公有甚好言語分付？」荊公道：「夫妻之情，偶合耳，我死更不須掛念，只是散盡家財，廣修善事便了。」言未已，忽報故人葉濤特來問疾。夫人迴避。荊公請葉濤床頭相見，執其手，囑道：「君聰明過人，宜多讀佛書，莫作沒要緊文字，徒勞無益。王某一生枉費精力，欲言文章勝人；今將死之時，悔之無及！」葉濤安慰道：「相公福壽正遠，何出此言？」荊公嘆道：「生死無常，老夫只恐大限一至，不能發言，故今日為君敘及此也。」葉濤辭去。荊公忽然想起老嫗草舍中詩句，第二聯道：

既無好語遺吳國，卻有浮詞詆葉濤。

今日正應其語，不覺撫髀㊲長嘆道：「事皆前定，豈偶然哉？作此詩者，非鬼即神。不然，如何曉得我未來之事？吾被鬼神誚讓㊳如此，安能久於人世乎！」不幾日，疾重，發譫語㊴，將手批頰自罵道：「王某上負天子，下負百姓，罪不容誅！九泉之下，何面目見唐子方諸公乎！」一連罵了三日，嘔血數升而死。

那唐子方名介，乃是宋朝一個直臣，苦諫新法不便，安石不聽，也是嘔血而死的。一般樣死，比王安石死得有名聲。

至今世間人家，多有呼豬為拗相公者。後人論我宋元氣，都為熙寧變法所壞，所以有靖康之禍，有詩為證：

熙寧新法諫書多，執拗行私奈爾何！不是此番元氣耗，虜軍豈得渡黃河？

㉞殺羿是逢蒙　孟子離婁篇上說逢蒙向羿學射箭，後來想天下只有羿射得比自己好，就把羿殺了。

㉟艴　然　惱怒的樣子

㊱白　梃　木製棍棒。白，指沒有附加任何金屬或刀刃之意，表明是農具而非利器。

㊲撫　髀　以手拍股。表示振奮或感嘆。髀，音ㄅㄧˋ。膝上之骨。

㊳誚　讓　譴責；責問。

㊴譫　語　病中的胡言亂語。譫，音ㄓㄢ。

又有詩惜荊公之才：

好個聰明介甫翁，高才歷任有清風。可憐覆餗[40]因高位，只合終身翰苑中。

[40]覆餗 比喻能力無法勝任而敗事。餗，音ㄙㄨˋ。

賞析

本文可分為幾部分，首先敘述王安石施行新政引起民怨，但他個性固執，不聽勸諫，始終不知道民間真實的苦況。接著敘述他辭官後到金陵養老，為了避免驚動官府和百姓，一路上隱姓埋名，不料卻接連聽到馬車仲介商、民家老叟，以及鄉里老嫗對新法和自己的埋怨，甚至在茶坊、寺廟以及茅廁、郵亭的牆上，也都看見批評新法擾民的詩句。最後他狼狽不堪地抵達金陵，想起路上所受的侮辱詬罵，終至憂憤成疾，嘔血而死。

本篇仿照說書人的口吻寫成，一開始舉王莽和周公的例子來說明「是非終久自分明」的道理，帶出正文中王安石先受天下讚譽，後遭萬民辱罵的經過，為整篇文章內容定下基調。接著連續從鄉里村民閒聊困苦生活的話語，點出新法帶給人民的不便與災難，在敘述的同時，各種抨擊王安石的詩句也穿插其中。這些詩句一再出現，一方面營造出民怨沸騰的景象，一方面也加強了作者批判新法的意味。

本篇內容也蘊含著話本作品中常見的果報思想，如王雱死後在地府受罪，預言詩句一一應驗，以及最後王安石和唐子方同樣嘔血而死的下場等等。善惡報應的宣教或許是穿鑿附會，北宋的覆亡或許不該完全歸咎於王安石的熙寧變法，然而他執拗拒諫的個性，以及實際上胥吏征斂的弊病，使得新法成為荼害人民的殺手。

小說中讓王安石自己發現真相並憂憤而亡，顯示「人言不足恤」並非真理；也反映出上位者易受蒙蔽的現象。至於篇中對王安石的描寫，從自信滿滿（「宰相腹中撐得船過」）到「羞入江寧城市」的沮喪，逐步營造出一片淒涼的意境，也是值得讚賞的。

延伸閱讀

1. 蘇洵辨姦論
2. 宋史王安石傳
3. 參考資料：

康來新小說對歷史人物的民意制裁——宋人話本中的王安石（收於歷史月刊第一一六期，一九九七年九月）

錯斬崔寧

導讀

本篇選自京本通俗小說。內容敘述一樁陰錯陽差造成冤屈的公案故事。由十五貫錢數目的巧合牽扯出一樁人命官司，引發陳氏和崔寧的冤案，歷經幾番波折之後，始能真相大白，使惡人伏法。小說藉此控訴官府的昏庸殘酷，也呈現出當時社會的種種現象。

本文流傳甚廣，明馮夢龍醒世恆言題作十五貫戲言成巧禍，下註：「宋本題為錯斬崔寧」。錢曾也是園書目中亦收錄於宋人詞話。清代朱素臣將其改編為戲曲雙熊夢傳奇，即有名的十五貫，近年崑劇和京劇版的十五貫都經常演出。

聰明伶俐自天生，懵懂癡呆未必真。嫉妒每因眉睫淺，戈矛時起笑談深。
九曲黃河心較險，十重鐵甲面堪憎。時因酒色亡家國，幾見詩書誤好人？

這首詩單表為人難處：只因世路窄狹，人心叵測，大道既遠，人情萬端。熙熙攘攘，都為利來；蚩蚩蠢蠢，皆納禍去。持身保家，萬千反覆。所以古人云：「顰有為顰，笑有為笑。顰笑之間，最宜謹慎。」

這回書單說一個官人，只因酒後一時戲笑之言，遂至殺身破家，陷了幾條性命。且先引下一個故事來，權做個「得勝頭迴❶」。

我朝元豐年間，有一個少年舉子，姓魏名鵬舉，字沖霄，年方一十八歲，娶得一個如花似玉的渾家；未及一月，只因春榜動，選場開，魏生別了妻子，收拾行囊，上京應取。臨別時，渾家分付丈夫：「得官不得官，早早回來；休拋閃了恩愛夫妻。」魏生答道：「功名二字，是俺本領前程，不索❷賢卿憂慮。」別後登程到京，果然一舉成名，榜上一甲❸第九名，除授京職，到差甚是華豔動人。少不得修了一封家書，差人接取家眷入京。書上先敘了寒溫及得官的事，後卻寫下一行道：「是我在京中早晚無人照管，已討了一個小老婆。專候夫人到京，同享榮華。」

家人收拾書程❹，一逕到家，見了夫人，稱說賀喜，因取家書呈上。夫人拆開看了，見是如此如此，這般這般，便對家人道：「官人直恁❺負恩！甫能得官，便娶了二夫人！」家人便道：「小人在京，並沒見有此事，想是官人戲謔之言。夫人到京便知端的，休得憂慮。」夫人道：「恁地說，我也罷了。」卻因人舟未便，一面收拾起身，一面尋覓便人❻，先寄封平安家信到京中去。那寄書人到了京中，尋問新科魏進士寓所，下了家書，管待酒飯，自回不題。

---

❶得勝頭迴　說話者在進入正題以前，先以詩詞或小故事作為引子，目的在等待遲來的聽眾，又稱「入話」。頭迴，第一回。

❷索　須；應。

❸一　甲　古代科舉殿試時分的等級。宋太宗時進士分三甲五等，一甲有數人，然其後未成定制。明清時定一甲賜進士及第，有狀元、榜眼、探花三名。

❹書　程　書信和鋪蓋。程指鋪程（或作鋪陳），即鋪蓋、被褥等。

❺直　恁　竟然如此。恁，音ㄖㄣˋ。

❻便　人　順便為人辦事的人。

卻說魏生接書，拆開來看了，並無一句閒言閒語，只說道：「你在京中娶了一個小老婆，我在家中也嫁了一個小老公，早晚同赴京師也。」魏生見了，也只道是夫人取笑的說話，全不在意。未及收好，外面報說有個同年❼相訪。京邸寓中，不比在家寬轉；那人又是相厚的同年，又曉得魏生並無家眷在內，直至裡面坐下。敘了些寒溫，魏生起身去解手，那同年偶番❽桌上書帖，看見了這封家書，寫得好笑，故意朗誦起來。魏生措手不及，通紅了臉，說道：「這是沒理的事。因是小弟戲謔了他，他便取笑寫來的。」那同年呵呵大笑道：「這節事卻是取笑不得的。」別了就去。

那人也是一個少年，喜談樂道，把這封家書一節，頃刻間遍傳京邸。也有一班妬忌魏生少年登高科的，將這樁事，只當做風聞言事❾的一個小小新聞，奏上一本，說這魏生年少不檢，不宜居清要之職❿，降處外任。魏生懊恨無及。後來畢竟做官蹭蹬⓫不起，把錦片也似一段美前程，等閒放過去了。這便是一句戲言，撒漫⓬了一個美官。

今日再說一個官人，也只為酒後一時戲言，斷送了堂堂七尺之軀；連累兩三個人，枉屈害了性命。卻是為著甚的？有詩為證：

世路崎嶇實可哀，傍人笑口等閒開。白雲本是無心物，又被狂風引出來。

卻說高宗時，建都臨安，繁華富貴，不減那汴京故國。去那城中箭橋左側，有個官人姓劉名貴，字君薦。祖上原是有根基的人家。到得君薦手中，卻是時乖運蹇，先前讀書，後來看看不濟，卻去改業做生意。便是半路上出家的一般，買賣行中一發不是本等伎倆，又把本錢消折⓭去了。漸漸大房改換小房，賃得兩三間房子。與同渾家王氏，年少齊眉；後因沒有子嗣，娶下一個小娘子，姓陳，是陳賣糕的女兒，家中都呼為二姐。這也是先前不十分窮薄的時做下的勾當⓮。至親三口，並無閒雜人在家。那劉君薦極是為人和氣，鄉里見愛，都稱他：「劉官人，你是一時運限不好，如此落寞。再過幾時，定時有個亨通的日子。」說便是這般說，那得有些些好處？只是在家納悶，無可奈何。

卻說一日閒坐家中，只見丈人家裡的老王，年近七旬，走來對劉官人說道：「家間老員外生日，特令老漢接取官人、娘子去走一遭。」劉官人便道：「便是我日逐愁悶過日子，連那泰山的壽誕也都忘了！」便同渾家王氏，收拾隨身衣服，打疊個包兒，交與老王背了；分付二姐看守家中：「今日晚了，不能轉回；明晚須索⑮來家。」說了就去。離城二十餘里，到了丈人王員外家，敘了寒溫。當日坐間客眾，丈人、女婿不好十分敘述許多窮相。到得客散，留在客房裡歇宿。

直到天明，丈人卻來與女婿攀話，說道：「姐夫⑯，你須不是這等算計。『坐吃山空，立吃地陷』；『咽喉深似海，日月快如梭』。你須計較一個常便⑰。我女兒嫁了你一生，也指望豐衣足食，不成只是這等就罷了！」劉官人嘆了一口氣道：「是！泰山在上，道不得個『上山擒虎易，開口告人難』。如今的時勢，再有誰似泰山這般憐念我的？只索守困。若去求人，便是勞而無功。」丈人便道：「這也難怪你說！老漢卻是看你們不過，今日賚助⑱你些少本錢，胡亂去開個柴米店，撰⑲得些利息來過日子，

---

⑦同　年　科舉同科及第者，互稱同年。

⑧番　通「翻」。

⑨風聞言事　泛指據傳聞向上檢舉官吏。

⑩清要之職　地位清高，職務顯要的官。

⑪蹭　蹬　音ㄘㄥˋ ㄉㄥˋ。失意；受挫。

⑫撒　漫　拋棄；斷送。撒，音ㄙㄚ。

⑬消　折　虧損；損失。

⑭勾　當　事情。

⑮須　索　必然；一定。

⑯姐　夫　此處是借用出嫁女兒的弟妹身分來稱呼女婿。

⑰常　便　妥善的方法。

⑱賚　助　資助。賚，通「齎」。音ㄐㄧ。贈送。

⑲撰　通「賺」。

卻不好麼？」劉官人道：「感蒙泰山恩顧，可知[20]是好。」當下吃了午飯，丈人取出十五貫[21]錢來，付與劉官人道：「姐夫且將這些錢去收拾起店面。開張有日，我便再應付你十貫。你妻子且留在此過幾日，待有了開店日子，老漢親送女兒到你家，就來與你作賀。意下如何？」

劉官人謝了又謝，馱了錢，一逕出門，到得城中，天色卻早晚了。卻撞著一個相識，順路在他家門首經過。那人也要做經紀[22]的人，就與他商量一會，可知是好。便去敲那人門時，裡面有人應諾，出來相揖，便問：「老兄下顧，有何見教？」劉官人一一說知就裡[23]。那人便道：「小弟閒在家中，老兄用得著時，便來相幫。」劉官人道：「如此甚好。」當下說了些生意的勾當，那人便留劉官人在家，現成盃盤，吃了三盃兩盞。劉官人酒量不濟，便覺有些朦朧起來，抽身作別，便道：「今日相擾，明早就煩老兄過寒家計議生理[24]。」那人又送劉官人至路口，作別回家，不在話下。若是說話的同年生，並肩長，攔腰抱住，把臂拖回，也不見得受這般災晦，卻教劉官人死得不如：

五代史李存孝[25]，漢書中彭越[26]！

卻說劉官人馱了錢，一步一步捱到家中敲門，已是點燈時分。小娘子二姐獨自在家，沒一些事做，守得天黑，閉了門，在燈下打瞌睡。劉官人打門，他那裡便聽見？敲了半晌，方纔知覺，答應一聲「來了！」起身開了門。

劉官人進去，到了房中，二姐替劉官人接了錢，放在桌上，便問：「官人何處挪移這項錢來？卻是甚用？」那劉官人一來有了幾分酒，二來怪他開得門遲了，且戲言嚇他一嚇，便道：「說出來，又恐你見怪；不說時，又須通你得知。只是我一時無奈，沒計可施，只得把你典與一個客人。又因捨不得你，只典得十五貫錢。若是我有些好處，加利贖你回來；若是照前這般不順溜，只索罷了！」那小娘子聽了，欲待不信，又見十五貫錢堆在面前；欲待信來，他平白與我沒半句言語，大娘子㉗又過得好，怎麼便下得這等狠心辣手？疑狐不決，只得再問道：「雖然如此，也須通知我爹娘一聲。」劉官人道：「若是通知你爹娘，此事斷然不成。你明日且到了人家，我慢慢央人與你爹娘說通，他也須怪我不得。」小娘子又問：「官人今日在何處吃酒來？」劉官人道：「便是把你典與人，寫了文書，吃他的酒纔來的。」小娘子又問：「大姐姐如何不來？」劉官人道：「他因不忍見你分離，待得你明日出了門纔來。這也是我沒計奈何，一言為定。」說罷，暗地忍不住笑；不脫衣裳，睡在床上，不覺睡去了。

那小娘子好生擺脫不下：「不知他賣我與甚色樣㉘人家？我須先去爹娘家裡說知。就是他明日有人來要我，尋道我家，也須有個下落。」沉吟了一會，卻把這十五貫錢，一垛兒堆在劉官人腳後邊。趁他酒醉，輕輕的收拾了隨身衣服，款款的㉙開了門出去，拽上了門，卻去左邊一個相熟的鄰舍叫做朱三老兒家裡，與朱三媽借宿了一夜；說道：「丈夫今日無端賣我，我須先去與爹娘說知。煩你明日對他說一聲，既有了主顧，可同我丈夫到爹娘家中來討個分曉，也須有個下落。」那鄰舍道：「小娘

⑳可知　自然；當然。
㉑貫　古代錢幣中間有孔，以繩串起故稱貫，一千錢為一貫。
㉒經紀　買賣。
㉓就裡　原委；內情。
㉔生理　生意；做生意。
㉕李存孝　五代後唐李克用的義子，戰功卓著，後被李存信誣陷，遭到車裂之刑。
㉖彭越　漢初名將，助劉邦奪天下有功，後被告謀反，處以醢刑（將人剁成肉醬的酷刑）。
㉗大娘子　指大老婆。
㉘色樣　種類；樣子。
㉙款款的　慢慢的。

子說得有理。你只顧自去，我便與劉官人說知就理。」過了一宵，小娘子作別去了，不題。正是：

鰲魚脫卻金鉤去，擺尾搖頭再不回。

放下一頭。卻說這裡劉官人一覺直至三更方醒，見桌上燈猶未滅，小娘子不在身邊，只道他還在廚下收拾家火㉚，便喚二姐討茶吃。叫了一回，沒人答應，卻待掙扎起來，酒尚未醒，不覺又睡了去。不想卻有一個做不是的㉛，日間賭輸了錢，沒處出豁㉜，夜間出來掏摸些東西，卻好到劉官人門首，因是小娘子出去了，門兒拽上不關，那賊略推一推，豁地開了。捏手捏腳㉝，直到房中，並無一人知覺。到得床前，燈火尚明，周圍看時，並無一物可取。摸到床上，見一人朝著裡床睡去，腳後卻有一堆青錢。便去取了幾貫。不想驚覺了劉官人，起來喝道：「你須㉞不盡道理！我從丈人家借辦得幾貫錢來養身活命，不爭㉟你偷了我的去，卻是怎的計結㊱？」那人也不回話，照面一拳。劉官人側身躲過，便起身與這人相持。那人見劉官人手腳活動，便拔步出房。劉官人不捨，搶出門來，一徑趕到廚房裡，恰待聲張鄰舍，起來捉賊。那人急了，正好沒出豁，卻見明晃晃一把劈柴斧頭，正在手邊。也是人極計生㊲，被他綽起一斧，正中劉官人面門，撲地倒了。又復一斧，斫倒一邊。眼見得劉官人不活了，嗚呼哀哉，伏惟尚饗！那人便道：「一不做，二不休。卻是你來趕我，不是我來尋你索命。」番身入房，取了十五貫錢，扯條單被包裹得停當，拽扎得爽俐㊳，出門，拽上了門就走。不題。

次早鄰舍起來，見劉官人家門也不開，並無人聲息，叫道：「劉官人！失曉㊴了！」裡面沒人答應。捱將進去，只見門也不關。直到裡面，見劉官人劈死在地。他家大娘子兩日前已自往娘家去了，小娘子如何不見？免不得聲張起來。卻有昨夜小娘子借宿的鄰家朱三老兒說道：「小娘子昨夜黃昏時到我家宿歇，說道劉官人無端賣了他，他一徑先到爹娘家裡去了。教我對劉官人說，既有了主顧，可同到他爹娘家中，也討得個分曉。今一面著人去追他轉來，便有下落，一面著人去報他大娘子到來，再作區處。」眾人都道：「說得是。」

先著人去到王老員外家報了凶信。老員外與女兒大哭起來，對那人道：「昨日好端端出門，老漢贈他十五貫錢，教他將來作本，如何便恁的被人殺了？」那去的人道：「好教老員外、大娘子得知：昨日劉官人歸時，已自昏黑，吃得半酣，我們都不曉得他有錢沒錢，歸遲歸早。只是今早劉官人家門兒半開，眾人推將進去，只見劉官人殺死在地；十五貫錢一文也不見，小娘子也不見蹤跡。聲張起來，卻有左鄰朱三老兒出來，說道他家小娘子，昨夜黃昏時分，借宿他家。小娘子說道，劉官人無端把他典與人了，小娘子要對爹娘說一聲；住了一宵，今日徑自去了。如今眾人計議，一面來報大娘子與老員外，一面著人去追小娘子。若是半路裡追不著的時節，直到他爹娘家中，好歹追他轉來，問個明白。老員外與大娘子須索去走一遭，與劉官人執命㊵。」老員外與大娘子急急收拾起身，管待來人酒飯；三步做一步，趕入城中。不題。

卻說那小娘子清早出了鄰舍人家，挨上路去，行不上一二里，早是腳疼走不動，坐在路傍。卻見一個後生，頭帶萬字頭巾，身穿直縫寬衫，背上馱了一個搭膊㊶，裡面卻是銅錢；腳下絲鞋淨襪，一

㉚家　火　器具。
㉛做不是的　做壞事的人。話本中通常指小偷。
㉜出　豁　想辦法；解決。
㉝捏手捏腳　今作「躡手躡腳」，輕手輕腳之意。
㉞須　真。
㉟不　爭　如果；要是。
㊱計　結　了結；處理。
㊲人極計生　即「人急計生」。
㊳拽扎得爽俐　綑綁得很俐落。拽，音ㄓㄨㄞˋ。
㊴失　曉　指起得太晚，錯過天亮的時辰。
㊵執　命　追查凶手以償命。
㊶搭　膊　長方形的布製口袋，兩端各有一袋放置物品，

直走上前來。到了小娘子面前，看了一看，雖然沒有十二分顏色，卻也明眉皓齒，蓮臉生春，秋波送媚，好生動人！正是：

野花偏豔目，村酒醉人多。

那後生放下搭膊，向前深深作揖：「小娘子獨行無伴，卻是往那裡去的？」小娘子還了萬福42道：「是奴家要往爹娘家去。因走不上，權歇在此。」因問：「哥哥是何處來？今要往何方去？」那後生叉手不離方寸43：「小人是村裡人，因往城中賣了絲帳，討得些錢，要往褚家堂那邊去的。」小娘子道：「告哥哥則個。奴家爹娘也在褚家堂左側，若得哥哥帶挈奴家同走一程，可知是好。」那後生道：「有何不可？既如此說，小人情願伏侍小娘子前去。」

兩個廝趕44著一路，正行，行不到三二里田地，只見後面兩個人腳不點地趕上前來，趕得汗流氣喘，衣服拽開，連叫：「前面小娘子慢走！我卻有話說知！」小娘子與那後生看見趕得蹺蹊，都立住了腳。後邊兩個趕到跟前，見了小娘子與那後生，不容分說，一家扯了一個，說道：「你們幹得好事！卻走往那裡去？」小娘子吃了一驚，舉眼看時，卻是兩家鄰舍，一個就是小娘子昨夜借宿的主人。小娘子便道：「昨夜也須告過公公得知，丈夫無端賣我，我自去對爹娘說知。今日趕來，卻有何說？」朱三老道：「我不管閑帳。只是你家裡有殺人公事，你須回去對理45。」小娘子道：「丈夫賣我，昨日錢已馱在家中，有甚殺人公事？我只是不去。」朱三老道：「好自在性兒46！你若真個不去，叫起地方47：有殺人賊在此，煩為一捉！不然，須要連累我們，你這裡地方也不得清淨！」

那個後生見不是話頭，便對小娘子道：「既如此說，小娘子只索回去。小人自家去休。」那兩個趕來的鄰舍，齊叫起來，說道：「若是沒有你在此便罷；既然你與小娘子同行同止，你須也去不得！」

那後生道：「卻又古怪！我自半路遇見小娘子，偶然伴他行一程，路途上有甚皂絲麻線㊽，要勒掯㊾我回去？」朱三老道：「他家有了殺人公事，不爭放你去了，卻打沒對頭官司？」當下怎容小娘子和那後生做主。看的人漸漸立滿，都道：「後生，你去！不得你日間不作虧心事，半夜敲門不吃驚；便去何妨？」那趕來的鄰舍道：「你若不去，便是心虛！我們卻和你罷休不得！」四個人只得廝挽著一路轉來。

到得劉官人門首，好一場熱鬧！小娘子入去看時，只見劉官人斧劈倒在地死了；床上十五貫錢，分文也不見。開了口合不得，伸了舌縮不上去，那後生也慌了，便道：「我恁的晦氣！沒來由和那小娘子同走一程，卻做了干連人。」眾人都和鬧著，正在那裡分豁㊿不開，只見王老員外和女兒一步一攧走回家來，見了女婿屍身，哭了一場，便對小娘子道：「你卻如何殺了丈夫，劫了十五貫錢逃走出去？今日天理昭然，有何理說？」小娘子道：「十五貫錢委是有的。只是丈夫昨晚回來，說是無計奈何，將奴家典與他人，典得十五貫身價在此，說過今日便要奴家到他家去。奴家因不知他典與甚色樣人家，先去與爹娘說知。故此趁夜深了，將這十五貫錢一垛兒堆在他腳後邊，拽上門，到朱三老家住了一宵，今早自去爹娘家裡說知。我去之時，也曾央朱三老對我丈夫說，既然有了主兒，便同到我爹

中間有開口，可繫在腰間或背在肩上。膊，音ㄅㄛˊ。

㊷萬　福　古代婦女行禮時口中稱萬福，後以萬福代稱婦女行禮。

㊸叉手不離方寸　拱手在胸前表示恭敬的意思。

㊹廝　趕　結伴同行，忙著趕路。

㊺對　理　到官府對質。

㊻好自在性兒　指做事或說話抱著漠不關心的態度。

㊼地　方　指地保。

㊽皂絲麻線　牽扯關聯。

㊾勒　掯　強迫。掯，音ㄎㄣˋ。

㊿分　豁　解釋；分辯。

娘家裡來交割。卻不知因甚殺死在此？」那大娘子道：「可又來！我的父親昨日明明把十五貫錢與他馱來作本，養贍妻小，他豈有哄你說是典來身價之理？這是你兩日因獨自在家，勾搭上了人；又見家中好生不濟，無心守耐；又見了十五貫錢，一時見財起意，殺死丈夫，劫了錢；又使見識[51]往鄰舍家借宿一夜，卻與漢子通同計較，一處逃走。現今你跟著一個男子同走，卻有何理說，抵賴得過？」眾人齊聲道：「大娘子之言，甚是有理！」又對那後生道：「後生！你卻如何與小娘子謀殺親夫？卻暗暗約定在僻靜處等候，一同去逃奔他方，卻是如何計結？」那人道：「小人自姓崔名寧，與那小娘子無半面之識。小人昨晚入城賣得幾貫絲錢在這裡，因路上遇見小娘子，小人偶然問起往那裡去的，卻獨自一個行走。小娘子說起是與小人同路，以此作伴同行。卻不知前後因依。」

眾人那裡肯聽他分說，搜索他搭膊中，恰好是十五貫錢，一文也不多，一文也不少！眾人齊發起喊來道：「是天網恢恢，疏而不漏！你卻與小娘子殺了人，拐了錢財，盜了婦女，同往他鄉。卻連累我地方鄰里打沒頭官司！」當下大娘子結扭[52]了小娘子，王老員外結扭了崔寧，四鄰舍都是證見，一鬨都入臨安府中來。

那府尹聽得有殺人公事，即便陞堂，便叫一干人犯逐一從頭說來。先是王老員外上去告說：「相公在上。小人是本府村莊人氏，年近六旬，只生一女，先年嫁與本府城中劉貴為妻，後因無子，娶了陳氏為妾，呼為二姐。一向三口在家過活，並無片言。只因前日是老漢生日，差人接取女兒、女壻到家住了一夜；次日因見女壻家中全無活計，養贍不起，把十五貫錢與女壻作本，開店養身。卻有二姐在家看守，到得昨夜，女壻到家時分，不知因甚緣故，將女壻斧劈死了；二姐卻與一個後生，名喚崔寧，一同逃走，被人追捉到來。望相公可憐見老漢的女壻身死不明，奸夫淫婦，贓證見在，伏乞相公明斷！」府尹聽得如此如此，便叫：「陳氏上來！你卻如何通同奸夫殺死了親夫，劫了錢，與人一同逃走？是何理說？」二姐告道：「小婦人嫁與劉貴，雖是個小老婆，卻也得他看承得好，大娘子又賢慧，卻如何肯起這片歹心？只是昨晚丈夫回來，吃得半酣，馱了十五貫錢進門；小婦人問他來歷，丈夫說道為因養贍不周，將小婦人典與他人，典得十五貫身價在此。又不通我爹娘得知，明日就要小婦人到他家去。小婦人慌了，連夜出門，走到鄰舍家裡借宿一宵，今早一逕先往爹娘家去。教他對丈夫說：既然賣我有了主顧，可到我爹娘家裡來交割。纔走得到半路，卻見昨夜借宿的鄰家趕來，捉住小婦人回來，卻不知丈夫殺死的根由。」那府尹喝道：「胡說！這十五貫錢，分明是他丈人與女婿的，你卻說是典你的身價，眼見的沒巴臂[53]的說話了。況且婦人家如何黑夜行走？定是脫身之計！這樁事須不是你一個婦人家做的，一定有奸夫幫你謀財害命。你卻從實說來！」

那小娘子正待分說，只見幾家鄰舍，一齊跪上去告道：「相公的言語，委是青天！他家小娘子昨夜果然借宿在左鄰第二家的，今早他自去了。小的們見他丈夫殺死，一面著人去趕，趕到半路，卻見小娘子和那一個後生同走，苦死不肯回來。小的們勉強捉他轉來；卻又一面著人去接他大娘子與他丈人，到時，說昨日有十五貫錢付與女婿做生理的，今者女婿已死，這錢不知從何而去。再三問那小娘子時，說道他出門時，將這錢一堆兒堆在床上。卻去搜那後生身邊，十五貫錢分文不少。卻不是小娘子與那後生通同謀殺，贓證分明，卻如何賴得過？」

府尹聽他們言言有理，就喚那後生上來道：「帝輦之下，怎容你這等胡行！你卻如何謀了他小老婆？劫了十五貫錢？殺死他親夫？今日同往何處？從實招來！」那後生道：「小人姓崔名寧，是鄉村

[51] 使見識　用計謀；使手段。
[52] 結　扭　扭住；揪住。
[53] 巴　臂　通「巴鼻」。根據；來由。

人氏。昨日往城中賣了絲，賣得這十五貫錢。今早偶然路上撞著這小娘子，並不知他姓甚名誰，那裡曉得他家殺人公事？」府尹大怒，喝道：「胡說！世間不信有這等巧事，他家失去了十五貫錢，你卻賣的絲恰好也是十五貫錢。這分明是支吾的說話了。況且他妻莫愛，他馬莫騎，你既與那婦人沒甚首尾54，卻如何與他同行同宿？你這等頑皮賴骨，不打如何肯招？」

當下眾人將那崔寧與小娘子死去活來，拷打一頓。那邊王老員外與女兒併一干鄰佑55人等，口口聲聲咬他二人。府尹也巴不得了結這段公案。拷訊一回，可憐崔寧和小娘子受刑不過，只得屈招了，說是一時見財起意，殺死親夫，劫了十五貫錢，同奸夫逃走是實。左鄰右舍都指畫了十字。將兩人大枷枷了，送入死囚牢裡。將這十五貫錢給還原主。也只好奉與衙門中人做使用也還不夠哩！府尹疊成文案，奏過朝廷。部覆申詳56，倒下聖旨，說崔寧不合奸騙人妻，謀財害命，依律處斬；陳氏不合通同奸夫殺死親夫，大逆不道，凌遲示眾。當下讀了招狀，大牢內取出二人來，當廳判一個「斬」字，一個「剮」字，押赴市曹行刑示眾。兩人渾身是口，也難分說。正是：

啞子謾嘗黃蘗味，難將苦口對人言。

看官聽說：這段公事，果然是小娘子與那崔寧謀財害命的時節，他兩人須連夜逃走他方，怎的又去鄰舍人家借宿一宵？明早又走到爹娘家去，卻被人捉住了？這段冤枉，仔細可以推詳出來。誰想問官糊塗，只圖了事，不想捶楚之下，何求不得？冥冥之中，積了陰騭，遠在兒孫近在身，他兩個冤魂也須放你不過。所以做官的切不可率意斷獄，任情用刑，也要求個公平明允。道不得個死者不可復生，斷者不可復續。可勝嘆哉！

閒話休題。卻說那劉大娘子到得家中，設個靈位守孝。過日，父親王老員外勸他轉身57，大娘子說道：「不要說起三年之久，也須到小祥58之後。」父親應允自去。

光陰迅速，大娘子在家巴巴結結59，將近一年。父親見他守不過，便叫家裡老王去接他來，說：「叫大娘子收拾回家，與劉官人做了週年，轉了身去罷。」大娘子沒計奈何，細思父言，亦是有理；收拾了包裹，與老王背了，與鄰舍家作別，暫去再來。一路出城，正值秋天，一陣烏風猛雨，只得落路往一所林子去躲。不想走錯了路，正是：

豬羊走屠宰之家，一腳腳來尋死路。

走入林子裡去，只聽他林子背後大喝一聲：「我乃靜山大王在此！行人住腳，須把買路錢與我！」大娘子和那老王吃那一驚不小，只見跳出一個人來：

頭帶乾紅60凹面巾，身穿一領舊戰袍，腰間紅絹搭膊裹肚，腳下蹬一雙烏皮皂靴，手執一把朴刀。

舞刀前來。那老王該死，便道：「你這剪逕的毛團61！我須是認得你。做這老性命著與你兌了罷！」一頭撞去，被他閃過空；老人家用力猛了，撲地便倒。那人大怒道：「這牛子62好生無禮！」連搠63

---

54 首尾　指關係。
55 鄰佑　即「鄰右」，猶言鄰居。
56 部覆申詳　指刑部覆查審核後向皇帝報告。
57 轉身　改嫁。
58 小祥　喪禮週年之祭。
59 巴巴結結　勉強；湊合。
60 乾紅　深紅色。乾，音ㄑㄧㄢˊ。
61 剪逕的毛團　攔路搶劫的畜生。毛團，罵人的話。
62 牛子　宋、元時期對村人、鄉巴佬的謔稱。
63 搠　音ㄕㄨㄛˋ。戳刺。

一兩刀，血流在地，眼見得老王養不大[64]了。那劉大娘子見他凶猛，料道脫身不得；心生一計，叫做脫空計。拍手叫道：「殺得好！」那人便住了手，睜圓怪眼，喝道：「這是你甚麼人？」那大娘子虛心假氣的答道：「奴家不幸，喪了丈夫；卻被媒人哄誘，嫁了這個老兒，只會吃飯。今日卻得大王殺了，也替奴家除了一害。」那人見大娘子如此小心，又生得有幾分顏色，便問道：「你肯跟我做個壓寨夫人麼？」大娘子尋思，無計可施，便道：「情愿伏侍大王。」那人回嗔作喜，收拾了刀杖，將老王尸首攛入澗中；領了劉大娘子到一所莊院前來，甚是委曲[65]。只見大王向那地上拾些土塊，拋向屋上去，裡面便有人出來開門。到得草堂之上，分付殺羊備酒，與劉大娘子成親。兩口兒且是說得著[66]。正是：

明知不是伴，事急且相隨。

不想那大王自得了劉大娘子之後，不上半年，連起了幾主大財，家間也豐富了。大娘子甚是有識見，早晚用好言語勸他：「自古道：『瓦罐不離井上破，將軍難免陣中亡。』你我兩人，下半世也夠吃用了，只管做這沒天理的勾當，終須不是個好結果。卻不道是：『梁園雖好，不是久戀之家[67]。』不若改行從善，做個小小經紀，也得過養身活命。」那大王早晚被他勸轉，果然回心轉意，把這們道路撇了；卻去城市間，賃下一處房屋，開了一個雜貨店。遇閒暇的日子，也時常去寺院中念佛赴齋。

忽一日在家閒坐，對那大娘子道：「我雖是個剪逕的出身，卻也曉得冤各有頭，債各有主。每日間只是嚇騙人東西，將來過日子；後來得有了你。一向不大順溜，今已改行從善。閒來追思既往，正會枉殺了兩個人，又冤陷了兩個人，時常掛念，思欲做些功德超度他們，一向不曾對你說知。」大娘子便道：「如何是枉殺了兩個人？」那大王道：「一個是你的丈夫，前日在林子裡的時節，他來撞我，我卻殺了他。他須是個老人家，與我往日無仇，如今又謀了他老婆，他死也是不肯甘心的。」大娘子道：「不恁的時[68]，我卻那得與你廝守？這也是往事，休題了。」又問：「殺那一個又是甚人？」那大王道：「說起來這個人，一發天理上放不過去；且又帶累了兩個人，無辜償命。是一年前，也是賭輸了，身邊並無一文，夜間便去掏摸些東西。不想到一家門首，見他門也不閂，推進去時，裡面並無一人。摸到門裡，只見一人醉倒在床，腳後卻有一堆銅錢。便去摸他幾貫，正待要走，卻驚醒了那人，起來說道：『這是我丈人家與我做本錢的，不爭你偷去了，一家人口都是餓死！』起身搶出房門，正待聲張起來。是我一時見他不是話頭，卻好一把劈柴斧頭在我腳邊，這叫做人急計生，綽起斧來，喝一聲道：『不是我，便是你！』兩斧劈倒。卻去房中將十五貫錢盡數取了。後來打聽得他，卻連累了他家小老婆，與那一個後生，喚做崔寧，冤枉了他謀財害命，雙雙受了國家刑法。我雖是做了一世強人，只有這兩樁人命是天理人心打不過去的；早晚還要超度他，也是該的。」

那大娘子聽說，暗暗地叫苦：「原來我的丈夫也吃這廝殺了！又連累我家二姐與那個後生無辜受戮。思量起來，是我不合當初做弄他兩人償命。料他兩人陰司中也須放我不過！」當下權且歡天喜地，並無他說。明日捉個空，便一逕到臨安府前叫起屈來。

那時，換了一個新任府尹，纔得半月，正值陞廳，左右捉將那叫屈的婦人進來。劉大娘子到於階下，放聲大哭；哭罷，將那大王前後所為：「怎的殺了我丈夫劉貴，問官不肯推詳，含糊了事，卻將

[64] 養不大　死亡。
[65] 委曲　隱僻。
[66] 說得著　說話投機，感情要好。
[67] 梁園雖好二句　意思是說，攔路搶劫終非長久之計。梁園為西漢梁孝王所建的華美庭苑。
[68] 不恁的時　不這樣的話。

二姐與那崔寧朦朧償命；後來又怎的殺了老王，奸騙了奴家。今日天理昭然，一一是他親口招承，伏乞相公高抬明鏡，昭雪前冤！」說罷又哭。

府尹見他情詞可憫，即著人去捉那靜山大王到來，用刑拷訊，與大娘子口詞一些不差。即時問成死罪，奏過官裡。待六十日限滿，倒下聖旨來：「勘得靜山大王謀財害命，連累無辜，准律：殺一家非死罪三人者，斬加等，決不待時[69]；原問官斷獄失情，削職為民；崔寧與陳氏枉死可憐，有司訪其家，量行優恤；王氏既係強徒威逼成親，又能伸雪夫冤，著將賊人家產一半沒入官，一半給與王氏，養贍終身。」

劉大娘子當日往法場上看決了靜山大王；又取其頭去祭獻亡夫，並小娘子及崔寧，大哭一場。將這一半家私捨入尼姑庵中，自己朝夕看經念佛，追薦亡魂，盡老百年而終。有詩為證：

善惡無分總喪軀，只因戲語釀災危。勸君出語須誠實，口舌從來是禍基。

---

69 准律四句　指准用「殺同一家中，三個無犯死罪的人」的法律，判處斬，並立即執行。決不待時，對已判死刑的重犯不待秋後而立即執行。這是古時對惡性重大者的處置。

賞析

本文可分為幾部分：首先寫劉貴得岳父資助十五貫錢，卻向妾陳氏開玩笑說是賣她所得，陳氏信以為真，便打算回娘家稟告父母，不料半夜有竊賊闖入，殺了劉貴奪走錢財。陳氏回娘家途中與絲販崔寧同行，因崔寧賣絲所得恰巧也是十五貫，二人遂被追趕來的鄰里扯到官府。第二部分是在公堂上眾人一口咬定他們是奸夫淫婦謀財害命，崔寧和陳氏被屈打成招，處以極刑。第三部分敘述後來劉妻被靜山大王劫作壓寨夫人，某日意外得知真相後，報官將竊賊正法。

這篇故事由戲言開啟事件、由巧合產生誤會，牽扯出人命冤案，最後也因巧合使真相大白、冤情昭雪，通篇情節曲折離奇，然而案情並不複雜。話本故事常以全知觀點來敘述，說書人和讀者都知道事情來龍去脈，因此對小說中人物遭遇能有更深刻的同情，但卻不把真相完全攤開，仍舊保有故事的懸疑性。

這篇小說主要在揭露古代官府黑暗的一面。文中的臨安府尹，只聽信眾人供詞，不仔細推敲就胡亂判案、拷打入罪，碰巧遇上十五貫錢的巧合，於是枉殺二條人命。正如同說書人的批判：「這段冤枉，仔細可以推詳出來。誰想問官糊塗，只圖了事，不想捶楚之下，何求不得？……做官的切不可率意斷獄，任情用刑，也要求個公平明允。道不得個死者不可復生，斷者不可復續。」

話本小說中常見的因果報應思想在本篇中也可見到，如說書人要官吏善加斷獄以免遭受冥冥之中的報應；殺人的靜山大王後來向劉大娘子坦承做過「天理上放不過去」的事，害死無辜的人後企圖以做功德超度的方式悔過；劉大娘子知道實情後也害怕當初執意認定崔寧和小娘子通姦合謀，他們兩人「陰司中也須放我不過」。從這些地方都可看出天理昭彰、因果循環的道理深入人心。

小說中人物形象鮮明，弱勢的小娘子、平白無故被牽連的崔寧、愚昧怕事的鄰里、糊塗昏愚的官吏、強橫殘忍的盜賊，在淺白口語的描繪下，呈現生動樸實的面貌。

延伸閱讀

1. 宋四公大鬧禁魂張（可參考三民書局出版之喻世明言卷三六）
2. 三現身包龍圖斷冤（可參考三民書局出版之警世通言卷一三）

3. 合同文字記（明洪楩編清平山堂話本，世界書局）
4. 朱西甯破曉時分（皇冠出版社）
5. 參考資料：
侯健朱西甯的破曉時分（收於中國小說比較研究，東大圖書公司）

李師師外傳

導讀

本篇出自琳琅祕室叢書，作者是南宋人，但姓名已不可考。篇中主要是記述宋徽宗認識名妓李師師的經過，以及經常來往動輒賞賜的情形。後來徽宗退位，師師也警覺到時局不利，於是把歷年所得的錢財全部捐出來，希望能幫助軍隊打敗金兵，她自己則出家當了女道士。可惜金人還是攻陷了汴京，而且到處搜捕師師。師師被捕之後，把漢奸張邦昌痛罵了一頓，然後以死明志。

宋代傳奇大部分是寫前朝故事，這篇卻直接記錄當時民間盛傳帝王與娼妓的戀情，相當難得，作者或許是受了陳鴻撰寫長恨歌傳的啟示。「外傳」是指為正史中沒有立傳的人所寫的傳，或正史中已經有傳，另外再寫的傳。李師師在宋史中並無記載，但歷史上確有其人。關於宋徽宗與李師師的故事，大宋宣和遺事和水滸全傳、水滸後傳也都有描述，但內容大不相同，讀者可以參看。

李師師者，汴京❶東二廂❷永慶坊染局匠王寅之女也。寅妻既產女而卒，寅以菽漿❸代乳乳之，

❶汴　京　北宋的首都，今河南省開封市。

❷廂　宋代劃分京城地區為若干廂，如今日的區。

❸菽　漿　豆漿。

得不死。在襁褓❹未嘗啼。汴俗，凡男女生，父母愛之，必為捨身❺佛寺。寅憐其女，乃為捨身寶光寺。女時方知孩笑❻。一老僧目之，曰：「此何地，爾乃來耶？」女至是，忽啼。僧為摩其頂，啼乃止。寅竊喜，曰：「是女真佛弟子。」為佛弟子者，俗呼為「師」。故名之曰師師。師師方四歲，寅犯罪繫獄死。師師無所歸，有倡籍李姥者收養之。比長，色藝絕倫，遂名冠諸坊曲❼。

徽宗❽皇帝即位，好事奢華，而蔡京、章惇、王黼❾之徒，遂假紹述❿為名，勸帝復行青苗諸法⓫。長安⓬中粉飾為饒樂氣象，市肆酒稅，日計萬緡⓭。金玉繒帛，充溢府庫。於是童貫、朱勔⓮輩，復導以聲色狗馬，宮室苑囿之樂。凡海內奇花異石，搜采殆徧。築離宮⓯於汴城之北，名曰艮嶽⓰。帝般樂⓱其中，久而厭之，更思微行為狎邪遊⓲。

內押班⓳張迪者，帝所親倖之寺人⓴也。未宮時為長安狎客，往來諸坊曲，故與李姥善。為帝言隴西氏㉑色藝雙絕，帝心豔焉。翼日，命迪出內府㉒紫茸㉓二匹、霞氎㉔二端、瑟瑟珠㉕二顆、白金二十鎰㉖，詭云大賈趙乙，願過廬一顧。姥利金幣喜諾。

暮夜，帝易服雜內寺四十餘人中，出東華門二里許，至鎮安坊。鎮安坊者，李姥所居之里也。帝麾止餘人，獨與迪翔步㉗而入。堂戶卑庳㉘，姥迎出，分庭抗禮㉙，慰問周至。進以時果數種，中有香雪藕、水晶蘋婆㉚，而鮮棗大如卵，皆大官所未供者。帝為各啖一枚。姥復款洽㉛良久，獨未見師師出拜。帝延佇以待。時迪已辭退，姥乃引帝至一小軒，棐几㉜臨窗，縹緗數帙㉝，窗外新篁，參差弄影。帝翛然㉞兀坐，意興閒適。獨未見師師出侍。少頃姥引帝至後堂，陳列鹿炙、雞酢、魚膾、羊

❹ 襁褓　包裹嬰兒的衣被。此指嬰兒時期。

❺ 捨身　古時信佛的人，把自身捨到廟裡為奴，甚至燒臂焚身，割肉自殺，以為對佛的供養。

❻ 孩笑　小兒笑。

❼坊　曲　指曲巷，就是妓院。

❽徽　宗　名趙佶，北宋末的皇帝。宣和七年（西元一一二五年）傳位給兒子欽宗（趙桓）。靖康元年（西元一一二六年）秋，金人攻陷開封，大肆屠殺劫掠，次年把徽宗、欽宗都俘擄北去。後皆死於五國城，高宗（趙構）在臨安（今杭州）即位，是為南宋。

❾蔡京章惇王黼　當時的幾個奸臣。蔡京在徽宗時曾任宰相，奸惡最著。章惇於徽宗初年被貶死，蔡京、王黼於欽宗時被貶、被殺。

❿紹　述　繼續遵行的意思。宋哲宗和徽宗繼續推行神宗（趙頊）的新法，歷史家稱為「紹述之政」。

⓫青苗諸法　宋神宗時，王安石做宰相，創行青苗、農田水利、均輸、保甲等新法。「青苗法」是由政府借錢給人民：春天借出，夏天歸還；夏天借出，秋天歸還；收取二分利息。

⓬長　安　代指首都，這裡指汴京。

⓭緡　音ㄇㄧㄣˊ。成串的錢幣。

⓮童貫朱勔　北宋末的奸臣，兩人於欽宗時被殺。

⓯離　宮　就是行宮，皇帝出巡時休息的地方。

⓰艮　嶽　宋徽宗政和元年（西元一一一七年），在開封興建萬歲山，以供遊樂。因為山在京城東北方，所以也稱「艮嶽」。艮，音ㄍㄣˋ。本易經卦名，其方位在東北。

⓱般　樂　遊樂。般，通「盤」。也是樂的意思。

⓲狎邪遊　指狎妓。邪，通「斜」。

⓳內押班　古官名。宋代設內侍省押班，是皇帝貼身的內侍官。

⓴寺　人　宦官；太監。同下文的「內寺」。

㉑隴西氏　姓李的人，這裡即指李師師。

㉒內　府　皇家的內庫。

㉓紫　茸　珍貴的絨毛。

㉔霞　氎　彩色的細毛布。氎，音ㄉㄧㄝˊ。精細毛織布。

㉕瑟瑟珠　碧綠的寶石。

㉖白金二十鎰　銀子二十鎰。鎰，量詞。二十四兩。

㉗翔　步　安步；緩步。

㉘堂戶卑庳　屋舍卑陋狹隘。庳，音ㄅㄧˋ。

㉙分庭抗禮　以平等的禮節相見。

㉚蘋　婆　蘋果。

㉛款　洽　親切周到的應酬。

㉜棐　几　榧木做的几。棐，通「榧」。

㉝縹緗數帙　書籍數套。縹緗，音ㄆㄧㄠˇ ㄒㄧㄤ。書卷。帙，書衣；書函。

㉞翛　然　無牽無掛，沒有拘束的樣子。翛，音ㄒㄧㄠ。

臛(35)等肴，飯以香子稻米。帝每進一餐，姥侍傍款語多時，而師師終未出見。帝方疑異，而姥忽復請浴。帝辭之，姥至帝前耳語曰：「兒性好潔，勿忤。」帝不得已，隨姥至一小樓下湢室(36)中。浴竟，姥復引帝坐後堂，肴核水陸，盃盞新潔，勸帝歡飲，而師師終未一見。良久，姥纔執燭引帝至房。帝搴帷而入，一燈熒然，而絕無師師在。帝益異之，為倚徙几榻間。又良久，見姥擁一姬，珊珊(37)而來，淡妝不施脂粉，衣絹素，無豔服。新浴方罷，嬌豔如水芙蓉。見帝意似不屑，貌殊倨，不為禮。姥與帝耳語曰：「兒性頗愎(38)，勿怪。」帝於燈下凝睇物色(39)之，幽姿逸韻，閃爍驚眸。問其年，不答。後強之，乃遷坐於他所。姥復附帝耳曰：「兒性好靜坐，唐突弗罪。」遂為下幃而出。

師師乃起解玄絹褐襖，衣輕綈(40)，捲右袂。援(41)壁間琴，隱几(42)端坐，而鼓平沙落雁之曲。輕攏慢撚(43)，流韻淡遠，帝不覺為之傾耳，遂忘倦。比曲三終，雞唱矣。帝亟披帷出，姥聞亦起。為進杏酥飲(44)，棗糕餑飥(45)諸點品。帝飲杏酥杯許，旋起去。內侍從行者，皆潛候於外，即擁衛還宮。時大觀(46)三年八月十七日事也。姥私語師師曰：「趙人禮意不薄，汝何落落(47)乃爾？」師師怒曰：「彼賈奴耳，我何為者！」姥笑曰：「兒強項(48)，可令御史裏行(49)。」

已而長安人言籍籍(50)，皆知駕幸隴西氏。姥聞大恐，日夕惟涕泣，泣語師師曰：「洵是，夷吾族(51)矣。」師師曰：「無恐。上肯顧我，豈忍殺我？且疇昔之夜，幸不見逼，上意必憐我。惟是我所竊自悼者，實命不猶(52)，流落下賤，使不潔之名，上累至尊，此則死有餘辜耳。若夫天威震怒，橫被誅戮，事起佚遊，上所深諱，必不至此，可無慮也。」

次年正月，帝遣迪賜師師蛇跗琴(53)。蛇跗琴者，琴古而漆黦(54)，則有紋如蛇之跗，蓋大內珍藏寶器也。又賜白金五十兩。三月，帝復微行如隴西氏。師師仍淡裝素服，俯伏門階迎駕。帝喜，為執其手令起。帝見其堂戶忽華敞，前所御處，皆以蟠龍錦繡覆其上，又小軒改造傑閣，畫棟朱闌，都無幽趣。而李姥見帝至，亦避匿。宣至，則體顫不能起，無復向時調寒送暖情態。帝意不悅，為霽顏55以老娘呼之，諭以一家子，無拘畏。姥拜謝，乃引帝至大樓。樓初成，師師伏地叩帝賜額。時樓前杏花盛開，帝為書「醉杏樓」三字賜之。

少頃置酒，師師侍側，姥匍匐傳樽為帝壽。帝賜師師隅坐56，命鼓所賜蛇跗琴，為弄梅花三疊57。帝銜杯58飲聽，稱善者再。帝見所供肴饌器皿，皆龍鳳形，或鏤或繪，悉如宮中式。因問之，知出自尚食房59廚夫手，姥出金錢倩製者。帝亦不懌，諭姥今後悉如前，無矜張顯著60。遂不終席，駕返。

35 鹿炙雞酢魚膾羊臛　烤鹿肉、酸雞肉、魚肉絲、羊肉羹。

36 湢室　浴室。湢，音ㄅㄧˋ。

37 珊珊　身上佩帶的玉飾的響聲。

38 愎　任性；執拗。

39 物色　本指形貌，這裡是仔細瞧看。

40 綈　音ㄊㄧˊ。光滑的絲綢。

41 援　取下。

42 隱几　倚几；憑几。

43 輕攏慢撚　都是彈琴時的手法。攏，擊。撚，音ㄋㄧㄢˇ。手捏。

44 杏酥飲　如今之杏仁茶。

45 餑飥　音ㄅㄛˊ ㄊㄨㄛ。湯餅。餑，同「餺」。

46 大觀　宋徽宗年號（西元一一〇七—一一一〇年）。

47 落落　對人冷淡的樣子。

48 強項　形容秉性剛直，不肯低頭屈服。

49 御史裏行　古官名。御史臺的見習官吏。

50 籍籍　形容彼此私下談論的聲音。

51 夷吾族　殺掉我的全族。

52 不猶　不如人。

53 蛇跗琴　一種漆面有斷紋、形如蛇腹下鱗紋的古琴。跗，音ㄈㄨ。蛇腹下的橫鱗。

54 黦　音ㄩˋ。黃黑色。

55 霽顏　指內心惱怒而表面裝成和顏悅色。

56 隅坐　坐在一旁。

57 梅花三疊　即梅花三弄，古琴曲名。三疊，指曲調反覆三次。

58 銜杯　把酒杯放在嘴邊，要飲不飲的樣子。

59 尚食房　主管皇帝膳食的官署。

60 無矜張顯著　不要過分地炫耀鋪張。

帝嘗御畫院[61]，出詩句試諸畫工。中式[62]者歲間得一二。是年九月，以「金勒馬嘶芳草地，玉樓人醉杏花天」名畫一幅，賜隴西氏；又賜藕絲燈[63]、煖雪燈、芳苡燈[64]、火鳳銜珠燈各十盞，鸕鷀盃、琥珀盃、琉璃盃、鏤金偏提[65]各十事[66]，月團、鳳團、蒙頂[67]等茶百斤，餅飥、寒具[68]、銀餤餅[69]數盒，又賜黃白金各千兩。時宮中已盛傳其事。鄭后[70]聞而諫曰：「妓流下賤，不宜上接聖躬。且暮夜微行，亦恐事生叵測[71]。願陛下自愛。」帝頷之。閱歲者再[72]，不復出。然通問賞賜，未嘗絕也。

宣和[73]二年，帝復幸隴西氏。見懸所賜畫於醉杏樓，觀玩久之。忽回顧見師師，戲語曰：「畫中人，乃呼之竟出耶？」即日賜師師辟寒金鈿、映月珠環、舞鸞青鏡、金虬香鼎。次日，又賜師師端谿、鳳咮硯[74]、李廷珪墨[75]、玉管宣毫筆[76]、剡谿綾紋紙[77]，又賜李姥錢百千緡。

迪私言於上曰：「帝幸隴西必易服夜行，故不能常繼。今艮嶽離宮東偏，有官地袤延二三里，直接鎮安坊。若於此處為潛道[78]，帝駕往還殊便。」帝曰：「汝圖之。」於是迪等疏言：「離宮宿衛人，向多露處[79]。臣等願捐貲若干，於官地營室數百楹，廣築圍牆，以便宿衛。」帝可其奏。於是羽林巡軍[80]等，布列至鎮安坊止，而行人為之屏迹[81]矣。

四年三月，帝始從潛道幸隴西，賜藏鬮、雙陸[82]等具，又賜片玉棋盤、碧白二色玉棋子、畫院宮扇[83]、九折五花之簟[84]、鱗文蓐葉之蓆[85]、湘竹綺簾[86]、五彩珊瑚鉤。是日帝與師師雙陸不勝，圍棋又不勝，賜白金二千兩。嗣後師師生辰，又賜珠鈿、金條脫[87]各二事，璣琲[88]一篋，毳錦[89]數端，鷺毛繒翠羽緞百匹，白金千兩。後又以滅遼慶賀，大賚州郡，加恩宮府[90]。乃賜師師紫綃絹幕、五綵流蘇[91]、冰蠶[92]神錦被、卻塵錦褥[93]、麩金[94]千兩，良醞則有桂露、流霞、香蜜等名。又賜李姥大府[95]錢萬緡。計前後賜金銀錢繒帛器用食物等，不下十萬。

帝嘗於宮中集宮眷等讌坐，韋妃[96]私問曰：「何物李家兒，陛下悅之如此？」帝曰：「無他。但

61 畫院　指翰林圖畫院。北宋時設，是皇帝御用的繪畫機構。

62 中式　考試合格。

63 藕絲燈　一種彩色的燈。

64 芳苡燈　一種發出紫光的燈。

65 偏提　一種扁形的酒壺。

66 十事　十件；十樣。

67 月團鳳團蒙頂　都是專供皇帝飲用的貢品茶。

68 寒具　一種油炸的麵食。

69 銀餤餅　一種乳酪和肉類製成的餅。餤，音ㄉㄢˋ。

70 鄭后　顯肅皇后，有賢名，隨宋徽宗北去，死於五國城。

71 叵測　不測。叵，音ㄆㄛˇ。

72 閱歲者再　經過了兩年。閱歲，過了一年。

73 宣和　宋徽宗年號（西元一一一九—一一二五年）。

74 端谿鳳咮硯　兩種名硯，前者世稱「端硯」。咮，音ㄓㄡˋ。

75 李廷珪墨　當時一種最名貴的墨。李廷珪，南唐的墨工，製墨最為精妙。

76 宣毫筆　宣州（今安徽省宣城縣）出產的名筆。

77 剡谿綾紋紙　用剡谿水製成的一種名貴的紙。剡，音ㄕㄢˋ。

78 潛道　密道。

79 露處　露宿。

80 羽林巡軍　指皇帝的禁衛軍。

81 屏迹　絕跡。

82 藏鬮雙陸　藏鬮，古藏鉤之戲。鬮，音ㄐㄧㄡ。雙陸，古時的賭博遊戲，類似下棋。

83 宮扇　就是團扇。

84 九折五花之簟　可以折成若干層、有五彩花紋的竹蓆。

85 鱗文蓐葉之蓆　指像魚鱗一樣花紋的蓆子。蓐葉，不詳。

86 湘竹綺簾　用湘妃竹編織花紋的簾子。

87 條脫　腕釧；手鐲。

88 璣琲　音ㄐㄧ ㄅㄟˋ。珠串。琲，珠子一百粒（一說五百粒）。

89 毳錦　細毛花布。毳，音ㄘㄨㄟˋ。

90 滅遼慶賀三句　宋徽宗宣和五年（西元一一二三年），金國把攻取的遼國都城燕京（今北京）等地歸還宋朝。當時派童貫去接收，認為是滅了遼國，收復失地了，於是對中央和州郡官員，大加賞賜，封官進爵，以示慶賀。賚，音ㄌㄞˋ。賞賜。

91 五綵流蘇　用五綵線結成球形，下面垂著鬚絡的一種裝飾品。

92 冰蠶　拾遺記記載員嶠山出冰蠶，牠在冰雪下結五彩的繭。用這種繭織成文錦，可以不怕水火。

93 卻塵錦褥　杜陽雜編記載唐代元載為寵姬薛瑤英備卻塵

令爾等百人，改豔裝，服玄素，令此娃雜處其中，迥然自別。其一種幽姿逸韻，要在色容之外耳。」無何，帝禪位，自號為道君教主[97]，退處太乙宮，佚遊之興，於是衰矣。師師語姥曰：「吾母子嘻嘻[98]不知禍之將及。」姥曰：「然則奈何？」師師曰：「汝第勿與知，唯我所欲[99]。」

是時金人方啟釁，河北告急[100]。師師乃集前後所賜金錢，呈牒開封尹[101]，願入官[102]助河北餉。復賂迪等，代請於上皇，願棄家為女冠。上皇許之，賜北郭慈雲觀居之。未幾，金人破汴[103]，主帥闥嬾索師師，云：金主[104]知其名，必欲生得。乃索累日不得。張邦昌[105]等為蹤迹[106]之，以獻金營。師師罵曰：「吾以賤妓，蒙皇帝眷，寧一死無他志。若輩高爵厚祿，朝廷何負於汝，乃事事為斬滅宗社計[107]。今又北面事醜虜[108]，冀得一當[109]為呈身之地。吾豈作若輩羔雁贄[110]耶？」乃脫金簪自刺其喉，不死，折而吞之，乃死。道君帝在五國城[111]，知師師死狀，猶不自禁其泣涕之汍瀾[112]也。

論曰：李師師以娼妓下流，猥蒙異數[113]，所謂處非其據[114]矣。然觀其晚節[115]，烈烈有俠士風，不可謂非庸中佼佼[116]者也。道君奢侈無度，卒召北轅之禍[117]，宜哉。

之褥，出句驪國，用卻塵之獸毛製成，其色殷鮮，光軟無比。

94 麩　金　碎金。麩，音ㄈㄨ。

95 大　府　指皇家府庫。

96 韋　妃　宋高宗的母親。

97 道君教主　道家以所謂「三清九宮仙人」的高等僚屬為「道君」。宋徽宗信奉道教，想以道教之主自尊，因自稱為「道君教主」。

98 嘻　嘻　歡笑喜悅的樣子。

99 汝第勿與知二句　你不要過問，只讓我做我想做的事。

100 是時金人方啟釁二句　宋欽宗靖康元年，金兵攻下了相州、濬州、滑州等地，渡過黃河，河北一帶形勢危急。河北，指河北路。

101 開封尹　宋時設開封府尹，就是首都市長。

102 入　官　捐給政府。

103 金人破汴　靖康元年，金將斡離不和粘罕，分兩路侵犯開封，於閏十一月攻陷。

104 金主　指金太宗完顏晟。

105 張邦昌　字子能。曾任太宰兼門下侍郎，卻和金國私通。

106 蹤迹　尋找。

107 為斬滅宗社計　做顛覆國家的打算。

108 北面事醜虜　指向敵人投降。北面，臣服於人。醜虜，醜惡的敵人。

109 冀得一當　希望獲得一個機會。

110 贄　見面禮。

111 五國城　遼代有剖阿里等五國歸附，當時設節度使管轄他們。這五國分住各城，即今黑龍江依蘭縣以東至烏蘇里江口的松花江兩岸一帶，稱為五國城。

112 汍瀾　流淚的樣子。汍，音ㄨㄢˊ。

113 猥蒙異數　指不應獲得卻獲得的非比尋常的待遇。猥，辱；承。謙詞。

114 處非其據　所處的地位，不是她所應得的。

115 晚節　晚年的節操。

116 庸中佼佼　指普通人裡的特出人物。

117 北轅之禍　指宋徽宗被擄往五國城的事。北轅，北行的車駕。

語譯

李師師是汴京城東二廂永慶坊染局匠王寅的女兒。王寅的妻子生下女兒就死了，王寅只好拿豆漿當母乳餵養師師，師師才活了下來。師師在襁褓中的時候，從來沒有哭過。汴京有個習俗，凡是生了孩子，假如父母親疼愛他，一定要到佛寺裡去替小孩許願。王寅很憐惜女兒，就帶她到寶光寺去許願。這時師師剛剛會對著人笑，有個老和尚看到師師，就說：「這是什麼地方，你居然敢來？」師師這時忽然啼哭了起來。老和尚摸摸師師的頭，師師就不哭了。王寅暗自高興，心想：「這小孩和佛可真有緣。」當時的習俗，凡做佛弟子的，一般都叫做「師」，所以王寅就管自己的女兒叫師師。師師四歲時，王寅因為犯罪被判了死刑。父親死後，師師無家可歸，有一個叫李媽媽的妓院老鴇就收養了她。等師師長大，相貌技藝都遠超過一般人，於是成了汴京的第一名妓。

宋徽宗即位以後，喜歡奢侈浮華，朝中蔡京、章惇、王黼等人，就假借繼承神宗新法的名義，勸徽宗再實行青苗等法。又把汴京粉飾成一片富庶安樂的氣象，市場店鋪一天收的酒稅就高達一萬緡，金銀玉石和綾羅綢緞也堆滿了倉庫。這時候，童貫、朱勔這些人又引誘徽宗沉迷聲色玩樂，享受宮殿花園的美麗。凡是國內的奇花異石，大概都被搜集到皇宮裡。又在汴京城北方，蓋了一座離宮，名叫「艮嶽」。徽宗在其中玩樂，時間久了覺得厭煩，又想微服出行去逛逛花街柳巷。

擔任皇帝貼身內侍的張迪，很得徽宗喜歡，這張迪在還沒成為太監以前，經常出入汴京的各個妓院，所以和李媽媽交好。他向徽宗說李師師的姿色才藝都了不得，徽宗聽了，自然動心起來。隔天，便派張迪到內府裡取了紫茸布二匹、霞氈布兩塊、瑟瑟珠二顆、白金二十鎰，並假稱自己是大商人趙乙，希望能到李家拜訪。李媽媽看在豐厚的銀兩禮物上很高興地答應了。

那天傍晚，徽宗換了衣服，夾在四十餘個內侍中離開宮廷，出了東華門大約兩里路多，便到了鎮安坊。鎮安坊就是李媽媽所住的地方。徽宗叫內侍都停下來，只和張迪二人慢慢的走入李家。李家很狹窄，李媽媽從房裡出來迎接，和徽宗行平等之禮，問候的非常周到。她準備了當季的水果，像香雪藕、水晶蘋果和大如雞蛋的新鮮棗子等，都是大官也不能供應的。徽宗每種各吃了一個。李媽媽又情意懇切地陪了好久，就是不見李師師出來拜見。徽宗只得坐著等待。這時張迪已經退下了，李媽媽又帶徽宗到一個小房間，靠窗的椐木几案上擺著幾套書籍，窗外新長的竹子，被月亮照得成了參差不齊的影子。徽宗自在地坐著，心情很悠閒，只是仍不見李師師出來侍候。過了一會兒，李媽媽帶徽宗到後堂，那裡準備了烤鹿肉、酸雞肉、魚肉絲和羊肉羹等菜肴，飯是香稻煮的。徽宗每吃些飯菜，李媽媽便在旁有說有笑，但吃了老半天始終不見師師出來。徽宗正覺得奇怪，李媽媽忽然請他去洗澡，徽宗推說不要洗，李媽媽在徽宗的耳朵邊說道：「我這孩子愛乾淨，請別違逆她。」徽宗不得已，只得跟著李媽媽到一座小樓下的浴室中。洗完以後，李媽媽又把徽宗帶到後堂，送上山珍海味，杯盤都很嶄新乾淨，她還勸徽宗多喝些酒，但師師仍然是杳無芳蹤。過了好久，李媽媽才點了蠟燭，帶著徽宗到臥房裡去。徽宗拉起門簾踏入，只見一盞燈閃著，師師是連個影子也見不到，心頭更加覺得奇怪，為了倚靠方便就把几搬到坐榻旁。又過了好久好久，終於看到李媽媽扶著一個女孩進來，她的步履輕盈，發出珊珊的玉飾聲，臉上的妝很淡，既沒擦粉，也沒上胭脂，穿了一件白衣，服裝一點也不豔麗。剛剛洗浴完畢，嬌豔脫俗有如水中的荷花一般。師師看見徽宗時態度似乎有些不屑，表情相當高傲，也不向徽宗行禮。李媽媽又對徽宗耳語說：「我女兒性子很倔強，請您不要見怪。」徽宗在燈下注視師師，覺得她姿態優雅氣質出眾，看得眼睛都亮了起來。徽宗問師師幾歲了，師師不回答。後來一再地問，師師就乾脆坐到別處去了。李媽媽又附著徽宗的耳朵說：「我女兒喜歡安靜地坐著，冒犯您了請別怪罪。」說完就放下幃帳出去了。

師師這才起身脫下黑緞短襖，身上穿著輕紗衣，捲起右手的袖子，拿起牆上的琴，靠著茶几坐好，彈起平沙落雁的曲子。她的指法輕盈巧妙，琴韻流暢淡遠，徽宗不知不覺豎起耳朵，忘了疲倦。這支曲子反覆彈了三遍結束，公雞也開始報曉了。徽宗急忙掀起幃帳出去，李媽媽聽見動靜也趕了過來，準備了杏酥飲、棗糕、湯餅等點心給徽宗吃。徽宗喝了一杯杏酥飲，立刻就起身離開。隨行的侍者都在外面等候著，馬上護衛著徽宗返回皇宮。這是大觀三年八月十七日的事。李媽媽私下問師師說：「這個趙乙禮數很周到，你為什麼這樣冷落他？」師師生氣地說：「他不過是個生意人，我幹麼要對他好！」李媽媽笑著說：「你這麼硬頸子，可以去做御史裏行了。」

不久，京城裡的人都在談論這事，大家都知道徽宗到李師師家去過了。李媽媽聽了非常害怕，一天到晚只是哭泣，哭著對師師說：「如果真是這樣，我們全族都得死了。」師師說：「不必害怕。皇上肯來看我，哪裡會忍心殺我。況且那天晚上，他沒強迫我做什麼，可見皇上心裡是憐惜我的。只是我感傷自己的命實在不如人，淪落在下賤的娼妓中，使得汙穢的名字連累到尊貴的皇帝身上，我這是死有餘辜啊！至於皇上會不會一生氣把我們殺了，因為這件事是起於他遊逛妓院，這是皇上很忌諱的，所以不至於到這個地步，可以不用擔心。」

第二年正月，徽宗派張迪賞賜蛇跗琴給師師。蛇跗琴是一種黃黑色的古琴，琴上的花紋像蛇腹下的鱗紋，這是皇宮內珍藏的寶物。另外又賞賜白金五十兩。三月，徽宗又微服出行到李師師家。師師仍然穿著素淡的服裝，跪在門口迎接聖駕。徽宗很高興，拉師師的手命她起身。徽宗看見李家的廳堂突然華麗寬敞了許多，之前所到過的地方，全都用有蟠龍圖形的綢緞蓋在上面，另外小房間也改建成大臥房，彩繪的柱子朱紅的闌干，都失去了原有的幽雅韻味。而且李媽媽看見徽宗來了，也躲藏起來。把她叫來，她就嚇得渾身發抖沒法站穩，不再有過去寒暄話家常的態度。徽宗心裡不悅，表面裝作和顏悅色地喊她「老媽媽」，告訴她彼此是一家人，不要拘束害怕。李媽媽向徽宗行禮道謝，就帶領徽宗到大樓去。大樓才剛蓋好，師師跪在地上請求徽宗賜塊匾額。當時大樓前杏花正好盛開，徽宗就寫了「醉杏樓」三字送給師師。

過了一會兒，酒席準備好了，師師站在徽宗身邊侍候，李媽媽趴在地上遞杯子向徽宗敬酒。徽宗讓師師坐在一旁，命她彈奏賜給她的蛇跗琴。師師彈了梅花三疊，徽宗拿著杯子一面飲酒一面聆聽，連連讚好。徽宗見到酒席上用的器皿都是龍鳳的形狀，有的是雕刻上去的，有的是畫上去的，都像宮裡的式樣，就問怎麼回事，才知道是出於尚食房廚師之手，是李媽媽花錢請他們製作的。徽宗更不高興，告訴李媽媽以後都要和從前一樣，不要鋪張炫耀。於是沒等酒席結束就回宮了。

徽宗曾經在翰林圖畫院出詩句考那些畫工，大概每年有一兩個人可以通過考試。這年九月，徽宗以一幅題為「金勒馬嘶芳草地，玉樓人醉杏花天」的名畫送給師師；又賞賜了藕絲燈、煖雪燈、芳苡燈、火鳳銜珠燈各十盞，鸕鷀盃、琥珀盃、琉璃盃、鏤金扁酒壺各十件，月團茶、鳳團茶、蒙頂茶等一百斤，餅飥、寒具、銀餤餅多盒，又賜黃金、白金各千兩。當時宮裡都已經在傳說這件事，鄭皇后聽了就向徽宗進諫：「娼妓地位低賤，不適合親近皇上。況且您夜裡微服出行，也擔心發生意外。希望陛下自愛。」徽宗點頭同意。往後兩年，徽宗都沒有再去李師師家，但聯絡和賞賜從沒有斷過。

宣和二年，徽宗又到李師師家去。看見賞賜給師師的畫掛在醉杏樓，觀賞了很久，忽然回頭看見師師，就開玩笑說：「畫裡的人竟然一叫就出來了？」當天賞賜給師師避寒金鈿、映月珠環、舞鸞青鏡、金虬香爐。第二天，又送師師端谿、鳳咮硯、李廷珪墨、玉管宣毫筆、剡谿綾紋紙，又賜給李媽媽一萬緡錢。

張迪私下對皇上說：「陛下每次到李師師家都得換裝夜行，所以不能常去。現在艮嶽東邊有官地綿延兩三里，可以直通鎮安坊。如果在這裡做一條密道，皇上的車駕往來就更方便了。」徽宗說：「你去策劃吧！」於是張迪等人就上疏說：「艮嶽的侍衛人員一向沒有固定的住處。我們願意自己出點錢，在公地上蓋幾百間房舍，四周築上圍牆，方便夜晚守衛。」徽宗批准了他們的奏章。於是宮裡的禁衛軍就分布到鎮安坊為止，那一帶就再也沒有行人的蹤跡了。

宣和四年三月，徽宗開始從密道到李師師家，賜給她藏鬮、雙陸等器具，又送她片玉棋盤、碧白兩色的玉棋子、畫院宮扇、可折疊的彩色竹蓆、鱗文蓐葉的蓆子、湘竹綺簾、五彩珊瑚鉤等。這天徽宗和師師玩雙陸輸了，下圍棋也輸了，賞給師師白金二千兩。之後師師生日，徽宗又賜她珠鈿、金手鐲各兩件，璣琲一盒，毳錦幾塊，鷺毛繒翠羽緞一百匹，白金一千兩。後來又因為慶賀滅了遼國，大肆賞賜州郡政府和官員。於是賜給師師紫綃絹幕、五綵流蘇、冰蠶神錦被、卻塵錦褥、麩金一千兩，賞賜的美酒則有桂露、流霞、香蜜等。又賜給李媽媽皇家府庫的錢一萬緡。總計前後賞賜的金銀錢財絲綢器物食物等，不少於十萬兩。

徽宗曾經在宮裡和妃子們聚會喝酒，韋妃偷偷地問說：「李師師究竟是何等人物，為什麼陛下如此喜歡她？」徽宗說：「沒有別的。只要讓你們一百個人都換掉豔麗的服裝，改穿黑色或白色衣服，再把李師師放在當中，她就是大不相同。她有一種幽姿逸韻，是在美色之外的。」過了不久，徽宗把皇位傳給欽宗，自稱是道君教主，退住到太乙宮，出宮遊逛的興致也衰減了。師師對李媽媽說：「我們母女還嘻嘻哈哈地過日子，不知道大禍就要臨頭了。」李媽媽說：「那該怎麼辦？」師師說：「你不要過問，只讓我做我想做的事就行了。」

這時候金人才剛開始入侵，河北路情況緊急。師師就把徽宗前前後後賞賜的金錢拿出來，附上公文呈給開封府尹，表示願意捐助河北路的軍餉。她又賄賂張迪等人，請他代向太上皇要求出家做女道士。太上皇答應了，命她到城北的慈雲觀去居住。沒多久，金人攻陷了汴京，主帥闥嬾要找李師師，說是因為金太宗也知道李師師這個人，還指定要活口。他們找了好幾天都找不著。張邦昌等人到處追查，終於把李師師找出來獻給了金營。師師破口大罵：「我只是一個低賤的妓女，受到皇上的寵愛，寧願一死也沒有別的念頭。你們這些高官領著豐厚的薪水，朝廷哪裡對不起你們，你們卻做出一件件殘害國家的事。現在又侍奉北方醜惡的敵人，希望獲得一個機會表現自己。我哪裡會當你們的見面禮呢？」於是解下金簪刺向自己的咽喉，沒死成，又折斷金簪吞下，這才死了。宋徽宗在五國城聽說師師死得悽慘，還禁不住老淚縱橫，哭得很傷心。

評論的人說：李師師以一個下流的娼妓，卻獲得非比尋常的待遇，這是所謂「得到她不應得到的地位」。但看她晚年的節操，頗有剛烈俠士的作風，不能說不是尋常人中的佼佼者。宋徽宗奢侈過度，終於惹來了被俘擄到北方的災禍，也是罪有應得吧！

賞析

李師師外傳是一篇很完整的傳記，從李師師的出生寫到死亡，文末還附有評論，可以看出作者是以撰寫史傳的態度為文。篇中的重點當然是李師師和宋徽宗的交往，嫖妓的皇帝照理不應受到尊崇，但師師這個妓女確實惹人愛憐，她不僅「色藝雙絕」，而且有智慧有遠見，知所進退。如果不是淪落風塵，她應該有資格被讚一聲才女或賢媛。

本篇最大的成功是把李師師寫得「集眾美於一身」。文中李師師把初次造訪的宋徽宗吊足了胃口，作者又何嘗不是把讀者吊足了胃口呢。徽宗豔羨師師「色藝雙絕」，不惜備下厚禮屈尊前往，但只見老鴇李姥殷勤接待，從嘗果到兀坐，從進餐到沐浴，接著勸飲後堂，卻始終未見師師的芳蹤。「獨未見師師出拜」、「獨未見師師出侍」、「而師師終未出見」、「而師師終未一見」、「而絕無師師在」，一次又一次的等待，一次又一次的失望，運用的正是「千呼萬喚始出來」的手法。有趣的是當師師「珊珊而來，淡妝不施脂粉，衣絹素，無豔服。新浴方罷，嬌豔如水芙蓉。見帝意似不屑，貌殊倨，不為禮」，徽宗非但沒有生氣，反而像欣賞一件藝術品似的「凝睇物色之」，並立即發現了師師的特質——幽姿逸韻，因而「閃爍驚眸」。大家都知道宋徽宗是有藝術天分的皇帝，本篇雖有意抨擊他的奢侈荒唐，但對他的審美能力則是予以肯定的。

李姥這個角色也塑造得很出色，第一次接待徽宗（假稱巨賈趙乙）時「款洽良久」，又三番兩次對徽宗耳語緩頰，可以看出她交際手腕的靈活；後來她得知徽宗的身分，就嚇得不敢露面，「宣至，則體顫不能起」，把一個沒見過大世面的老鴇寫活了，同時又映襯出師師的落落大方與氣質不凡。

李師師的遠見和貞節也是作者著力之處。師師受徽宗寵幸後並沒有迷失自己，也沒恃寵而驕，反而對時局有深切的體認。她捐資助戰，她出家做女冠，只想過平靜的生活；但天不從人願，金太宗也覬覦她的美色，逼得她只得吞金自盡。她咒罵張邦昌的話痛快淋漓，表明自己寧死不屈，不也對照出徽宗的昏庸無能嗎？

本文還有一個特色是禮物的名目眾多，到了令人眼花撩亂的地步，除了珍貴的蛇跗琴、名畫，還有端硯、鳳咮硯、李廷珪墨、宣筆、綾紋紙等文人雅士最喜愛的文房四寶，以及首飾、布匹、居家用品、食品等應有盡有，這些描寫除了凸顯徽宗的奢侈無度外，也可以讓我們對北宋末期皇家生活狀況有概略的了解，算是閱讀小說的額外收穫吧！

延伸閱讀

1. 陳鴻長恨歌傳（可參考三民書局出版之唐傳奇選）

2. 佚名梅妃傳
3. 樂史楊太真外傳

明清短篇小說

明代和清代短篇小說是大不相同的，明代小說是宋代話本的延續——擬話本，是白話體，清代卻是傳奇體的復興——文言短篇小說再度興起。

明代是小說發達的時代，主要的原因是白話文成熟和寫作技巧進步。白話文在經過宋話本和元雜劇的長期使用後，已經脫離文白夾雜的階段，變得純粹而流利了，這給創作小說提供了非常有利的條件。此外，明代文人對小說的觀念也比較進步，不再視小說為小道，而能重視小說的社會教育價值，願意從事小說事業，有的整理舊作出版，有的自行創作，因而產生了大量專供閱讀的擬話本。

明世宗嘉靖年間（西元一五二二——一五六六年）洪楩印行了清平山堂話本，這本書現在已不完整，殘存十五篇，包括宋、元及明初的作品。到了明熹宗天啟、思宗崇禎年間（西元一六二一——一六四四年），馮夢龍的「三言」問世了。

「三言」是喻世明言（原名古今小說）、警世通言、醒世恆言三部小說的總稱，每部都收小說四十篇。喻世明言和警世通言較早刊刻，包括宋、元、明的作品，其中宋、元的舊作較多；醒世恆言最晚出版，大多數是明人的創作，當中可能也有馮夢龍自己的作品。

和「三言」並稱的「二拍」，是初刻拍案驚奇和二刻拍案驚奇的總稱，這兩部書也是各四十篇，作者是凌濛初。凌濛初只比馮夢龍小六歲，兩人都刊刻話本小說，但馮夢龍主要是做蒐集前代作品的工作，凌濛初則直接投入創作。凌濛初的作品多半從太平廣記、夷堅志等舊籍取材，但他的文筆清妙，常給人耳目一新的感覺。

「三言」加上「二拍」五本書共有兩百篇，數量很大。明朝末年，有個抱甕老人從當中選出四十篇符合忠孝節義思想的作品，編成今古奇觀，出版後非常盛行。

明代話本小說和宋代話本比起來是「後出轉精」，因為是專供閱讀的，所以文筆更加流暢，寫作技巧更進步，篇幅也加長了。本書所選的白娘子永鎮雷峰塔是著名的人蛇戀愛傳說故事，杜十娘怒沉百寶箱和賣油郎獨占花魁都是講妓女從良，但結果大不相同，可以作為對照。

中國文言短篇小說在唐代已達到第一次高峰，之後的宋傳奇不能和唐傳奇相比，元、明也只有少數佳作，如宋遠的嬌紅記、瞿佑的剪燈新話、李昌祺的剪燈餘話，及馬中錫的中山狼傳等。到了清代蒲松齡的聊齋誌異出現，是文言短篇小說的第二次高峰。

唐傳奇是許多作者共同創造出來的燦爛成果，而蒲松齡一個人就再造傳奇的另一次風華，實在是非常了不起的成就。蒲松齡十九歲考上秀才，之後屢試不中，只得在家教學度日，但他創作不輟，詩文以外，最愛鬼怪小說。他在聊齋誌異的卷首自誌說：「才非干寶，雅愛搜神；情類黃州，喜人談鬼。聞則命筆，遂以成編。」他謙虛地說自己的才華不及寫搜神記的干寶，但和干寶一樣有搜集奇聞的癖好，又和貶到黃州的蘇東坡一樣愛聽鬼故事，隨聽隨記，久了就編輯成書。這樣輕描淡寫說著自己的創作動機，事實上，他寫作聊齋誌異花了近三十年的工夫，用嘔心瀝血來形容也不誇張。

聊齋誌異的筆調是唐傳奇式的，題材又和六朝志怪相同，但要表達的精神卻是蒲松齡自己的。聊齋誌異的內容思想有三大特點：一是歌頌自由戀愛，這是超越當時人們所能接受的觀念，極為難得；二是譏諷科舉弊端，這是蒲松齡的切身之痛；三是妖狐鬼怪也有人性，往往比人類還善良，這也是對當時社會不滿的反諷。本書選的兩篇畫皮、嬰寧，女主角都是異類，一個可怖，一個可愛，大家可以細細比較。

白娘子永鎮雷峰塔

導讀

本文選自警世通言卷二八。內容敘述蛇妖白娘子看上許宣，於是想方設法結為夫妻，後來兩人數度離合，最後白娘子被法海禪師鎮於雷峰塔下，而許宣出家；文末警惕世人勿執著於色欲。「白蛇傳」是中國著名的民間故事。本文一般認為是明人所擬作，是現存最古老且最完整的「白蛇傳」故事。到了清代，出現結合民間傳說而成的雷峰塔傳奇、義妖傳（又名白蛇傳）彈詞等作品。

作者馮夢龍，字猶龍，是明代著名的通俗文學家，他根據前人舊作、宋元話本、明人作品等重新潤飾修改，編纂了喻世明言、警世通言、醒世恆言，合稱「三言」。「三言」可說是中國古代話本與擬話本的總匯，它不僅保留了許多舊時佳篇，也反映出宋、元以來商業發達、城市繁榮的社會面貌，足以作為後人研究明代社會的重要文本。馮氏除「三言」之外，還改編平妖傳、新列國志等長篇小說；刊行掛枝兒、山歌等民間歌曲；創作雙雄記、萬事足等傳奇；編印笑府、古今談槩、情史等短篇故事集，可說是推動通俗文學的一大功臣。警世通言，為「三言」中的第二部。內容大部分是根據宋元話本或擬話本增刪而成，少部分則是作者就前人筆記及傳說話事演化而成。書名「警世」，是期能達到「警世勸俗」之效。

山外青山樓外樓，西湖歌舞幾時休？暖風薰得遊人醉，直把杭州作汴州。❶

話說西湖景致，山水鮮明。晉朝咸和❷年間，山水大發，洶湧流入西門。忽然見水內有牛一頭，渾身金色。後水退，其牛隨行至北山，不知去向。哄動杭州市上之人，皆以為顯化。所以建立一寺，名曰金牛寺。西門，即今之湧金門。立一座廟，號金華將軍。當時有一番僧，法名渾壽羅，到此武林郡雲遊，翫其山景，道：「靈鷲山❸前小峰一座，忽然不見，原來飛到此處。」當時人皆不信。僧言：「我記得靈鷲山前峰嶺，喚做靈鷲嶺，這山洞裡有個白猿，看我呼出為驗。」果然呼出白猿來。山前有一亭，今喚做冷泉亭。又有一座孤山，生在西湖中。先曾有林和靖先生在此山隱居。使人搬挑泥石，

❶山外青山樓外樓四句　此為宋林升所作題臨安邸詩，譏刺南宋偏安江左，耽於歡樂，無意收復失土。

❷咸和　晉成帝年號（西元三二六—三三四年）。

❸靈鷲山　山名。位於中印度摩揭陀國王舍城東北。山中多鷲，故名。釋尊曾在此說法。

砌成一條走路，東接斷橋，西接棲霞嶺，因此喚做孤山路。又唐時有刺史白樂天，築一條路，南至翠屏山，北至棲霞嶺，喚做白公堤，不時被山水衝倒，不只一番，用官錢修理。後宋時，蘇東坡來做太守，因見有這兩條路，被水衝壞，就買木石，起人夫，築得堅固。六橋上朱紅欄杆，堤上栽種桃柳，到春景融和，端的十分好景，堪描入畫。後人因此只喚做蘇公堤。又孤山路畔，起造兩條石橋，分開水勢，東邊喚做斷橋，西邊喚做西靈橋。真乃：

隱隱山藏三百寺，依稀雲鎖二高峰。

說話的，只說西湖美景，仙人古跡。俺今日且說一個俊俏後生，只因遊翫西湖，遇著兩個婦人，直惹得幾處州城，鬧動了花街柳巷。有分教❹：才人把筆，編成一本風流話本。單說那子弟，姓甚名誰？遇著甚般樣的婦人？惹出甚般樣事？有詩為證：

清明時節雨紛紛，路上行人欲斷魂；借問酒家何處有，牧童遙指杏花村。

話說宋高宗南渡，紹興年間，杭州臨安府過軍橋黑珠巷內，有一個宦家，姓李名仁。現做南廊閣子庫❺募事官，又與邵太尉管錢糧。家中妻子，有一個兄弟許宣，排行小乙❻。他爹曾開生藥店。自幼父母雙亡，卻在表叔李將仕❼家生藥舖做主管，年方二十二歲。那生藥店開在官巷口。忽一日，許宣在舖內做買賣，只見一個和尚來到門首，打個問訊❽道：「貧僧是保叔塔寺❾內僧，前日已送饅頭并卷子❿在宅上。今清明節近，追修祖宗，望小乙官到寺燒香，勿誤。」許宣道：「小子准來。」和尚相別去了。許宣至晚歸姐夫家去。原來許宣無有老小，只在姐姐家住。當晚與姐姐說：「今日保叔塔和尚來請燒箍子⓫，明日要薦祖宗，走一遭了來。」次日早起買了紙馬⓬、蠟燭、經幡、錢垛⓭一應等項，喫了飯，換了新鞋襪衣服，把篭子錢馬，使條袱子包了，逕到官巷口李將仕家來。李將仕見了，問許宣何處去?許宣道：「我今日要去保叔塔燒篭子，追薦祖宗，乞叔叔容暇一日。」李將仕道：「你去便回。」許宣離了鋪中，入壽安坊，花市街，過井亭橋，往清河街後錢塘門，行石函橋過放生碑，逕到保叔塔寺。尋見送饅頭的和尚，懺悔過疏頭⓮，燒了篭子，到佛殿上看眾僧念經。喫齋罷，別了和尚，離寺迤邐⓯閒走，過西寧橋、孤山路、四聖觀，來看林和靖墳，到六一泉閒走。不期雲生西北，霧鎖東南，落下微微細雨，漸大起來。正是清明時節，少不得天公應時，催花雨下，那陣雨下得綿綿不絕。許宣見腳下濕，脫下了新鞋襪，走出四聖觀來尋船，不見一隻。正沒擺佈處⓰，只見一個老兒，搖著一隻船過來。許宣暗喜，認時正是張阿公。叫道：「張阿公，搭我則個。」老兒聽得叫，認時，原來是許小乙。將船搖近岸來，道：「小乙官，著了雨，不知要何處上岸?」許宣道：「湧金門上岸。」這老兒扶許宣下船，離了岸，搖近豐樂樓來。搖不上十數丈水面，只見岸上有人叫道：「公公，搭船則個。」許宣看時，是一個婦人，頭戴孝頭髻，烏雲畔插著些素釵梳，穿一領白絹衫兒，下

❹有分教　猶言「有解釋」、「有說明」，是古典小說中提示情節發展的用語。

❺南廊閣子庫　指宋代的左藏南庫，專門支應軍需。

❻小乙　古代對年輕男性排行第一者的俗稱。

❼將仕　古官名。為文散官。也用稱無官職的富豪。

❽問訊　僧尼合掌致敬的禮節。

❾保叔塔寺　寺名。位於杭州西湖寶石山上。

❿卷子　一種麵食品。和麵捍成薄片，一面塗上油鹽，再捲起蒸熟。

⓫篭子　裝有冥紙的簍袋。篭，音ㄧㄢˇ。

⓬紙馬　繪有神佛像的冥紙。

⓭錢垛　成串的紙錢。

⓮疏頭　古代向神靈祈福的祝詞。

⓯迤邐　緩行的樣子。

⓰沒擺佈處　不知如何是好。

穿一條細麻布裙。這婦人肩下一個丫鬟，身上穿著青衣服，頭上一雙角髻，戴兩條大紅頭鬚，插著兩件首飾，手中捧著一個包兒要搭船。那老張對小乙官道：『因風吹火，用力不多，』一發搭了他去。」許宣道：「你便叫他下來。」老兒見說，將船傍了岸邊，那婦人同丫鬟下船，見了許宣，起一點朱唇，露兩行碎玉，向前道一個萬福。許宣慌忙起身答禮。那娘子和丫鬟艙中坐定了。娘子把秋波頻轉，瞧著許宣。許宣平生是個老實之人，見了此等如花似玉的美婦人，傍邊又是個俊俏美女樣的丫鬟，也不免動念。那婦人道：「不敢動問官人，高姓尊諱？」許宣答道：「在下姓許名宣，排行第一。」婦人道：「宅上何處？」許宣道：「寒舍住在過軍橋黑珠兒巷，生藥鋪內做買賣。」那娘子問了一回，許宣尋思道：「我也問他一問。」起身道：「不敢拜問娘子高姓？潭府[17]何處？」那婦人答道：「奴家是白三班白殿直[18]之妹，嫁了張官人，不幸亡過了，現葬在這雷嶺。為因清明節近，今日帶了丫鬟，往墳上祭掃了方回。不想值雨，若不是搭得官人便船，實是狼狽。」又閒講了一回，迤邐船搖近岸。只見那婦人道：「奴家一時心忙，不曾帶得盤纏在身邊，萬望官人處借些船錢還了，並不有負。」許宣道：「娘子自便，不妨，些須船錢不必計較。」還罷船錢。那雨越不住。許宣挽了上岸。那婦人道：「奴家只在箭橋雙茶坊巷口。若不棄時，可到寒舍拜茶，納還船錢。」許宣道：「小事何消掛懷。天色晚了，改日拜望。」說罷，婦人共丫鬟自去。許宣入湧金門，從人家屋簷下到三橋街，見一個生藥鋪，正是李將仕兄弟的店。許宣走到鋪前，正見小將仕在門前。小將仕道：「小乙哥晚了，那裡去？」許宣道：「便是去保叔塔燒篭子，著了雨，望借一把傘則個。」將仕見說叫道：「老陳把傘來，與小乙官去。」不多時，老陳將[19]一把雨傘撐開道：「小乙官，這傘是清湖八字橋老實舒家做的。八十四骨，紫竹柄的好傘，不曾有一些兒破，將去休壞了！仔細，仔細！」許宣道：「不必分付。」接了傘，謝了將仕，出羊壩頭來。到後市街巷口。只聽得有人叫道：「小乙官人。」許宣回頭看時，只見沈公井巷口小茶坊屋簷下，立著一個婦人，認得正是搭船的白娘子。許宣道：「娘子如何在此？」白娘子道：「便是雨不得住，鞋兒都踏濕了，教青青回家，取傘和腳下⑳。又見晚下來。望官人搭幾步則個。」許宣和白娘子合傘到壩頭道：「娘子到那裡去？」白娘子道：「過橋投箭橋去。」許宣道：「小娘子，小人自往過軍橋去，路又近了，不若娘子把傘將去，明日小人自來取。」白娘子道：「卻是不當，感謝官人厚意！」許宣沿人家屋簷下冒雨回來。只見姐夫家當直㉑王安，拿著釘靴雨傘來接不著，卻好歸來。到家內喫了飯。當夜思量那婦人，翻來覆去睡不著。夢中共日間見的一般，情意相濃，不想金雞叫一聲，卻是南柯一夢。正是：

心猿意馬馳千里，浪蝶狂蜂鬧五更。

到得天明，起來梳洗罷，喫了飯，到舖中心忙意亂，做些買賣也沒心想。到午時後，思量道：「不說一謊，如何得這傘來還人？」當時許宣見老將仕坐在櫃上，向將仕說道：「姐夫叫許宣歸早些，要送人情㉒，請暇半日。」將仕道：「去了，明日早些來！」許宣唱個喏㉓，逕來箭橋雙茶坊巷口，尋問白娘子家裡。問了半日，沒一個認得。正躊躕間，只見白娘子家丫鬟青青，從東邊走來。許宣道：「姐姐，你家何處住？討傘則個。」青青道：「官人隨我來。」許宣跟定青青，走不多路，道：「只這裡便是。」許宣看時，見一所樓房，門前兩扇大門，中間四扇看街㉔槅子眼，當中掛頂細密朱紅簾

---

⑰潭府　對他人宅第的美稱。
⑱殿直　古官名。宋代宮禁中的武職。
⑲將　拿；取。
⑳腳下　指釘鞋，可當雨鞋用。冬天路上有冰雪時，踏泥濘而不致滑倒。
㉑當直　僕役。
㉒送人情　送禮物。
㉓唱個喏　出聲答應。

子，四下排著十二把黑漆交椅，掛四幅名人山水古畫。對門乃是秀王府牆。那丫頭轉入簾子內道：「官人請入裡面坐。」許宣隨步入到裡面，那青青低低悄悄叫道：「娘子，許小乙官人在此。」白娘子裡面應道：「請官人進裡面拜茶。」許宣心下遲疑。青青三回五次，催許宣進去。許宣轉到裡面，只見：四扇暗槅子窗，揭起青布幕，一個坐起，桌上放一盆虎鬚菖蒲，兩邊也掛四幅美人，中間掛一幅神像，桌上放一個古銅香爐花瓶。那小娘子向前深深的道一個萬福，道：「夜來多蒙小乙官人應付週全，識荊[25]之初，甚是感激不淺！」許宣道：「些微何足掛齒。」白娘子道：「少坐拜茶。」茶罷，又道：「片時薄酒三盃，表意而已。」許宣方欲推辭，青青已自把菜蔬菓品流水[26]排將出來。許宣道：「感謝娘子置酒，不當厚擾。」飲至數盃，許宣起身道：「今日天色將晚，路遠，小子告回。」娘子道：「官人的傘，舍親昨夜轉借去了，再飲幾盃，著人取來。」許宣道：「日晚，小子要回。」娘子道：「再飲一盃。」許宣道：「飲饌好了，多感，多感！」白娘子道：「既是官人要回，這傘相煩明日來取則個。」許宣只得相辭了回家。至次日，又來店中做些買賣。又推個事故，卻來白娘子家取傘。娘子見來，又備三盃相款。許宣道：「娘子還了小子的傘罷，不必多擾。」那娘子道：「既安排了，略飲一盃。」許宣只得坐下。那白娘子篩一盃酒，遞與許宣，啟櫻桃口，露榴子牙，嬌滴滴聲音，帶著滿面春風，告道：「小官人在上，真人面前說不得假話。奴家亡了丈夫，想必和官人有宿世姻緣，一見便蒙錯愛。正是你有心，我有意。煩小乙官人尋一個媒證，與你共成百年姻眷，不枉天生一對，卻不是好。」許宣聽那婦人說罷，自己尋思：「真個好一段姻緣。若取得這個渾家，也不枉了。我自十分肯了，只是一件不諧：思量我日間在李將仕家做主管，夜間在姐夫家安歇，雖有些少東西，只好辦身上衣服，如何得錢來娶老小？」自沉吟不答。只見白娘子道：「官人何故不回言語？」許宣道：「多感過愛，實不相瞞，只為身邊窘迫，不敢從命。」娘子道：「這個容易。我囊中自有餘財，不必掛念。」

便叫青青道：「你去取一錠白銀下來。」只見青青手扶欄杆，腳踏胡梯，取下一個包兒來，遞與白娘子。娘子道：「小乙官人，這東西將去使用，少欠時再來取。」親手遞與許宣。許宣接得包兒，打開看時，卻是五十兩雪花銀子。藏於袖中，起身回告。青青把傘來還了許宣。許宣接得相別，一逕回家，把銀子藏了。當夜無話。明日起來，離家到官巷口，把傘還了李將仕。許宣將些碎銀子買了一隻肥好燒鵝，鮮魚精肉，嫩雞菓品之類提回家來。又買了一樽酒，分付養娘[27]丫鬟安排整下。那日卻好姐夫李募事在家。飲饌俱已完備，來請姐夫和姐姐喫酒。李募事卻見許宣請他，倒喫了一驚，道：「今日做甚麼子壞鈔[28]？日常不曾見酒盞兒面，今朝作怪！」三人依次坐定飲酒，酒至數盃，李募事道：「尊舅，沒事教你壞鈔做甚麼？」許宣道：「多謝姐夫，切莫笑話，輕微何足掛齒。感謝姐夫姐姐管雇多時。一客不煩二主人，許宣如今年紀長成，恐慮後無人養育，不是了處。今有一頭親事在此說起，望姐夫姐姐與許宣主張，結果了一生終身，也好。」姐夫姐姐聽得說罷，肚內暗自尋思道：「許宣日常一毛不拔，今日壞得些錢鈔，便要我替他討老小[29]？」夫妻二人，你我相看，只不回話。喫酒了，許宣自做買賣。過了三兩日，許宣尋思道：「姐姐如何不說起？」忽一日，見姐姐問道：「曾向姐夫商量也不曾？」姐姐道：「不曾。」許宣道：「如何不曾商量？」姐姐道：「這個事不比別樣的事，倉卒不得，又見姐夫這幾日面色心焦，我怕他煩惱，不敢問他。」許宣道：「姐姐你如何不上緊？這個有甚難處，你只怕我教姐夫出錢，故此不埋。」許宣便起身到臥房中開箱，取出白娘子的銀來，把與

㉔看街　指可以觀賞街景的窗戶。
㉕識荊　初次識面的敬辭。
㉖流水　像流水一樣接連不斷。
㉗養娘　婢女。
㉘壞鈔　花錢；破費。
㉙老小　妻子。

姐姐道：「不必推故，只要姐夫做主。」姐姐道：「吾弟多時在叔叔家中做主管，積攢得這些私房。可知道要娶老婆！你且去，我安在此。」卻說李募事歸來，姐姐道：「丈夫，可知小舅要娶老婆，原來自攢得些私房，如今教我倒換些零碎使用，我們只得與他完就這親事則個。」李募事聽得說道：「原來如此，得他積得些私房也好。拿來我看！」做妻的連忙將出銀子遞與丈夫。李募事接在手中，番來覆去，看了上面鑿的字號，大叫一聲：「苦！不好了，全家是死！」那妻喫了一驚，問道：「丈夫有甚麼利害之事？」李募事道：「數日前邵太尉庫內封記鎖押俱不動，又無地穴得入，平空不見了五十錠大銀。現今著落臨安府提捉賊人，十分緊急，沒有頭路得獲，累害了多少人。出榜緝捕，寫著字號錠數，『有人捉獲賊人銀子者，賞銀五十兩；知而不首，及窩藏賊人者，除正犯外，全家發邊遠充軍。』這銀子與榜上字號不差，正是邵太尉庫內銀子。即今捉捕十分緊急。正是『火到身邊，顧不得親眷，自可去撥。』明日事露，實難分說。不管他偷的借的，寧可苦他，不要累我。只得將銀子出首㉚，免了一家之害。」老婆見說了，合口不得，目睜口呆。當時拿了這錠銀子，逕到臨安府出首。那大尹㉛聞知這話，一夜不睡。次日，火速差緝捕使臣何立。何立帶了夥伴，并一班眼明手快的公人㉜，逕到官巷口李家生藥店，提捉正賊許宣。到得櫃邊，發聲喊，把許宣一條繩子綁縛了，一聲鑼，一聲鼓，解上臨安府來。正值韓大尹陞廳，押過許宣當廳跪下，喝聲打！許宣道：「告相公不必用刑，不知許宣有何罪？」大尹焦躁道：「真贓正賊，有何理說，還說無罪？邵太尉府中不動封鎖，不見了一號大銀㉝五十錠，見有李募事出首，一定這四十九錠也在你處。想不動封皮，不見了銀子，你也是個妖人！不要打，……」喝教：「拏些穢血來！」許宣方知是這事，大叫道：「不是妖人，待我分說！」大尹道：「且住，你且說這銀子從何而來？」許宣將借傘討傘的上項事，一一細說一遍。大尹道：「白娘子是甚麼樣人？現住何處？」許宣道：「憑他說是白三班白殿直的親妹子，如今現住箭橋邊，雙茶坊巷口，秀王牆對黑樓子高坡兒內住。」那大尹隨即便叫緝捕使臣何立，押領許宣，去雙茶坊巷口捉拿本婦前來。何立等領了鈞旨，一陣做公的逕到雙茶坊巷口秀王府牆對黑樓子前看時：門前四扇看階，中間兩扇大門，門外避藉陛㉞，坡前卻是垃圾，一條竹子橫夾著。何立等見了這個模樣，倒都呆了！當時就叫捉了鄰人，上首㉟是做花的丘大，下首是做皮匠的孫公。那孫公擺忙㊱的喫他一驚，小腸氣發，跌倒在地。眾鄰舍都走來道：「這裡不曾有甚麼白娘子。這屋不五六年前有一個毛巡檢，合家時病死了。青天白日，常有鬼出來買東西，無人敢在裡頭住。幾日前，有個瘋子立在門前唱喏。」何立教眾人解下橫門竹竿，裡面冷清清地，起一陣風，捲出一道腥氣來。眾人都喫了一驚，倒退幾步。許宣看了，則聲不得，一似呆的。做公的數中，有一個能膽大，排行第二，姓王，專好酒喫，都叫他做好酒王二。王二道：「都跟我來。」發聲喊一齊鬨將入去，看時板壁、坐起、桌凳都有。來到胡梯邊，教王二前行，眾人跟著，一齊上樓。樓上灰塵三寸厚。眾人到房門前，推開房門一望，床上掛著一張帳子，箱籠都有，只見一個如花似玉穿著白的美貌娘子，坐在床上。眾人看了，不敢向前。眾人道：「不知娘子是神是鬼？我等奉臨安大尹鈞旨，喚你去與許宣執證公事。」那娘子端然不動。好酒王二道：「眾人都不敢向前，怎的是了？你可將一罈酒來，與我喫了，做我不著，捉他去見大尹。」眾人連忙叫兩三個下去提一罈酒來與王二喫。王二開了罈口，將一罈酒喫盡了，道：「做我不著！」將那空罈望著帳子內打將去。不打萬事皆休，纔然打去，只聽得一聲響，卻是青天裡打一個霹靂，眾人都

㉚出首　檢舉告發或自陳罪狀。
㉛大尹　對知府、知縣的尊稱。
㉜公人　指衙門的差役。
㉝一號大銀　古代指五十兩重的金銀貨幣。
㉞避藉陛　高的臺階。
㉟上首　此指左鄰。下文「下首」指右鄰。
㊱擺忙　突然。

驚倒了！起來看時，床上不見了那娘子，只見明晃晃一堆銀子。眾人向前看了道：「好了。」計數四十九錠。眾人道：「我們將銀子去見大尹也罷。」扛了銀子，都到臨安府。何立將前事稟覆了大尹。大尹道：「定是妖怪了。也罷，鄰人無罪寧家[37]。」差人送五十錠銀子與邵太尉處，開個緣由，一一稟覆過了。許宣照「不應得為而為之事」，理重者決杖免刺[38]，配牢城營[39]做工，滿日疎放[40]。牢城營乃蘇州府管下。李募事因出首許宣，心上不安，將邵太尉給賞的五十兩銀子盡數付與小舅作為盤費。李將仕與書二封，一封與押司[41]范院長[42]，一封與吉利橋下開客店的王主人。許宣痛哭一場，拜別姐夫姐姐，帶上行枷，兩個防送人押著，離了杭州到東新橋，下了航船。不一日，來到蘇州。先把書去見了范院長，并王主人。王主人與他官府上下使了錢，打發兩個公人去蘇州府，下了公文，交割了犯人，討了回文，防送人自回。范院長王主人保領許宣不入牢中，就在王主人門前樓上歇了。許宣心中愁悶，壁上題詩一首：

獨上高樓望故鄉，愁看斜日照紗窗；平生自是真誠士，誰料相逢妖媚娘！
白白不知歸甚處？青青那識在何方？拋離骨肉來蘇地，思想家中寸斷腸！

有話即長，無話即短。不覺光陰似箭，日月如梭，又在王主人家住了半年之上。忽遇九月下旬，那王主人正在門首閒立，看街上人來人往。只見遠遠一乘轎子，傍邊一個丫鬟跟著，道：「借問一聲：此間不是王主人家麼？」王主人連忙起身道：「此間便是。你尋誰人？」丫鬟道：「我尋臨安府來的許小乙官人。」主人道：「你等一等，我便叫他出來。」這乘轎子便歇在門前。王主人便入去，叫道：「小乙哥！有人尋你。」許宣聽得，急走出來，同主人到門前看時，正是青青跟著，轎子裡坐著白娘子。許宣見了，連聲叫道：「死冤家！自被你盜了官庫銀子，帶累我喫了多少苦，有屈無伸，如今到此地位，又趕來做甚麼？可羞死人！」那白娘子道：「小乙官人不要怪我，今番特來與你分辯這件事。我且到主人家裡面與你說。」白娘子叫青青取了包裹下轎。許宣道：「你是鬼怪，不許入來。」攔住了門不放他。那白娘子與主人深深道了個萬福，道：「奴家不相瞞，主人在上，我怎的是鬼怪？衣裳有縫，對日有影。不幸先夫去世，教我如此被人欺負！做下的事，是先夫日前所為，非干我事。如今怕你怨暢㊸我，特地來分說明白了，我去也甘心。」主人道：「且教娘子入來坐了說。」那娘子道：「我和你到裡面對主人家的媽媽說。」門前看的人，自都散了。許宣入到裡面對主人家并媽媽道：「我為他偷了官銀子事，如此如此，因此教我喫場官司。如今又趕到此，有何理說？」白娘子道：「先夫留下銀子，我好意把你，我也不知怎的來的？」許宣道：「如何做公的捉你之時，門前都是垃圾，就帳子裡一響不見了你？」白娘子道：「我聽得人說你為這銀子捉了去，我怕你說出我來，捉我到官，粧幌子㊹羞人不好看。我無奈何只得走去華藏寺前姨娘家躲了。使人擔垃圾堆在門前，把銀子安在床上，央鄰舍與我說謊。」許宣道：「你卻走了去，教我喫官事！」白娘子道：「我將銀子安在床上，只指望要好，那裡曉得有許多事情？我見你配在這裡，我便帶了些盤纏，搭船到這裡尋你，如今分說都明白了，我去也。敢是我和你前生沒有夫妻之分！」那王主人道：「娘子許多路來到這裡，難道就

㊲寧　家　回家。
㊳決杖免刺　處以杖刑，但免於在臉上刺字。
㊴牢 城 營　宋代流放罪犯，從事勞役的地方。
㊵疎　放　釋放。
㊶押　司　指管理刑獄的官吏。
㊷院　長　宋代牢獄屬司理院或軍巡院，故尊稱掌管刑獄的官吏為「院長」。
㊸怨　暢　埋怨。
㊹粧 幌 子　此指丟人現眼。幌子，古代商家招徠顧客的招牌。

去？且在此間住幾日，卻理會。」青青道：「既是主人家再三勸解，娘子且住兩日，當初也曾許嫁小乙官人。」白娘子隨口便道：「羞殺人，終不成奴家沒人要？只為分別是非而來。」王主人道：「既然當初許嫁小乙哥，卻又回去；且留娘子在此。」打發了轎子，不在話下。

過了數日，白娘子先自奉承好了主人的媽媽，那媽媽勸主人與許宣說合，選定十一月十一日成親，共百年諧老。光陰一瞬，早到吉日良時。白娘子取出銀兩，央王主人辦備喜筵，二人拜堂結親。酒席散後，共入紗廚。白娘子放出迷人聲態，顛鸞倒鳳，百媚千嬌，喜得許宣如遇神仙，只恨相見之晚。正好歡娛，不覺金雞三唱，東方漸白。正是：

歡娛嫌夜短，寂寞恨更長。

自此日為始，夫妻二人如魚似水，終日在王主人家快樂昏迷纏定。日往月來，又早半年光景。時臨春氣融和，花開如錦，車馬往來，街坊熱鬧。許宣問主人家道：「今日如何人人出去閒遊，如此喧嚷？」主人道：「今日是二月半，男子婦人，都去看臥佛。你也好去承天寺裡閒走一遭。」許宣見說，道：「我和妻子說一聲，也去看一看。」許宣上樓來，和白娘子說：「今日二月半，男子婦人都去看臥佛，我也看一看就來。有人尋說話，回說不在家，不可出來見人。」白娘子道：「有甚好看，只在家中卻不好？看他做甚麼？」許宣道：「我去閒耍一遭就回，不妨。」許宣離了店內，有幾個相識，同走到寺裡看臥佛。繞廊下各處殿上觀看了一遭，方出寺來，見一個先生㊺，穿著道袍，頭戴逍遙巾，腰繫黃絲縧，腳著熟麻鞋，坐在寺前賣藥，散施符水。許宣立定了看。那先生道：「貧道是終南山道士，到處雲遊，散施符水，救人病患災厄，有事的向前來。」那先生在人叢中看見許宣頭上一道黑氣，必有妖怪纏他，叫道：「你近來有一妖怪纏你，其害非輕！我與你二道靈符，救你性命。一道符，三更燒，一道符放在自頭髮內。」許宣接了符，納頭㊻便拜，肚內道：「我也八九分疑惑那婦人是妖怪，真個是實。」謝了先生，逕回店中。至晚，白娘子與青青睡著了，許宣起來道：「料有三更了！」將一道符放在自頭髮內，正欲將一道符燒化，只見白娘子嘆一口氣道：「小乙哥和我許多時夫妻，尚兀自不把我親熱，卻信別人言語，半夜三更，燒符來壓鎮我！你且把符來燒看！」就奪過符來，一時燒化，全無動靜。白娘子道：「卻如何？說我是妖怪！」許宣道：「不干我事。臥佛寺前一雲遊先生，知你是妖怪。」白娘子道：「明日同你去看他一看，如何模樣的先生。」次日，白娘子清早起來，梳粧罷，戴了釵環，穿上素淨衣服，分付青青看管樓上。夫妻二人，來到臥佛寺前。只見一簇人，團團圍著那先生，在那裡散符水。只見白娘子睜一雙妖眼，到先生面前，喝一聲：「你好無禮！出家人枉在我丈夫面前說我是一個妖怪，書符來捉我！」那先生回言：「我行的是五雷天心正法㊼，凡有妖怪，喫了我的符，他即變出真形來。」那白娘子道：「眾人在此，你且書符來我喫看！」那先生書一道符，遞與白娘子。白娘子接過符來，便吞下去。眾人都看，沒些動靜。眾人道：「這等一個婦人，如何說是妖怪？」眾人把那先生齊罵，那先生罵得口睜眼呆㊽，半晌無言，惶恐滿面。白娘子道：「眾位官人在此，他捉我不得。我自小學得個戲術，且把先生試來與眾人看。」只見白娘子口內喃喃的，不知念些甚麼。把那先生卻似有人擒的一般，縮做一堆，懸空而起，眾人看了齊喫一驚。許宣呆了，娘子道：「若不是眾位面上，把這先生吊他一年。」白娘子噴口氣，只見那先生依然放下，只恨爹娘少生

㊺先生　宋元時民間對道士的稱呼。

㊻納頭　低頭。

㊼五雷天心正法　方士法術之一。可招風雨、祛疾苦、立功救人。

㊽口睜眼呆　似應為「眼睜口呆」。

兩翼，飛也似走了。眾人都散了，夫妻依舊回來，不在話下。日逐盤纏，都是白娘子將出來用度。正是：夫唱婦隨，朝歡暮樂。

不覺光陰似箭，又是四月初八日，釋迦佛生辰。只見街市上人擡著柏亭浴佛，家家布施。許宣對王主人道：「此間與杭州一般。」只見鄰舍邊一個小的，叫做鐵頭，道：「小乙官人，今日承天寺裡做佛會，你去看一看。」許宣轉身到裡面，對白娘子說了。白娘子道：「甚麼好看，休去！」許宣道：「去走一遭，散悶則個。」娘子道：「你要去，身上衣服舊了不好看，我打扮你去。」叫青青取新鮮時樣衣服來。許宣著得不長不短，一似像體裁的：戴一頂黑漆頭巾，腦後一雙白玉環；穿一領青羅道袍，腳著一雙皂靴，手中拏一把細巧百摺描金美人珊瑚墜上樣春羅扇。打扮得上下齊整。那娘子分付一聲，如鶯聲巧囀道：「丈夫早早回來，切勿教奴記掛！」許宣叫了鐵頭相伴。逕到承天寺來看佛會。人人喝采，好個官人。只聽得有人說道：「昨夜周將仕典當庫內，不見了四五千貫金珠細軟物件。現今開單告官，挨查沒捉人處。」許宣聽得，不解其意，自同鐵頭在寺。其日燒香官人子弟男女人等往往來來，十分熱鬧。許宣道：「娘子教我早回，去罷。」轉身人叢中，不見了鐵頭，獨自個走出寺門來。只見五六個人似公人打扮，腰裡掛著牌兒㊾。數中一個看了許宣，對眾人道：「此人身上穿的，手中拿的，好似那話兒？」數中一個認得許宣的道：「小乙官，扇子借我一看。」許宣不知是計，將扇遞與公人。那公人道：「你們看這扇子扇墜，與單上開的一般！」眾人喝聲：「拿了！」就把許宣一索子綁了，好似：

數隻皂鵰追紫燕，一群餓虎啖羊羔。

許宣道：「眾人休要錯了，我是無罪之人。」眾公人道：「是不是，且去府前周將仕家分解！他店中失去五千貫金珠細軟，白玉絛環，細巧百摺扇，珊瑚墜子，你還說無罪？真贓正賊，有何分說！實是大膽漢子，把我們公人作等閒看成。現今頭上、身上、腳上，都是他家物件，公然出外，全無忌憚！」許宣方纔呆了，半晌不則聲。許宣道：「原來如此，不妨，不妨，自有人偷得。」眾人道：「你自去蘇州府廳上分說。」次日大尹陞廳，押過許宣見了。大尹審問：「盜了周將仕庫內金珠寶物在於何處？從實供來，免受刑法拷打。」許宣道：「稟上相公做主，小人穿的衣服物件皆是妻子白娘子的，不知從何而來。望相公明鏡詳辨則個！」大尹喝道：「你妻子今在何處？」許宣道：「現在吉利橋下王主人樓上。」大尹即差緝捕使臣袁子明押了許宣火速捉來。差人袁子明來到王主人店中，主人喫了一驚，連忙問道：「做甚麼？」許宣道：「白娘子在樓上麼？」主人道：「你同鐵頭早去承天寺裡，去不多時，白娘子對我說道：『丈夫去寺中閒耍，教我同青青照管樓上。此時不見回來，我與青青去寺前尋他去也，望乞主人替我照管。』出門去了，到晚不見回來。我只道與你去望親戚，到今日不見回來。」眾公人要王主人尋白娘子，前前後後，遍尋不見。袁子明將王主人捉了，見大尹回話。大尹道：「白娘子在何處？」王主人細細稟覆了，道：「白娘子是妖怪。」大尹一一問了，道：「且把許宣監了。」王主人使用了些錢，保出在外，伺候歸結。且說周將仕正在對門茶坊內閒坐，只見家人報道：「金珠等物都有了，在庫閣頭空箱子內。」周將仕聽了，慌忙回家看時，果然有了。只不見了頭巾絛環扇子并扇墜。周將仕道：「明是屈了許宣，半白地害了一個人，不好。」暗地裡倒與該房㊿說了，把許宣只問個小罪名。卻說邵太尉使李募事到蘇州幹事，來王主人家歇。主人家把許宣來到這裡，又喫官事，一一從頭說了一遍。李募事尋思道：「看自家面上親眷，如何看做落㉛？」只得與他央人情，上下使

㊾牌　兒　腰牌。差人掛在腰際以表示身分的證件。

㊿該　房　值班的人。

錢。一日，大尹把許宣一一供招明白，都做在白娘子身上，只做「不合不出首妖怪等事」，杖一百，配三百六十里，押發鎮江府牢城營做工。李募事道：「鎮江去便不妨。我有一個結拜的叔叔，姓李名克用，在針子橋下開生藥店。我寫一封書，你可去投托他。」許宣只得問姐夫借了些盤纏，拜謝了王主人并姐夫，就買酒飯與兩個公人喫，收拾行李起程。王主人并姐夫送了一程，各自回去了。

且說許宣在路，飢餐渴飲，夜住曉行，不則一日，來到鎮江。先尋李克用家，來到針子橋生藥鋪內，只見主管正在門前賣生藥。老將仕從裡面走出來。兩個公人同許宣慌忙唱個喏道：「小人是杭州李募事家中人，有書在此。」主管接了，遞與老將仕。老將仕拆開看了道：「你便是許宣？」許宣道：「小人便是。」李克用教三人喫了飯。分付當直的，同到府中，下了公文，使用了錢，保領回家。防送人討了回文，自歸蘇州去了。許宣與當直一同到家中，拜謝了克用，參見了老安人[52]。克用見李募事書，說道：「許宣原是生藥店中主管。」因此留他在店中做買賣，夜間教他去五條巷賣豆腐的王公樓上歇。克用見許宣藥店中十分精細，心中歡喜。原來藥鋪中有兩個主管，一個張主管，一個趙主管。趙主管一生老實本分，張主管一生剋剝奸詐，倚著自老了，欺侮後輩。現又添了許宣，心中不悅，恐怕退了他；反生奸計，要嫉妬他。忽一日，李克用來店中閒看，問：「新來的做買賣如何？」張主管聽了心中道：「中我機謀了！」應道：「好便好了，只有一件，……」克用道：「有甚麼一件？」老張道：「他大主買賣肯做，小主兒就打發去了，因此人說他不好。我幾次勸他，不肯依我。」老員外說：「這個容易，我自分付他便了，不怕他不依。」趙主管在傍聽得此言，私對張主管說道：「我們都要和氣。許宣新來，我和你照管他纔是。有不是寧可當面講，如何背後去說他？他得知了，只道我們嫉妬。」老張道：「你們後生家，曉得甚麼！」天已晚了，各回下處。趙主管來許宣下處道：「張主管在員外面前嫉妬你，你如今要愈加用心，大主小主兒買賣，一般樣做。」許宣道：「多承指教！

我和你去閒酌一盃。」二人同到店中，左右坐下。酒保將要飯果碟擺下，二人喫了幾盃。趙主管說：「老員外最性直，受不得觸。你便依隨他生性，耐心做買賣。」許宣道：「多謝老兄厚愛，謝之不盡！」又飲了兩盃，天色晚了。趙主管道：「晚了路黑難行，改日再會。」許宣還了酒錢，各自散了。許宣覺道有盃酒醉了，恐怕沖撞了人，從屋簷下回去。正走之間，只見一家樓上推開窗，將熨斗播灰下來，都傾在許宣頭上。立住腳，便罵道：「誰家潑男女，不生眼睛，好沒道理！」只見一個婦人，慌忙走下來道：「官人休要罵，是奴家不是，一時失誤了，休怪！」許宣半醉，擡頭一看，兩眼相觀，正是白娘子。許宣怒從心上起，惡向膽邊生，無明火焰騰騰高起三千丈，掩納不住，便罵道：「你這賊賤妖精，連累得我好苦！喫了兩場官事！」恨小非君子，無毒不丈夫。正是：

踏破鐵鞋無覓處　得來全不費工夫。

許宣道：「你如今又到這裡，卻不是妖怪？」趕將入去，把白娘子一把拿住道：「你要官休私休！」白娘子陪著笑面道：「丈夫，『一夜夫妻百夜恩，』和你說來事長。你聽我說：當初這衣服，都是我先夫留下的。我與你恩愛深重，教你穿在身上，恩將讎報，反成吳越？」許宣道：「那日我回來尋你，如何不見了！主人都說你同青青來寺前看我，因何又在此間？」白娘子道：「我到寺前，聽得說你被捉了去，教青青打聽不著，只道你脫身走了。怕來捉我，教青青連忙討了一隻船，到建康府娘舅家去。昨日纔到這裡。我也道連累你兩場官事，也有何面目見你！你怪我也無用了。情意相投，做了夫妻，如今好端端難道走開了？我與你情似泰山，恩同東海，誓同生死，可看日常夫妻之面，取我到下處，

51 看做落　袖手旁觀，見死不救。

52 安人　即夫人。古時對婦人的尊稱。

和你百年偕老，卻不是好！」許宣被白娘子一騙，回嗔作喜，沉吟了半晌，被色迷了心膽，留連之意，不回下處，就在白娘子樓上歇了。次日，來上河五條巷王公樓家，對王公說：「我的妻子同丫鬟從蘇州來到這裡。」一一說了，道：「我如今搬回來一處過活。」王公道：「此乃好事，如何用說。」當日把白娘子同青青搬來王公樓上。次日，點茶請鄰舍。第三日，鄰舍又與許宣接風。酒筵散了，鄰舍各自回去，不在話下。第四日，許宣早起梳洗已罷，對白娘子說：「我去拜謝東西鄰舍，去做買賣去也。你同青青只在樓上照管，切勿出門！」分付已了，自到店中做買賣，早去晚回。不覺光陰迅速，日月如梭，又過一月。忽一日，許宣與白娘子商量，去見主人李員外媽媽家眷。白娘子道：「你在他家做主管，去參見了他，也好日常走動。」到次日，雇了轎子，逕進裡面請白娘子上了轎。叫王公挑了盒兒，丫鬟青青跟隨，一齊來到李員外家。下了轎子，進到裡面，請員外出來。李克用連忙來見，白娘子深深道個萬福，拜了兩拜，媽媽也拜了兩拜，內眷都參見了。原來李克用年紀雖然高大，卻專一好色。見了白娘子有傾國之姿，正是：

三魂不附體，七魄在他身。

那員外目不轉睛，看白娘子。當時安排酒飯款待。媽媽對員外道：「好個伶俐的娘子！十分容貌，溫柔和氣，本分老成。」員外道：「便是杭州娘子生得俊俏。」飲酒罷了，白娘子相謝自回。李克用心中思想：「如何得這婦人共宿一宵？」眉頭一簇，計上心來，道：「六月十三是我壽誕之日，不要慌，教這婦人著我一個道兒。」不覺烏飛兔走㊸，纔過端午，又是六月初間。那員外道：「媽媽，十三日是我壽誕，可做一個筵席，請親眷朋友閒耍一日，也是一生的快樂。」當日親眷鄰友主管人等，都下了請帖。次日，家家戶戶都送燭麵手帕物件來。十三日都來赴筵，喫了一日。次日是女眷們來賀壽，也有廿來個。且說白娘子也來，十分打扮，上著青織金衫兒，下穿大紅紗裙，戴一頭百巧珠翠金銀首飾。帶了青青，都到裡面拜了生日，參見了老安人，東閣下排著筵席。原來李克用喫虱子留後腿[54]的人，因見白娘子容貌，設此一計，大排筵席。各各傳盃弄盞，酒至半酣，卻起身脫衣淨手[55]。李員外原來預先分付腹心養娘道：「若是白娘子登東[56]，他要進去，你可另引他到後面僻淨房內去。」李員外設計已定，先自躲在後面。正是：

不勞鑽穴踰牆[57]事，穩做偷香竊玉人。

只見白娘子真個要去淨手，養娘便引他到後面一間僻淨房內去。養娘自回。那員外心中淫亂，捉身不住，不敢便走進去，卻在門縫裡張。不張萬事皆休，則一張那員外大喫一驚，回身便走，來到後邊，望後倒了。

不知一命如何，先覺四肢不舉！

那員外眼中不見如花似玉體態，只見房中蟠著一條吊桶來粗大白蛇，兩眼一似燈盞，放出金光來。驚得半死，回身便走，一絆一交。眾養娘扶起看時，面青口白。主管慌忙用安魂定魄丹服了，方纔醒來。老安人與眾人都來看了道：「你為何大驚小怪做甚麼？」李員外不說其事，說道：「我今日起得早了，

---

[53] 烏飛兔走　形容時光飛逝。烏，金烏，指太陽。兔，玉兔，指月亮。

[54] 喫虱子留後腿　形容吝嗇、小氣。

[55] 淨　手　大小便的委婉說法。

[56] 登　東　上廁所。廁所俗稱「東圊」，簡稱「東」。

[57] 鑽穴踰牆　原指偷竊，此指男女偷情。

連日又辛苦了些，頭風病發暈倒了。」扶去房裡睡了。眾親眷再入席飲了幾盃，酒筵罷散，眾人作謝回家。白娘子回到家中思想，恐怕明日李員外在鋪中對許宣說出本相來。便生一條計，一頭脫衣服，一頭嘆氣。許宣道：「今日出去喫酒，因何回來嘆氣？」白娘子道：「丈夫，說不得！李員外原來假做生日，其心不善。因見我起身登東，他躲在裡面，欲要姦騙我，扯裙扯褲，來調戲我。欲待叫起來，眾人都在那裡，怕粧幌子。被我一推倒地，他怕羞沒意思，假說暈倒了。這惶恐那裡出氣！」許宣道：「既不曾姦騙你，他是我主人家，出於無奈，只得忍了。這遭休去便了。」白娘子道：「你不與我做主，還要做人？」許宣道：「先前多承姐夫寫書，教我投奔他家。虧他不阻，收留在家做主管。如今教我怎的好？」白娘子道：「男子漢！我被他這般欺負，你還去他家做主管？」許宣道：「你教我何處去安身？做何生理？」白娘子道：「做人家主管，也是下賤之事。不如自開一個生藥鋪。」許宣道：「虧你說，只是那討本錢？」白娘子道：「你放心，這個容易。我明日把些銀子，你先去賃了間房子卻又說話。」且說「今是古，古是今」，各處有這等出熱的[58]。間壁有一個人，姓蔣名和，一生出熱好事。次日，許宣問白娘子討了些銀子，教蔣和去鎮江渡口碼頭上，賃了一間房子，買下一付生藥廚櫃，陸續收買生藥。十月前後，俱已完備，選日開張藥店，不去做主管。那李員外也自知惶恐，不去叫他。

許宣自開店來，不匡[59]買賣一日興一日，普得厚利。正在門前賣生藥，只見一個和尚將著一個募緣簿子道：「小僧是金山寺和尚，如今七月初七日是英烈龍王生日，伏望官人到寺燒香，布施些香錢！」許宣道：「不必寫名，我有一塊好降香，捨與你拿去燒罷。」即便開櫃取出遞與和尚。和尚接了道：「是日望官人來燒香！」打一個問訊去了。白娘子看見道：「你這殺才[60]，把這一塊好香與那賊禿去換酒肉喫！」許宣道：「我一片誠心捨與他，花費了也是他的罪過。」不覺又是七月初七日，許宣正開得店，只見街上鬧熱，人來人往。幫閒的蔣和道：「小乙官前日布施了香，今日何不去寺內閒走一遭？」許宣道：「我收拾了，略待略待，和你同去。」蔣和道：「小人當得相伴。」許宣連忙收拾了，進去對白娘子道：「我去金山寺燒香，你可照管家裡則個。」白娘子道：「『無事不登三寶殿』，去做甚麼？」許宣道：「一者不曾認得金山寺，要去看一看；二者前日布施了，要去燒香。」白娘子道：「你既要去，我也攩你不得，只要依我三件事。」許宣道：「那三件？」白娘子道：「一件，不要去方丈[61]內去；二件，不要與和尚說話；三件，去了就回。來得遲，我便來尋你也。」許宣道：「這個何妨，都依得。」當時換了新鮮衣服鞋襪，袖了香盒，同蔣和逕到江邊，搭了船，投金山寺來。先到龍王堂燒了香，遶寺閒走了一遍，同眾人信步來到方丈門前。許宣猛省道：「妻子分付我休要進方丈內去。」立住了腳，不進去。蔣和道：「不妨事，他自在家中，回去只說不曾去便了。」說罷，走入去，看了一回，便出來。且說方丈當中座上，坐著一個有德行的和尚，眉清目秀，圓頂方袍，看了模樣，的是真僧。一見許宣走過，便叫侍者：「快叫那後生進來。」侍者看了一回，人千人萬，亂滾滾的，又不記得他，回說：「不知他走那邊去了？」和尚見說，持了禪杖，自出方丈來，前後尋不見。復身出寺來看，只見眾人都在那裡等風浪靜了落船。那風浪越大了，道：「去不得。」正看之間，只見江心裡一隻船飛也似來得快。許宣對蔣和道：「這般大風浪過不過渡，那隻船如何倒來得快？」正說之間，船已將近。看時，一個穿白的婦人，一個穿青的女子來到岸邊，仔細一認，正是白娘子和青青兩個，許宣這一驚非小。白娘子來到岸邊，叫道：「你如何不歸？快來上船！」許宣卻欲上船，只聽得有人在背後喝道：「業畜在此做甚麼？」許宣回頭看時，人說道：「法海禪師來了！」禪師道：

[58] 出熱的　指熱心出力的人。

[59] 不匡　沒料到。匡，通「恇」。料想。

[60] 殺才　佯嗔之詞。常用來稱呼所愛者。

[61] 方丈　僧寺住持的居室。亦用來稱呼僧寺的住持。

「業畜，敢再來無禮，殘害生靈！老僧為你特來。」白娘子見了和尚，搖開船，和青青把船一翻，兩個都翻下水底去了。許宣回身看著和尚便拜：「告尊師，救弟子一條草命！」禪師道：「你如何遇著這婦人？」許宣把前項事情從頭說了一遍。禪師聽罷，道：「這婦人正是妖怪，汝可速回杭州去。如再來纏汝，可到湖南淨慈寺裡來尋我。有詩四句：

本是妖精變婦人，西湖岸上賣嬌聲；汝因不識遭他計，有難湖南見老僧。

許宣拜謝了法海禪師，同蔣和下了渡船，過了江，上岸歸家。白娘子同青青都不見了，方纔信是妖精。到晚來，教蔣和相伴過夜，心中昏悶，一夜不睡。次日早起，叫蔣和看著家裡，卻來到針子橋李克用家，把前項事情告訴了一遍。李克用道：「我生日之時，他登東，我撞將去，不期見了這妖怪，驚得我死去。我又不敢與你說這話。既然如此，你且搬來我這裡住著，別作道理。」許宣作謝了李員外，依舊搬到他家。不覺住過兩月有餘。

忽一日立在門前，只見地方總甲[62]分付排門人等[63]，俱要香花燈燭，迎接朝廷恩赦。原來是宋高宗策立孝宗，降赦通行天下，只除人命大事，其餘小事，盡行赦放回家。許宣遇赦，歡喜不勝，吟詩一首，詩云：

感謝吾皇降赦文，網開三面許更新；死時不作他邦鬼，生日還為舊土人。
不幸逢妖愁更甚，何期遇宥罪除根？歸家滿把香焚起，拜謝乾坤再造恩。

許宣吟詩已畢，央李員外衙門上下打點使用了錢，見了大尹，給引[64]還鄉。拜謝東鄰西舍，李員外媽媽合家大小，二位主管，俱拜別了。央幫閒的蔣和買了些土物帶回杭州。來到家中，見了姐夫姐姐，拜了四拜。李募事見了許宣焦躁道：「你好生欺負人，我兩遭寫書教你投托人，你在李員外家娶了老小，不直得寄封書來教我知道，直恁的無仁無義！」許宣道：「我不曾娶妻小。」姐夫道：「現今兩日前，有一個婦人帶著一個丫鬟，道是你的妻子。說你七月初七日去金山寺燒香，不見回來。那裡不尋到。直到如今，打聽得你回杭州，同丫鬟先到這裡等你兩日了。」教人叫出那婦人和丫鬟見了許宣。許宣看見，果是白娘子、青青。許宣見了，目睜口呆，喫了一驚。不在姐夫姐姐面前說這話本[65]，只得任他埋怨了一場。李募事教許宣共白娘子去一間房內去安身。許宣見晚了，怕這白娘子，心中慌了。不敢向前，朝著白娘子跪在地下道：「不知你是何神何鬼？可饒我的性命！」白娘子道：「小乙哥是何道理？我和你許多時夫妻，又不曾虧負你，如何說這等沒力氣的話。」許宣道：「自從和你相識之後，帶累我喫了兩場官司。我到鎮江府，你又來尋我。前日金山寺燒香，歸得遲了，你和青青又直趕來。見了禪師，便跳下江裡去了。我只道你死了，不想你又先到此，望乞可憐見饒我則個！」白娘子圓睜怪眼道：「小乙官我也只是為好，誰想倒成怨本[66]！我與你平生夫婦，共枕同衾，許多恩愛；如今卻信別人閒言語，教我夫妻不睦。我如今實對你說，若聽我言語喜喜歡歡，萬事皆休；若生外心，教你滿城皆為血水，人人手攀洪浪，腳踏渾波，皆死於非命。」驚得許宣戰戰兢兢，半晌無言可答，不敢走近前去。青青勸道：「官人，娘子愛你杭州人生得好，又喜你恩情深重，聽我說，與娘子和睦了，休要疑慮。」許宣喫兩個纏不過，叫道：「卻是苦耶！」只見姐姐在天井裡乘涼，聽得叫苦，連

[62] 總甲　宋制每二、三十戶編為一甲，輪流推一人為甲頭，協助官府處理地方事務，稱「總甲」。

[63] 排門人等　挨家挨戶的人們。

[64] 引　路引。道路通行的憑證。

[65] 話本　事情的始末。話，故事。

[66] 怨本　怨恨的根源。

忙來到房前，只道他兩個兒廝鬧，拖了許宣出來，白娘子關上房門自睡。許宣把前因後事，一一對姐姐告訴了一遍。卻好姐夫乘涼歸房，姐姐道：「他兩口兒廝鬧了，如今不知睡了也未，你且去張一張了來。」李募事走到房前看時，裡頭黑了，半亮不亮。將舌頭舔破紙窗，不張萬事皆休，一張時，見一條吊桶來大的蟒蛇，睡在床上，伸頭在天窗內乘涼，鱗甲內放出白光來，照得房內如同白日。喫了一驚，回身便走。來到房中，不說其事。道：「睡了，不見則聲。」許宣躲在姐姐房中，不敢出頭。姐夫也不問他。過了一夜，次日，李募事叫許宣出去，到僻靜處問道：「你妻子從何娶來？實實的對我說，不要瞞我！自昨夜親眼看見他是一條大白蛇，我怕你姐姐害怕，不說出來。」許宣把從頭事，一一對姐夫說了一遍。李募事道：「既是這等，白馬廟前，一個呼蛇戴先生，如法捉得蛇。我同你去接他。」二人取路來到白馬廟前，只見戴先生正立在門口。二人道：「先生拜揖。」先生道：「有何見諭？」許宣道：「家中有一條大蟒蛇，相煩一捉則個！」先生道：「宅上何處？」許宣道：「過將軍橋黑珠兒巷內李募事家便是。」取出一兩銀子道：「先生收了銀子，待捉得蛇另又相謝。」先生收了道：「二位先回，小子便來。」李募事與許宣自回。那先生裝了一瓶雄黃藥水，一直來到黑珠兒巷內，問李募事家。人指道：「前面那樓子內便是。」先生來到門前，揭起簾子，咳嗽一聲，並無一個人出來。敲了半晌門，只見一個小娘子出來問道：「尋誰家？」先生道：「此是李募事家麼？」小娘子道：「便是。」先生道：「說宅上有一條大蛇，卻纔二位官人來請小子捉蛇。」小娘子道：「我家那有大蛇？你差了。」先生道：「官人先與我一兩銀子，說捉了蛇後，有重謝。」白娘子道：「沒有，休信他們哄你。」先生道：「如何作耍？」白娘子三回五次發落不去，焦躁起來，道：「你真個會捉蛇？只怕你捉他不得！」戴先生道：「我祖宗七八代呼蛇捉蛇，量道一條蛇有何難捉！」娘子道：「你說捉得，只怕你見了要走！」先生道：「不走，不走！如走，罰一錠白銀。」娘子道：「隨我來。」

到天井內，那娘子轉個彎，走進去了。那先生手中提著瓶兒，立在空地上。不多時，只見刮起一陣冷風，風過處，只見一條吊桶來大的蟒蛇，速射將來，正是：

人無害虎心，虎有傷人意。

且說那戴先生喫了一驚，望後便倒，雄黃罐兒也打破了。那條大蛇張開血紅大口，露出雪白齒，來咬先生。先生慌忙爬起來，只恨爹娘少生兩腳，一口氣跑過橋來，正撞著李募事與許宣。許宣道：「如何？」那先生道：「好教二位得知，……」把前項事，從頭說了一遍。取出那一兩銀子付還李募事道：「若不生這雙腳，連性命都沒了。二位自去照顧別人。」急急的去了。許宣道：「姐夫，如今怎麼處？」李募事道：「眼見實是妖怪了，如今赤山埠前張成家欠我一千貫錢。你去那裡靜處，討一間房兒住下。那怪物不見了你，自然去了。」許宣無計可奈，只得應承。同姐夫到家時，靜悄悄的沒些動靜。李募事寫了書帖，和票子做一封，教許宣往赤山埠去。只見白娘子叫許宣到房中道：「你好大膽，又叫甚麼捉蛇的來！你若和我好意，佛眼相看，若不好時，帶累一城百姓受苦，都死於非命！」許宣聽得，心寒膽戰，不敢則聲。將了票子，悶悶不已。來到赤山埠前，尋著了張成。隨即袖中取票時，不見了。只叫得苦，慌忙轉步，一路尋回來時，那裡見。正悶之間，來到淨慈寺前，忽地裡想起那金山寺長老法海禪師曾分付來：「倘若那妖怪再來杭州纏你，可來淨慈寺內來尋我。如今不尋，更待何時。」急入寺中，問監寺[67]道：「動問和尚，法海禪師曾來上剎也未？」那和尚道：「不曾到來。」許宣聽得說不在，越悶。折身便回來長橋堍[68]下，自言自語道：「『時衰鬼弄人』，我要性命何用？」看著一湖

[67] 監寺 寺院的職事僧。

[68] 堍 音ㄊㄨˋ。橋兩端斜向地面的部分。

清水，卻待要跳！正是：

閻王判你三更到，定不容人到四更。

許宣正欲跳水，只聽得背後有人叫道：「男子漢何故輕生？死了一萬口，只當五千雙[69]，有事何不問我！」許宣回頭看時，正是法海禪師。背馱衣鉢，手提禪杖，原來真個纔到。也是不該命盡，再遲一碗飯時，性命也休了。許宣見了禪師，納頭便拜，道：「救弟子一命則個！」禪師道：「這業畜在何處？」許宣把上項事一一訴了。道：「如今又直到這裡，求尊師救度一命。」禪師於袖中取出一個鉢盂，遞與許宣道：「你若到家，不可教婦人得知，悄悄的將此物劈頭一罩，切勿手輕，緊緊的按住，不可心慌，你便回去。」且說許宣拜謝了禪師，回家。只見白娘子正坐在那裡，口內喃喃的罵道：「不知甚人挑撥我丈夫和我做冤家，打聽出來，和他理會！」正是有心等了沒心的，許宣張得他眼慢[70]，背後悄悄的，望白娘子頭上一罩，用盡平生氣力納住。不見了女子之形，隨著鉢盂慢慢的按下，不敢手鬆，緊緊的按住。只聽得鉢盂內道：「和你數載夫妻，好沒一些兒人情！略放一放！」許宣正沒了結處，報道：「有一個和尚，說道：『要收妖怪。』」許宣聽得，連忙教李募事請禪師進來。來到裡面，許宣道：「救弟子則個！」不知禪師口裡念的甚麼，念畢，輕輕的揭起鉢盂，只見白娘子縮做七八寸長，如傀儡人像，雙眸緊閉，做一堆兒，伏在地下。禪師喝道：「是何業畜妖怪，怎敢纏人？可說備細！」白娘子答道：「禪師，我是一條大蟒蛇。因為風雨大作，來到西湖上安身，同青青一處。不想遇著許宣，春心蕩漾，按納不住，一時冒犯天條，卻不曾殺生害命。望禪師慈悲則個！」禪師又問：「青青是何怪？」白娘子道：「青青是西湖內第三橋下潭內千年成氣的青魚。一時遇著，拉他為伴，他不曾得一日歡娛，并望禪師憐憫！」禪師道：「念你千年修煉，免你一死，可現本相！」白娘子不肯。禪師勃然大怒，口中念念有詞，大喝道：「揭諦[71]何在？快與我擒青魚怪來，和白蛇現形，聽吾發落！」須臾庭前起一陣狂風。風過處，只聞得豁刺一聲響，半空中墜下一個青魚，有一丈多長，向地撥剌的連跳幾跳，縮做尺餘長一個小青魚。看那白娘子時，也復了原形，變了三尺長一條白蛇，兀自昂頭看著許宣。禪師將二物置於鉢盂之內，扯下褊衫[72]一幅，封了鉢盂口，拿到雷峰寺前，將鉢盂放在地下，令人搬磚運石，砌成一塔。後來許宣化緣，砌成了七層寶塔。千年萬載，白蛇和青魚不能出世。且說禪師押鎮了，留偈四句：

西湖水乾，江湖不起，雷峰塔倒，白蛇出世。

法海禪師言偈畢。又題詩八句以勸後人：

奉勸世人休愛色！愛色之人被色迷。心正自然邪不擾，身端怎有惡來欺？
但看許宣因愛色，帶累官司惹是非。不是老僧來救護，白蛇吞了不留些。

法海禪師吟罷，各人自散。惟有許宣情願出家，禮拜禪師為師，就雷峰塔披剃為僧。修行數年，一夕坐化[73]去了。眾僧買龕燒化，造一座骨塔，千年不朽。臨去世時，亦有詩八句，留以警世，詩曰：

祖師度我出紅塵，鐵樹開花始見春；化化輪迴重化化，生生轉變再生生，

---

[69] 死了一萬口二句　喻死得沒有價值。

[70] 張得他眼慢　指趁他不注意。

[71] 揭　諦　又作「揭帝」。民間信仰的護法神之一。

[72] 褊　衫　偏一半露出右臂之服，此指袈裟。

[73] 坐　化　指佛教徒安然而死。

欲知有色還無色，須識無形卻有形；色即是空空即色，空空色色要分明。

賞析

本文大致可分為幾個部分：首先，以話本小說常用的引子導出整個故事；其次，敘許宣與白娘子相遇的經過；再來，敘二人的幾次離合；最後，敘法海將白娘子鎮於雷峰塔下，許宣出家。

白娘子是蛇精所化，她專情於許宣，卻不知如何用情，所以只能一味哄騙威脅；她用法術盜得金銀，來滿足許宣的物質生活，害得許宣二次被捕，於是只能佯稱是前夫所為；當許宣發現她是妖怪，她也只能說「若聽我言語喜喜歡歡，萬事皆休；若生外心，教你滿城皆為血水」來恐嚇。然而，誠如她自己所言：「一時冒犯天條，卻不曾殺生害命。」她魅惑許宣，不是要害人，純粹是出自一片痴心，所以儘管數次與許宣離合、數次被許宣懷疑，她始終又回到許宣身邊。一直到最後被法海收於缽中，變回原形，她還「兀自昂頭看著許宣」，這樣的形象，使得人們不再計較她的精怪身分，反而賦予深深的同情。

關於許宣，文中說他「平生是個老實之人」，他自己則說「平生自是真誠士」，然而，觀其所為，卻又好像不是這麼回事，反倒可以歸出幾點：一是沉迷女色。他見了白娘子的美貌後心裡就「不免動念」，回家後更是翻來覆去睡不著；至於後來三言兩語就被白娘子所騙，亦是「被色迷了心膽」。二是膽小怕事。他每次被捕，都是直接把責任推給白娘子，絲毫看不出有什麼擔當，甚至在聽到妻子被李員外調戲後，竟然說：「他是我主人家，出於無奈，只得忍了。」三是輕信人言。且不論他輕易聽信白娘子的話，看他在路上遇到一個江湖術士，居然就懷疑妻子是妖怪；或在金山寺前，聽了蔣和一句話，竟然就把妻子的叮嚀拋到腦後，足見他毫無主見。四是懦弱無能。當他發現白娘子是妖怪時，只是戰戰兢兢、無話可答，不思解決之計，只能徒自叫苦，躲到姐姐房中，最後更想以死來逃避問題，都是怯懦無能的表現。

本文收在警世通言之中，作者在文末透過法海與許宣的偈語，來傳達「戒色」的意念。然而在故事中，「色」所帶來的災害，不過是致使許宣「帶累官司惹是非」，況且白娘子從無害人之心，她追求自己的愛情並沒什麼過錯。整個故事的悲劇，其實是許宣自身懦弱的性格所造成，如果硬要把這篇故事冠以「警世戒色」之名，倒是顯得畫蛇添足了。

延伸閱讀

1. 志誠張主管（京本通俗小說）
2. 參考資料：
(1)潘江東白蛇故事研究附資料彙編（學生書局）
(2)張曉風許士林的獨白（收於步下紅毯之後，九歌出版社）

杜十娘怒沉百寶箱

導讀

本文選自警世通言卷三二，內容敘述名妓杜十娘和仕宦子弟李甲相戀，十娘設下巧計使自己得以從良，然而李甲卻因門戶之見、身分之別，在鹽商孫富的慫恿下背棄了她。最後十娘當眾抱著私攢的百寶箱沉入江中，釀成一場悲劇。小說內容雖然沿襲著唐傳奇中士子和名妓相戀的模式，然而卻成功地塑造了女性勇敢追求感情與尊嚴的角色。杜十娘寧死不屈的強烈性格、篇中充滿戲劇張力的情節和深刻的主題思想，使得本文成為「三言」中藝術價值極高的佳篇。

故事源於萬曆年間宋懋澄九籥集裡的文言小說負情儂傳，馮夢龍的情史也有收錄，後來又將之改編鋪陳為話本小說。後世許多傳奇、戲曲、彈詞，甚至電影，都還一直演述這個故事。

掃蕩殘胡❶立帝畿❷，龍翔鳳舞勢崔嵬❸。
左環滄海天一帶，右擁太行山萬圍。
戈戟❹九邊❺雄絕塞，衣冠萬國仰垂衣❻。
太平人樂華胥世❼，永永金甌❽共日輝。

這首詩，單誇我朝燕京建都之盛。說起燕都的形勢，北倚雄關，南壓區夏❾，真乃金城天府❿，萬年不拔之基。當先洪武爺⓫掃蕩胡塵，定鼎⓬金陵，是為南京。到永樂爺⓭從北平起兵靖難⓮，遷於燕都，是為北京。只因這一遷，把個苦寒地面，變作花錦世界！自永樂爺九傳至於萬曆爺⓯，此乃

❶殘胡　此處指衰落的元蒙統治。
❷帝畿　京城所在的地區。
❸崔嵬　高聳貌。
❹戈戟　原係兵器，此處借代指軍隊。
❺九邊　明代北方邊防的九處軍事重鎮，後泛指邊境。
❻垂衣　對帝王的頌辭。
❼華胥世　謂理想的太平盛世。列子黃帝謂黃帝曾夢遊華胥國，效其術而天下大治。
❽金甌　金屬做的盆，喻疆土的完固。
❾區夏　指中原地區。
❿金城天府　指堅固的城邑和富饒的土地。
⓫洪武爺　即明太祖朱元璋，此處以統治時代的年號借指人物。
⓬定鼎　指創立新王朝及建都。本傳說夏禹鑄九鼎以象九州，九鼎遂成象徵政權的傳國之寶。
⓭永樂爺　指明成祖朱棣。
⓮靖難　指朱棣為從其姪建文帝手中奪取統治權力所發動的戰爭。

我朝第十一代的天子。這位天子，聰明神武，德福兼全，十歲登基，在位四十八年，削平了三處寇亂。那三處？

日本關白平秀吉⑯　西夏哱承恩⑰　播州楊應龍⑱

平秀吉侵犯朝鮮，哱承恩、楊應龍是土官⑲謀叛，先後削平。遠夷莫不畏服，爭來朝貢。真個是：

一人有慶民安樂，四海無虞國太平。

話中單表萬曆二十年間，日本國關白作亂，侵犯朝鮮。朝鮮國王上表告急，天朝發兵泛海往救。有戶部官奏准：目今兵興之際，糧餉未充，暫開納粟入監⑳之例。原來納粟入監的，有幾般便宜：好讀書，好科舉，好中，結末來，又有個小小前程結果。以此宦家公子、富室子弟，倒不願做秀才，都去援例做太學生。自開了這例，兩京太學生，各添至千人之外。內中有一人，姓李名甲，字干先，浙江紹興府人氏。父親李布政㉑，所生三兒，惟甲居長。自幼讀書在庠㉒，未得登科，援例入於北雍㉓。因在京坐監㉔，與同鄉柳遇春監生同遊教坊司㉕院內，與一個名姬相遇。那名姬姓杜名媺，排行第十，院中都稱為杜十娘。生得：

渾身雅豔，遍體嬌香。兩彎眉畫遠山青，一對眼明秋水潤。臉如蓮萼，分明卓氏文君；唇似櫻桃，何減白家樊素㉖！可憐一片無瑕玉，誤落風塵花柳中。

那杜十娘，自十三歲破瓜㉗，今一十九歲。七年之內，不知歷過了多少公子王孫，一個個情迷意蕩，破家蕩產而不惜。院中傳出四句口號來，正是：

坐中若有杜十娘，斗筲㉘之量飲千觴。
院中若識杜老媺，千家粉面都如鬼！

卻說李公子風流年少，未逢美色。自遇了杜十娘，喜出望外！把花柳情懷，一擔兒挑在他身上。那公

---

⑮萬曆爺　指明神宗朱翊鈞。

⑯關白平秀吉　關白乃古代日本的宰相。平秀吉即萬曆二十年（西元一五九二年）派兵侵犯朝鮮的豐臣秀吉。神宗屢派大軍救援，至萬曆二十六年朝鮮才告平定。豐臣秀吉亦死於是年。

⑰西夏哱承恩　西夏在宋代據有甘肅、青海、寧夏一帶。其部屬哱拜與首領不合，降明後受封副總兵。子哱承恩復於萬曆二十年叛亂，被俘後處死。哱，音ㄅㄚ。

⑱播州楊應龍　播州，今貴州省遵義市。楊應龍，播州宣慰使，萬曆二十五年擁部眾叛，二十八年為明軍平定。

⑲土官　古代少數民族的部落首領。

⑳納粟入監　明清時代，凡富家子弟均可經過向朝廷官府捐納資財的辦法，取得國學監生的資格，並避開通常的府州縣學考試，以監生名義直接參加省城或京城的考試。這項規定，創設於明景泰元年（西元一四五〇年）。

㉑布政　即布政使，古官名。為一省最高之行政長官。此指鄉學。

㉒庠　音ㄒㄧㄤˊ。古代學校的名稱。

㉓北雍　指北京的國子監。即太學。

㉔坐監　在國子監讀書。

㉕教坊司　此處指妓院。

㉖白家樊素　中唐著名詩人白居易之歌姬。

㉗破瓜　破身。

㉘斗筲　斗、筲皆容器而量有限。此處借指酒量極小的人。筲，音ㄕㄠ。

子俊俏龐兒，溫存性兒，又是撒漫[29]的手兒，幫襯的勤兒。與十娘一般兩好，情投意合。十娘因見鴇兒貪財無義，久有從良之志。又見李公子忠厚志誠，甚有心向他。奈李公子懼怕老爺，不敢應承。雖則如此，兩下情好愈密，朝歡暮樂，終日相守，如夫婦一般。海誓山盟，各無他志。真個：

恩深似海恩無底，義重如山義更高。

再說杜媽媽，女兒被李公子占住，別的富家巨室聞名上門求一見而不可得。初時李公子撒漫，用錢大差大使。媽媽脅肩諂笑，奉承不暇。日往月來，不覺一年有餘，李公子囊篋漸漸空虛，手不應心。媽媽也就怠慢了。老布政在家，聞知兒子闞院[30]，幾遍寫字來喚回家去。他迷戀十娘顏色，終日延捱。後來聞知布政在家發怒，越不敢回。

古人云：「以利相交者，利盡而疏。」那杜十娘與李公子，真情相好，見他手頭愈短，心頭愈熱。媽媽也幾遍叫女兒打發李甲出院，見女兒不統口[31]，又幾遍將言語觸突李公子，要激怒他起身。公子性本溫克，詞氣愈和。媽媽沒奈何，日逐只將十娘叱罵道：「我們行戶[32]人家，喫客穿客。前門送舊，後門迎新，門庭鬧如火，錢帛堆如垜。自從那李甲在此，混帳一年有餘，莫說新客，連舊主顧都斷了。分明接了個鍾馗[33]老，連小鬼也沒得上門，弄得老娘一家人家有氣無煙[34]，成甚麼模樣！」杜十娘被罵，耐性不住，便回答道：「那李公子不是空手上門的，也曾費過大錢來。」媽媽道：「彼一時，此一時。你只叫他今日費些小錢兒，把與老娘辦些柴米，養你兩口也好。別人家養的女兒便是搖錢樹，千生萬活；偏我家晦氣，養了個退財白虎[35]。開了大門七件事，般般都在老身心上，倒替你這小賤人白白養著窮漢，叫我衣食從何處來？你對那窮漢說：有本事出幾兩銀子與我，倒得你跟了他去，我別討個丫頭過活，卻不好？」十娘道：「媽媽，這話是真是假？」媽媽曉得李甲囊無一錢，衣衫都典盡了，料他沒處設法。便應道：「老娘從不說謊，當真哩！」十娘道：「娘，你要他許多銀子？」媽媽道：「若是別人，千把銀子也討了；可憐那窮漢出不起，只要他三百兩。我自去討一個粉頭㊱代替。只一件：須是三日內交付與我，左手交銀，右手交人。若三日沒有銀時，老身也不管三七二十一，公子不公子，一頓孤拐㊲打那光棍出去！那時莫怪老身。」十娘道：「公子雖在客邊乏鈔，諒三百金還措辦得來。只是三日忒近，限他十日便好。」媽媽想道：「這窮漢一雙赤手，便限他一百日，他那裡來銀子？沒有銀子，便鐵皮包臉，料也無顏上門，那時重整家風，媺兒也沒得話講。」答應道：「看你面，便寬到十日。第十日沒有銀子，不干老娘之事。」十娘道：「若十日內無銀，料他也無顏再見了；只怕有了三百兩銀子，媽媽又翻悔起來。」媽媽道：「老身年五十一歲了，又奉十齋㊳，怎敢說謊？不信時，與你拍掌為定。若翻悔時，做豬做狗！」

從來海水斗難量，可笑虔婆㊴意不良。
料定窮儒囊底竭，故將財禮難嬌娘。

是夜，十娘與公子在枕邊議及終身之事。公子道：「我非無此心，但教坊落籍㊵，其費甚多，非

㉙撒漫　指用錢闊綽。撒，音ㄙㄚˇ。
㉚闝院　到妓院嫖妓。闝，音ㄆㄧㄠˊ。嫖的俗字。
㉛不統口　不同意；不應允。
㉜行戶　此處指妓院。行，音ㄏㄤˊ。
㉝鍾馗　傳說唐玄宗夢見的食鬼之神，形像可怖，自稱係屈死的終南進士。
㉞有氣無煙　形容非常貧困，無米可炊。
㉟退財白虎　即破財的凶神。民間嘗謂惡煞為「白虎星」。
㊱粉頭　妓女，同下文「煙花」、「婊子」。
㊲孤拐　腳踝。
㊳十齋　每月齋戒十天，素食禮懺，香果奉佛。
㊴虔婆　六婆之一，指女流氓。

千金不可。我囊空如洗，如之奈何？」十娘道：「妾已與媽媽議定，只要三百金，但須十日內措辦。郎君遊資雖罄，然都中豈無親友可以借貸？倘得如數，妾身遂為君之所有，省受虔婆之氣。」公子道：「親友中為我留戀行院，都不相顧。明日只做束裝起身，各家告辭，就開口借貸路費，湊聚將來，或可滿得此數。」起身梳洗，別了十娘出門。十娘道：「用心作速，專聽佳音。」公子道：「不須分付。」

公子出了院門，來到三親四友處，假說起身告別，眾人倒也歡喜。後來敘到路費欠缺，意欲借貸。常言道：「說著錢，便無緣。」親友們就不招架㊶。他們也見得是，道李公子是風流浪子，迷戀煙花，年許不歸。父親都為他氣壞在家。他今日抖然㊷要回，未知真假。倘或說騙盤纏到手又去還脂粉錢，父親知道，將好意翻變成惡意，始終只是一怪，不如辭了乾淨。便回道：「目今正值空乏，不能相濟，慚愧慚愧！」人人如此，個個皆然，並沒有個慷慨丈夫，肯統口許他一十二十兩。李公子一連奔走了三日，分毫無獲，又不敢回決十娘，權且含糊答應。到第四日，又沒想頭，就羞回院中。平日間有了杜家，連下處也沒有了。今日就無處投宿，只得往同鄉柳監生寓所借歇。柳遇春見公子愁容可掬，問其來歷。公子將杜十娘願嫁之情，備細說了。遇春搖首道：「未必未必！那杜𡤻曲中第一名姬，要從良時，怕沒有十斛明珠，千金聘禮，那鴇兒如何只要三百兩？想鴇兒怪你無錢使用，白白占住他的女兒，設計打發你出門。那婦人與你相處已久，又礙卻面皮，不好明言。明知你手內空虛，故意將三百兩賣個人情，限你十日。若十日沒有，你也不好上門。便上門時，他會說你笑你，落得一場褻瀆，自然安身不牢。此乃煙花逐客之計，足下三思，休被其惑。據弟愚意，不如早早開交㊸為上。」公子聽說，半晌無言，心中疑惑不定。遇春又道：「足下莫要錯了主意！你若真個還鄉，不多幾兩盤費，還有人搭救；若是要三百兩時，莫說十日，就是十個月也難。如今的世情，誰肯顧緩急二字的。那煙花也算定你沒處告債，故意設法難你。」公子道：「仁兄所見良是。」口裡雖如此說，心中割捨不下，依舊又往外邊東央西告，只是夜裡不進院門了。公子在柳監生寓中，一連住了三日，共是六日了。杜十娘連日不見公子進院，十分著緊，就教小廝四兒街上去尋。四兒尋到大街，恰好遇見公子。四兒叫道：「李姐夫！娘在家裡望你。」公子自覺無顏，回復道：「今日不得工夫，明日來罷。」四兒奉了十娘之命，一把扯住，死也不放道：「娘叫咱尋你，是必同去走一遭。」李公子心上也牽掛著婊子，沒奈何，只得隨四兒進院。見了十娘，嘿嘿㊹無言。十娘問道：「所謀之事如何？」公子眼中流下淚來。十娘道：「莫非人情淡薄，不能足三百之數麼？」公子含淚而言，道出二句：

不信上山擒虎易，果然開口告人難！

「一連奔走六日，並無銖兩㊺，一雙空手，羞見芳卿㊻，故此這幾日不敢進院。今日承命呼喚，忍恥而來。非某不用心，實是世情如此。」十娘道：「此言休使虔婆知道。郎君今夜且住，妾別有商議。」十娘自備酒肴，與公子歡飲。睡至半夜，十娘對公子道：「郎君果不能辦一錢耶？妾終身之事，當如何也？」公子只是流涕，不能答一語。漸漸五更天曉，十娘道：「妾所臥絮褥內，藏有碎銀一百五十兩。此妾私蓄，郎君可持去。三百金，妾任其半，郎君亦謀其半，庶易為力。限只四日，萬勿遲誤。」十娘起身，將褥付公子。公子驚喜過望，喚童兒持褥而去，逕到柳遇春寓中，又把夜來之情，與遇春說了。將褥拆開看時，絮中都裹著零碎銀子。取出兌時，果是一百五十兩。遇春大驚道：「此婦真有

㊵落籍　從樂籍中除名。

㊶招架　答應。

㊷抖然　突然。

㊸開交　了結；罷休。

㊹嘿嘿　沉默不語。嘿，通「默」。音ㄇㄛˋ。

㊺銖兩　極少的錢。銖，音ㄓㄨ。古代計算重量的單位，一兩的二十四分之一。

㊻芳卿　對女子的昵稱。

心人也！既係真情，不可相負！吾當代為足下謀之。」公子道：「倘得玉成，決不有負！」當夜，柳遇春留李公子在寓，自出頭各處去借貸。兩日之內，湊足一百五十兩，交付公子道：「吾代為足下告債，非為足下，實憐杜十娘之情也。」李甲拿了三百兩銀子，喜從天降，笑逐顏開，欣欣然來見十娘，剛是第九日，還不足十日。十娘問道：「前日分毫難借，今日如何就有一百五十兩？」公子將柳監生事情，又述了一遍。十娘以手加額[47]道：「使吾二人得遂其願者，柳君之力也！」兩個歡天喜地，又在院中過了一晚。次日，十娘早起，對李甲道：「此銀一交，便當隨郎君去矣！舟車之類，合當預備。妾昨日於姊妹中，借得白銀二十兩，郎君可收下為行資也。」公子正愁路費無出，但不敢開口，得銀甚喜。說猶未了，鴇兒恰來敲門，叫道：「嫩兒，今日是第十日了！」公子聞叫，啟戶相延道：「承媽媽厚意，正欲相請。」便將銀三百兩放在桌上。鴇兒不料公子有銀，嘿然變色，似有悔意。十娘道：「兒在媽媽家中八年，所致金帛，不下數千金矣！今日從良美事，又媽媽親口所訂，三百金不欠分毫，又不曾過期。倘若媽媽失信不許，郎君持銀去，兒即刻自盡。恐那時人財兩失，悔之無及也。」鴇兒無詞以對，腹內籌畫了半晌，只得取天平兌准了銀子說道：「事已如此，料留你不住了。只是你要去時，即今就去。平時穿戴衣飾之類，毫厘休想！」說罷，將公子和十娘推出房門，討鎖來就落了鎖。那時九月天氣，十娘纔下床，尚未梳洗，隨身舊衣，就拜了媽媽兩拜。李公子也作了一揖，一夫一婦，離了虔婆大門。你看二人好似：

鯉魚脫卻金鉤去，擺尾搖頭再不來！

公子叫十娘且住片時：「我去喚乘小轎擡你，權往柳榮卿寓所去，再作道理。」十娘道：「院中諸姊妹平昔相厚，理宜話別；況前日又承他借貸路費，不可不一謝也。」乃同公子到各姊妹處謝別。

姊妹中惟謝月朗、徐素素與杜家相近，尤與十娘親厚。十娘先到謝月朗家。月朗見十娘禿髻㊽舊衫，驚問其故。十娘備述來因，又引李甲相見。十娘指月朗道：「前日路資，是此位姐姐所貸，郎君可致謝。」李甲連連作揖。月朗便叫十娘梳洗，一面去請徐素素來家相會。十娘梳洗已畢，謝、徐二美人各出所有翠鈿金釧、瑤簪寶珥、錦袖花裙、鸞帶繡履，把杜十娘妝扮得煥然一新，備酒作慶賀筵席。月朗讓臥房與李甲、杜媺二人過宿。次日，又大排筵席，遍請院中姊妹。凡十娘相厚者，無不畢集，都與他夫婦把盞稱喜。吹彈歌舞，各逞其長，務要盡歡，直飲至夜分。十娘向眾姊妹一一稱謝。眾姊妹道：「十姊為風流領袖，今從郎君去，我等相見無日。何日長行？姊妹們尚當奉送。」月朗道：「候有定期，小妹當來相報。但阿姊千里間關㊾同郎君遠去，囊篋蕭條㊿，曾無約束？此乃吾等之事，當相與共謀之，勿令姊有窮途之慮也。」眾姊妹各唯唯而散。是晚，公子和十娘仍宿謝家。至五鼓，十娘對公子道：「吾等此去，何處安身，郎君亦曾計議有定著否？」公子道：「老父盛怒之下，若知娶妓而歸，必然加以不堪，反致相累。展轉尋思，尚未有萬全之策。」十娘道：「父子天性，豈能終絕？既然倉卒難犯㉛，不若與郎君於蘇杭勝地，權作浮居㉜。郎君先回，求親友於尊大人面前勸解和順，然後攜妾于歸，彼此安妥。」公子道：「此言甚當。」次日，二人起身，辭了謝月朗，暫往柳監生寓中，整頓行裝。杜十娘見了柳遇春，倒身下拜，謝其周全之德：「異日我夫婦必當重報。」遇春慌忙答禮道：「十娘鍾情所歡，不以貧窶㉝易心，此乃女中豪傑！僕因風吹火，諒區區何足掛齒！」三人

㊼以手加額　古人用手擱在頭上，表示歡欣慶幸。
㊽禿　髻　髮結上未戴首飾。
㊾間　關　此處指道路崎嶇難行。
㊿蕭　條　匱乏。
㉛犯　冒犯。
㉜浮　居　臨時的住所。
㉝貧　窶　貧寒簡陋。窶，音ㄐㄩˋ。貧窮。

又飲了一日酒。次早擇了出行吉日，僱倩轎馬停當。十娘又遣童兒寄信，別謝月朗。臨行之際，只見肩輿[54]紛紛而至，乃謝月朗與徐素素拉眾姊妹來送行。月朗道：「十姊從郎君千里間關，囊中消索，吾等甚不能忘情。今合具薄贐[55]，十姊可檢收，或長途空乏，亦可少助。」說罷，命從人挈一描金文具[56]至前，封鎖甚固，正不知甚麼東西在裡面。十娘也不開看，也不推辭，但殷勤作謝而已。須臾，輿馬齊集，僕夫催促起身。柳監生三盃別酒，和眾美人送出崇文門外，各各垂淚而別。正是：

他日重逢難預必，此時分手最堪憐。

再說李公子同杜十娘行至潞河[57]，捨陸從舟。卻好有瓜州[58]差使船轉回之便，講定船錢，包了艙口。比及下船時，李公子囊中並無分文餘剩。你道杜十娘把二十兩銀子與公子，如何就沒了？公子在院中閙得衣衫藍縷，銀子到手，未免在解庫中取贖幾件穿著，又製辦了鋪蓋，剩來只夠轎馬之費。公子正當愁悶，十娘道：「郎君勿憂，眾姊妹合贈，必有所濟。」乃取鑰開箱。公子在傍，自覺慚愧，也不敢窺覷箱中虛實。只見十娘在箱裡取出一個紅絹袋來，擲於桌上道：「郎君可開看之。」公子提在手中，覺得沉重。啟而觀之，皆是白銀，計數整五十兩。十娘仍將箱子下鎖，亦不言箱中更有何物，但對公子道：「承眾姊妹高情，不惟路途不乏，即他日浮寓吳越間，亦可稍佐吾夫妻山水之費矣。」公子且驚且喜道：「若不遇恩卿，我李甲流落他鄉，死無葬身之地矣。此情此德，白頭不敢忘也。」自此每談及往事，公子必感激流涕；十娘亦曲意撫慰，一路無話。不一日，行至瓜州，大船停泊岸口。公子別僱了民船，安放行李，約明日侵晨，剪江[59]而渡。其時仲冬中旬，月明如水。公子和十娘坐於舟首。公子道：「自出都門，困守一艙之中，四顧有人，未得暢語。今日獨據一舟，更無避忌。且已離塞北，初近江南，宜開懷暢飲，以舒向來抑鬱之氣，恩卿以為何如？」十娘道：「妾久疏談笑，亦有此心。郎君言及，足見同志耳。」公子乃攜酒具於船首，與十娘鋪氈並坐，傳盃交盞。飲至半酣，公子執卮[60]對十娘道：「恩卿妙音，六院[61]推首。某相遇之初，每聞絕調，輒不禁神魂之飛動。心事多違，彼此鬱鬱，鸞鳴鳳奏，久矣不聞。今清江明月，深夜無人，肯為我一歌否？」十娘興亦勃發，遂開喉頓嗓，取扇按拍，嗚嗚咽咽，歌出元人施君美[62]拜月亭雜劇上「狀元執盞與嬋娟」一曲，名小桃紅。真個：

聲飛霄漢雲皆駐，響入深泉魚出遊。

卻說他舟有一少年，姓孫名富，字善賚，徽州新安人氏。家資巨富，積祖揚州種鹽。年方二十，也是南雍中朋友。生性風流，慣向青樓買笑，紅粉追歡。若嘲風弄月，到是個輕薄的頭兒！事有偶然，其夜亦泊舟瓜州渡口，獨酌無聊。忽聽得歌聲嘹喨，鳳吟鸞吹，不足喻其美。起立船頭，佇聽半晌，方知聲出鄰舟。正欲相訪，音響倏已寂然。乃遣僕者，潛窺蹤跡，訪於舟人。但曉得是李相公僱的船，並不知歌者來歷。孫富想道：「此歌者必非良家，怎生得他一見？」展轉尋思，通宵不寐。捱至五更，忽聞江風大作。及曉，彤雲密布，狂雪飛舞。怎見得？有詩為證：

54 肩輿　轎子。
55 贐　音ㄐㄧㄣˋ。送行時贈送的財物。
56 描金文具　有金粉描繪裝飾的梳妝匣。
57 潞河　即今白潮河，北運河的上游。
58 瓜州　地名，在江蘇省邗江縣南，大運河入長江處，與鎮江相對。
59 剪江　橫越江面。
60 卮　音ㄓ。酒器，貯酒四升。
61 六院　明時妓院的代稱。
62 施君美　名惠，所作拜月亭即幽閨記，係敘演蔣世隆、王瑞蘭離合故事的南曲戲文。

千山雲樹滅，萬徑人蹤絕。
扁舟簑笠翁，獨釣寒江雪。

因這風雪阻渡，舟不得開。孫富命艄公移船泊於李家舟之傍。孫富貂帽狐裘，推窗假作看雪。值十娘梳洗方畢，纖纖玉手，揭起舟傍短簾，自潑盂中殘水，粉容微露，卻被孫富窺見了，果是國色天香！魂搖心蕩，迎眸注目，等候再見一面，杳不可得。沉思久之，乃倚窗高吟高學士[63]梅花詩二句道：

雪滿山中高士臥，月明林下美人來。

李甲聽得鄰舟吟詩，舒頭出艙，看是何人？只因這一看，正中了孫富之計。孫富吟詩，正要引李公子出頭，他好乘機攀話。當下慌忙舉手就問：「老兄尊姓何諱？」李公子敘了姓名、鄉貫，少不得也問那孫富。孫富也敘過了。又敘了些太學中的閒話，漸漸親熟。孫富便道：「風雪阻舟，乃天遣與尊兄相會，實小弟之幸也。舟次無聊，欲同尊兄上岸，就酒肆中一酌，少領清誨[64]，萬望不拒。」公子道：「萍水相逢，何當厚擾？」孫富道：「說那裡話！四海之內，皆兄弟也。」即教艄公打跳[65]，童兒張傘，迎接公子過船，就於船頭作揖。然後讓公子先行，自己隨後，各各登跳上涯。行不數步，就有個酒樓。二人上樓，揀一副潔淨座頭，靠窗而坐。酒保列上酒肴，孫富舉杯相勸。二人賞雪飲酒，先說些斯文中套話，漸漸引入花柳之事。二人都是過來之人，志同道合，說得入港[66]，一發成相知了。孫富屏去左右，低低問道：「昨夜尊舟清歌者何人也？」李甲正要賣弄在行，遂實說道：「此乃北京名姬杜十娘也。」孫富道：「既係曲中姊妹，何以歸兄？」公子遂將初遇杜十娘如何相好，後來如何要嫁，如何借銀討他始末根繇，備細述了一遍。孫富道：「兄攜麗人而歸，固是快事；但不知尊府中能相容否？」公子道：「賤室不足慮；所慮者老父性嚴，尚費躊躇耳。」孫富將機就機便問道：「既是尊大人未必相容，兄所攜麗人，何處安頓？亦曾通知麗人共作計較否？」公子攢眉而答道：「此事曾與小妾議之。」孫富欣然問道：「尊寵必有妙策。」公子道：「他意欲僑居蘇杭，流連山水，使小弟先回，求親友宛轉於家君之前，俟家君回嗔作喜，然後圖歸。高明以為何如？」孫富沉吟半晌，故作愀然⑰之色道：「小弟乍會之間，交淺言深，誠恐見怪。」公子道：「正賴高明指教，何必謙遜。」孫富道：「尊大人位居方面⑱，必嚴帷薄之嫌⑲。平時既怪兄遊非禮之地，今日豈容兄娶不節之人！況且賢親貴友，誰不迎合尊大人之意者。兄枉去求他，必然相拒。就有個不識時務的，進言於尊大人之前，見尊大人意思不允，他就轉口了。兄進不能和睦家庭，退無詞以回復尊寵。即使流連山水，亦非長久之計。萬一資斧⑳困竭，豈不進退兩難？」公子自知手中只有五十金，此時費去大半，說到資斧困竭、進退兩難，不覺點頭道是。孫富又道：「小弟還有句心腹之談，兄肯俯聽否？」公子道：「承兄過愛，更求盡言。」孫富道：「疏不間親，還是莫說罷。」公子道：「但說何妨。」孫富道：「自古道，婦人水性無常，況煙花之輩，少真多假。他既係六院名姝，相識定滿天下。或者南邊原有舊約，借兄之力，挈帶而來，以為他適之地。」公子道：「這個恐未必然！」孫富道：「即不然，江南子弟，最工輕薄。兄留麗人獨居，難保無踰牆鑽穴之事。若挈之同歸，愈增尊大人之怒。為兄之計，未有善

63 高學士　明初詩人高啟(西元一三三六—一三七四年)，長洲人，字季迪，號青丘子。
64 清誨　請別人教導的敬語。
65 打跳　放置連接船和碼頭的跳板。
66 入港　談話深入，意氣相投。
67 愀然　憂慮的神色。
68 方面　古代指一個地方的軍政要職或長官。
69 帷薄之嫌　指生活放蕩招致的議論。
70 資斧　此處指行旅的費用。

策。況父子天倫，必不可絕，若為妾而觸父，因妓而棄家，海內必以兄為浮浪不經[71]之人。異日妻不以為夫，弟不以為兄，同袍[72]不以為友，兄何以立於天地之間？兄今日不可不熟思也。」

公子聞言，茫然自失，移席問計：「據高明之見，何以教我？」孫富道：「僕有一計，於兄甚便。只恐兄溺枕席之愛，未必能行，使僕空費詞說耳。」公子道：「兄誠有良策，使弟再覩家園之樂，乃弟之恩人也，又何憚而不言耶？」孫富道：「兄飄零歲餘，嚴親懷怒，閨閣[73]離心。設身以處兄之地，誠寢食不安之時也。然尊大人所以怒兄者，不過為迷花戀柳，揮金如土，異日必為棄家蕩產之人，不堪承繼家業耳。兄今日空手而歸，正觸其怒。兄倘能割衽席之愛，見機而作，僕願以千金相贈。兄得千金，以報尊大人，只說在京授館[74]，並不曾浪費分毫。尊大人必然相信。從此家庭和睦，當無間言。須臾之間，轉禍為福，兄請三思。僕非貪麗人之色，實為兄效忠於萬一也！」李甲原是沒主意的人，本心懼怕老子，被孫富一席話，說透胸中之疑，起身作揖道：「聞兄大教，頓開茅塞。但小妾千里相從，義難頓絕，容歸與商之。得其心肯，當奉復耳。」孫富道：「說話之間，宜放婉曲。彼既忠心為兄，必不忍使兄父子分離，定然玉成兄還鄉之事矣！」二人飲了一回酒，風停雪止。天色已晚，孫富教家僮算還了酒錢，與公子攜手下船。正是：

逢人且說三分話，未可全拋一片心。

卻說杜十娘在舟中，擺設酒果，欲與公子小酌，竟日未回，挑燈以待。公子下船，十娘起迎，見公子顏色匆匆，似有不樂之意，乃滿斟熱酒勸之。公子搖首不飲，一言不發，竟自床上睡了。十娘心中不悅，乃收拾盃盤，為公子解衣就枕，問道：「今日有何見聞，而懷抱鬱鬱如此？」公子嘆息而已，終不啟口。問了三四次，公子已睡去了。十娘委決不下，坐於床頭而不能寐。到夜半，公子醒來，又嘆一口氣。十娘道：「郎君有何難言之事，頻頻嘆息？」公子擁被而起，欲言不語者幾次，撲簌簌掉下淚來。十娘抱持公子於懷間，軟言撫慰道：「妾與郎君情好，已及二載。千辛萬苦，歷盡艱難，得有今日，然相從數千里，未曾哀戚。今將渡江，方圖百年歡笑，如何反起悲傷？必有其故。夫婦之間，死生相共，有事儘可商量，萬勿諱也。」公子再四被逼不過，只得含淚而言道：「僕天涯窮困，蒙恩卿不棄，委曲相從，誠乃莫大之德也。但反覆思之，老父位居方面，拘於禮法，況素性方嚴，恐添嗔怒，必加黜逐。你我流蕩，將何底止？夫婦之歡難保，父子之倫又絕。日間蒙新安孫友邀飲，為我籌及此事，寸心如割！」十娘大驚道：「郎君意將如何？」公子道：「僕事內之人，當局而迷。孫友為我畫一計頗善，但恐恩卿不從耳。」十娘道：「孫友者何人？計如果善，何不可從！」公子道：「孫友名富，新安鹽商，少年風流之士也。夜間聞子清歌，因而問及。僕告以來歷，並談及難歸之故。渠意欲以千金聘汝。我得千金，可藉口以見吾父母，而恩卿亦得所天[75]。但情不能捨，是以悲泣。」說罷，淚如雨下。十娘放開兩手，冷笑一聲道：「為郎君畫此計者，此人乃大英雄也！郎君千金之資，既得恢復；而妾歸他姓，又不致為行李之累。發乎情，止乎禮，誠兩便之策也。那千金在那裡？」公子收淚道：「未得恩卿之諾，金尚留彼處，未曾過手。」十娘道：「明早快快應承了他，不可挫過[76]機會。但千金重事，須得兌足，交付郎君之手，妾始過舟，勿為賈豎子所欺。」

時已四鼓，十娘即起身挑燈梳洗，道：「今日之妝，乃迎新送舊，非比尋常。」於是脂粉香澤，

---

71 浮浪不經　不務正業，行為放蕩。

72 同　袍　原指軍人間的友愛。此指甘苦相共的友人。

73 閨　閣　代指妻子。閨，女子居室。

74 授　館　在私塾教書。

75 天　指丈夫，倚靠的對象。

76 挫　過　失去；耽誤。

用意修飾，花鈿繡襖，極其華豔，香風拂拂，光采照人。裝束方完，天色已曉。孫富差家童到船頭候信。十娘微窺公子，欣欣似有喜色，乃催公子快去回話，及早兌足銀子。公子親到孫富船中，回復依允。孫富道：「兌銀易事，須得麗人妝臺為信。」公子又回復了十娘。十娘即指描金文具道：「可便擡去。」孫富喜甚，即將白銀一千兩送到公子船中。十娘親自檢看，足色足數，分毫無爽。乃手把船舷，以手招孫富。孫富一見，魂不附體。十娘啟朱脣開皓齒道：「方纔箱子，可暫發來，內有李郎路引一紙，可檢還之也。」孫富視十娘已為甕中之鱉，即命家童送那描金文具，安放船頭之上。十娘取鑰開鎖，內皆抽替小箱。十娘叫公子抽第一層來看，只見翠羽明璫[77]，瑤簪寶珥，充牣[78]於中，約值數百金。十娘遽投之江中。李甲與孫富及兩船之人，無不驚詫。又命公子再抽一箱，乃玉簫金管；又抽一箱，盡古玉紫金玩器，約值數千金。十娘盡投之於水！舟中岸上之人，觀者如堵，齊聲道：「可惜可惜！」正不知甚麼緣故。最後又抽一箱，箱中復有一匣。開匣視之，夜明之珠，約有盈把。其他祖母綠、貓兒眼諸般異寶，目所未覩，莫能定其價之多少。眾人齊聲喝采，喧聲如雷！十娘又欲投之於江。李甲不覺大悔，抱持十娘慟哭，那孫富也來勸解。十娘推開公子在一邊，向孫富罵道：「我與李郎，備嘗艱苦，不是容易到此。汝以奸淫之意，巧為讒說。一旦破人姻緣，斷人恩愛，乃我之仇人！我死而有知，必當訴之神明，尚妄想枕席之歡乎？」又對李甲道：「妾風塵數年，私有所積，本為終身之計。自遇郎君，山盟海誓，白首不渝。前出都之際，假託眾姊妹相贈，箱中韞藏百寶，不下萬金，將潤色[79]郎君之裝。歸見父母，或憐妾有心，收佐中饋[80]，得終委託，生死無憾。誰知郎君相信不深，惑於浮議[81]，中道[82]見棄，負妾一片真心。今日當眾目之前，開箱出視，使郎君知區區千金，未為難事。妾櫝中有玉，恨郎眼內無珠！命之不辰[83]，風塵困瘁。甫得脫離，又遭棄捐！今眾人各有耳目，共作證明：妾不負郎君，郎君自負妾耳。」

於是，眾人聚觀者，無不流涕，都唾罵李公子負心薄倖。公子又羞又苦，且悔且泣，方欲向十娘謝罪，十娘抱持寶匣向江心一跳。眾人急呼撈救，但見雲暗江心，波濤滾滾，杳無蹤影。可惜一個如花似玉的名姬，一旦葬於江魚之腹。

三魂渺渺歸水府，七魄悠悠入冥途。

當時傍觀之人，皆咬牙切齒，爭欲拳毆李甲和那孫富。慌得李、孫二人，手足無措，急叫開船，分途遁去。李甲在舟中，看了千金，轉憶十娘，終日愧悔，鬱成狂疾，終身不痊。孫富自那日受驚得病，臥床月餘，終日見杜十娘在傍詬罵，奄奄而逝，人以為江中之報也。

卻說柳遇春在京坐監完滿，束裝回鄉，停舟瓜步[84]，偶臨江淨臉，失墜銅盆於水，覓漁人打撈。及至撈起，乃是個小匣兒。遇春啟匣觀看，內皆明珠異寶，無價之珍。遇春厚賞漁人，留於床頭把玩。是夜，夢見江中一女子，凌波而來，視之，乃杜十娘也。近前萬福，訴以李郎薄倖之事。又道：「向承君家慷慨，以一百五十金相助，本意息肩[85]之後，徐圖報答；不意事無終始。然每懷盛情，悒悒未忘。早間曾以小匣，託漁人奉致，聊表寸心，從此不復相見矣！」言訖，猛然驚醒，方知十娘已死，嘆息累日。後人評論此事，以為孫富謀奪美色，輕擲千金，固非良士；李甲不識杜十娘一片苦心，碌

---

77 明璫　用珠玉串成的耳飾。
78 充牣　充滿。牣，音ㄖㄣˋ。
79 潤色　粉飾點綴。
80 中饋　妻子的代稱。饋，音ㄎㄨㄟˋ。
81 浮議　指沒有根據的議論。
82 中道　中途；半路。
83 不辰　不得其時；運氣不好。
84 瓜步　鎮名。今江蘇省六合縣東南，南臨長江。
85 息肩　生活安定下來。

碌蠢才，無足道者。獨謂十娘千古女俠，豈不能覓一佳侶，共跨秦樓之鳳[86]，乃錯認李公子！明珠美玉，投於盲人，以致恩變為仇。萬種恩情，化為流水，深可惜也！有詩嘆云：

不會風流莫妄談，單單情字費人參。
若將情字能參透，喚作風流也不慚。

[86] 秦樓之鳳　即秦穆公女弄玉乘鳳與夫蕭史升天成仙的傳說。後人以此神仙眷屬喻婚姻美滿。

賞析

本文可分為幾部分，首先寫京城名妓杜十娘和仕宦子弟李甲情投意合，十娘早有從良念頭，靠著聰明才智與鴇母談判議定價碼，自己拿出半數，同時得李甲同鄉柳遇春資助，湊足錢財贖身。接著寫兩人在歸鄉途中停泊瓜州，遇到鹽商孫富，孫富覬覦十娘美色，挑撥沒有主見的李甲，李甲身無分文又害怕父親責怪，竟然同意將十娘轉售換取千金。最後寫十娘得知後心灰意冷，大罵李甲與孫富二人，並將辛苦積存的百寶箱當眾投於江水，自己也沉江而亡。

故事中角色性格的塑造非常突出，杜十娘是極有主見、智慧和勇氣的女子，她為了脫離風塵追求自身幸福，私下積存了大筆錢財，為自己將來生活做好準備。從她和李甲的互動中可看出，杜十娘始終是站在主動的位置為兩人計畫打算。反之，李甲卻是軟弱、被動的公子哥兒，他從未開口提及要為十娘贖身，籌不到錢只是沉默流涕，不敢歸見十娘，聽了同鄉柳遇春勸他分手的話，心中甚至「疑惑不定」，後來果然聽信孫富教唆，做了負心薄倖之人。相較於李甲的有眼無珠，他的同鄉柳遇春則是獨具隻眼，行事果斷，剛開始雖然誤會十娘有意擺脫李甲，後來得知她有情有義，就積極幫忙借貸，兩天之內便為十娘籌得贖金。

杜十娘勇於和環境抗爭，社會的階級意識卻不容許娼妓和士族平起平坐。在風月場中打滾數年，杜十娘知道想脫離風塵必須有錢財作為生活的保障，所以百寶箱是她的幸福依託，而李甲的愛情則是後半輩子的依附。故事中的杜十娘隱瞞了自己有百寶箱的事實，連贖身的錢也要李甲負責籌措一半，她是站在平等的立場希望兩人能一起為將來努力，這樣的隱瞞也意味著她對李甲是有所保留的，所以會用籌錢試探李甲的誠意。可惜一心從良的杜十娘終究在情感中失去理智判斷，未看出李甲的怯懦性格，錯認「忠厚志誠」的李甲是可以依靠的良人，種下日後悲劇之因。李甲屈服於禮教壓力，寧可賣掉杜十娘換回自己的父子天倫，使得她對理想的追求幻滅，抱憾而終。

從故事內容可以發現，當妓院中的自由愛情與封建傳統相衝突時，雖有百寶萬金，雖能善謀遠慮，仍抵不過禮法的禁忌約束。杜十娘選擇投江自盡，是對負心漢的譴責，也是對門第觀念的抗議。

延伸閱讀

1. 金玉奴棒打薄情郎（可參考三民書局出版之喻世明言卷二七）
2. 參考資料：
   (1) 董挽華「杜十娘怒沉百寶箱」中的定時鐳（收於中國古典小說中的愛情，時報出版公司）
   (2) 張清榮「三言二拍」名篇析例（收於話說說話——三言二拍名篇賞析，幼獅文化公司）

賣油郎獨占花魁

導讀

本篇選自醒世恆言卷三。內容敘述賣油郎秦重對名妓王美娘情有獨鍾，在一連串的事件中表現出他對美娘的溫柔體貼和誠意，終於打動美娘的芳心，最後如願抱得美人歸。

馮夢龍情史卷五史鳳附有賣油郎愛慕名妓的故事梗概，應是本篇故事的依據。另曲海總目提要卷一九云：「占花魁，明萬曆間人撰，不著姓名，署曰一笠庵，或曰李玄玉所作也。以王美娘稱花魁娘子，而秦種得之，故名占花魁。」此劇內容與小說類似，但秦良以軍功擢升太尉，卜喬被巡徼官投江的遭遇則迥然不同，而吳八公子劇中作万俟公子，秦重夫婦和秦良、莘善的重聚也和小說有所出入。

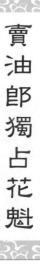

年少爭誇風月，場中波浪偏多。有錢無貌意難和，有貌無錢不可。就是有錢有貌，還須著意揣摩。知情識趣俏哥哥，此道誰人賽我。

這首詞名為西江月，是風月機關中撮要之論。常言道：「妓愛俏，媽愛鈔。」所以子弟❶行中，有了潘安❷般貌，鄧通❸般錢，自然上和下睦，做得煙花寨內的大王，鴛鴦會上的主盟。然雖如此，還有個兩字經兒，叫做幫襯。幫者，如鞋之有幫；襯者，如衣之有襯。但凡做小娘❹的，有一分所長，得人襯貼，就當十分；若有短處，曲意替他遮護，更兼低聲下氣，送暖偷寒，逢其所喜，避其所諱，以情度情，豈有不愛之理？這叫做幫襯。風月場中，只有會幫襯的最討便宜，無貌而有貌，無錢而有錢。假如鄭元和❺在卑田院❻做了乞兒，此時囊篋俱空，容顏非舊，李亞仙於雪天遇之，便動了一個惻隱之心，將繡襦包裹，美食供養，與他做了夫妻，這豈是愛他之錢，戀他之貌。只為鄭元和識趣知情，善於幫襯，所以亞仙心中舍他不得。你只看亞仙病中想馬板腸湯喫，鄭元和就把個五花馬殺了，取腸煮湯奉之。只這一節上，亞仙如何不念其情。後來鄭元和中了狀元，李亞仙封為汧國夫人，蓮花落打出萬年策，卑田院變做了白玉樓。一床錦被遮蓋，風月場中反為美談。這是：

運退黃金失色，時來鐵也生光。

話說大宋自太祖開基，太宗嗣位，歷傳真、仁、英、神、哲共是七代帝王，都則偃武修文，民安國泰。到了徽宗道君皇帝，信任蔡京、高俅、楊戩、朱勔之徒，大興苑囿，專務游樂，不以朝政為事。以致萬民嗟怨，金虜乘之而起，把花錦般一個世界，弄得七零八落。直至二帝蒙塵，高宗泥馬渡江❼，偏安一隅，天下分為南北，方得休息。其中數十年，百姓受了多少苦楚。正是：

---

❶子弟　風流子弟，多指嫖客。

❷潘安　字安仁，晉朝人。美姿儀，能詩文。

❸鄧通　漢文帝寵臣，獲賞銅山，得自鑄錢。

❹小娘　妓女。

❺鄭元和　即唐傳奇李娃傳中之滎陽生，在元石君寶曲江池雜劇中，姓鄭名元和。他因迷戀妓女李亞仙（李娃傳作李娃）以致窮困落魄，做了乞丐。

❻卑田院　或作「悲田院」，相當於乞丐收容所。

❼高宗泥馬渡江　高宗（趙構）為宋徽宗（趙佶）之子，封康王。金人把徽宗、欽宗擄去以後，南下追趕他，相傳他騎了一匹馬渡過長江後，發現騎的是一匹泥馬。

甲馬叢中立命，刀鎗隊裡為家。殺戮如同戲耍，搶奪便是生涯。

內中單表一人，乃汴梁城外安樂村居住，姓莘，名善，渾家阮氏。夫妻兩口，開個六陳鋪兒❽。雖則糶米為生，一應麥荳茶酒油鹽雜貨，無所不備，家道頗頗得過。年過四旬，止生一女，小名叫做瑤琴。自小生得清秀，更且資性聰明。七歲上，送在村學中讀書，日誦千言。十歲時，便能吟詩作賦。曾有閨情一絕，為人傳誦。詩云：

朱簾寂寂下金鉤，香鴨沉沉冷畫樓。移枕怕驚鴛並宿，挑燈偏恨蕊雙頭。

到十二歲，琴棋書畫，無所不通。若題起女工一事，飛針走線❾，出人意表。此乃天生伶俐，非教習之所能也。莘善因為自家無子，要尋個養女婿來家靠老。只因女兒靈巧多能，難乎其配，所以求親者頗多，都不曾許。不幸遇了金虜猖獗，把汴梁城圍困，四方勤王❿之師雖多，宰相主了和議，不許廝殺，以致虜勢愈甚。打破了京城，劫遷了二帝。那時城外百姓，一個個亡魂喪膽，攜老扶幼，棄家逃命。

卻說莘善領著渾家阮氏，和十二歲的女兒，同一般逃難的，背著包裹，結隊而走。

忙忙如喪家之犬，急急如漏網之魚。擔渴擔飢擔勞苦，此行誰是家鄉；叫天叫地叫祖宗，惟願不逢韃虜。正是：寧為太平犬，莫作亂離人。

正行之間，誰想韃子到不曾遇見，卻逢著一陣敗殘的官兵。他看見許多逃難的百姓，多背得有包裏，假意吶喊道：「韃子來了！」沿路放起一把火來。此時天色將晚，嚇得眾百姓落荒亂竄，你我不相顧。他就乘機搶掠；若不肯與他，就殺害了。這是亂中生亂，苦上加苦。卻說莘氏瑤琴，被亂軍沖突，跌了一交，爬起來，不見了爹娘。不敢叫喚，躲在道傍古墓之中，過了一夜。到天明，出外看時，但見滿目風沙，死屍橫路。昨日同時避難之人，都不知所往。瑤琴思念父母，痛哭不已，欲待尋訪，又不認得路徑。只得望南而行。哭一步，捱一步。約莫走了二里之程。心上又苦，腹中又飢。望見土房一所，想必其中有人，欲待求乞些湯飲。及至向前，卻是破敗的空屋，人口俱逃難去了。瑤琴坐於土牆之下，哀哀而哭。自古道：無巧不成話⓫。恰好有一人從牆下而過。那人姓卜，名喬，正是莘善的近鄰，平昔是個游手游食，不守本分，慣喫白食，用白錢的主兒⓬。人都稱他是卜大郎。也是被官軍沖散了同夥，今日獨自而行。聽得啼哭之聲，慌忙來看。瑤琴自小相認，今日患難之際，舉目無親，見了近鄰，分明見了親人一般，即忙收淚，起身相見。問道：「卜大叔，可曾見我爹媽麼？」卜喬心中暗想：「昨日被官軍搶去包裹，正沒盤纏。天生這碗衣飯，送來與我，正是奇貨可居。」便扯個謊，道：「你爹和媽，尋你不見，好生痛苦。如今前面去了。分付我道：『倘或見我女兒，千萬帶了他來，送還了我。』許我厚謝。」瑤琴雖是聰明，正當無可奈何之際，君子可欺以其方⓭，遂全然不疑，隨著卜喬便走，正是：

❽六陳鋪兒　米、大麥、小麥、大豆、小豆、芝麻等六種糧食，可以久藏，叫做六陳；此指糧食鋪。

❾飛針走線　指精妙的刺繡。

❿勤　王　原指為王事操勞，此處謂起兵救援王室。

⓫無巧不成話　沒有偶然碰巧的故事情節，便不能成為說書的材料。

⓬主　兒　對某種人的蔑稱，如「貨色」。

⓭君子可欺以其方　君子這類人很正直，不懂人家的壞心眼，壞人就可以利用這一點去欺騙他們。

情知不是伴，事急且相隨。

卜喬將隨身帶的乾糧，把些與他喫了，分付道：「你爹媽連夜走的。若路上不能相遇，直要過江到建康府，方可相會。一路上同行，我權把你當女兒，你權叫我做爹。不然，只道我收留迷失子女，不當穩便。」瑤琴依允。從此陸路同步，水路同舟，爹女相稱。到了建康府，路上又聞得金兀朮四太子，引兵渡江。眼見得建康不得寧息。又聞得康王即位，已在杭州駐蹕⑭，改名臨安。遂趁船到潤州。過了蘇常嘉湖，直到臨安地面，暫且飯店中居住。也虧卜喬，自汴京至臨安，三千餘里，帶那莘瑤琴下來。身邊藏下些散碎銀兩，都用盡了，連身上外蓋衣服，脫下准⑮了店錢，止剩得莘瑤琴一件活貨，欲行出脫⑯。訪得西湖上烟花王九媽家要討養女，遂引九媽到店中，看貨還錢。九媽見瑤琴生得標致，講了財禮五十兩。卜喬兌足了銀子，將瑤琴送到王家。原來卜喬有智，在王九媽前，只說：「瑤琴是我親生之女，不幸到你門戶人家⑰，須是軟款⑱的教訓，他自然從順，不要性急。」在瑤琴面前，又說：「九媽是我至親，權時把你寄頓他家。待我從容訪知你爹媽下落，再來領你。」以此，瑤琴欣然而去。

可憐絕世聰明女，墮落烟花羅網中。

王九媽新討了瑤琴，將他渾身衣服，換個新鮮，藏於曲樓深處，終日好茶好飯，去將息他，好言好語，去溫暖他。瑤琴既來之，則安之。住了幾日，不見卜喬回信。思量爹媽，噙著兩行珠淚，問九媽道：「卜大叔怎不來看我？」九媽道：「那個卜大叔？」瑤琴道：「便是引我到你家的那個卜大郎。」九媽道：「他說是你的親爹。」瑤琴道：「他姓卜，我姓莘。」遂把汴梁逃難，失散了爹媽，中途遇見了卜喬，引到臨安，并卜喬哄他的說話，細述一遍。九媽道：「原來恁地⑲，你是個孤身女兒，無腳蟹⑳。我索性與你說明罷：那姓卜的把你賣在我家，得銀五十兩去了。我們是門戶人家，靠著粉頭過活。家中雖有三四個養女，並沒個出色的。愛你生得齊整，把做個親女兒相待。待你長成之時，包你穿好喫好，一生受用。」瑤琴聽說，方知被卜喬所騙，放聲大哭。九媽勸解，良久方止。自此九媽將瑤琴改做王美，一家都稱為美娘，教他吹彈歌舞，無不盡善。長成一十四歲，嬌豔非常。臨安城中，這些富豪公子，慕其容貌，都備著厚禮求見。也有愛清標的，聞得他寫作俱高，求詩求字的，日不離門。弄出天大的名聲出來，不叫他美娘，叫他做花魁娘子。西湖上子弟編出一隻掛枝兒，單道那花魁娘子的好處：

小娘中，誰似得王美兒的標致，又會寫，又會畫，又會做詩，吹彈歌舞都餘事。常把西湖比西子，就是西子比他也還不如！那個有福的湯㉑著他身兒，也情願一個死。

只因王美有了個盛名，十四歲上，就有人來講梳弄㉒。一來王美不肯，二來王九媽把女兒做金子看成，見他心中不允，分明奉了一道聖旨，並不敢違拗。又過了一年，王美年方十五，原來門戶中梳

⑭駐　蹕　皇帝出巡時，中途停留居住。蹕，古代帝王出巡時，清道禁止行人通行。

⑮准　抵價。

⑯出　脫　脫手賣出。

⑰門戶人家　妓院。

⑱軟　款　溫和耐心的樣子。

⑲恁　地　如此；這樣。

⑳無腳蟹　比喻無依靠的女人。

㉑湯　挨著；接觸。

㉒梳　弄　或作「梳籠」，指妓女第一次接客。從前妓院裡的處女頭上只梳辮子，接客後就梳髻。

弄也有個規矩，十三歲太早，謂之試花，皆因鴇兒愛財，不顧痛苦，那子弟也只博個虛名，不得十分暢快取樂；十四歲謂之開花，此時天癸㉓已至，男施女受，也算當時了；到十五謂之摘花，在平常人家還算年小，惟有門戶人家以為過時。王美此時未曾梳弄，西湖上子弟又編出一隻掛枝兒來：

王美兒，似木瓜，空好看。十五歲，還不曾與人湯一湯，有名無實成何幹。便不是石女㉔，也是二行子㉕的娘。若還有個好好的羞羞，也如何熬得這些時癢。

王九媽聽得這些風聲，怕壞了門面，來勸女兒接客。王美執意不肯，說道：「要我會客時，除非見了親生爹媽。他肯做主時，方纔使得。」王九媽心裡又惱他，又不捨得難為他，捱了好些時。偶然有個金二員外，大富之家，情願出三百兩銀子梳弄美娘。九媽得了這主大財，心生一計，與金二員外商議，若要他成就，除非如此如此，金二員外意會了。其日八月十五日，只說請王美湖上看潮。請至舟中，三四個幫閒，俱是會中之人，猜拳行令，做好做歉㉖，將美娘灌得爛醉如泥。扶到王九媽家樓中，臥於床上，不省人事。此時天氣和暖，又沒幾層衣服。媽兒親手伏侍，欲待掙扎，爭奈手足俱軟，繇他輕薄了一回。

五鼓時，美娘酒醒，已知鴇兒用計，破了身子。自憐紅顏命薄，遭此強橫，起來解手㉗，穿了衣服，自在床邊一個斑竹榻上，朝著裡壁睡了，暗暗垂淚。金二員外來親近他時，被他劈頭劈臉，抓有幾個血痕。金二員外好生沒趣。捱得天明，對媽兒說聲：「我去也。」媽兒要留他時，已自出門去了。從來梳弄的子弟，早起時，媽兒進房賀喜，行戶中都來稱慶，還要喫幾日喜酒。那子弟多則住一二月，最少也住半月二十日。只有金二員外侵早出門，是從來未有之事。王九媽連叫詫異，披衣起身上樓，只見美娘臥於榻上，滿眼流淚。九媽要哄他上行，連聲招許多不是，美娘只不開口，九媽只得下樓去了。美娘哭了一日，茶飯不沾，從此託病，不肯下樓，連客也不肯會面了。

九媽心下焦躁。欲待把他凌虐，又恐他烈性不從，反冷了他的心腸。欲待繇他，本是要他賺錢。若不接客時，就養到一百歲也沒用。躊躇數日，無計可施。忽然想起，有個結義妹子，叫做劉四媽，時常往來。他能言快語，與美娘甚說得著。何不接取他來，下個說詞。若得他回心轉意，大大的燒個利市㉘。當下叫保兒㉙去請劉四媽到前樓坐下，訴以衷情。劉四媽道：「老身是個女隨何，雌陸賈㉚，說得羅漢思情，嫦娥想嫁。這件事都在老身身上。」九媽道：「若得如此，做姐的情願與你磕頭。你多喫杯茶去，省得說話時口乾。」劉四媽道：「老身天生這副海口，便說到明日，還不乾哩。」劉四媽喫了幾杯茶，轉到後樓，只見樓門緊閉。劉四媽輕輕的叩了一下，叫聲：「姪女！」美娘聽得是四媽聲音，便來開門，兩下相見了。四媽靠桌朝下而坐，美娘傍坐相陪。四媽看他桌上鋪著一幅細絹，纔畫得個美人的臉兒，還未曾著色。四媽稱贊道：「畫得好！真是巧手！九阿姐不知怎生樣造化，偏生遇著你這一個伶俐女兒。又好人物，又好技藝，就是堆上幾千兩黃金，滿臨安走遍，可尋出個對兒麼？」美娘道：「休得見笑！今日甚風吹得姨娘到來？」劉四媽道：「老身時常要來看你，只為家務在身，不得空閒。聞得你恭喜梳弄了，今日偷空而來，特特與九阿姐叫喜。」美兒聽得提起梳弄二字，滿臉通紅，低著頭不來答應。劉四媽知他害羞，便把椅兒挪上一步，將美娘的手兒牽著，叫聲：「我

㉓天　癸　指月經。

㉔石　女　指患先天陰道閉鎖症的女性。

㉕二 行 子　生理上兼具兩性特點的陰陽人。

㉖做好做歉　指好說歹說，用盡各種方法勸說的意思。

㉗解　手　小便。

㉘燒個利市　舊時商店開張，燒紙敬神，祈求生意興隆順利，名為「燒利市」。

㉙保　兒　妓院中的男傭工。

㉚女隨何二句　隨何、陸賈兩人都是秦末漢初有名的說客、辯士。這裡是形容劉四媽的口才很好。

兒！做小娘的，不是個軟殼雞蛋[31]，怎的這般嫩得緊？似你恁地怕羞，如何賺得大主銀子？」美娘道：「我要銀子做甚？」四媽道：「我兒，你便不要銀子，做娘的，看得你長大成人，難道不要出本？自古道，靠山喫山，靠水喫水。九阿姐家有幾個粉頭，那一個趕得上你的腳跟來？一園瓜，只看得你是個瓜種。九阿姐待你也不比其他。你是聰明伶俐的人，也須識些輕重。聞得你自梳弄之後，一個客也不肯相接。是甚麼意兒？都像你的意時，一家人口，似蠶一般，那個把桑葉餵他？做娘的擡舉你一分，你也要與他爭口氣兒，莫要反討眾丫頭們批點[32]。」美娘道：「繇他批點，怕怎的！」劉四媽道：「阿呀！批點是個小事，你可曉得門戶中的行徑麼？」美娘道：「行徑便怎的？」劉四媽道：「我們門戶人家，喫著女兒，穿著女兒，用著女兒，僥倖討得一個像樣的，分明是大戶人家置了一所良田美產。年紀幼小時，巴不得風吹得大。到得梳弄過後，便是田產成熟，日日指望花利[33]到手受用。前門迎新，後門送舊，張郎送米，李郎送柴，往來熱鬧，纔是個出名的姊妹行家。」美娘道：「羞答答，我不做這樣事！」劉四媽掩著口，格的笑了一聲，道：「不做這樣事，可是繇得你的？一家之中，有媽媽做主。做小娘的若不依他教訓，動不動一頓皮鞭，打得你不生不死，那時不怕你不走他的路兒。九阿姐一向不難為你，只可惜你聰明標致，從小嬌養的，要惜你的廉恥，存你的體面。方纔告訴我許多話，說你不識好歹，放著鵝毛不知輕，頂著磨子不知重，心下好生不悅。教老身來勸你。你若執意不從，惹他性起，一時翻過臉來，罵一頓，打一頓，你待走上天去！凡事只怕個起頭。若打破了頭時，朝一頓，暮一頓，那時熬這些痛苦不過，只得接客，卻不把千金聲價弄得低微了，還要被姊妹中笑話。依我說，弔桶已自落在他井裡[34]，掙不起了。不如千歡萬喜，倒在娘的懷裡，落得自己快活。」美娘道：「奴是好人家兒女，誤落風塵。倘得姨娘主張從良，勝造九級浮圖。若要我倚門獻笑，送舊迎新，寧甘一死，決不情願。」劉四媽道：「我兒，從良是個有志氣的事，怎麼說道不該！只是從良也有幾等不同。」美娘道：「從良有甚不同之處？」劉四媽道：「有個真從良，有個假從良。有個苦從良，有個樂從良。有個趁好的從良，有個沒奈何的從良。有個了從良，有個不了的從良。我兒耐心聽我分說。如何叫做真從良？大凡才子必須佳人，佳人必須才子，方成佳配。然而好事多磨，往往求之不得。幸然兩下相逢，你貪我愛，割舍不下。一個願討，一個願嫁。好像捉對的蠶蛾，死也不放。這個謂之真從良。怎麼叫做假從良？有等子弟愛著小娘，小娘卻不愛那子弟。本心不願嫁他，只把個嫁字兒哄他心熱，撒漫銀錢。比及成交，卻又推故不就。又有一等癡心的子弟，明曉得小娘心腸不對他，偏要娶他回去。拚著一主大錢，動了媽兒的火，不怕小娘不肯。勉強進門，心中不順，故意不守家規。小則撒潑㉟放肆，大則公然偷漢。人家容留不得，多則一年，少則半載，依舊放他出來，為娼接客。把從良二字，只當個撰錢㊱的題目。這個謂之假從良。如何叫做苦從良？一般樣子弟愛小娘，小娘不愛那子弟，卻被他以勢凌之。媽兒懼禍，已自許了。做小娘的，身不繇主，含淚而行。一入侯門，如海之深，家法又嚴，擡頭不得。半妾半婢，忍死度日。這個謂之苦從良。如何叫做樂從良？做小娘的，正當擇人之際，偶然相交個子弟。見他情性溫和，家道富足，又且大娘子樂善，無男無女，指望他日過門，與他生育，就有主母之分。以此嫁他，圖個日前安逸，日後出身。這個謂之樂從良。如何叫做趁好的從良？做小娘的，風花雪月，受用已勾㊲，趁這盛名之下，求之者眾，任我揀擇個十分滿意的嫁他，急流勇退，及早回頭，不致受人怠慢。這個謂之趁好的從良。如何叫做沒奈何的從良？做小娘的，

㉛軟殼雞蛋　性情軟弱的人。
㉜批點　批評。
㉝花利　指田地等所得的收益。
㉞弔桶已自落在他井裡　譬喻被人掌握，任人擺布。
㉟撒潑　蠻橫無理的吵鬧。
㊱撰錢　賺錢。
㊲勾　足夠。

原無從良之意，或因官司逼迫，或因強橫欺瞞，又或因債負太多，將來賠償不起，彆口氣，不論好歹，得嫁便嫁，買靜求安，藏身之法，這謂之沒奈何的從良。如何叫做了從良？小娘半老之際，風波歷盡，剛好遇個老成的孤老[38]，兩下志同道合，收繩捲索，白頭到老。這個謂之了從良。如何叫做不了的從良？一般你貪我愛，火熱的跟他，卻是一時之興，沒有個長算。或者尊長不容，或者大娘妒忌，鬧了幾場，發回媽家，追取原價。又有個家道凋零，養他不活，苦守不過，依舊出來趕趁[39]，這謂之不了的從良。」美娘道：「如今奴家要從良，還是怎地好？」劉四媽道：「我兒，老身教你個萬全之策。」美娘道：「若蒙教導，死不忘恩。」劉四媽道：「從良一事，入門為淨。況且你身子已被人捉弄過了，就是今夜嫁人，叫不得個黃花女兒[40]。千錯萬錯，不該落於此地。這就是你命中所招了。做娘的費了一片心機，若不幫他幾年，趁過千把銀子，怎肯放你出門？還有一件，你便要從良，也須揀個好主兒。這些臭嘴臭臉的，難道就跟他不成？你如今一個客也不接，曉得那個該從，那個不該從？假如你執意不肯接客，做娘的沒奈何，尋個肯出錢的主兒，賣你去做妾；這也叫做從良。那主兒或是年老的，或是貌醜的，或是一字不識的村牛[41]，你卻不骯髒了一世！比著把你抖在水裡，還有撲通的一聲響，討得傍人叫一聲可惜。依著老身愚見，還是俯從人願，憑著做娘的接客。似你恁般才貌，等閒的料也不敢相扳。無非是王孫公子，貴客豪門，也不辱莫了你。一來風花雪月，趁著年少受用，二來作成媽兒起個家事，三來使自己也積趲些私房，免得日後求人。過了十年五載，遇個知心著意的，說得來，話得著，那時老身與你做媒，好模好樣的嫁去，做娘的也放得你下了。可不兩得其便？」美娘聽說，微笑而不言。劉四媽已知美娘心中活動了，便道：「老身句句是好話。你依著老身的話時，後來還當感激我哩。」說罷，起身。王九媽伏在樓門之外，一句句都聽得的。美娘送劉四媽出房，劈面撞著了九媽，滿面羞慚，縮身進去。王九媽隨著劉四媽，再到前樓坐下。劉四媽道：「姪女十分執意，被老身右說左說，一塊硬鐵看看溶做熱汁。你如今快快尋個覆帳㊷的主兒，他必然肯就。那時做妹子的再來賀喜。」王九媽連連稱謝。是日備飯相待，盡醉而別。後來西湖上子弟們又有隻掛枝兒，單說那劉四媽說詞一節：

劉四媽，你的嘴舌兒好不利害！便是女隨何，雌陸賈，不信有這大才！說著長，道著短，全沒些破敗。就是醉夢中，被你說得醒；就是聰明的，被你說得呆。好個烈性的姑姑，也被你說得他心地改。

再說王美娘自聽了劉四媽一席話兒，思之有理。以後有客求見，欣然相接。覆帳之後，賓客如市。挨三頂五㊸，不得空閒，聲價愈重。每一晚白銀十兩，兀自你爭我奪。王九媽賺了若干錢鈔，歡喜無限。美娘也留心要揀個心滿意足的，急切難得。正是：

易求無價寶，難得有情郎。

話分兩頭。再說臨安城清波門裡，有個開油店的朱十老，三年前過繼一個小廝，也是汴京逃難來的，姓秦名重，母親早喪，父親秦良，十三歲上將他賣了，自己在上天竺去做香火㊹。朱十老因年老無嗣，又新死了媽媽，把秦重做親子看成，改名朱重，在店中學做賣油生理。初時父子坐店甚好。後

㊳孤　老　妓女稱長期固定的客人，或婦女以非正式夫妻關係所結識的男人。

㊴趕　趁　指下等妓女自動到酒樓筵前唱歌賺錢。

㊵黃花女兒　處女。

㊶村　牛　指無知識的粗人。

㊷覆　帳　妓女接待第二個嫖客。

㊸挨三頂五　接連不斷。

㊹香　火　在寺廟裡燒香、點火、打雜的人。

因十老得了腰痛的病，十眠九坐，勞碌不得，另招個夥計，叫做邢權，在店相幫。光陰似箭，不覺四年有餘。朱重長成一十七歲，生得一表人才，須然[45]已冠，尚未娶妻。那朱十老家有個使女，叫做蘭花，年已二十之外，存心看上了朱小官人，幾遍的到下鉤子[46]去勾搭他。誰知朱重是個老實人，又且蘭花齷齪醜陋，朱重也看不上眼。以此落花有意，流水無情。那蘭花見勾搭朱小官人不上，別尋主顧，就去勾搭那夥計邢權。邢權是望四[47]之人，沒有老婆，一拍就上。兩個暗地偷情，不止一次。反怪朱小官人礙眼，思量尋事趕他出門。邢權與蘭花兩個，裡應外合，使心設計。蘭花便在朱十老面前，假意撇清[48]說：「小官人幾番調戲，好不老實！」朱十老平時與蘭花也有一手，未免有拈酸[49]之意。邢權又將店中賣下的銀子藏過，在朱十老面前說道：「朱小官在外賭博，不長進，櫃裡銀子，幾次短少，都是他偷去了。」初次朱十老還不信，接連幾次，朱十老年老糊塗，沒有主意，就喚朱重過來，責罵了一場。朱重是個聰明的孩子，已知邢權與蘭花的計較，欲待分辨，惹起是非不小。萬一老者不聽，枉做惡人。心生一計，對朱十老說道：「店中生意淡薄，不消得二人。如今讓邢主管坐店，孩兒情願挑擔子出去賣油。賣得多少，每日納還，可不是兩重生意？」朱十老心下也有許可之意。又被邢權說道：「他不是要挑擔出去？幾年上偷銀子做私房，身邊積趲有餘了，又怪你不與他定親，心下怨悵，不願在此相幫，要討個出場，自去娶老婆，做人家哩。」朱十老嘆口氣道：「我把他做親兒看成，他卻如此歹意！皇天不祐！罷！罷！不是自身骨血，到底粘連不上，繇他去罷！」遂將三兩銀子，把與朱重，打發出門。寒夏衣服和被窩都教他拿去，這也是朱十老好處。朱重料他不肯收留，拜了四拜，大哭而別。正是：

孝己[50]殺身因謗語，申生[51]喪命為讒言。親生兒子猶如此，何怪螟蛉受枉冤。

原來秦良上天竺做香火，不曾對兒子說知。朱重出了朱十老之門，在眾安橋下賃了一間小小房兒，放下被窩等件，買巨鎖兒鎖了門，便往長街短巷，訪求父親。連走幾日，全沒消息。沒奈何，只得放下。在朱十老家四年，赤心忠良，並無一毫私蓄。只有臨行時，打發這三兩銀子，不勾本錢，做什麼生意好。左思右量，只有油行買賣是熟間52。這些油坊多曾與他識熟，還去挑個賣油擔子，是個穩足的道路。當下置辦了油擔家火，剩下的銀兩，都交付與油坊取油。那油坊裡認得朱小官是個老實好人，況且小小年紀，當初坐店，今朝挑擔上街，都因邢夥計挑撥他出來，心中甚是不平，有心扶持他，只揀窨清53的上好淨油與他，簽子54上又明讓他些。朱重得了這些便宜，自己轉賣與人，也放些寬。所以他的油比別人分外容易出脫。每日儘有些利息，又且儉喫儉用，積下東西來，置辦些日用家業，及身上衣服之類，並無妄廢。心中只有一件事未了，牽掛著父親，思想：「向來叫做朱重，誰知我是姓秦！倘或父親來尋訪之時，也沒有個因由。」遂復姓為秦。說話的，假如上一等人，有前程的，要復本姓，或具劄子55奏過朝廷，或關白56禮部、太學、國學等衙門，將冊籍改正，眾所共知。一個賣油

45 須然　雖然。
46 到下鉤子　舊時男女發生私情，一般由男性主動，若由女性主動，則稱「到（倒）下鉤子」。
47 望四　將近四十歲。
48 撇清　裝清白。
49 拈酸　吃醋嫉妒。
50 孝己　殷高宗武丁的太子，很孝順父母，因後母的讒害被放逐而死。
51 申生　春秋時晉獻公的世子，被獻公的夫人驪姬所陷害自殺。
52 熟間　熟悉的行業。
53 窨清　經過窖藏顏色澄清。窨，音ㄧㄣˋ。
54 簽子　這裡指標示油量或油價的標籤。
55 劄子　此指呈文、報告。
56 關白　通知。

的，復姓之時，誰人曉得。他有個道理，把盛油的桶兒，一面大大寫個秦字，一面寫汴梁二字，將油桶做個標識，使人一覽而知。以此臨安市上，曉得他本姓，都呼他為秦賣油。時值二月天氣，不暖不寒，秦重聞知昭慶寺僧人，要起個九晝夜功德，用油必多，遂挑了油擔來寺中賣油。那些和尚們也聞知秦賣油之名，他的油比別人又好又賤，單單作成他。所以一連這九日，秦重只在昭慶寺走動。正是：

刻薄不賺錢，忠厚不折本。

這一日是第九日了。秦重在寺出脫了油，挑了空擔出寺。其日天氣晴明，游人如蟻。秦重遶河而行。遙望十景塘桃紅柳綠，湖內畫船簫鼓，往來游玩，觀之不足，玩之有餘。走了一回，身子困倦，轉到昭慶寺右邊，望個寬處，將擔兒放下，坐在一塊石上歇腳。近側有個人家，面湖而住，金漆籬門，裡面朱欄內，一叢細竹。未知堂室何如，先見門庭清整。只見裡面三四個戴巾的[57]從內而出，一個女娘後面相送。到了門首，兩下把手一拱，說聲請了，那女娘竟進去了。秦重定睛覷之，此女容顏嬌麗，體態輕盈，目所未覩，准准的[58]呆了半晌，身子都酥麻了。他原是個老實小官，不知有烟花行徑，心中疑惑，正不知是什麼人家。方在凝思之際，只見門內又走出個中年的媽媽，同著一個垂髫的丫鬟，倚門閒看。那媽媽一眼瞧著油擔，便道：「阿呀！方纔要去買油，正好有油擔子在這裡，何不與他買些？」那丫鬟取了油瓶出來，走到油擔子邊，叫聲：「賣油的！」秦重方纔知覺。回言道：「沒有油了！媽媽要用油時，明日送來。」那丫鬟也識得幾個字，看見油桶上寫個秦字，就對媽媽道：「賣油的姓秦。」媽媽也聽得人閒講，有個秦賣油，做生意甚是忠厚。遂分付秦重道：「我家每日要油用，你肯挑來時，與你做個主顧。」秦重道：「承媽媽作成，不敢有誤。」那媽媽與丫鬟進去了。秦重心中想道：「這媽媽不知是那女娘的什麼人？我每日到他家賣油，莫說賺他利息，圖個飽看那女娘一回，也是前生福分。」正欲挑擔起身，只見兩個轎夫，擡著一頂青絹幔的轎子，後邊跟著兩個小廝，飛也似跑來。到了其家門首，歇下轎子。那小廝走進裡面去了。秦重道：「卻又作怪！看他接什麼人？」少頃之間，只見兩個丫鬟，一個捧著猩紅的氈包，一個拿著湘妃竹攢花的拜匣[59]，都交付與轎夫，放在轎座之下。那兩個小廝手中，一個抱著琴囊，一個捧著幾個手卷，腕上掛碧玉簫一枝，跟著起初的女娘出來。女娘上了轎，轎夫擡起望舊路而去。丫鬟小廝，俱隨轎步行。秦重又得親炙一番，心中愈加疑惑。挑了油擔子，洋洋的去。

不過幾步，只見臨河有一個酒館。秦重每常不喫酒，今日見了這女娘，心下又歡喜，又氣悶，將擔子放下，走進酒館，揀個小座頭坐下。酒保問道：「客人還是請客，還是獨酌？」秦重道：「有上好的酒，拿來獨飲三杯。時新菓子一兩碟，不用葷菜。」酒保斟酒時，秦重問道：「那邊金漆籬門內是什麼人家？」酒保道：「這是齊衙內的花園。如今王九媽住下。」秦重道：「方纔看見有個小娘子上轎，是什麼人？」酒保道：「這是有名的粉頭，叫做王美娘，人都稱為花魁娘子。他原是汴京人，流落在此。吹彈歌舞，琴碁書畫，件件皆精。來往的都是大頭兒[60]，要十兩放光[61]，纔宿一夜哩。可知小可[62]的也近他不得。當初住在湧金門外，因樓房狹窄，齊舍人與他相厚。半載之前，把這花園借與他住。」秦重聽得說是汴京人，觸了個鄉里之念，心中更有一倍光景[63]。喫了數杯，還了酒錢，挑了擔子，一路走，一路的肚中打稿[64]道：「世間有這樣美貌的女子，落於娼家，豈不可惜！」又自家

57 戴巾的　指讀書人、做官的人。
58 准准的　足足的；整整的。
59 拜匣　裝盛禮品、投送柬帖專用的長方形木匣。
60 大頭兒　大人物。
61 放光　銀子的隱語。
62 小可　出身低微的小戶人家。
63 光景　這裡指希望、苗頭。
64 肚中打稿　心裡暗想；打稿計畫。

暗笑道：「若不落於娼家，我賣油的怎生得見！」又想一回，越發癡起來了，道：「人生一世，草生一秋。若得這等美人摟抱了睡一夜，死也甘心。」又想一回道：「呸！我終日挑這油擔子，不過日進分文，怎麼想這等非分之事！正是癩蝦蟆在陰溝裡想著天鵝肉喫，如何到口！」又想一回道：「他相交的，都是公子王孫。我賣油的，縱有了銀子，料他也不肯接我。」又想一回道：「我聞得做老鴇的，專要錢鈔。就是個乞兒，有了銀子，他也就肯接了，何況我做生意的，青青白白之人。若有了銀子，怕他不接！只是那裡來這幾兩銀子？」一路上胡思亂想，自言自語。你道天地間有這等癡人，一個做小經紀的，本錢只有三兩，卻要把十兩銀子去嫖那名妓，可不是個春夢！自古道：有志者事竟成。被他千思萬想，想出一個計策來。他道：「從明日為始，逐日將本錢扣出，餘下的積趲上去。一日積得一分，一年也有三兩六錢之數。只消三年，這事便成了。若一日積得二分，只消得年半。若再多得些，一年也差不多了。」想來想去，不覺走到家裡，開鎖進門。只因一路上想著許多閒事，回來看了自家的睡鋪，慘然無歡。連夜飯也不要喫，便上了床。這一夜翻來覆去，牽掛著美人，那裡睡得著。

只因月貌花容，引起心猿意馬。

捱到天明，爬起來，就裝了油擔，煮早飯喫了，匆匆挑了油擔子，一逕走到王媽媽家去。進了門，卻不敢直入，舒著頭，往裡面張望。王媽媽恰纔起床，還蓬著頭，正分付保兒買飯菜。秦重識得聲音，叫聲：「王媽媽。」九媽往外一張，見是秦賣油，笑道：「好忠厚人！果然不失信。」便叫他挑擔進來，稱了一瓶，約有五斤多重，公道還錢。秦重並不爭論。王九媽甚是歡喜，道：「這瓶油，只勾我家兩日用。但隔一日，你便送來，我不往別處去買油。」秦重應諾，挑擔而出。只恨不曾遇見花魁娘子。「且喜扳下主顧，少不得一次不見，二次見，二次不見，三次見。只是一件，特為王九媽一家挑這許多路來，不是做生意的勾當。這昭慶寺是順路，今日寺中雖然不做功德，難道尋常不用油的？我且挑擔去問他，若扳得各房頭做個主顧，只消走錢塘門這一路，那一擔油儘勾出脫了。」秦重挑擔到寺內問時，原來各房和尚也正想著秦賣油。來得正好，多少不等，各各買他的油。秦重與各房約定，也是間一日便送油來用。這一日是個雙日，自此日為始，但是單日，秦重別街道上做買賣；但是雙日，就走錢塘門這一路。一出錢塘門，先到王九媽家裡，以賣油為名，去看花魁娘子。有一日會見，也有一日不會見。不見時費了一場思想，便見時也只添了一層思想。正是：

天長地久有時盡，此恨此情無盡期。

再說秦重到了王九媽家多次，家中大大小小，沒一個不認得是秦賣油。時光迅速，不覺一年有餘。日大日小，只揀足色細絲[65]，或積三分，或積二分，再少也積下一分。湊得幾錢，又打換大塊頭。日積月累，有了一大包銀子，零星湊集，連自己也不識多少。其日是單日，又值大雨，秦重不出去做買賣。看了這一大包銀子，心中也自喜歡。「趁今日空閒，我把他上一上天平，見個數目。」打個油傘，走到對門傾銀鋪[66]裡，借天平兌銀。那銀匠好不輕薄[67]，想著：「賣油的多少銀子，要架天平？只把個五兩頭等子與他，還怕用不著頭紐哩。」秦重把銀子包解開，都是散碎銀兩。大凡成錠的見少，散碎的就見多。銀匠是小輩，眼孔極淺，見了許多銀子，別是一番面目，想道：「人不可貌相，海水不可斗量。」慌忙架起天平，搬出若大若小許多法馬。秦重儘包而兌，一釐不多，一釐不少，剛剛一十

[65] 足色細絲　十足成色的雪白銀兩。
[66] 傾銀鋪　鎔鑄銀錠的店鋪。
[67] 輕薄　不尊重；藐視。

六兩之數，上秤便是一斤。秦重心下想道：「除去了三兩本錢，餘下的做一夜花柳之費，還是有餘。」又想道：「這樣散碎銀子，怎好出手！拿出來也被人看低了！見成傾銀店中方便，何不傾成錠兒，還覺冠冕[68]。」當下兌足十兩，傾成一個足色大錠，再把一兩八錢，傾成水絲一小錠。剩下四兩二錢之數，拈一小塊，還了火錢，又將幾錢銀子，置下鑲鞋淨襪，新褶了一頂萬字頭巾。回到家中，把衣服漿洗得乾乾淨淨，買幾根安息香，薰了又薰。揀個晴明好日，侵早打扮起來。

雖非富貴豪華客，也是風流好後生。

秦重打扮得齊齊整整，取銀兩藏於袖中，把房門鎖了，一逕望王九媽家而來。那一時好不高興。及至到了門首，愧心復萌，想道：「時常挑了擔子在他家賣油，今日忽地去做闞客，如何開口？」正在躊躇之際，只聽得呀的一聲門響，王九媽走將出來。見了秦重，便道：「秦小官今日怎的不做生意，打扮得恁般齊楚[69]，往那裡去貴幹？」事到其間，秦重只得老著臉，上前作揖。媽媽也不免還禮。秦重道：「小可[70]並無別事，專來拜望媽媽。」那鴇兒是老積年[71]，見貌辨色，見秦重恁般裝束，又說拜望，「一定是看上了我家那個丫頭，要闞一夜，或是會一個房[72]。雖然不是個大勢主菩薩，搭在籃裡便是菜，捉在籃裡便是蟹，賺他錢把銀子買蔥菜，也是好的。」便滿臉堆下笑來，道：「秦小官拜望老身，必有好處。」秦重道：「小可有句不識進退的言語，只是不好啟齒。」王九媽道：「但說何妨。且請到裡面客坐裡細講。」秦重為賣油雖曾到王家准百次，這客坐裡交椅，還不曾與他屁股做個相識。今日是個會面之始。王九媽到了客坐，不免分賓而坐，向著內裡喚茶。少頃，丫鬟托出茶來，看時卻是秦賣油，正不知什麼緣故，媽媽恁般相待，格格低了頭只管笑。王九媽看見，喝道：「有甚好笑！對客全沒些規矩！」丫鬟止住笑，收了茶杯自去。王九媽方纔開言問道：「秦小官有甚話，要對老身說？」秦重道：「沒有別話，要在媽媽宅上請一位姐姐喫一杯酒兒。」九媽道：「難道喫寡酒，一定要鬮了。你是個老實人，幾時動這風流之興？」秦重道：「小可的積誠，也非止一日。」九媽道：「我家這幾個姐姐，都是你認得的。不知你中意那一位？」秦重道：「別個都不要，單單要與花魁娘子相處一宵。」九媽只道取笑他，就變了臉道：「你出言無度！莫非奚落[73]老娘麼？」秦重道：「小可是個老實人，豈有虛情。」九媽道：「糞桶也有兩個耳朵，你豈不曉得我家美兒的身價！倒了你賣油的竈[74]，還不勾半夜歇錢哩。不如將就揀一個適興罷。」秦重把頸一縮，舌頭一伸，道：「恁的好賣弄！不敢動問，你家花魁娘子一夜歇錢要幾千兩？」九媽見他說耍話，卻又回嗔作喜，帶笑而言道：「那要許多！只要得十兩敲絲[75]。其他東道雜費，不在其內。」秦重道：「原來如此，不為大事。」袖中摸出這禿禿裡一大錠放光細絲銀子，遞與鴇兒道：「這一錠十兩重，足色足數，請媽媽收著。」又摸出一小錠來，也遞與鴇兒，又道：「這一小錠，重有二兩，相煩備個小東。望媽媽成就小可這件好事，生死不忘，日後再有孝順。」九媽見了這錠大銀，已自不忍釋手，又恐怕他一時高興，日後沒了本錢，心中懊悔，也要儘他一句纔好。便道：「這十兩銀子，你做經紀的人，積趲不易，還要三思而行。」秦重道：「小可主意已定，不要你老人家費心。」

九媽把這兩錠銀子收於袖中，道：「是便是了。還有許多煩難哩。」秦重道：「媽媽是一家之主，有甚煩難？」九媽道：「我家美兒，往來的都是王孫公子，富室豪家，真個是『談笑有鴻儒，往來無

[68] 冠冕　有體面；有面子。
[69] 齊楚　漂亮。
[70] 小可　自稱的謙詞。
[71] 老積年　指閱歷豐富，老於人情世故的人。
[72] 會一個房　和妓女發生一次關係。
[73] 奚落　譏誚。
[74] 倒了你賣油的竈　意即「你便傾家蕩產」。
[75] 敲絲　指銀兩。因古代銀兩都敲印著圓絲紋，故稱。

白丁。』他豈不認得你是做經紀的秦小官，如何肯接你？」秦重道：「但憑媽媽怎的委曲宛轉，成全其事，大恩不敢有忘！」九媽見他十分堅心，眉頭一皺，計上心來，扯開笑口道：「老身已替你排下計策，只看你緣法如何。做得成，不要喜；做不成，不要怪。美兒昨日在李學士家陪酒，還未曾回。今日是黃衙內[76]約下遊湖。明日是張山人一班清客邀他做詩社。後日是韓尚書的公子，數日前送下東道在這裡。你且到大後日來看。還有句話，這幾日你且不要來我家賣油，預先留下個體面。又有句話，你穿著一身的布衣布裳，不像個上等闞客。再來時，換件紬緞衣服，教這些丫頭們認不出你是秦小官。老娘也好與你裝謊[77]。」秦重道：「小可一一理會得。」說罷，作別出門，且歇這三日生理，不去賣油，到典鋪裡買了一件見成半新半舊的紬衣，穿在身上，到街坊閒走，演習斯文模樣。正是：

未識花院行藏，先習孔門規矩。

丟過那三日不題。到第四日，起個清早，便到王九媽家去。去得太早，門還未開。意欲轉一轉再來。這番裝扮希奇，不敢到昭慶寺去，恐怕和尚們批點。且到十景塘散步，良久又踅轉來。王九媽家門已開了。那門前卻安頓得有轎馬，門內有許多僕從，在那裡閒坐。秦重雖然老實，心下到也乖巧，且不進門，悄悄的招那馬夫問道：「這轎馬是誰家的？」馬夫道：「韓府裡來接公子的。」秦重已知韓公子夜來留宿，此時還未曾別。重復轉身，到一個飯店之中，喫了些見成茶飯，又坐了一回，方纔到王家探信。只見門前轎馬已自去了。進得門時，王九媽迎著，便道：「老身得罪，今日又不得工夫了。恰纔韓公子拉去東莊賞早梅。他是個長闞，老身不好違拗。聞得說，來日還要到靈隱寺，訪個棋師賭棋哩。齊衙內又來約過兩三次了。這是我家房主，又是辭不得的。他來時，或三日五日的住了去，連老身也定不得個日子。秦小官，你真個要闞，只索耐心再等幾日。不然，前日的尊賜，分毫不動，要便奉還。」秦重道：「只怕媽媽不作成。若還遲，終無失，就是一萬年，小可也情願等著。」九媽道：「恁地時，老身便好張主[78]！」秦重作別，方欲起身，九媽又道：「秦小官人，老身還有句話。你下次若來討信，不要早了。約莫申牌時分，有客沒客，老身把個實信與你。倒是越晏些越好。這是老身的妙用，你休錯怪。」秦重連聲道：「不敢，不敢！」這一日秦重不曾做買賣。次日，整理油擔，挑往別處去生理，不走錢塘門一路。每日生意做完，傍晚時分就打扮齊整，到王九媽家探信，只是不得工夫。又空走了一月有餘。

那一日是十二月十五，大雪方霽，西風過後，積雪成冰，好不寒冷。卻喜地下乾燥。秦重做了大半日買賣，如前粧扮，又去探信。王九媽笑容可掬，迎著道：「今日你造化，已是九分九厘了。」秦重道：「這一厘是欠著什麼？」九媽道：「這一厘麼？正主兒還不在家。」秦重道：「可回來麼？」九媽道：「今日是俞太尉家賞雪，筵席就備在湖船之內。俞太尉是七十歲的老人家，風月之事，已自沒分。原說過黃昏送來。你且到新人房裡，喫杯燙風酒[79]，慢慢的等他。」秦重道：「煩媽媽引路。」王九媽引著秦重，彎彎曲曲，走過許多房頭，到一個所在，不是樓房，卻是個平屋三間，甚是高爽。左一間是丫鬟的空房，一般有床榻桌椅之類，卻是備官鋪的；右一間是花魁娘子臥室，鎖著在那裡。兩旁又有耳房。中間客座上面掛一幅名人山水，香几上博山古銅爐[80]，燒著龍涎香餅，兩旁書桌，擺

---

76 衙內　古官名。掌禁衛之事。由於唐代藩鎮相沿用自己的子弟管領這種職務，故宋元時代便稱呼貴家子弟為衙內。

77 裝謊　掩飾謊話。

78 張主　作主。

79 燙風酒　指禦寒的酒。

80 博山古銅爐　香爐名。博山，海中山名，香爐頂部製作博山的形狀，裡面可以燃香，叫做博山爐，後成為名貴的香爐的代稱。

設些古玩，壁上貼許多詩稿。秦重愧非文人，不敢細看。心下想道：「外房如此整齊，內室鋪陳，必然華麗。今夜儘我受用。十兩一夜，也不為多。」九媽讓秦小官坐於客位，自己主位相陪。少頃之間，丫鬟掌燈過來，擡下一張八仙桌兒，六碗時新果子，一架攢盒[81]佳餚美醞，未曾到口，香氣撲人。九媽執盞相勸道：「今日眾小女都有客，老身只得自陪，請開懷暢飲幾杯。」秦重酒量本不高，況兼正事在心，只喫半杯。喫了一會，便推不飲。九媽道：「秦小官想餓了，且用些飯再喫酒。」丫鬟捧著雪花白米飯，一喫一添，放於秦重面前，就是一盞雜和湯。鴇兒量高，不用飯，以酒相陪。秦重喫了一碗，就放箸。九媽道：「夜長哩，再請些。」秦重又添了半碗。丫鬟提個行燈來，說：「浴湯熱了，請客官洗浴。」秦重原是洗過澡來的，不敢推托，只得又到浴堂，肥皂香湯，洗了一遍。重復穿衣入坐。九媽命撤去餚盒，用煖鍋下酒。此時黃昏已絕，昭慶寺裡的鐘都撞過了，美娘尚未回來。

玉人何處貪歡耍？等得情郎望眼穿！

常言道：等人心急。秦重不見表子回家，好生氣悶，卻被鴇兒夾七夾八，說些風話[82]勸酒，不覺又過了一更天氣。只聽外面熱鬧鬧的，卻是花魁娘子回家，丫鬟先來報了。九媽連忙起身出迎，秦重也離坐而立。只見美娘喫得大醉，侍女扶將進來，到於門首，醉眼矇矓，看見房中燈燭輝煌，杯盤狼籍，立住腳問道：「誰在這裡喫酒？」九媽道：「我兒，便是我向日與你說的那秦小官人。他心中慕你，多時的送過禮來。因你不得工夫，擔閣他一月有餘了。你今日幸而得空，做娘的留他在此伴你。」美娘道：「臨安郡中，並不聞說起有什麼秦小官人！我不去接他。」轉身便走。九媽雙手托開，即忙攔住道：「他是個志誠好人，娘不誤你。」美娘只得轉身，纔跨進房門，擡頭一看那人，有些面善，一時醉了，急切叫不出來，便道：「娘，這個人我認得他的，不是有名稱的子弟。接了他，被人笑話。」

九媽道：「我兒，這是湧金門內開段鋪的秦小官人。當初我們住在湧金門時，想你也曾會過，故此面善。你莫識認錯了。做娘的見他來意志誠，一時許了他，不好失信。你看做娘的面上，胡亂留他一晚。做娘的曉得不是了，明日卻與你陪禮。」一頭說，一頭推著美娘的肩頭向前。美娘拗媽媽不過，只得進房相見。正是：

千般難出虔婆口，萬般難脫虔婆手。饒君縱有萬千般，不如跟著虔婆走。

這些言語，秦重一句句都聽得，佯為不聞。美娘萬福過了，坐於側首，仔細看著秦重，好生疑惑，心裡甚是不悅，嘿嘿無言。喚丫鬟將熱酒來，斟著大鍾。鴇兒只道他敬客，卻自家一飲而盡。九媽道：「我兒醉了，少喫些麼！」美兒那裡依他，答應道：「我不醉！」一連喫上十來杯。這是酒後之酒，醉中之醉，自覺立腳不住。喚丫鬟開了臥房，點上銀釭[83]，也不卸頭，也不解帶，躧脫了綉鞋，和衣上床，倒身而臥。鴇兒見女兒如此做作，甚不過意。對秦重道：「小女平日慣了，他專會使性。今日他心中不知為什麼有些不自在，卻不干你事。休得見怪！」秦重道：「小可豈敢！」鴇兒又勸了秦重幾杯酒。秦重再三告止。鴇兒送入臥房，向耳傍分付道：「那人醉了，放溫存些。」又叫道：「我兒起來，脫了衣服，好好的睡。」美娘已在夢中，全不答應，鴇兒只得去了。丫鬟收拾了杯盤之類，抹了桌子，叫聲：「秦小官人，安置[84]罷。」秦重道：「有熱茶要一壺。」丫鬟泡了一壺濃茶，送進房裡。帶轉房門，自去耳房中安歇。秦重看美娘時，面對裡床，睡得正熟，把錦被壓於身下。秦重想酒

[81] 攢盒　雜盛果肴的盒子。
[82] 風話　涉及男女風情的話。
[83] 銀釭　銀白色的燈盞、燈燭。
[84] 安置　用作稱別人就寢的敬辭。

醉之人，必然怕冷，又不敢驚醒他。忽見闌干上又放著一床大紅紵絲的錦被。輕輕的取下，蓋在美娘身上，把銀燈挑得亮亮的，取了這壺熱茶，脫鞋上床，捱在美娘身邊，左手抱著茶壺在懷，右手搭在美娘身上，眼也不敢閉一閉。正是：

未曾握雨攜雲，也算偎香倚玉。

卻說美娘睡到半夜，醒將轉來，自覺酒力不勝，胸中似有滿溢之狀。爬起來，坐在被窩中，垂著頭，只管打乾噦[85]。秦重慌忙也坐起來。知他要吐，放下茶壺，用手撫摩其背。良久，美娘喉間忍不住了，說時遲，那時快，美娘放開喉嚨便吐。秦重怕汙了被窩，把自己的道袍袖子張開，罩在他嘴上。美娘不知所以，盡情一嘔，嘔畢，還閉著眼，討茶漱口。秦重下床，將道袍輕輕脫下，放在地平之上，摸茶壺還是煖的。斟上一甌香噴噴的濃茶，遞與美娘。美娘連喫了二碗，胸中雖然略覺豪燥，身子兀自倦怠。仍舊倒下，向裡睡去了。秦重脫下道袍，將吐下一袖的腌臢，重重裹著，放於床側，依然上床，擁抱似初。美娘那一覺直睡到天明方醒。覆身轉來，見傍邊睡著一人，問道：「你是那個？」秦重答道：「小可姓秦。」美娘想起夜來之事，恍恍惚惚，不甚記得真了，便道：「我夜來好醉！」秦重道：「也不甚醉。」又問：「可曾吐麼？」秦重道：「不曾。」美娘道：「這樣還好。」又想一想道：「我記得曾吐過的，又記得曾喫過茶來，難道做夢不成？」秦重方纔說道：「是曾吐來。小可見小娘子多了杯酒，也防著要吐，把茶壺煖在懷裡。小娘子果然吐後討茶，小可斟上，蒙小娘子不棄，飲了兩甌。」美娘大驚道：「臟巴巴的，吐在那裡？」秦重道：「恐怕小娘子汙了被褥，是小可把袖子盛了。」美娘道：「如今在那裡？」秦重道：「連衣服裹著，藏過在那裡。」美娘道：「可惜壞了你一件衣服。」秦重道：「這是小可的衣服，有幸得沾小娘子的餘瀝。」美娘聽說，心下想道：「有這般識趣的人！」心裡已有四五分歡喜了。

此時天色大明，美娘起身，下床小解。看著秦重，猛然想起是秦賣油，遂問道：「你實對我說，是什麼樣人？為何昨夜在此？」秦重道：「承花魁娘子下問，小子怎敢妄言。小可實是常來宅上賣油的秦重。」遂將初次看見送客，又看見上轎，心下想慕之極，及積趲閥錢之事，備細述了一遍。「夜來得親近小娘子一夜，三生有幸，心滿意足。」美娘聽說，愈加可憐，道：「我昨夜酒醉，不曾招接得你。你乾折了許多銀子，莫不懊悔？」秦重道：「小娘子天上神仙，小可惟恐伏侍不周，但不見責，已為萬幸。況敢有非意之望！」美娘道：「你做經紀的人，積下些銀兩，何不留下養家？此地不是你來往的。」秦重道：「小可單只一身，並無妻小。」美娘頓了一頓，便道：「你今日去了，他日還來麼！」秦重道：「只這昨宵相親一夜，已慰生平，豈敢又作癡想！」美娘想道：「難得這好人，又忠厚，又老實，又且知情識趣，隱惡揚善，千百中難遇此一人。可惜是市井之輩。若是衣冠子弟，情願委身事之。」正在沉吟之際，丫鬟捧洗臉水進來，又是兩碗姜湯。秦重洗了臉，因夜來未曾脫幘[86]，不用梳頭，呷了幾口姜湯，便要告別。美娘道：「少住不妨，還有話說。」秦重道：「小可仰慕花魁娘子，在傍多站一刻，也是好的。但為人豈不自揣！夜來在此，實是大膽。惟恐他人知道，有玷芳名，還是早些去了安穩。」美娘點了一點頭，打發丫鬟出房，忙忙的開了減粧[87]，取出二十兩銀子，送與秦重道：「昨夜難為了你，這銀兩權奉為資本，莫對人說。」秦重那裡肯受。美娘道：「我的銀子，來路容易。這些須酬你一宵之情，休得固遜。若本錢缺少，異日還有助你之處。那件汙穢的衣服，我

[85] 打乾噦　想吐又吐不出來；乾嘔。噦，音ㄩㄝ。

[86] 幘　音ㄗㄜˊ。包頭髮的頭巾。

[87] 減粧　舊時用來盛化妝品的匣子。

叫丫鬟揃洗[88]乾淨了還你罷。」秦重道：「粗衣不煩小娘子費心，小可自會揃洗。只是領賜不當。」美娘道：「說那裡話！」將銀子挜[89]在秦重袖內，推他轉身。秦重料難推卻，只得受了，深深作揖，捲了脫下這件齷齪道袍，走出房門。打從鴇兒房前經過，保兒看見，叫聲：「媽媽！秦小官去了。」王九媽正在淨桶上解手，口中叫道：「秦小官，如何去得恁早？」秦重道：「有些賤事，改日特來稱謝。」不說秦重去了；且說美娘與秦重雖然沒點相干，見他一片誠心，去後好不過意。這一日因害酒，辭了客在家將息。千個萬個孤老都不想，倒把秦重整整的想了一日。有掛枝兒為證：

俏冤家，須不是串花家[90]的子弟，你是個做經紀本分人兒，那匡[91]你會溫存，能軟款，知心知意。料你不是個使性的，料你不是個薄情的。幾番待放下思量也，又不覺思量起。

話分兩頭，再說邢權在朱十老家，與蘭花情熱，見朱十老病廢在床，全無顧忌。十老發作了幾場。兩個商量出一條計策來，俟夜靜更深，將店中資本席捲，雙雙的桃之夭夭[92]，不知去向。次日天明，十老方知。央及鄰里，出了個失單，尋訪數日，並無動靜。深悔當日不合為邢權所惑，逐了朱重。如今日久見人心，聞知朱重，賃居眾安橋下，挑擔賣油，不如仍舊收拾他回來，老死有靠。只怕他記恨在心。教鄰舍好生勸他回家，但記好，莫記惡。秦重一聞此言，即日收拾了傢伙，搬回十老家裡。相見之間，痛哭了一場。十老將所存囊橐，盡數交付秦重。秦重自家又有二十餘兩本錢，重整店面，坐櫃賣油。因在朱家，仍稱朱重，不用秦字。不上一月，十老病重，醫治不痊，嗚呼哀哉。朱重搥胸大慟，如親父一般，殯殮成服，七七做了些好事。朱家祖墳在清波門外，朱重舉喪安葬，事事成禮。鄰里皆稱其厚德。事定之後，仍先開鋪。原來這油鋪是個老店，從來生意原好；卻被邢權刻剝存私，將主顧弄斷了多少。今見朱小官在店，誰家不來作成，所以生理比前越盛。朱重單身獨自，急切要尋個老成幫手。有個慣做中人的，叫做金中，忽一日引著一個五十餘歲的人來。原來那人正是莘善，在汴梁城外安樂村居住。因那年避亂南奔，被官兵衝散了女兒瑤琴，夫妻兩口，淒淒惶惶，東逃西竄，胡亂的過了幾年。今日聞臨安興旺，南渡人民，大半安插在彼。誠恐女兒流落此地，特來尋訪，又沒消息。身邊盤纏用盡，欠了飯錢，被飯店中終日趕逐，無可奈何。偶然聽見金中說起朱家油鋪，要尋個賣油幫手。自己曾開過六陳鋪子，賣油之事，都則在行。況朱小官原是汴京人，又是鄉里，故此央金中引薦到來。朱重問了備細，鄉人見鄉人，不覺感傷。「既然沒處投奔，你老夫妻兩口，只住在我身邊，只當個鄉親相處，慢慢的訪著令愛消息，再作區處。」當下取兩貫錢把與莘善，去還了飯錢，連渾家阮氏也領將來，與朱重相見了，收拾一間空房，安頓他老夫婦在內。兩口兒也盡心竭力，內外相幫。朱重甚是歡喜。光陰似箭，不覺一年有餘。多有人見朱小官年長未娶，家道又好，做人又志誠，情願白白把女兒送他為妻。朱重因見了花魁娘子，十分容貌，等閒的不看在眼，立心要訪求個出色的女子，方纔肯成親。以此日復一日，擔擱下去。正是：

曾觀滄海難為水，除卻巫山不是雲。

再說王美娘在九媽家，盛名之下，朝歡暮樂，真個口厭肥甘，身嫌錦繡。然雖如此，每遇不如意之處，或是子弟們任情使性，喫醋挑槽[93]，或自己病中醉後，半夜三更，沒人疼熱，就想起秦小官人

88 湔　洗　洗滌。湔，音ㄐㄧㄢ。
89 掗　音ㄧㄚˋ。強給人東西。
90 串花家　逛妓院。
91 匡　通「恇」。料想；想到。
92 桃之夭夭　本是詩經周南桃夭篇中的一句詩，這裡借「桃」諧「逃」的音，就是逃走的意思。
93 挑　槽　此指嫖客拋棄原來相好的妓女，另結新歡。一作「跳槽」。

的好處來。只恨無緣再會。也是他桃花運盡，合當變更。一年之後，生出一段事端來。

卻說臨安城中，有個吳八公子，父親吳岳，見為福州太守。這吳八公子，新從父親任上回來，廣有金銀。平昔間也喜賭錢喫酒，三瓦兩舍[94]走動。聞得花魁娘子之名，未曾識面，屢屢遣人來約，欲要闞他。王美娘聞他氣質不好，不願相接，託故推辭，非止一次。那吳八公子也曾和著閒漢們親到王九媽家幾番，都不曾會。其時清明節屆，家家掃墓，處處踏青。美娘因連日遊春困倦，且是積下許多詩畫之債，未曾完得，分付家中：「一應客來，都與我辭去。」閉了房門，焚起一爐好香，擺設文房四寶，方欲舉筆，只聽得外面沸騰，卻是吳八公子，領著十餘個狠僕，來接美娘遊湖。因見鴇兒每次回他，在中堂行凶，打傢打伙，直鬧到美娘房前。只見房門鎖閉。原來妓家有個回客法兒，小娘躲在房內，卻把房門反鎖，支吾客人，只推不在，那老實的就被他哄過了。吳公子是慣家，這些套子，怎地瞞得。分付家人扭斷了鎖，把房門一腳踢開。美娘躲身不迭[95]，被公子看見，不由分說，教兩個家人，左右牽手，從房內直拖出房外來，口中兀自亂嚷亂罵。王九媽欲待上前陪禮解勸，看見勢頭不好，只得閃過。家中大小，躲得沒半個影兒。吳家狠僕牽著美娘，出了王家大門，不管他弓鞋窄小，望街上飛跑。八公子在後，揚揚得意。直到西湖口，將美娘攙[96]下了湖船，方纔放手。美娘十二歲到王家，錦繡中養成，珍寶般供養，何曾受恁般凌賤。下了船，對著船頭，掩面大哭。吳八公子見了，放下面皮，氣忿忿的像關雲長單刀赴會，一把交椅，朝外而坐，狠僕侍立於傍。一面分付開船，一面數一數二的發作一個不住：「小賤人，小娼根，不受人擡舉！再哭時，就討打了！」美娘那裡怕他，哭之不已。船至湖心亭，吳八公子分付擺盒在亭子內，自己先上去了，卻分付家人：「叫那小賤人來陪酒。」美娘抱住了欄杆，那裡肯去，只是嚎哭。吳八公子也覺沒興。自己喫了幾杯淡酒，收拾下船，自來扯美娘。美娘雙腳亂跳，哭聲愈高。八公子大怒，教狠僕拔去簪珥。美娘蓬著頭，跑到船頭上，就要投水，被家童們扶住。公子道：「你撒賴[97]便怕你不成！就是死了，也只費得我幾兩銀子，不為大事。只是送你一條性命，也是罪過。你住了啼哭時，我就放你回去，不難為你。」美娘聽說放他回去，真個住了哭。八公子分付移船到清波門外僻靜之處，將美娘綉鞋脫下，去其裹腳，露出一對金蓮，如兩條玉筍相似。教狠僕扶他上岸，罵道：「小賤人！你有本事，自走回家，我卻沒人相送。」說罷，一篙子撐開，再向湖中而去。正是：

焚琴煮鶴[98]從來有，惜玉憐香幾個知！

美娘赤了腳，寸步難行。思想：「自己才貌兩全，只為落於風塵，受此輕賤。平昔枉自結識許多王孫貴客，急切用他不著，受了這般凌辱。就是回去，如何做人？到不如一死為高。只是死得沒些名目，枉自享個盛名，到此地位，看著村莊婦人，也勝我十二分。這都是劉四媽這個花嘴，哄我落坑墮塹，致有今日！自古紅顏薄命，亦未必如我之甚！」越思越苦，放聲大哭。事有偶然，卻好朱重那日到清波門外朱十老的墳上，祭掃過了，打發祭物下船，自己步回，從此經過。聞得哭聲，上前看時，雖然蓬頭垢面，那玉貌花容，從來無兩，如何不認得！喫了一驚，道：「花魁娘子，如何這般模樣？」美娘哀哭之際，聽得聲音廝熟，止啼而看，原來正是知情識趣的秦小官。美娘當此之際，如見親人，不覺傾心吐膽，告訴他一番。朱重心中十分疼痛，亦為之流淚。袖中帶得有白綾汗巾一條，約有五尺

[94]三瓦兩舍　酒館、妓院、賭場、雜耍場等場所。
[95]不　迭　不及。
[96]摟　音ㄙㄨㄥˇ。推。
[97]撒　賴　耍無賴。
[98]焚琴煮鶴　比喻不懂風雅，糟蹋好東西。琴，本是彈奏的樂器，卻拿來當柴燒。鶴，本是養著欣賞的，卻拿來煮著吃。

多長，取出劈半扯開，奉與美娘裹腳，親手與他拭淚。又與他挽起青絲，再三把好言寬解。等待美娘哭定，忙去喚個煖轎，請美娘坐了，自己步送，直到王九媽家。九媽不得女兒消息，在四處打探，慌迫之際，見秦小官送女兒回來，分明送一顆夜明珠還他，如何不喜！況且鴇兒一向不見秦重挑油上門，多曾聽得人說，他承受了朱家的店業，手頭活動，體面又比前不同，自然刮目相待。又見女兒這等模樣，問其緣故，已知女兒喫了大苦，全虧了秦小官。深深拜謝，設酒相待。日已向晚，秦重略飲數杯，起身作別。美娘如何肯放，道：「我一向有心於你，恨不得你見面。今日定然不放你空去。」鴇兒也來扳留。秦重喜出望外。是夜，美娘吹彈歌舞，曲盡生平之技，奉承秦重。秦重如做了一個遊仙好夢，喜得魄蕩魂消，手舞足蹈。夜深酒闌，二人相挽就寢，雲雨之事，其美滿更不必言：

一個是足力後生，一個是慣情女子。這邊說三年懷想，費幾多役夢勞魂，那邊說一載相思，喜僥倖粘皮貼肉。一個謝前番幫襯，合今番恩上加恩；一個謝今夜總成，比前夜愛中添愛。紅粉妓傾翻粉盒，羅帕留痕；賣油郎打潑油瓶，被窩沾濕。可笑村兒乾折本，作成小子弄風流。

雲雨已罷，美娘道：「我有句心腹之言與你說，你休得推托。」秦重道：「小娘子若用得著小可時，就赴湯蹈火，亦所不辭，豈有推托之理。」美娘道：「我要嫁你。」秦重笑道：「小娘子就嫁一萬個，也還不數到小可頭上，休得取笑，枉自折了小可的食料[99]。」美娘道：「這話實是真心，怎說取笑二字！我自十四歲被媽媽灌醉，梳弄過了。此時便要從良。只為未曾相處得人，不辨好歹，恐誤了終身大事。以後相處的雖多，都是豪華之輩，酒色之徒，但知買笑追歡的樂意，那有憐香惜玉的真心。看來看去，只有你是個志誠君子。況聞你尚未娶親，若不嫌我烟花賤質，情願舉案齊眉[100]，白頭奉侍。你若不允之時，我就將三尺白羅，死於君前，表白我一片誠心，也強如昨日死於村郎之手，沒名沒目，惹人笑話。」說罷，嗚嗚的哭將起來。秦重道：「小娘子休得悲傷。小可承小娘子錯愛，將天就地，求之不得，豈敢推托。只是小娘子千金聲價，小可家貧力薄，如何擺布。也是力不從心了。」美娘道：「這卻不妨。不瞞你說，我只為從良一事，預先積趲些東西，寄頓在外。贖身之費，一毫不費你心力。」秦重道：「就是小娘子自己贖身，平昔住慣了高堂大廈，享用了錦衣玉食，在小可家，如何過活？」美娘道：「布衣蔬食，死而無怨。」秦重道：「小娘子雖然——只怕媽媽不從。」美娘道：「我自有道理。如此如此，這般這般。」兩個直說到天明。

原來黃翰林的衙內，韓尚書的公子，齊太尉的舍人，這幾個相知的人家，美娘都寄頓得有箱籠。美娘只推要用，陸續取到密地，約下秦重，教他收置在家。然後一乘轎子，擡到劉四媽家，訴以從良之事。劉四媽道：「此事老身前日原說過的。只是年紀還早，又不知你要從那一個？」美娘道：「姨娘，你莫管是甚人，少不得依著姨娘的言語，是個真從良，樂從良，了從良；不是那不真，不假，不了，不絕的勾當。只要姨娘肯開口時，不愁媽媽不允。做姪女的沒別孝順，只有十兩金子，奉與姨娘，胡亂打些釵子，是必在媽媽前做個方便。事成之時，媒禮在外。」劉四媽看見這金子，笑得眼兒沒縫，便道：「自家兒女，又是美事，如何要你的東西！這金子權時領下，只當與你收藏。此事都在老身身上。只是你的娘，把你當個搖錢之樹，等閒也不輕放你出去。怕不要千把銀子。那主兒可是肯出手的麼？也得老身見他一見，與他講通方好。」美娘道：「姨娘莫管閒事，只當你姪女自家贖身便了。」

99 食　料　原指可供飲食的東西，這裡指壽命。

100 舉案齊眉　東漢時，梁鴻和孟光夫婦二人互相尊敬，孟光做好了飯給梁鴻吃，總是把案（托盤一類的東西）舉得和眉毛一樣高，表示恭敬。後人遂以舉案齊眉比喻夫妻的相互敬重。

劉四媽道：「媽媽可曉得你到我家來？」美娘道：「不曉得。」四媽道：「你且在我家便飯。待老身先到你家，與媽媽講。講得通時，然後來報你。」

劉四媽僱乘轎子，擡到王九媽家。九媽相迎入內。劉四媽問起吳八公子之事，九媽告訴了一遍。四媽道：「我們行戶人家，到是養成個半低不高的丫頭，儘可賺錢，又且安穩。不論什麼客就接了，倒是日日不空的。姪女只為聲名大了，好似一塊鯗魚[101]落地，馬蟻兒都要鑽他。雖然熱鬧，卻也不得自在。說便許多一夜，也只是個虛名。那些王孫公子來一遍，動不動有幾個幫閒[102]，連宵達旦，好不費事。跟隨的人又不少，個個要奉承得他好。有些不到之處，口裡就出粗[103]哩嗹囉嗹的罵人，還要弄損你傢伙，又不好告訴他家主，受了若干悶氣。況且山人墨客，詩社棋社，少不得一月之內，又有幾日官身[104]。這些富貴子弟，你爭我奪，依了張家，違了李家，一邊喜，少不得一邊怪了。就是吳八公子這一個風波，嚇殺人的，萬一失差，卻不連本送了。官宦人家，和他打官司不成！只索忍氣吞聲。今日還虧著你家時運高，太平沒事，一個霹靂空中過去了。倘然山高水低，悔之無及。妹子聞得吳八公子不懷好意，還要到你家索鬧。姪女的性氣又不好，不肯奉承人。第一是這件，乃是個惹禍之本。」九媽道：「便是這件，老身常是擔憂。就是這八公子，也是有名有稱的人，又不是微賤之人。這丫頭抵死不肯接他，惹出這場寡氣。當初他年紀小時，還聽人教訓。如今有了個虛名，被這些富貴子弟誇他獎他，慣了他性情，驕了他氣質，動不動自作自主。逢著客來，他要接便接。他若不情願時，便是九牛也休想牽得他轉。」劉四媽道：「做小娘的略有些身分，都則如此。」王九媽道：「我如今與你商議。倘若有個肯出錢的，不如賣了他去，到得乾淨。省得終身擔著鬼胎過日。」劉四媽道：「此言甚妙。賣了他一個，就討得五六個。若湊巧撞得著相應的[105]，十來個也討得的。這等便宜事，如何不做！」王九媽道：「老身也曾算計過來。那些有勢有力的不肯出錢，專要討人便宜。及至肯出幾兩銀子的，女兒又嫌好道歉[106]，做張做智[107]的不肯。若有好主兒，妹子做媒，作成則個。倘若這丫頭不肯時節，還求你攛掇。這丫頭做娘的話也不聽，只你說得他信，話得他轉。」劉四媽呵呵大笑道：「做妹子的此來，正為與姪女做媒。你要許多銀子便肯放他出門？」九媽道：「妹子，你是明理的人。我們這行戶例，只有賤買，那有賤賣？況且美兒數年盛名滿臨安，誰不知他是花魁娘子。難道三百四百，就容他走動？少不得要他千金。」劉四媽道：「待妹子去講。若肯出這個數目，做妹子的便來多口。若合不著時，就不來了。」臨行時，又故意問道：「姪女今日在那裡？」王九媽道：「不要說起，自從那日喫了吳八公子的虧，怕他還來淘氣，終日裡擡個轎子，各宅去分訴。前日在齊太尉家，昨日在黃翰林家，今日又不知在那家去了。」劉四媽道：「有了你老人家做主，按定了坐盤星[108]，也不容姪女不肯。萬一不肯時，做妹子自會勸他。只是尋得主顧來，你卻莫要捉班做勢[109]。」九媽道：「一言既出，並無他說。」九媽送至門首。劉四媽叫聲咶噪[110]，上轎去了。這纔是：

---

101 鯗魚　乾的鹹魚。鯗，音ㄒㄧㄤˇ。

102 幫閒　指幫著紈袴子弟尋歡作樂的人。

103 出粗　講粗俗話。

104 官身　古時妓女有官娼和私娼之分，隸屬於官家所設立的教坊樂籍的，叫做「官妓」。官妓供奉內廷，承應官府，遇到節日，要上官廳參見慶賀，平時官府有貴賓宴會，也可隨時叫她們去唱歌侍筵，叫做「喚官身」。

105 相應的　便宜的。

106 嫌好道歉　說好道壞。比喻挑剔苛求。

107 做張做智　裝模作樣。

108 按定了坐盤星　打定主意。坐盤星，本指秤上的第一顆星，也就是秤錘和秤盤成平衡狀態時，秤錘的懸點。此用以比喻對一切事情的標準。

109 捉班做勢　裝腔作勢。

110 叫聲咶噪　舊時賓主應酬的禮節，客人臨行時，應當向主人家說一聲「咶噪」。咶噪，宜作「聒噪」，即「打擾」。

數黑論黃雌陸賈，說長話短女隨何。若還都像虔婆口，尺水能興萬丈波。

劉四媽回到家中，與美娘說道：「我對你媽媽如此說，這般講，你媽媽已自肯了。只要銀子見面，這事立地便成。」美娘道：「銀子已曾辦下，明日姨娘千萬到我家來，玉成其事。不要冷了場，改日又費講。」四媽道：「既然約定，老身自然到宅。」美娘別了劉四媽，回家一字不題。次日，午牌時分，劉四媽果然來了。王九媽問道：「所事如何？」四媽道：「十有八九，只不曾與姪女說過。」四媽來到美娘房中，兩下相叫了，講了一回說話。四媽道：「你的主兒到了不曾？那話兒在那裡？」美娘指著床頭道：「在這幾隻皮箱裡。」美娘把五六隻皮箱一時都開了，五十兩一封，搬出十三四封來，又把些金珠寶玉算價，足勾千金之數。把個劉四媽驚得眼中出火，口內流涎，想道：「小小年紀，這等有肚腸！不知如何設法，積下許多東西？我家這幾個粉頭，一般接客，趕得著他那裡！不要說不會生發[111]，就是有幾文錢在荷包裡，閒時買瓜子磕，買糖兒喫，兩條腳帶破了，還要做媽的與他買布哩。偏生九阿姐造化，討得著，年時賺了若干錢鈔，臨出門還有這一主大財，又是取諸宮中[112]，不勞餘力。」這是心中暗想之語，卻不曾說出來。美娘見劉四媽沉吟，只道他作難索謝，慌忙又取出四疋潞紬，兩股寶釵，一對鳳頭玉簪，放在桌上，道：「這幾件東西，奉與姨娘為伐柯之敬。」劉四媽歡天喜地對王九媽說道：「姪女情願自家贖身，一般身價，並不短少分毫。比著孤老賣身更好。省得閒漢們從中說合，費酒費漿，還要加一加二的謝他。」王九媽聽得說女兒皮箱內有許多東西，到有個咈然之色[113]。你道卻是為何？世間只有鴇兒的狠，做小娘的設法些東西，都送到他手裡，纔是快活。也有做些私房在箱籠內，鴇兒曉得些風聲，專等女兒出門，捵[114]開鎖鑰，翻箱倒籠取個罄空。只為美娘盛名之下，相交都是大頭兒，替做娘的掙得錢鈔，又且性格有些古怪，等閒不敢觸犯。故此臥房裡面，鴇兒的腳也不搠進去。誰知他如此有錢。劉四媽見九媽顏色不善，便猜著了，連忙道：「九阿姐，你休得三心兩意。這些東西，就是姪女自家積下的，也不是你本分之錢。他若肯花費時，也花費了，或是他不長進，把來津貼了得意的孤老，你也那裡知道！這還是他做家的好處。況且小娘自己手中沒有錢鈔，臨到從良之際，難道赤身趕他出門？少不得頭上腳下都要收拾得光鮮，等他好去別人家做人。如今他自家拿得出這些東西，料然一絲一線不費你的心。這一主銀子，是你完完全全鼈在腰跨裡的。他就贖身出去，怕不是你女兒。倘然他掙得好時，時朝月節，怕他不來孝順你。就是嫁了人時，他又沒有親爹親娘，你也還去做得著他的外婆，受用處正有哩。」只這一套話，說得王九媽心中爽然，當下應允。劉四媽就去搬出銀子，一封封兌過，交付與九媽，又把這些金珠寶玉，逐件指物作價。對九媽說道：「這都是做妹子的故意估下他些價錢。若換與人，還便宜得幾十兩銀子。」王九媽雖同是個鴇兒，到是個老實頭，但憑劉四媽說話，無有不納。

劉四媽見王九媽收了這主東西，便叫亡八[115]寫了婚書，交付與美兒。美兒道：「趁姨娘在此，奴家就拜別了爹媽出門，借姨娘家住一兩日，擇吉從良，未知姨娘允否？」劉四媽得了美娘許多謝禮，生怕九媽翻悔，巴不得美娘出了他門，完成一事，說道：「正該如此。」當下美娘收拾了房中自己的梳臺拜匣，皮箱鋪蓋之類。但是鴇兒家中之物，一毫不動。收拾已完，隨著四媽出房，拜別了假爹假媽，和那姨娘行中，都相叫了。王九媽一般哭了幾聲。美娘喚人挑了行李，欣然上轎，同劉四媽到劉

[111] 生　發　想辦法賺錢。
[112] 取諸宮中　從自己家裡取出來。
[113] 咈然之色　不高興。咈，音ㄈㄨˊ。
[114] 抻　音ㄔㄣ。扯。
[115] 亡　八　又作「忘八」、「王八」，在妓院工作之男子。

家去。四媽出一間幽靜的好房，頓下美娘行李。眾小娘都來與美娘叫喜。是晚，朱重差莘善到劉四媽家討信，已知美娘贖身出來。擇了吉日，笙簫鼓樂娶親。劉四媽就做大媒送親，朱重與花魁娘子花燭洞房，歡喜無限。

雖然舊事風流，不減新婚佳趣。

次日，莘善老夫婦請新人相見，各各相認，喫了一驚。問起根由，至親三口，抱頭而哭。朱重方纔認得是丈人丈母。請他上坐，夫妻二人，重新拜見。親鄰聞知，無不駭然。是日，整備筵席，慶賀兩重之喜，飲酒盡歡而散。三朝之後，美娘叫丈夫備下幾副厚禮，分送舊相知各宅，以酬其寄頓箱籠之恩，并報他從良信息。此是美娘有始有終處。王九媽、劉四媽家，各有禮物相送，無不感激。滿月之後，美娘將箱籠打開，內中都是黃白[116]之資，吳綾蜀錦，何止百計，共有三千餘金，都將匙鑰交付丈夫，慢慢的買房置產，整頓家當。油鋪生理，都是丈人莘善管理。不上一年，把家業掙得花錦般相似，驅奴使婢，甚有氣象。

朱重感謝天地神明保佑之德，發心於各寺廟喜捨合殿香燭一套，供琉璃燈油三個月；齋戒沐浴，親往拈香禮拜。先從昭慶寺起，其他靈隱、法相、淨慈、天竺等寺，以次而行。就中單說天竺寺，是觀音大士的香火，有上天竺、中天竺、下天竺，三處香火俱盛，卻是山路，不通舟楫。朱重叫從人挑了一擔香燭，三擔清油，自己乘轎而往。先到上天竺來。寺僧迎接上殿，老香火秦公點燭添香。此時朱重居移氣，養移體[117]，儀容魁岸，非復幼時面目，秦公那裡認得他是兒子。只因油桶上有個大大的秦字，又有汴梁二字，心中甚以為奇。也是天然湊巧，剛剛到上天竺，偏用著這兩隻油桶。朱重拈香已畢，秦公托出茶盤，主僧奉茶，秦公問道：「不敢動問施主，這油桶上為何有此三字？」朱重聽得問聲，帶著汴梁人的土音，忙問道：「老香火，你問他怎麼？莫非也是汴梁人麼？」秦公道：「正是。」朱重道：「你姓甚名誰？為何在此出家？共有幾年了？」秦公把自己姓名鄉里，細細告訴：「某年上避兵來此，因無活計，將十三歲的兒子秦重，過繼與朱家。如今有八年之遠。一向為年老多病，不曾下山問得信息。」朱重一把抱住，放聲大哭道：「孩兒便是秦重。向在朱家挑油買賣。正為要訪求父親下落，故此於油桶上，寫汴梁秦三字，做個標識。誰知此地相逢！真乃天與其便！」眾僧見他父子別了八年，今朝重會，各各稱奇。朱重這一日，就歇在上天竺，與父親同宿，各敘情節。次日，取出中天竺、下天竺兩個疏頭[118]換過，內中朱重，仍改做秦重，復了本姓，兩處燒香禮拜已畢，轉到上天竺，要請父親回家，安樂供養。秦公出家已久，喫素持齋，不願隨兒子回家。秦重道：「父親別了八年，孩兒有缺侍奉。況孩兒新娶媳婦，也得他拜見公公方是。」秦公只得依允。秦重將轎子讓與父親乘坐，自己步行，直到家中。秦重取出一套新衣，與父親換了，中堂設坐，同妻莘氏雙雙參拜。親家莘公、親母阮氏，齊來見禮。此日大排筵席。秦公不肯開葷，素酒素食。次日，鄰里斂財稱賀。一則新婚，二則新娘子家眷團圓，三則父子重逢，四則秦小官歸宗復姓，共是四重大喜。一連又喫了幾日喜酒。秦公不願家居，思想上天竺故處清淨出家。秦重不敢違親之志，將銀二百兩，於上天竺另造淨室一所，送父親到彼居住。其日用供給，按月送去。每十日親往候問一次。每一季同莘氏往候一次。那秦公活到八十餘，端坐而化，遺命葬於本山。此是後話。

---

116 黃　白　金銀的代稱。

117 居移氣二句　是說一個人因環境、營養的改進，使得他的氣質、身體也跟著改變了原來的樣子。氣，氣質。體，身體。

118 疏　頭　和尚、道士祈禱誦經之前，向神前焚化的禱詞。

卻說秦重和莘氏，夫妻偕老，生下兩個孩兒，俱讀書成名。至今風月中市語，凡誇人善於幫襯，都叫做「秦小官」，又叫「賣油郎」。有詩為證：

春來處處百花新，蜂蝶紛紛競採春。堪愛豪家多子弟，風流不及賣油人。

賞析

本篇故事可分為幾部分：第一部分為交代莘瑤琴（後來的王美娘）、秦重（後來的朱重）的家世背景，莘瑤琴是和父母走散的良家女子，後來被惡鄰賣入妓院，秦重則被父親賣給賣油的朱十老。第二部分則寫恢復本姓的秦重偶然見到花魁娘子美娘，自此念念不忘，便決意存錢以一親芳澤。第三部分寫秦重終於積攢足夠的銀兩得與美娘共度一宵，卻因美娘酒醉而未成，儘管如此，秦重還是細心照顧美娘，讓美娘頗為感動。第四部分寫美娘被惡公子欺凌，丟棄在郊外，正巧秦重經過解救了她，當夜美娘便以身相許。第五部分寫美娘使計讓老鴇答應她贖身，終於和秦重結為夫妻，之後美娘和失散多年的父母團聚，秦重也找到失聯已久的親生父親，一家團圓。

本文女主角美娘，原為殷實人家之女，自幼聰慧美麗，卻因戰亂與父母失散，輾轉墮入風塵，又被老鴇設計破身，遭遇令人同情。但事已至此，她也只能寄望在恩客當中，出現一位人品、家世俱佳者託付終身。遇到知情識趣的賣油郎，原本還猶豫他的家世平凡，出身低微，後來為秦重的真誠、體貼和善良所感動，終於主動說出：「我要嫁你。」她的見識和識人之明，都遠遠超過了遇人不淑的另一名妓杜十娘。

男主角秦重人如其名，天生是個「重情」重義的好男兒，他對父親、養父都能全人子之禮，並不因別人的一時誤解而記恨在心。對美娘，則是從頭到尾、始終如一。將多年的儲蓄買美娘的一夜春宵，卻因美娘酒醉而無法如願，若是其他客人必定會大發雷霆、拂袖而去。秦重卻細心照料酒醉嘔吐的佳人，毫不在意，這樣體貼入微，也難怪美娘會傾心於他了。

這篇小說寫賣油郎與名妓的結合始末，情節曲折婉轉，讀來悲中帶歡，歡中帶詭，不僅道出愛情的真諦，亦寫妓女之苦、離亂之愁；表面上是寫南宋臨安城的一段風流韻事，其實還呈現了明代「重商」、「重利」的思想，相當具有特色。

延伸閱讀

1. 玉堂春落難逢夫（可參考三民書局出版之警世通言卷二四）
2. 參考資料：
(1)康來新秦重——真摯的朝聖者（收於中國古典小說中的愛情，時報出版公司）
(2)胡萬川「賣油郎獨占花魁」的喜劇藝術（收於中外文學二十卷十期，一九九二年三月）
(3)張淑香從小說的角度設計看賣油郎與花魁娘子的愛情（收於現代文學四五期）

畫皮

導讀

本文選自聊齋誌異卷一。內容敘述一名王生受惡鬼化成的美女迷惑，因而差點喪命的故事。歷來描述男子被女鬼勾引誘騙的故事固然不少，但本篇對女鬼的外貌與個性著墨甚多，鬼怪靠著柔弱可憐的外表引起男子的保護慾，實際上卻「欲食之而後快」，前後判若兩人。

作者蒲松齡，字留仙，號柳泉居士，清初山東淄川（今山東省淄博市）人。為人多才多藝，資質聰穎，但仕途卻屢遭挫折。一生懷才不遇，對他的創作與思想影響很大。聊齋誌異為作者一生嘔心瀝血之作，也是有清一代最優秀的文言小說集，書中的妖狐鬼怪形象鮮明而人性化，文字精練、引人入勝，情節的安排也常別出心裁。

太原王生，早行，遇一女郎，抱襆❶獨奔，甚艱於步❷。急走趁❸之，乃二八姝麗。心相愛樂，問：「何夙夜踽踽獨行？」女曰：「行道之人，不能解愁憂，何勞相問？」生曰：「卿何愁憂？或可效力，不辭也。」女黯然曰：「父母貪賂，鬻妾朱門❹。嫡妒甚，朝詈而夕楚辱之，所弗堪也，將遠遁耳。」問：「何之？」曰：「在亡之人，烏有定所？」生言：「敝廬不遠，即煩枉顧。」女喜，從之。生代攜襆物，導與同歸。女顧室無人，問：「君何無家口？」答云：「齋耳。」女曰：「此所良佳。如憐妾而活之，須祕密，勿泄。」生諾之。乃與寢合。使匿密室，過數日而人不知也。生微告妻。

妻陳疑為大家媵妾❺，勸遣之，生不聽。

偶適市，遇一道士，顧生而愕。問：「何所遇？」答言：「無之。」道士曰：「君身邪氣縈繞，何言無？」生又力白。道士乃去，曰：「惑哉！世固有死將臨而不悟者。」生以其言異，頗疑女；轉思明明麗人，何至為妖？意道士借魘禳❻以獵食者。

無何，至齋門，門內杜，不得入。心疑所作，乃逾垝垣❼。則室門亦閉。躡跡❽而窗窺之，見一獰鬼，面翠色，齒巉巉如鋸❾。鋪人皮於榻上，執彩筆而繪之；已而擲筆，舉皮，如振衣狀，披於身，遂化為女子。睹此狀，大懼，獸伏❿而出。急追道士，不知所往。遍跡之，遇於野，長跪乞救。道士曰：「請遣除之。此物亦良苦，甫能覓代者，予亦不忍傷其生。」乃以蠅拂⓫授生，令掛寢門。臨別，約會於青帝廟。

生歸，不敢入齋，乃寢內室，懸拂焉。一更許，聞門外戢戢有聲。自不敢窺也，使妻窺之。但見女子來，望拂子不敢進；立而切齒⓬，良久乃去。少時，復來，罵曰：「道士嚇我，終不然。寧入口而吐之耶！」取拂碎之，壞寢門而入。徑登生床，裂生腹，掬生心而去。妻號。婢入燭之，生已死，

❶襆　音ㄆㄨˊ。本為被子，此指行李或包袱。
❷甚艱於步　走得很吃力。
❸趁　追隨；追逐。
❹朱門　紅色大門。泛指富貴人家。
❺媵妾　指侍妾。媵，音ㄧㄥˋ。
❻魘禳　驅除鬼怪。魘，音ㄧㄢˇ。鎮；壓。禳，音ㄖㄤˊ。古代求鬼神驅除災疫的祭祀儀式。
❼垝垣　毀壞的牆。垝，音ㄍㄨㄟˇ。
❽躡跡　提起腳跟走。躡，用腳尖輕輕走路。
❾齒巉巉如鋸　指牙齒尖長如鋸子。巉巉，鋒利尖銳。
❿獸伏　如獸類四肢著地般爬行。
⓫蠅拂　驅趕蒼蠅或拂去塵埃的用具。
⓬切齒　形容非常憤怒、痛恨。

腔血狼藉。陳駭涕不敢聲。

明日，使弟二郎奔告道士。道士怒曰：「我固憐之，鬼子乃敢爾！」即從生弟來，女子已失所在。既而仰首四望，曰：「幸遁未遠。」問：「南院誰家？」二郎曰：「小生所舍也。」道士曰：「現在君所。」二郎愕然，以為未有。道士問曰：「曾否有不識者一人來？」答曰：「僕早赴青帝廟，良不知。當歸問之。」去，少頃而返，曰：「果有之。晨間一嫗來，欲傭為僕家操作，室人止之，尚在也。」道士曰：「即是物矣。」遂與俱往。仗木劍，立庭心，呼曰：「孽魅！償我拂子來！」嫗在室，惶遽無色，出門欲遁。道士逐擊之。嫗仆，人皮劃然⑬而脫，化為厲鬼，臥嗥如豬。道士以木劍梟其首；身變作濃煙，匝地⑭作堆。道士出一葫蘆，拔其塞，置煙中，飀飀然⑮如口吸氣，瞬息煙盡。道士塞口入囊。共視人皮，眉目手足，無不備具。道士卷之，如卷畫軸聲，亦囊之，乃別欲去。陳氏拜迎於門，哭求回生之法。道士謝不能。陳益悲，伏地不起。道士沉思曰：「我術淺，誠不能起死。我指一人，或能之，往求必合有效。」問：「何人？」曰：「市上有瘋者，時臥糞土中。試叩而哀之。倘狂辱夫人，夫人勿怒也。」二郎亦習知之。乃別道士，與嫂俱往。

見乞人顛歌道上，鼻涕三尺，穢不可近。陳膝行而前。乞人笑曰：「佳人愛我乎？」陳告之故。又大笑曰：「人盡夫也，活之何為？」陳固哀之。乃曰：「異哉！人死而乞活於我。我閻摩⑯耶？」怒以杖擊陳。陳忍痛受之。市人漸集如堵。乞人咯痰唾盈把⑰，舉向陳吻曰：「食之！」陳紅漲於面，有難色；既思道士之囑，遂強啖焉。覺入喉中，硬如團絮，格格而下，停結胸間。乞人大笑曰：「佳人愛我哉！」遂起，行已不顧。尾之，入於廟中。追而求之，不知所在；前後冥搜⑱，殊無端兆，慚恨而歸。既悼夫亡之慘，又悔食唾之羞，俯仰哀啼，但願即死。方欲展血斂屍，家人佇望，無敢近者。陳抱屍收腸，且理且哭。哭極聲嘶，頓欲嘔。覺鬲⑲中結物，突奔而出，不及回首，已落腔中。驚而視之，乃人心也。在腔中突突猶躍，熱氣騰蒸如煙然。大異之。急以兩手合腔，極力抱擠。少懈，則氣氤氳自縫中出。乃裂繒帛急束之。以手撫屍，漸溫。覆以衾裯。中夜啟視，有鼻息矣。天明，竟活。為言：「恍惚若夢，但覺腹隱痛耳。」視破處，痂結如錢，尋癒。

異史氏曰：「愚哉世人！明明妖也，而以為美。迷哉愚人！明明忠也，而以為妄。然愛人之色而漁之，妻亦將食人之唾而甘之矣。天道好還，但愚而迷者不悟耳。可哀也夫！」

⑬劃然　以刀劃破東西的聲音。

⑭匝地　遍地。匝，布滿；遍及。

⑮飀飀然　狀聲詞。形容風聲。飀，音ㄌㄧㄡˊ。

⑯閻摩　即閻羅王，地獄中主宰人生死賞罰的人。

⑰咯痰唾盈把　吐出一大把痰來。咯，音ㄎㄚˇ。嘔吐。盈把，滿滿一把。

⑱冥搜　盡力尋找；搜尋。

⑲鬲　通「膈」。橫膈膜。

語譯

太原有一位王生，一大清早走在路上，遇到一名抱著包袱獨自奔走的女郎，看起來走得很吃力。於是他加快步伐追上她，發現竟是個年方二八的美貌姑娘。王生心裡很喜歡她，就問她說：「為何你一大早就孤孤單單地趕路呢？」姑娘說：「你只是個路過的人，無法為我解憂消愁，又何必勞煩問我呢？」王生說：「你有什麼憂愁？如果有能夠幫忙的地方，我一定不會推辭的。」姑娘神色黯然地說：「我的父母貪圖錢財，將我賣給有錢人家作妾。但大老婆很嫉妒我，一天到晚打罵不停，我實在受不了了，準備逃得遠遠的。」王生問：「你要到哪裡去？」姑娘說：「逃亡的人，哪有什麼固定的住處呢？」王生說：「我家離這裡不遠，請你委屈點到我那裡去吧！」姑娘聽了很高興，就跟著王生走。王生幫她拿著包袱，領著她一起回到家裡。姑娘看房子裡沒有其他人，問說：「你為什麼沒有家人？」

王生回答說：「這是書房。」姑娘說：「這個地方實在不錯，如果你憐惜我，想救我一命的話，千萬要保守祕密，不要把事情洩露出去。」王生答應她，於是兩人一塊就寢。王生將姑娘藏在密室中，過了幾天都沒有人知道。王生把這件事偷偷告訴妻子，妻子陳氏懷疑那位姑娘是大戶人家的侍妾，勸王生將她打發走，但王生不肯聽。

有一天，王生偶然來到市上，遇到一位道士。道士看到他便露出驚愕的表情，問王生說：「你最近遇到什麼嗎？」王生回答說：「沒有。」道士說：「你全身圍繞著邪氣，為什麼說沒有呢？」王生又盡力辯白。道士於是離去，還說：「真是奇怪呀！世間上竟有死到臨頭還不覺悟的人！」王生覺得道士說的話很奇怪，有點懷疑那位姑娘的身分；轉而又想，明明是一位美女，怎麼可能是妖怪？便認為道士是藉口驅除鬼怪來混口飯吃。

沒多久，王生走到書房前，發現門被鎖上，沒有辦法進去。他懷疑姑娘在裡面做什麼，於是爬過毀壞的牆頭跳進去。發現密室的門也是緊閉著，他便躡手躡腳地從窗戶窺探。只見一個面目猙獰的惡鬼，臉是綠色的，牙齒又尖又長像鋸子一樣。惡鬼將人皮鋪在床榻上，拿著彩筆畫著；一會兒畫完了，便把筆一丟，拿起人皮，就像抖衣服那樣抖一抖，往身上一披，便化作美麗的姑娘。王生看到這個情形，非常懼怕，匍匐在地爬了出去。出去後急忙追趕道士，但不知道那個道士去了哪裡，王生到處找尋他的蹤跡，終於在郊外找到他，於是跪在地上乞求道士救他一命。道士說：「就讓我把她趕走吧！這個東西夠辛苦的了，好不容易才找到替身，我也不忍心傷害她的性命。」於是將一枝蠅拂交給王生，叫他掛在寢室的門上。分手的時候，兩人相約在青帝廟會面。

王生回家後，不敢進入書齋，就睡在臥室裡，將蠅拂掛在寢室門上。到了一更左右，聽到門外有戢戢的聲音。他自己不敢出去看，便叫妻子出外察看。只見那位姑娘來了，望著拂子卻不敢進來，站在那裡咬牙切齒，過了很久才離去。沒多久，她又來，大罵說：「道士嚇唬我，我偏不罷休！難道要我把已經吞下去的獵物吐出來不成！」於是把蠅拂取下擊碎，破壞寢室的門進來。直接踏上王生的床，將他的肚子撕裂，拿了他的心臟離開了。妻子陳氏大聲呼叫，奴婢點著蠟燭照著，才發現王生已經死了，鮮血噴得到處都是。陳氏驚駭流淚，卻不敢發出聲音。

第二天，陳氏叫弟弟二郎跑去告訴道士。道士生氣地說：「我本來是可憐她，這個鬼東西竟敢這樣！」便跟著二郎到家裡來。這時女子已經不見了，道士抬頭往四面看了看，說：「幸好她還沒逃遠。」就問說：「南邊的院子是誰的家？」二郎說：「是我住的地方。」道士說：「她現在正在你家。」二郎感到很驚訝，認為應該沒有。道士問說：「是否有一個陌生人到家裡來？」二郎回答說：「我一大早就往青帝廟去，實在不曉得，我回去問問看。」二郎便離開，過了一下子就回來，說：「真的有。早上有一個老婦人來，想要到我家當傭人做家事，我的妻子把她留下來，現在還在家裡呢！」道士說：「就是這個東西。」於是跟著二郎一起過去。道士手持木劍，站在院子當中，大叫說：「作怪的惡鬼，還我的拂子來！」老婦人在房裡嚇得驚慌失色，急忙出門想要逃跑，道士追著攻擊她。老婦人跌倒在地，人皮嘩然一聲脫落下來，化成一個厲鬼，躺在那裡像豬一樣哀號著。道士用木劍把她的頭切斷，身體落在地上，化為一團濃煙。道士拿出一個葫蘆，拔掉塞子，將葫蘆放在濃煙中，葫蘆發出颼颼的聲音，就好像用嘴巴吸氣，瞬間就把濃煙吸盡。道士將葫蘆口塞住，放回袋子中。大夥一起看那張人皮，只見眉目手足，沒有一樣不具備。道士又將人皮捲起來，還發出像是捲畫軸的聲音一樣，也把它放回袋子裡，接著就告別眾人要離去了。陳氏跪在門口給道士磕頭，哭著請求讓丈夫起死回生的辦法。道士推辭說他沒有辦法，陳氏更加悲痛，趴在地上不肯起來。道士沉思了一會兒說：「我的法術尚淺，實在不能起死回生。我告訴你一個人，他或許有辦法，你去求他一定有效果。」陳氏問：「是誰？」道士說：「街市上有一個瘋子，時常睡在糞土中。你試著向他磕頭並哀求他，如果他侮辱夫人，請夫人不要發怒。」二郎平日也知道有這麼一個人，於是告別道士，和嫂嫂一起前往。

到了街市，看見一個乞丐在路上瘋瘋癲癲地唱著歌，鼻涕拖了三尺長，髒得令人不敢靠近。陳氏跪著向他前進，乞丐笑著說：「美人愛我嗎？」陳氏把前因後果告訴他。乞丐又笑著說：「每個人都可以是你的丈夫，為何一定要救活他呢？」陳氏還是一直哀求不已。於是乞丐說：「真奇怪呀！人死了卻求我救活他，難道我是閻羅王嗎？」說完便生氣地用木杖打陳氏，陳氏忍著痛承受著。街市上圍觀的人越來越多了。乞丐吐了滿滿一把的痰唾，伸到陳氏的嘴邊說：「吃下去！」陳氏羞得面紅耳赤，似有難色；但又想到道士的囑咐，只好勉強吞下去。她感覺那口痰唾進入喉嚨中，硬得就像一團棉絮，很困難地下降，最後停在胸口間。乞丐大笑說：「美人愛我呀！」說完便頭也不回地起身離去。陳氏在後面跟著，見他進入一座廟中，追上去找他，卻找不到他在哪裡。前前後後仔細地搜索，連一點蹤跡也沒有，只好慚愧悔恨地回家去了。回家後，她既傷心丈夫的慘死，又後悔食唾的羞辱，哭得很傷心，只希望能夠馬上死去。正當她想要擦淨汙血，收殮屍體時，家人都站在遠處望著，沒人敢靠近。陳氏抱著屍體收起腸子，邊整理邊哭泣。哭得太悲傷，聲音都沙啞了，忽然想要嘔吐，覺得胸中的那團堵塞物突然跳出來，還來不及回頭，那團堵塞物已經落在王生的身體裡。陳氏驚訝地看著，發現竟然是一顆人的心臟。這顆心在體腔中突突地跳動，熱氣從裡頭像煙一般蒸騰而出。陳氏覺得非常怪異，急忙用兩隻手將身體合起來，用力地抱著。稍微鬆懈，熱氣就會從縫中散出來。於是她把繒帛撕裂綁在王生的身體上，用手撫摸屍體，發現身體漸漸溫暖起來。陳氏將大被子蓋在王生身上，半夜裡掀開來看，已經有呼吸了。第二天天亮，王生竟然復活了。他說：「恍恍惚惚好像做了一場夢，只覺得肚子隱隱作痛而已。」看肚子剖裂的地方，結了一個像錢幣大的疤，不久後就痊癒了。

異史氏說：「世間的人真是愚笨呀！明明是妖怪，卻認為是美人。愚笨的人真是迷惘呀！明明是忠誠的，卻認為是狂妄胡說！不過，因為愛好他人的美色而占奪的，自己的妻子也將甘願吞食別人的唾液呀。天道循環，只有愚笨又迷惘的人才不會覺悟罷了！真是可悲呀！」

賞析

本文內容可分為幾部分：首先，敘述王生偶遇一名逃難的姑娘，因為貪戀她的美貌，便將她帶回家裡藏匿。其次，寫王生發現那位姑娘其實是面目猙獰的惡鬼，趕緊請道士幫忙。道士將蠅拂借給王生來嚇阻女鬼，女鬼卻仍將王生裂腹剖心而去。接著，描寫道士前來收服女鬼，並指點王妻向市上的乞丐懇求挽救丈夫的性命。最後則寫王妻飽受乞丐的羞辱，吞下乞丐的痰唾之後，終於將丈夫救活。

本文描述女鬼勾引男子的手段相當高明，一開始表現出楚楚可憐、徬徨無依的樣子，還採取欲說還休、吞吞吐吐的方式來挑起王生的好奇心，逼真的演技和悲慘的遭遇讓人深信不疑；之後卻變成「立而切齒」、「徑登生床，裂生腹，掬生心而去」的蠻橫殘忍，前後的轉折變化，實在令人不寒而慄。

王生則是一個不折不扣「有眼無珠」的莽撞漢。表面上是濟弱扶傾的謙謙君子，實際上卻是貪圖美色，趁火打劫的無恥小人。他收留女鬼，並不是為了救她脫離火坑，而是認為弱女可欺。當他發現麗人竟是猙獰惡鬼時，立刻「大懼，獸伏而出」。當女鬼找上門，也只敢躲在內室，派妻子陳氏出去察看。如此懦弱畏縮，毫無氣概和膽量可言，讓他遭受剖心之痛，也算得是對他貪色的一種懲罰。只是丈夫所犯下的罪孽卻要由妻子食人之唾來償還，實在有失公允。女鬼和王生都擁有兩副面貌，而在緊要關頭時才現出原形，這不能不說是作者的一種刻意安排。

作者塑造這個披著人皮的女鬼，其實是諷刺一個人如果有了邪念，很容易就會陷入壞人布好的陷阱，甚至引狼入室，招致悲慘的下場。作者用「美與醜」、「善與惡」、「強與弱」的種種對比呈現，提醒世人「邪惡的本質常裹著一層美麗的糖衣」，「惡人不是一眼就能看透」的道理，對於世間那些貪圖野花美色卻枉顧家中賢妻的男子，不啻是一記當頭棒喝！

延伸閱讀

1. 蒲松齡聊齋誌異
2. 紀昀閱微草堂筆記
3. 袁枚子不語

嬰寧

導讀

本文選自聊齋誌異卷二，內容敘述山東人王子服偶遇一位愛笑的姑娘，為之神魂顛倒，經查訪後得知她名叫嬰寧，是自己的表妹。於是他將嬰寧帶回家並與之成親，因為她的愛笑憨傻，也給家裡帶來了不少歡樂與一些困擾。

本文的情節並不曲折，但對女主角的描繪相當用心，把一個愛笑、愛花、天真憨傻的純真姑娘揮灑得淋漓盡致。

王子服，莒之羅店人。早孤。絕惠，十四入泮❶。母最愛之，尋常不令遊郊野。聘蕭氏，未嫁而夭，故求凰未就❷也。

會上元，有舅氏子吳生，邀同眺矚❸。方至村外，舅家有僕來，招吳去。生見遊女如雲，乘興獨遨。有女郎攜婢，拈梅花一枝，容華絕代，笑容可掬。生注目不移，竟忘顧忌。女過去數武❹，顧婢曰：「個兒郎目灼灼似賊！」遺花地上，笑語自去。

生拾花悵然，神魂喪失，怏怏遂返。至家，藏花枕底，垂頭而睡，不語亦不食。母憂之。醮❺禳益劇，肌革❻銳減。醫師診視，投劑發表❼，忽忽若迷。母撫問所由，默然不答。適吳生來，囑密詰之。吳至榻前，生見之淚下。吳就榻慰解，漸致研詰❽。生具吐其實，且求謀畫。吳笑曰：「君意亦復痴！此願有何難遂？當代訪之。徒步於野，必非世家。如其未字❾，事固諧❿矣；不然，拚以重賂，計必允遂。但得痊瘳⑪，成事在我。」生聞之，不覺解頤。

吳出告母，物色女子居里，而探訪既窮，並無蹤緒。母大憂，無所為計。然自吳去後，顏頓開，食亦略進。數日，吳復來。生問所謀。吳紿⑫之曰：「已得之矣。我以為誰何人，乃我姑氏女，即君姨妹行，今尚待聘。雖內戚有婚姻之嫌，實告之，無不諧者。」生喜溢眉宇，問：「居何里？」吳詭曰：「西南山中，去此可三十餘里。」生又付囑再四，吳銳身自任⑬而去。

生由是飲食漸加，日就平復。探視枕底，花雖枯，未便彫落。凝思把玩，如見其人。怪吳不至，折柬招之。吳支託⑭不肯赴招。生恚怒⑮，悒悒不歡。母慮其復病，急為議姻；略與商榷⑯，輒搖首不願，惟日盼吳。吳迄無耗，益怨恨之。轉思三十里非遙，何必仰息⑰他人？懷梅袖中，負氣自往，而家人不知也。

---

❶入　泮　進入學宮就讀。這裡指考中秀才。泮，音ㄆㄢˋ。古代的學宮。

❷求凰未就　指尚未娶妻。求凰，漢代司馬相如曾歌鳳求凰，即求偶之意。

❸眺　矚　遠望。這裡指遊覽。

❹數　武　走幾步。武，半步。

❺醮　音ㄐㄧㄠˋ。僧道設壇祈禱的儀式。

❻肌　革　肌膚；皮肉。

❼投劑發表　用一些發散病症的藥。發表，中醫學名詞。中醫認為有些病症侵襲在身體表面時，能用發汗的方式進行治療。劑，計算藥量的單位。

❽研　詰　仔細地詢問。

❾未　字　未許嫁他人。

❿諧　指事情能順利完成。

⓫痊　瘳　疾病痊癒。瘳，音ㄔㄡ。病癒。

⓬紿　欺騙。

⓭銳身自任　拍著胸脯應承下來。銳身，挺身。指勇於承擔風險。

⓮支　託　支吾推託。

⓯恚　怒　憤怒怨恨。

⓰商　榷　討論；商議。

⓱仰　息　依靠；依賴。

伶仃獨步，無可問程，但望南山行去。約三十餘里，亂山合沓[18]，空翠爽肌[19]，寂無人行，止有鳥道[20]。遙望谷底，叢花亂樹中，隱隱有小里落。下山入村，見舍宇無多，皆茅屋，而意甚修雅。北向一家，門前皆絲柳，牆內桃杏尤繁，間以修竹；野鳥格磔[21]其中。意其園亭，不敢遽入。回顧對戶，有巨石滑潔，因據坐少憩。俄聞牆內有女子，長呼「小榮」，其聲嬌細。方佇聽間，一女郎由東而西，執杏花一朵，俯首自簪。舉頭見生，遂不復簪，含笑捻花而入。審視之，即上元途中所遇也。心驟喜。但念無以階進；欲呼姨氏，顧從無還往，懼有訛誤。門內無人可問。坐臥徘徊，自朝至於日昃[22]，盈盈望斷，並忘飢渴。時見女子露半面來窺，似訝其不去者。

忽一老媼扶杖出，顧生曰：「何處郎君？聞自辰刻便來，以至於今。意將何為？得勿飢耶？」生急起揖之，答云：「將以盼親[23]。」媼聾聵不聞[24]。又大言之。乃問：「貴戚何姓？」生不能答。媼笑曰：「奇哉！姓名尚自不知，何親可探？我視郎君，亦書痴耳。不如從我來，啖以粗糲，家有短榻可臥。待明朝歸，詢知姓氏，再來探訪，不晚也。」生方腹餒思啗[25]，又從此漸近麗人，大喜，從媼入。見門內白石砌路，夾道紅花，片片墮階上；曲折而西，又啟一關，豆棚花架滿庭中。肅客入舍，粉壁光明如鏡；窗外海棠枝朵，探入室中；茵籍几榻[26]，罔不潔澤。甫坐，即有人自窗外隱約相窺。媼喚：「小榮！可速作黍。」外有婢子噭[27]聲而應。

坐次，具展宗閥[28]。媼曰：「郎君外祖，莫姓吳否？」曰：「然。」媼驚曰：「是吾甥也！尊堂，我妹子。年來以家窶貧，又無三尺男，遂至音問梗塞[29]。甥長成如許，尚不相識。」生曰：「此來即為姨也，匆遽遂忘姓氏。」媼曰：「老身秦姓，並無誕育；弱息[30]僅存，亦為庶產。渠母改醮[31]，遺我鞠養。頗亦不鈍，但少教訓，嬉不知愁。少頃，使來拜識。」

未幾，婢子具飯，雛尾盈握[32]。媼勸餐已，婢來斂具。媼曰：「喚寧姑來。」婢應去。良久，聞戶外隱有笑聲。媼又喚曰：「嬰寧，汝姨兄在此。」戶外嗤嗤笑不已。婢推之以入，猶掩其口，笑不可遏。媼嗔目曰：「有客在，咤咤叱叱，是何景象！」女忍笑而立，生揖之。媼曰：「此王郎，汝姨子。一家尚不相識，可笑人也。」生問：「妹子年幾何矣？」媼未能解。生又言之。女復笑，不可仰視。媼謂生曰：「我言少教誨，此可見矣。年已十六，呆痴如嬰兒。」生曰：「小於甥一歲。」曰：「阿甥已十七矣，得非庚午屬馬者耶？」生首應之。又問：「甥婦阿誰？」答曰：「無之。」曰：「如甥才貌，何十七歲猶未聘？嬰寧亦無姑家，極相匹敵；惜有內親之嫌。」生無語，目注嬰寧，不遑他瞬。婢向女小語云：「目灼灼，賊腔未改！」女又大笑，顧婢曰：「視碧桃開未？」遽起，以袖掩口，細碎連步而出。至門外，笑聲始縱。媼亦起，喚婢襆被，為生安置。曰：「阿甥來不易，宜留三五日，遲遲送汝歸。如嫌幽悶，舍後有小園，可供消遣，有書可讀。」

次日，至舍後，果有園半畝，細草鋪氈，楊花糝徑；有草舍三楹，花木四合其所。穿花小步，聞樹頭蘇蘇有聲，仰視，則嬰寧在上。見生來，狂笑欲墮。生曰：「勿爾，墮矣！」女且下且笑，不能

---

18 合沓　重疊；攢聚。

19 空翠爽肌　山中空曠翠綠，肌膚覺得清爽。

20 鳥道　險峻狹窄的道路。

21 格磔　鳥鳴聲。磔，音ㄓㄜˊ。

22 日昃　太陽過午的時候，約下午二時左右。

23 盼親　探望親戚。

24 聾聵不聞　因耳聾而沒有聽到。聾、聵，耳聾。

25 腹餒思啗　感到飢餓而想進食。餒，飢餓。啗，音ㄉㄢˋ。吃。

26 茵藉几榻　墊子和床桌。

27 噭　音ㄐㄧㄠˋ。呼喊。

28 具展宗閥　說明自己的宗族家世。

29 梗塞　疏略不通。

30 弱息　女兒。這裡指嬰寧。

31 改醮　改嫁。

32 雛尾盈握　小雞很肥嫩。這裡指菜色很豐盛。

自止。方將及地，失手而墮，笑乃止。生扶之，陰挼[33]其腕。女笑又作，倚樹不能行，良久乃罷。生俟其笑歇，乃出袖中花示之。女接之，曰：「枯矣。何留之？」曰：「此上元妹子所遺，故存之。」問：「存之何意？」曰：「以示相愛不忘也。自上元相遇，凝思成疾，自分化為異物，不圖得見顏色，幸垂憐憫。」女曰：「此大細事。至戚何所靳惜？待郎行時，園中花，當喚老奴來，折一巨捆負送之。」生曰：「妹子痴耶？」女曰：「何便是痴？」生曰：「我非愛花，愛捻花之人耳。」女曰：「葭莩之情[34]，愛何待言？」生曰：「我所謂愛，非瓜葛之愛[35]，乃夫妻之愛。」女曰：「有以異乎？」曰：「夜共枕席耳。」女俯思良久，曰：「我不慣與生人睡。」語未已，婢潛至，生惶恐遁去。

少時，會母所。母問：「何往？」女答以園中共話。媼曰：「飯熟已久，有何長言？周遮[36]乃爾。」女曰：「大哥欲我共寢。」言未已，生大窘，急目瞪之。女微笑而止。幸媼不聞，猶絮絮究詰。生急以他詞掩之，因小語責女。女曰：「適此語不應說耶？」生曰：「此背人語。」女曰：「背他人，豈得背老母？且寢處亦常事，何諱之？」生恨其痴，無術可以悟之。

食方竟，家中人捉雙衛[37]來尋生。先是，母待生久不歸，始疑；村中搜覓幾遍，竟無蹤兆。因往詢吳。吳憶曩言，因教於西南山村行覓。凡歷數村，始至於此。生出門，適相值，便入告媼，且請偕女同歸。媼喜曰：「我有志，匪伊朝夕[38]。但殘軀不能遠涉，得甥攜妹子去，識認阿姨，大好！」呼嬰寧。寧笑至。媼曰：「有何喜，笑輒不輟？若不笑，當為全人。」因怒之以目。乃曰：「大哥欲同汝去，可便裝束。」又餉家人酒食，始送之出曰：「姨家田產豐裕，能養冗人[39]。到彼且勿歸，小學詩禮，亦好事翁姑。即煩阿姨，為汝擇一良匹。」二人遂發。至山坳[40]，回顧，猶依稀見媼倚門北望也。

抵家，母睹姝麗，驚問為誰？生以姨女對。母曰：「前吳郎與兒言者，詐也。我未有姊，何以得甥？」問女，女曰：「我非母出。父為秦氏，沒時，兒在褓中，不能記憶。」母曰：「我一姊適秦氏，良確；然殂謝㊶已久，那得復存？」因審詰面龐、痣贅㊷，一一符合。又疑曰：「是矣。然亡已多年，何得復存？」疑慮間，吳生至，女避入室。吳詢得故，惘然久之。忽曰：「此女名嬰寧耶？」生然之。吳亟稱怪事。問所自知，吳曰：「秦家姑去世後，姑丈鰥居，祟於狐，病瘠死。狐生女名嬰寧，繃㊸臥床上，家人皆見之。姑丈歿，狐猶時來；後求天師符粘壁間，狐遂攜女去。將勿此耶？」彼此疑參。但聞室中吃吃，皆嬰寧笑聲。母曰：「此女亦太憨生。」吳請面之。母入室，女猶濃笑不顧。母促令出，始極力忍笑，又面壁移時，方出。才一展拜，翻然遽入，放聲大笑。滿室婦女，為之粲然。

吳請往覘其異，就便執柯㊹。尋至村所，廬舍全無，山花零落而已。吳憶姑葬處，彷彿不遠；然墳壠湮沒，莫可辨識，詫嘆而返。母疑其為鬼。入告吳言，女略無駭意；又弔其無家，亦殊無悲意，孜孜憨笑而已。眾莫之測。母令與少女同寢止。昧爽㊺即來省問，操女紅精巧絕倫。但善笑，禁之亦不可止；然笑處嫣然，狂而不損其媚，人皆樂之。鄰女少婦，爭承迎之。母擇吉將為合巹㊻，而終恐

㉝捘　音ㄗㄨㄣˋ。按；掐。
㉞葭莩之情　指親戚之情。葭莩，蘆葦中的薄膜，比喻關係疏遠的親戚。
㉟瓜葛之愛　指親戚間的情感。瓜葛，比喻親戚輾轉相連的關係。
㊱周遮　囉嗦；嘮叨。
㊲衛　驢子。
㊳匪伊朝夕　不止一日。
㊴冗人　多餘的人口。
㊵山坳　山中低窪的地方。坳，音ㄠ。
㊶殂謝　去世。
㊷痣贅　指身體特徵，如痣和瘤。
㊸繃　音ㄅㄥ。包裹嬰兒的席子，此處作動詞用。
㊹執柯　為人作媒。
㊺昧爽　天將亮而未亮時。
㊻合巹　指結婚。巹，音ㄐㄧㄣˇ。

為鬼物。竊於日中窺之，形影殊無少異。至日，使華裝行新婦禮；女笑極不能俯仰，遂罷。生以其憨痴，恐洩漏房中隱事；而女殊密秘，不肯道一語。每值母憂怒，女至，一笑即解。奴婢小過，恐遭鞭楚，輒求詣母共話；罪婢投見，恆得免。而愛花成癖，物色遍戚黨；竊典金釵，購佳種，數月，階砌藩溷，無非花者。

庭後有木香[47]一架，故鄰西家。女每攀登其上，摘供簪玩。母時遇見，輒訶之，女卒不改。一日，西鄰子見之，凝注傾倒。女不避而笑。西鄰子謂女意已屬，心益蕩。女指牆底笑而下，西鄰子謂示約處，大悅。及昏而往，女果在焉。就而淫之，則陰如錐刺，痛徹於心，大號而踣[48]。細視，非女，則一枯木臥牆邊，所接乃水淋竅[49]也。鄰父聞聲，急奔研問，呻而不言。妻來，始以實告。爇火[50]燭竅，見中有巨蠍，如小蟹然。翁碎木捉殺之。負子至家，半夜尋卒。鄰人訟生，訐發嬰寧妖異。邑宰素仰生才，稔知其篤行士，謂鄰翁訟誣，將杖責之。生為乞免，遂釋而出。母謂女曰：「憨狂爾爾，早知過喜而伏憂也。邑令神明，幸不牽累；設鶻突[51]官宰，必逮婦女質公堂，我兒何顏見戚里？」女正色，矢[52]不復笑。母曰：「人罔不笑，但須有時。」而女由是竟不復笑，雖故逗，亦終不笑；然竟日未嘗有戚容。

一夕，對生零涕，異之。女哽咽曰：「曩以相從日淺，言之恐致駭怪。今日察姑及郎，皆過愛無有異心，直告或無妨乎？妾本狐產。母臨去，以妾託鬼母，相依十餘年，始有今日。妾又無兄弟，所恃者惟君。老母岑寂山阿[53]，無人憐而合厝[54]之，九泉輒為悼恨。君倘不惜煩費，使地下人消此怨恫，庶養女者不忍溺棄。」生諾之，然慮墳冢迷於荒草，女但言無慮。刻日，夫妻輿櫬[55]而往。女於荒煙錯楚中，指示墓處，果得媼屍，膚革猶存。女撫哭哀痛。舁[56]歸，尋秦氏墓合葬焉。

是夜，生夢媼來稱謝，寤而述之。女曰：「妾夜見之，囑勿驚郎君耳。」生恨不邀留。女曰：「彼鬼也。生人多，陽氣勝，何能久居？」生問小榮，曰：「是亦狐，最黠。狐母留以視妾，每攝餌相哺，故德之常不去心。昨問母，云已嫁之。」由是歲值寒食57，夫妻登秦墓，拜掃無缺。女逾年，生一子。在懷抱中，不畏生人，見人輒笑，亦人有母風云。

異史氏曰：「觀其孜孜憨笑，似全無心肝者；而牆下惡作劇，其黠孰甚焉？至悽戀鬼母，反笑為哭，我嬰寧殆隱於笑者矣。竊聞山中有草，名『笑矣乎』。嗅之，則笑不可止。房中植此一種，則合歡、忘憂，並無顏色矣。若解語花58，正嫌其作態59耳。」

47 木香　蔓生植物，花小色白，香甜可愛。
48 踣　仆倒。
49 水淋竅　水淋出的窟窿。
50 爇火　點上火燭。爇，音ㄖㄨㄛˋ。點燃。
51 鶻突　糊塗也。
52 矢　發誓。
53 岑寂山阿　在山林中孤寂生活。
54 合厝　合葬。
55 輿櫬　用車子載運棺木。
56 舁　音ㄩˊ。共舉；扛抬。
57 寒食　寒食節。約在清明節前一、二日。因清明節亦不舉火，故有寒食、清明並稱者。這裡是指清明掃墓的日子。
58 解語花　指楊貴妃。唐玄宗曾用此語稱讚楊貴妃。
59 作態　矯揉造作而不自然。

語譯

王子服是山東莒縣羅店人，年幼時父親便過世了。他非常聰明，十四歲就考中秀才。母親很疼愛他，平常不隨便讓他到郊外遊玩。他曾和蕭氏姑娘訂過親，但還沒成親對方就夭折了，所以還沒娶妻。

正逢上元節，王子服舅舅的兒子吳生，邀他一塊兒外出遊覽。才剛到村外，舅舅家的僕人便把吳生召回去。王子服看到遊玩的女子很多，便乘興獨自漫遊。有一個姑娘帶著婢女，手裡拿著一枝梅花，她的容貌絕世、笑容可掬。王子服看得目不轉睛，竟忘了該避嫌。那位姑娘走了幾步遠，回頭對婢女說：「這個小伙子眼睛睜得大大的，像個賊似的。」把花丟在地上，邊笑邊說地走了。

王子服把花拾起來，好像失了魂似的，悶悶不樂地回家了。回家之後，他把花藏在枕頭下，倒頭就睡，不說話也不吃東西。他的母親很擔心，請人為他消災解厄，但王子服的病卻更加嚴重，身子也日漸消瘦下去。醫生來診治，還開了一些發散病症的藥，但王子服還是恍恍惚惚、神智不清的樣子。母親問他原因，他卻一句話也不說。正好吳生前來，王子服的母親便囑咐他私下問問看。吳生到王子服的床榻前，王子服看了他就掉下眼淚。吳生坐在床邊安慰勸解他，並慢慢地細問原因。王子服於是把實情通通告訴他，並請吳生為他想辦法。吳生笑著說：「你也太痴情了！這個心願有什麼難實現的？我會幫你尋訪的。像這種在郊外徒步走路的，一定不是世家大族的女兒，如果她還沒許配給人家，事情就很容易辦成；不然的話，多用點錢財，計畫也一定能夠成功的。只要你的病趕緊痊癒，這件事就包在我身上吧！」王子服聽了，不覺地露出笑容。

吳生出去之後把原因告訴王子服的母親，並開始為他尋找那位姑娘的居處，但到處探訪打聽，卻沒有任何消息。王子服的母親非常憂慮，但也想不出什麼辦法。不過，自從吳生離開之後，王子服的神情逐漸開朗，也稍微進食了。過了幾天，吳生又來，王子服問他事情辦得如何，吳生騙他說：「已經找到了。我以為是誰呢！原來是我姑姑的女兒，也就是你的姨家表妹，現在還沒許配人家。雖然內親聯姻有點顧忌，不過把實情告訴他們，一定會成功的。」王子服聽了喜上眉梢，問說：「那位姑娘住在哪裡？」吳生騙他說：「就在西南山區，離這裡大概三十多里。」王子服又三番四次地囑託，吳生拍著胸脯把事情承擔下來便走了。

從此之後，王子服漸漸增加飲食，身體也慢慢康復了。他從枕頭下拿出那枝梅花，雖然花已經枯萎了，但花瓣還沒凋落。他專心地把玩著那枝花，就好像見到那位姑娘一般。王子服奇怪吳生為何都不來看他，便寫帖子去請他，但吳生推託有事不肯赴約。王子服很生氣，鬱鬱寡歡。王子服的母親擔心他的病復發，急忙為他說親，但只要稍微與王子服商討這件事，他就搖頭不答應，每天只盼望著吳生的消息。然而吳生卻始終沒有音訊，王子服更加地怨恨。轉而一想，三十里的距離又不遠，何必一定要倚靠別人呢？於是，他把梅花放在袖子裡，一個人賭氣前往山中找尋，全家沒有人知道。

他一個人孤伶伶地走著，沒有人可以問路，只管朝著南山前進。大約走了三十里，只見亂山環繞重疊，一片蒼翠，空氣清爽。路上很寂靜，一個人影也沒有，只有一條羊腸小道。遙望山谷裡頭，在一片花叢亂樹中，隱約有個小村莊。王子服走下山進入村裡，只見幾間房屋，都是茅草蓋的，但是建築得很高雅不俗。有一戶朝北的人家，門前種植著絲絲垂柳，牆內桃樹、杏樹長得特別茂盛，還夾雜修長的翠竹，野鳥在其中格格地鳴叫。王子服猜想這是人家的庭園，不敢隨便進入，回頭見對門有一顆巨大的石頭，表面光滑，便坐在石頭上稍微休息。不久，聽到牆內有一名姑娘，拉長著嗓門喊「小榮」，聲音很嬌柔細緻。王子服正在凝神細聽時，忽然見到一位姑娘從東邊走到西邊，手上拿著一朵杏花，低著頭要簪在自己的髮上。那姑娘一抬頭看見王子服，就不再簪髮，只是拿著花微笑地進入屋內。王子服仔細一看，她就是上元節那天在路上遇到的姑娘。他感到很欣喜，卻想不出什麼理由進去。想要喊姨媽，又擔心從來沒有往來，怕有什麼錯誤。大門裡沒人可問，只好在門外坐臥徘徊，從早上一直等到下午，眼巴巴地望著，連飢渴都忘了。不時有個女孩露出半邊臉來窺視他，好像在訝異他為什麼一直不離開。

忽然，有一位老婦人拄著枴杖走出來，看著王子服說：「你是哪裡來的小伙子？聽說你從辰時就來，一直等到現在。你到底想做什麼？難道不餓嗎？」王子服急忙站起來行個禮，回答說：「我是來找親戚的。」老婦人耳聾聽不到，王子服又大聲地說了一遍。老婦人便問：「你的親戚姓什麼？」王子服答不出來。老婦人笑著說：「真是奇怪！連姓名都不知道，有什麼親戚可以探視的？我看你也是個書呆子吧！不如跟我進來，吃點粗茶淡飯，家裡也有床榻供你睡覺。等明天回家，把親戚姓名問清楚了，再來探訪也不遲。」王子服這時才覺得肚子餓想吃東西，又想到可以趁機接近那位美人，內心非常歡喜，便跟著老婦人一起進入園子裡。只見門內用白色的小石頭砌成道路，路的兩旁種植著豔紅的花朵，花瓣片片落在臺階上；轉個彎往西邊去，又開了一扇門，院子裡面都是豆棚花架。老婦人帶領王子服進入房舍裡，白色的牆壁光明如鏡；窗外幾朵海棠探入屋子裡，墊席床桌無不乾淨明亮。才一入座，就好像有人在窗外窺視著。老婦人喊著：「小榮！快點去做飯。」屋外有婢女呼喊答應。

他們依次坐下，彼此介紹自己的家世門第。老婦人說：「你的外祖父家，是不是姓吳？」王子服回答：「對。」老婦人驚訝地說：「你是我的外甥呀！你的母親就是我的妹妹。這些年來，因為家裡貧困，又沒有個男子，以至於音訊不通。外甥長得那麼大了，還不認識呢！」王子服說：「我這次就是來拜訪姨媽的，只是倉促間忘了您的姓氏。」老婦人說：「老身姓秦，並沒有生兒育女，唯一的一個女兒也是庶出的。她的母親改嫁，把她交給我撫養。她的頭腦也不算笨，只是缺乏教養，一天到晚只會玩耍，沒有煩惱。待會兒就叫她過來拜見表哥。」

沒多久，婢女做好了飯，菜色很豐盛，老婦招呼王子服吃了飯，婢女便來收拾餐具。老婦人說：「叫寧姑出來。」婢女答應著離去。過了很久，聽到窗外隱約有笑聲，老婦人又喊著說：「嬰寧，你的姨家表哥在這裡。」門外的姑娘吃吃笑個不停。婢女把她推進屋裡，還摀著嘴笑得停不了。老婦人瞪著眼睛說：「有客人在，嘻嘻哈哈的，像什麼樣子！」姑娘只好忍著笑站著，王子服向她行個禮。老婦人說：「這是王郎，是你阿姨的兒子，一家人竟然不認識，真是太可笑了。」王子服問：「妹妹今年幾歲了？」老婦人沒聽清楚，王子服又問了一遍。姑娘又笑了，笑到抬不起頭來。老婦人跟王子服說：「我剛剛說缺乏教養，現在看得出來了。她已經十六歲了，還傻傻的像個小孩一樣。」王子服說：「她小甥兒一歲。」老婦人說：「外甥已經十七歲了，是不是庚午年出生屬馬的？」王子服點頭說是。老婦人又說：「外甥媳婦是誰？」王子服回答：「還沒娶妻。」老婦又說：「像外甥這樣的才貌，怎麼到十七歲都還沒娶妻？嬰寧也還沒婆家，兩個人非常相配，只可惜有親戚血統上的顧忌。」王子服沒有說話，只是一直看著嬰寧，來不及看別的。婢女小聲地向姑娘說：「他的眼睛睜得大大的，賊樣還是沒變！」姑娘又大笑起來，回頭和婢女說：「我去看碧桃花開了嗎？」急忙站起來，用袖子掩住嘴，踏著細碎的腳步出去了。到了門外，才放聲大笑。老婦人也站起來，叫婢女準備被褥，為王子服安排住處。老婦人說：「外甥來這裡不容易，應該留個三、五天，遲些日子再送你回去。如果嫌這裡幽靜煩悶，屋後有小花園可供你消遣，也有書可以讀。」

第二天，王子服到屋子後，果然有半畝大的花園，地上的細草像鋪上氈子，楊花散落在小徑上；有三間草屋，四周種植著花木。王子服在花叢中散步，聽到樹上有蘇蘇的聲音。抬頭一看，只見嬰寧爬在樹上。她看到王子服來，大笑得快要掉下來了。王子服說：「別這樣，會摔下來的！」嬰寧邊爬下來邊笑，無法停下。快要到地的時候，一失手掉在地上，這時笑才停止。王子服將她扶起來，偷偷捏了一下她的手腕。嬰寧又笑了起來，笑得靠著樹木無法行走，過了很久才停止。王子服等嬰寧笑聲止住時，便把袖子裡的梅花拿出來給嬰寧看。嬰寧接過梅花，說：「這花已經枯萎了，為什麼還留著？」王子服說：「這是上元節妹妹所遺落的，所以我把它保存起來。」嬰寧問：「保存它有什麼用處？」王子服回答：「來表示心裡喜愛而難以忘懷呀！自從上元節和你相遇後，我就思念成疾，以為自己活不成了，不料還能見到你的面，希望妹妹能憐憫我。」嬰寧說：「這是小事。親戚間有什麼好吝惜的？等你要走的時候，園中的花朵，叫老奴來折一大捆送給你。」王子服說：「妹妹痴傻了嗎？」嬰寧說：「為什麼這樣就是痴傻？」王子服說：「我不是愛花，而是愛拿花的人。」嬰寧說：「親戚之間，相親相愛還用說嗎？」王子服又說：「我所謂的愛，不是親戚之情，而是夫妻之間的愛。」嬰寧說：「這有不同嗎？」王子服說：「夜晚要同床共枕的。」嬰寧低頭想了很久，說：「我不習慣和陌生人一起睡。」話還沒說完，婢女悄悄地來到，王子服惶恐地溜走了。

過了一會兒，兩人在老婦人的房裡遇見。老婦人問：「你去哪裡了？」嬰寧回答說在園子裡和表哥說話。老婦人說：「飯老早就煮好了，有什麼話那麼長？囉唆成這樣。」嬰寧說：「大哥想要跟我一起睡覺。」話還沒說完，王子服非常困窘，急忙瞪嬰寧一眼，嬰寧微笑地不說了。幸好老婦人沒聽到，仍舊不斷地追問。王子服急忙用其他話來遮掩過去，再小聲地責備嬰寧。嬰寧說：「這些話不該說嗎？」王子服說：「這些話應該背著人家說的。」嬰寧說：「背著別人，難道該背著老母親嗎？再說睡覺也是平常之事，有什麼好避諱的？」王子服很恨她的痴傻，又沒方法讓她領悟。

才剛吃完飯，家中的僕人就騎著兩頭毛驢來找王子服。起先是王子服的母親等兒子很久都還沒回來，開始擔憂；在村子裡搜覓了好幾遍，都沒有他的蹤影，於是去找吳生。吳生想起過去所說的話，因此叫家人到西南山區找找看。經過好幾個村落才找到這裡。王子服一出門，就碰到前來找他的僕人，於是進屋告訴老婦人，並請求帶著嬰寧一塊回去。老婦人高興地說：「我有這個念頭不是一天兩天了。但因我的身體的緣故不能遠行，如果外甥能帶著妹妹一塊回去認識阿姨，那真是太好了！」便叫嬰寧過來。嬰寧笑著過來，老婦人說：「到底有什麼歡喜的事，讓你一笑就無法停止？如果能不笑的話，就是個完美的人了。」說完生氣地瞪她一眼。然後又跟她說：「大哥希望跟你一起回去，你可以去準備行李了。」又招待王家的僕人吃過酒飯，才把他們送出門說：「阿姨家田產豐富，能養多餘的人，你到了那裡就不要回來了。稍微學點詩書禮儀才好侍奉公婆，也麻煩阿姨為你挑一個好對象。」二人於是出發離開。到了山坳處回頭看，還彷彿看見老婦人倚著門往北望著。

回到家裡，王母看到這個美女，驚訝地問她是誰？王子服回答說是姨媽的女兒。王母說：「之前吳郎告訴你的事，都是騙你的。我沒有姐姐，哪會有什麼外甥？」問嬰寧，嬰寧說：「我不是母親親生的，父親姓秦，過世時我還是個嬰兒，所以記不得了。」王母說：「我有個姐姐嫁給姓秦的人，這是真的；可是她已經過世很久了，怎麼可能還活著呢？」於是仔細詢問老婦人的面容和身體特徵，都一一符合。又懷疑地說：「真的是她。但已經過世多年了，怎麼還活著呢？」正在懷疑時，吳生到了，嬰寧迴避至房裡。吳生問了來龍去脈，困惑了很久，忽然說：「這位姑娘叫嬰寧嗎？」王子服說對。吳生大叫怪事。問他為什麼知道名字，吳生說：「秦家的姑姑去世後，姑丈一個人鰥居多年，被狐狸精所迷惑，生病瘦弱而死。狐狸精生了一個女兒叫嬰寧，將她包裹著放在床上，全家人都看到了。姑丈死後，狐貍還時常過來，後來求天師把符咒黏在牆壁間，狐貍就帶著女兒離去。莫非就是她？」正當大家互相懷疑討論時，只聽見房間裡傳來吃吃聲，都是嬰寧的笑聲。王母說：「這個姑娘也太嬌癡了！」吳生請求見她一面。王母進了房間，嬰寧仍舊大笑得無法理會。王母催促她出去見客，她才努力忍住笑，又對著牆壁好一會兒，才走出來。剛行個禮，馬上就轉身入內，放聲大笑。滿屋子的婦女都被她逗笑了。

吳生請求前去察看有何怪異，順便替王子服作媒。但到了那個村落，一間房屋也沒有，只剩下凋謝的山花而已。吳生想起姑姑埋葬的地方，好像離這裡不遠，但墳墓年久湮沒，無法辨識，只好詫異驚嘆地返回了。王母懷疑嬰寧是鬼，入內室把吳生的話告訴她，她一點也不驚怕；又憐憫她無家可歸，但她一點悲傷的樣子也看不出來，只是孜孜傻笑而已，大家都猜不透是怎麼一回事。王母讓嬰寧跟自己的小女兒一起住，天才剛亮嬰寧就來請安，操持女紅也是精巧無比。但是她非常愛笑，就算制止她也沒有用，不過她笑起來非常嬌媚，恣意地笑著卻不損害她的美麗，大家都很喜歡她，鄰居的少女婦人，都爭著跟她作朋友。王母選了一個好日子為王子服和嬰寧成親，但始終擔心嬰寧是鬼，於是偷偷在太陽下觀察她，但嬰寧的身形影子沒有任何怪異。到了成親那天，讓嬰寧穿著禮服行新娘禮節，嬰寧卻笑得無法行禮，只好做罷。王子服因為她的憨傻，擔心她會洩露閨房隱祕的事，但嬰寧對這件事卻特別守密，一個字都不肯對外人說。每當王母憂慮或生氣的時候，只要嬰寧來到，笑一笑就會讓王母心情舒暢。奴婢們犯了小錯，擔心受到鞭打責罰，往往求嬰寧去和王母說話，犯錯的婢女在這時前去拜見，往往都能免除責罰。嬰寧愛花成癖，找遍親朋好友物色好花，甚至偷偷地典當首飾以購買好的品種，也不過幾個月，階梯、籬笆和廁所，就到處都是花。

院子後面有一棚的木香花，一向緊鄰著西鄰人家。嬰寧每次都爬到棚子上去摘花，插在頭髮上賞玩。王母有時見到了，就會責罵她，但嬰寧始終不改。有一天，西鄰的兒子見到嬰寧，死盯著她看，被她迷得神魂顛倒。嬰寧並沒有躲避反而還笑了出來。西鄰子以為嬰寧對他有意思，不禁心神蕩漾。嬰寧指著牆底邊笑邊爬下去，西鄰子以為是指示他幽會的地點，非常高興。到了黃昏的時候前往，嬰寧果然在那裡，西鄰子靠近她和她姦淫，陰部卻如錐刺般痛徹心肺，大叫一聲就跌倒了。仔細一看，那並不是嬰寧，而是一棵橫放在牆邊的枯木。而他所交合的竟是雨水浸潤出來的窟窿。他父親聽到聲音，急忙跑來問個究竟，但西鄰子只是呻吟而不回答。他的妻子前來，才把實情說出來。他們點燃蠟燭照亮那個窟窿，看見裡面有一隻像是小螃蟹般的大蠍子。他父親把木頭敲碎，將蠍子弄死了，趕緊把兒子背回家，但他半夜裡就死了。鄰人父親到官府控告王子服，舉發嬰寧是妖怪，當地的縣官素來就仰慕王子服的才學，熟知他是個忠厚的書生，認為是鄰人父親誣告，要杖擊責罰他。王子服為他求情，才免了責罰，並把鄰人父親放了回去。王母告訴嬰寧說：「像你瘋癲成這樣，我早就知道會樂極生悲。今天幸好是縣官明白事理，才沒有牽累我們，如果遇到的是糊塗縣官，一定會將女眷逮捕到公堂之上審問，這樣我兒子還有什麼顏面見鄉親父老呢？」嬰寧表情嚴肅起來，發誓不再笑了。王母說：「是人沒有不笑的，只是應該注意場合。」但嬰寧從此之後竟然都不笑了，就算有人故意逗她，她也始終不笑；不過整天也沒看她有哀戚的表情。

一天晚上，嬰寧突然對著王子服流眼淚，王子服覺得很奇怪。嬰寧哽咽地說：「過去因為跟隨你的日子不長，說了怕你驚怪。現在看到婆婆和你對我都疼愛有加，並不懷疑我，直接告訴你應該無妨吧？我本是狐狸生的女兒，母親臨走的時候，把我託付給鬼母，我們相依十多年，才能有今天。我又沒有其他的兄弟，所能依靠的也只有你而已。想到我的老母親孤寂地葬在荒涼的山野，沒有人可憐她將她和父親合葬在一起，就算在九泉之下也常常悲怨。你如果不嫌麻煩和破費，就請你幫忙讓黃泉之下的人消除這個怨恨，也讓撫養女兒的人認為女兒有點用處，而不忍心丟棄溺死吧！」王子服答應了她，但擔心墳墓湮沒在荒草之間難以找尋，嬰寧只說不用擔心。選好日子，夫妻兩人載著棺材前往，嬰寧在荒煙雜樹中，指出老婦人的墓地，果然找到老婦人的屍體，她的肌膚仍然很完好，嬰寧撫著屍體哀痛地哭著。他們將靈柩運回去，並找到秦氏的墳墓，將兩人合葬在一起。

當天晚上，王子服夢到老婦人前來道謝，醒來告訴嬰寧。嬰寧說：「我晚上見到她了，她囑咐我不要驚動你。」

王子服遺憾沒能將老婦人留下來，嬰寧說：「她是鬼魂，在活人多、陽氣盛的地方，怎麼能久留呢？」王子服問起小榮，嬰寧說：「她也是狐狸，特別聰明，狐母特地把她留下來照顧我，她常常為我張羅食物，弄東西給我吃，我很感激她，時常想念她。昨天問了母親，她說小榮已經出嫁了。」從此每到寒食節，夫妻兩人就一起上秦氏墓祭拜，沒有一年缺席過。過了一年多，嬰寧生了一個兒子，還在襁褓中就不怕陌生人，看到誰都會笑，也很有母親的風範。

異史氏說：「看嬰寧孜孜地傻笑，好像完全沒有腦筋似的，但看到牆下的惡作劇，她的慧黠又有誰比得過呢？至於她悽切地眷戀著鬼母，反笑為哭，我們嬰寧恐怕是以笑為掩護的。我聽說山中有一種草，叫做『笑矣乎』。只要一聞它，就會笑得無法停止。若是在房間內種了這種草，那麼就算是合歡花、忘憂草都要相形失色了。至於『解語花』，我還嫌她矯揉造作呢！」

賞析

本文內容可分為幾部分：首先，描述王子服上元節出遊，邂逅一位巧笑倩兮的姑娘，自此神魂顛倒，思念成疾。表哥吳生騙他那位姑娘是自己的表妹，好讓王子服的病趕緊痊癒。其次寫王子服依照吳生的指示前往找尋，果然找到那位姑娘的住處，談話之中發現她真的是自己的表妹，名叫嬰寧。王子服想要向嬰寧表達愛意，無奈嬰寧天真痴傻，對情事一竅不通。接著寫王子服將嬰寧帶回家成親，儘管大家對嬰寧神祕的背景頗為懷疑，卻都很喜歡她，不過由於嬰寧太過愛笑，也為大家惹來一場麻煩，因此她發誓不再笑了。最後寫嬰寧對王子服表白自己的身世，並完成將鬼母與父親合葬的心願。

中國古代是個男尊女卑的封建社會，故對女子的舉止要求相當高，如坐莫動膝、行莫回頭、笑莫露齒、走莫搖裙等，處處限制女性的行動和思想自由。本故事中的女主角——嬰寧，卻毫無上述的「傳統婦德」，可說是蒲松齡筆下最自然可愛、憨黠純真的女子。她的家世背景十分離奇，生母是狐狸，養母又是鬼魂，自幼生長在荒山漫野之中，也因為這樣，她並未受到嚴格的閨閣教育，不像一般女性謹慎端莊。她愛花成痴，到王家不過幾個月，就「階砌藩溷，無非花者」；她又愛笑，笑得嫣然，「狂而不損其媚」，大家都喜歡她。讀這篇小說，耳聞皆笑聲，觸目皆花朵，讓人不禁會心一笑。但嬰寧的笑，並非傻笑，因為她的身世過於離奇，若是隨意告訴別人，難免會造成他人的恐懼和懷疑。所以在許多場合，她只能以笑來遮掩。獲得夫家的信任後，已無嬉笑的必要，她便收斂笑容，將自己真實的遭遇和心情訴說出來。這麼看來，嬰寧的笑與不笑實有深意，她既不是受傳統禮教緊緊束縛的封建婦女，也不是人事不知、毫無教養的傻女孩，如此特殊的形象，難怪連作者蒲松齡都不禁說：「我嬰寧殆隱於笑者矣。」欣賞之情，溢於言表。

文中的王子服、婢女小榮、鬼母秦氏等人，各有各的性格。透過王子服的思念成疾，側寫出嬰寧的絕世美貌；透過和小榮的一搭一唱，顯示出嬰寧的慧黠俏皮；透過收埋秦氏骸骨，展現了嬰寧的誠摯孝思。可以說，嬰寧人物的描寫是相當成功的。

延伸閱讀

1. 紀昀閱微草堂筆記
2. 王世貞豔異編
3. 馮夢龍情史
4. 參考資料：
聶紺弩漫談「聊齋誌異」的藝術性（收於聊齋誌異的藝術，木鐸出版社）

明清長篇小說

明清兩代的代表文學是小說，尤其是長篇小說。明代長篇小說是從宋代的講史進化而來，講史主要是講歷代興廢征戰的故事，總是長篇大論的，於是說話人分回講述，寫成文字就成了長篇章回小說。

明代長篇小說以三國演義、水滸傳、西遊記、金瓶梅最著名，稱為「四大奇書」。三國演義是演義小說中流傳最廣、影響最大的一部。晚唐李商隱的驕兒詩有「或謔張飛胡（膚黑），或笑鄧艾吃（口吃）」，可見唐代三國故事已經很流行；宋代的講史家有「霍四究說三分」，應該就是講三國的故事。現存最古的三國故事話本是全相三國志平話，是元朝人印行的，文字拙劣，還不適合閱讀。到了元、明之際羅貫中撰寫二十四卷的三國演義，後來又經清朝毛宗崗整編，才正式完成一百二十回的三國演義。

三國演義是用淺近的文言寫的，內容大致依據史實，但也有一些改動，就是利用所謂的「七實三虛」，把曹操的奸、關羽的忠、諸葛亮的智盡量呈現。在過去教育不普及的年代，三國演義是民眾立身處世的教科書，也是練習作文的範本，滿清入關前許多將軍拿它當作兵法書研讀。之後清代各地方戲曲都有三國戲，如今漫畫、卡通、電玩也都有三國演義的蹤跡，可見大家對它的喜愛歷久不衰。

水滸傳的成書經過比較複雜，宋代話本大宋宣和遺事中已有部分人物及情節，北宋末民間有梁山泊的故事流傳，大約到了元、明之際，施耐庵、羅貫中先後撰寫纂修，終於成書。目前坊間較流行的有一百二十回的水滸全傳，和被金聖嘆腰斬的七十回本水滸傳。

水滸傳是極生動的白話文寫成的，代表白話文學的最高成就。雖然無法把一百零八條好漢個個寫得活靈活現，但主要人物如宋江、吳用、武松、林沖、李逵、魯智深等人無不栩栩如生。最難得的是水滸傳明明是寫一批打打殺殺的綠林好漢，但卻能使讀者非但不討厭他們，反而深深為之傾倒折服。

西遊記是神話小說，記述唐僧玄奘帶領徒弟孫悟空、豬八戒、沙悟淨三人往西天取經的故事。作者吳承恩大概是根據唐玄奘的大唐西域記、宋代話本大唐三藏取經詩話及元雜劇等資料寫成的，但他建構了一個奇幻世界，迷離而動人。師徒四人個性不同，沿途遇到八十一難，一一克服後，終於修成正果。書中充滿了詼諧幽默的趣味，但也有人以為吳承恩是用唐僧代表昏君，用孫悟空代表忠臣，豬八戒則是奸臣，有意諷刺明世宗的昏庸誤國。無論如何，西遊記是老少咸宜的精采讀物。

金瓶梅是四大奇書中創作成分最大的一部，它把水滸傳裡西門慶、潘金蓮一段擴大成一百回的巨著，主要是寫西門慶一家由盛轉衰的歷程。金瓶梅的書名是採取西門慶的三個妾潘金蓮、李瓶兒和龐春梅名字各一字而得，相當別致。

這部小說的作者都說是蘭陵笑笑生，但蘭陵笑笑生的真名為何，至今尚無定論。因為書中有許多色情的描寫，曾經被認為是淫書，但這本小說的寫作技巧很高，把一些尋常的人事物都寫得極為生動，同時也保留了許多俗語、歇後語和說唱、戲曲的資料，除了當小說讀，還可以做研究語言和明代社會的用途。

本書限於篇幅，只能在三國演義、水滸傳、西遊記中各摘錄一回左右，雖希望讀者能「嘗一臠肉，知一鑊之味」，但更期待您自己進一步閱讀全書。

清代長篇小說很多，儒林外史、紅樓夢、鏡花緣、兒女英雄傳、七俠五義等都是名著，晚清又有譴責小說崛起，如官場現形記、二十年目睹之怪現狀、老殘遊記等。

儒林外史是吳敬梓所寫，以諷刺科舉制度下的讀書人為主要宗旨。鏡花緣是李汝珍的作品，書中藉著描寫一百位才女，處處炫耀才學，常因此破壞了小說的完整性和可讀性，是美中不足處。

清代最受矚目的小說自非紅樓夢莫屬。

紅樓夢的作者，據胡適先生考證是曹雪芹，但他只寫了前八十回，後四十回是高鶚續的。紅樓夢和金瓶梅一樣，也是寫一個家庭由盛而衰，如果沒有金瓶梅成書在先，也許就不會有紅樓夢的出現；或者就算有，也不會寫得這麼好。

許多人都同意：紅樓夢是中國最偉大的古典小說。紅樓夢最大的成功是對女性的描寫，這也是作者創作的原意，他在第一回裡就說：「竟不如我這半世親見親聞的幾個女子，雖不敢說強似前代書中所有之人，但觀其事跡原委，亦可消愁破悶。」兩位女主角林黛玉和薛寶釵固不用說，其他像鳳姐、王夫人、賈母，甚至襲人、晴雯等無一不是個性突出，令人印象深刻。

紅樓夢是愛情小說，但它的內容和精神都不只是愛情這個層面。它是寫實小說，但也充滿了浪漫氣息。它寫的是日常瑣事，卻也蘊含了人生真理。紅樓夢一百二十回，包括的是各色各樣複雜糾纏的人情世事，猶如一本中國文化的百科全書，讀者可以各取所需。

本書選的是第三回寶黛初遇的一段，兩小無猜、青梅竹馬自此展開，接下去的情節，就請你自己賞讀吧！

趙子龍單騎救主

導讀

本文節選自三國演義第四十一回「劉玄德攜民渡江　趙子龍單騎救主」及第四十二回「張翼德大鬧長坂橋　劉豫州敗走漢津口」。內容敘述趙雲從亂軍之中，救出少主劉禪的故事。

三國故事自隋唐以來就普遍流傳於民間，到了宋代更成為說書人講史的主要題材，元代雜劇有許多三國戲，元英宗時出現以三國故事為內容的三國志平話，羅貫中就是在這樣的基礎下，完成了三國演義。這部小說對後世的戲曲及說唱藝術，有極深遠的影響。

作者羅貫中，名本，號湖海散人。元末明初人，生卒年不詳。著有三國志通俗演義（即三國演義）一百二十回，其中七分史實三分虛構，以蜀漢為正統，演述了東漢靈帝元年（西元一八四年）黃巾之亂，至西晉武帝元年（西元二八〇年）東吳滅亡，共九十七年的史事。

【前情提要】官渡之戰後，曹操統一北方，適逢荊州刺史劉表病逝，於是曹操揮軍南下，表子劉琮自知力不能敵，獻荊州投降。當時劉備原依附劉表之下，駐軍新野，兵寡力弱，聽聞曹軍壓境，遂帶著軍民逃往江陵。最後在當陽一帶，被曹軍追上，張飛護著劉備殺出血路。此時，趙雲負責保護劉備家眷……。

卻說趙雲自四更時分，與曹軍廝殺，往來衝突，殺至天明，尋不見玄德❶，又失了玄德老小。雲自思曰：「主人將甘、糜二夫人，與小主人阿斗❷，託付在我身上；今日軍中失散，有何面目去見主人？不如去決一死戰，好歹❸要尋主母與小主人下落！」回顧左右，只有三四十騎相隨。雲拍馬在亂軍中尋覓，二縣百姓號哭之聲，震天動地。中箭著槍，拋男棄女而走者，不計其數。

趙雲正走之間，見一人臥在草中，視之乃簡雍也。雲急問曰：「曾見兩位主母否？」雍曰：「二主母棄了車仗❹，抱阿斗而走。我飛馬趕去，轉過山坡，被一將刺了一槍，跌下馬來，馬被奪了去。我爭鬬不得，故臥在此。」雲乃將從人所騎之馬，借一匹與簡雍騎坐；又著二卒扶護簡雍先去，報與主人：「我上天入地，好歹尋主母與小主人來。如尋不見，死在沙場上也！」

說罷，拍馬望長坂坡而去。忽一人大叫：「趙將軍那裡去？」雲勒馬問曰：「你是何人？」答曰：「我乃劉使君帳下護送車仗的軍士，被箭射倒在此。」趙雲便問二夫人消息。軍士曰：「恰纔見甘夫人披頭跣足❺，相隨一夥百姓婦女，投南而走。」

雲見說，也不顧軍士，急縱馬望南趕去。只見一夥百姓，男女數百人，相攜而走。雲大叫曰：「內中有甘夫人否？」夫人在後面望見趙雲，放聲大哭。雲下馬插槍而泣曰：「使主母失散，雲之罪也！糜夫人與小主人安在？」甘夫人曰：「我與糜夫人被逐，棄了車仗，雜於百姓內步行，又撞見一枝軍馬衝散。糜夫人與阿斗不知何往，我獨自逃生至此。」

正言間，百姓發喊，又撞出一枝軍來。趙雲拔槍上馬看時，面前馬上綁著一人，乃糜竺也。背後一將，手提大刀，引著千餘軍，乃曹仁部將淳于導，拿住糜竺，正要解去獻功。趙雲大喝一聲，挺槍縱馬，直取淳于導。導抵敵不住，被雲一槍，刺落馬下，向前救了糜竺，奪得馬二匹。

雲請甘夫人上馬，殺開條血路，直送至長坂坡。只見張飛橫矛立馬於橋上，大叫：「子龍！你如何反我哥哥？」雲曰：「我尋不見主母與小主人，因此落後，何言反耶？」飛曰：「若非簡雍先來報信，我今見你，怎肯干休也！」雲曰：「主公在何處？」飛曰：「只在前面不遠。」雲謂糜竺曰：「糜子仲保甘夫人先行，待我仍往尋覓糜夫人與小主人去。」言罷，引數騎再回舊路。

正走之間，見一將手提鐵槍，背著一口劍，引十數騎躍馬而來。趙雲更不打話，直取那將。交馬只一合，把那將一槍刺倒，從騎皆走。原來那將乃曹操隨身背劍之將夏侯恩也。曹操有寶劍二口：一名「倚天」，一名「青釭」。倚天劍自佩之，青釭劍令夏侯恩佩之。那青釭劍砍鐵如泥，鋒利無比。

當時夏侯恩自恃勇力，背著那劍，只顧引人搶奪擄掠，不想撞著趙雲，被他一槍刺死，奪了那口劍，看靶上有金嵌「青釭」二字，方知是寶劍也。雲插劍提槍，復殺入重圍；回顧手下從騎，已沒一人，只剩得孤身。雲並無半點退心，只顧往來尋覓。但逢百姓，便問糜夫人消息。忽一人指曰：「夫人抱著孩兒，左腿上著了槍，行走不得，只在前面牆缺內坐地。」

趙雲聽了，連忙追尋。只見一個人家，被火燒壞土牆，糜夫人抱著阿斗，坐於牆下枯井之傍啼哭。雲急下馬伏地而拜。夫人曰：「妾得見將軍，阿斗有命矣。望將軍可憐他父親飄蕩半世，只有這點骨血❻。將軍可護持此子，教他得見父面，妾死無恨！」

雲曰：「夫人受難，雲之罪也。不必多言，請夫人上馬。雲自步行死戰，保夫人透出重圍。」糜夫人曰：「不可。將軍豈可無馬？此子全賴將軍保護。妾已重傷，死何足惜！望將軍速抱此子前去，

❶玄德　劉備的字。
❷阿斗　劉禪的小名。
❸好歹　猶言無論吉凶、無論如何。
❹車仗　車隊。
❺披頭跣足　散亂著頭髮，打著赤腳。跣，音ㄒㄧㄢˇ。赤腳。
❻骨血　骨肉；子嗣。

勿以妾為累也。」雲曰：「喊聲將近，追兵已至，請夫人速速上馬。」糜夫人曰：「妾身委實❼難去，休得兩誤。」乃將阿斗遞與趙雲曰：「此子性命全在將軍身上！」趙雲三回五次，請夫人上馬，夫人只不肯上馬。四邊喊聲又起。雲厲聲曰：「夫人不聽吾言，追軍若至，為之奈何？」糜夫人乃棄阿斗於地，翻身投入枯井中而死。後人有詩讚之曰：

戰將全憑馬力多，步行怎把幼君扶？
拼將一死存劉嗣，勇決還虧女丈夫。

趙雲見夫人已死，恐曹軍盜屍，便將土牆推倒，掩蓋枯井。掩訖，解開勒甲縧❽，放下掩心鏡❾，將阿斗抱護在懷，綽槍上馬。早有一將，引一隊步軍至，乃曹洪部將晏明也，持三尖兩刃刀來戰趙雲。不三合，被趙雲一槍刺倒，殺散眾軍，衝開一條路。

正走間，前面又一枝軍馬攔路。當先一員大將，旗號分明，大書「河間張郃」。雲更不答話，挺槍便戰。約十餘合，雲不敢戀戰，奪路而走。背後張郃追來，雲加鞭而行，不想趷躂❿一聲，連馬和人，顛入土坑之內。張郃挺槍來刺，忽然一道紅光，從土坑中衝起；那匹馬平空一躍，跳出坑外。後人有詩曰：

紅光罩體困龍飛，征馬衝開長坂圍。
四十二年⓫真命主，將軍因得顯神威。

張郃見了，大驚而退。趙雲縱馬正走，背後忽有二將大叫「趙雲休走！」前面又有二將，使兩般軍器，截住去路。後面趕的是馬延、張顗，前面阻的是焦觸、張南，都是袁紹手下降將。趙雲力戰四將，曹軍一齊擁至。雲乃拔青釭劍亂砍。手起處，衣甲透過，血如湧泉。殺退眾軍將，直透重圍。

卻說曹操在景山頂上，望見一將，所到之處，威不可當，急問左右是誰。曹洪飛馬下山大叫曰：「軍中戰將可留姓名。」雲應聲曰：「吾乃常山趙子龍也。」曹洪回報曹操。操曰：「真虎將也！吾當生致之。」遂令飛馬傳報各處：「如趙雲到，不許放冷箭⑫，只要捉活的。」因此趙雲得脫此難。此亦阿斗之福所致也。

這一場殺，趙雲懷抱後主，直透重圍，砍倒大旗兩面，奪槊⑬三條；前後槍刺劍砍，殺死曹營名將五十餘員。後人有詩曰：

血染征袍透甲紅，當陽誰敢與爭鋒？
古來衝陣扶危主，只有常山趙子龍！

趙雲當下殺透重圍，已離大陣，血滿征袍。正行間，山坡下又撞出兩枝軍，乃夏侯惇部將鍾縉、鍾紳兄弟二人，一個使大斧，一個使畫戟⑭，大喝：「趙雲快下馬受縛！」正是：纔離虎窟逃生去，又遇龍潭鼓浪來。畢竟子龍怎地脫身，且看下回分解。

* * * *

⑦委實　確實。
⑧絛　音ㄊㄠ。絲編的腰帶。
⑨掩心鏡　護胸的鎧甲。
⑩跎躂　音ㄏㄜˊ ㄊㄚˋ。狀聲詞。物體撞擊的聲音。
⑪四十二年　劉禪從蜀漢昭烈帝章武二年（西元二二二年）劉備駕崩，到後主炎興元年（西元二六三年）降魏為止，共在位四十二年。
⑫放冷箭　暗中放箭射人。
⑬槊　音ㄕㄨㄛˋ。長矛。
⑭畫戟　古兵器名。因有彩飾，故稱。戟，音ㄐㄧˇ。長柄兵器，附有枝狀利刃。

卻說鍾縉、鍾紳，二人攔住趙雲廝殺。趙雲挺槍便刺。鍾縉當先揮大斧來迎。兩馬相交，戰不三合，被雲一槍刺落馬下，奪路便走。背後鍾紳持戟趕來，馬尾相銜，那枝戟只在趙雲後心內弄影。雲急撥轉馬頭，恰好兩胸相拍。雲左手持槍隔過畫戟，右手拔出青釭寶劍砍去，帶盔連腦，砍去一半，紳落馬而死，餘眾奔散。趙雲得脫，望長坂橋而走。只聞後面喊聲大震。原來文聘引軍趕來。趙雲到得橋邊，人困馬乏。見張飛挺矛立馬於橋上，雲大呼曰：「翼德援我！」飛曰：「子龍速行，追兵我自當之。」

雲縱馬過橋，行二十餘里，見玄德與眾人憩於樹下。雲下馬伏地而泣，玄德亦泣。雲喘息而言曰：「趙雲之罪，萬死猶輕！糜夫人身帶重傷，不肯上馬，投井而死。雲只得推土牆掩之，懷抱公子，身突重圍。賴主公洪福，幸而得脫。適纔公子尚在懷中啼哭，此一會不見動靜，想是不能保也。」遂解視之。原來阿斗正睡著未醒。雲喜曰：「幸得公子無恙！」雙手遞與玄德。玄德接過，擲之於地曰：「為汝這孺子，幾損我一員大將！」趙雲忙向地下抱起阿斗，泣拜曰：「雲雖肝腦塗地⑮，不能報也！」

後人有詩讚曰：

曹操軍中飛虎出，趙雲懷內小龍眠。
無由撫慰忠臣意，故把親兒擲馬前。

⑮肝腦塗地　比喻竭力盡忠，不惜犧牲生命。

賞析

本篇故事是三國演義中相當為人津津樂道的一段。可概分為：趙雲尋訪主母、糜夫人託孤、趙雲護主突圍、劉備摔阿斗等四幕。

這段史事在三國志中，只記載了「及先主為曹公所追於當陽長坂，棄妻子南走，雲身抱弱子，即後主也，保護甘夫人，即後主母也，皆得免難」。然而在羅貫中的筆下，卻鋪陳出一段令人驚心動魄的故事。

本篇故事最先描述趙雲的英勇：看他「自四更時分，與曹軍廝殺，往來衝突，殺至天明」，想必已十分疲困，但他遇淳于導、夏侯恩、晏明、鍾縉、鍾紳等人，卻都是不到三回合就將對方打下馬來，縱使被馬延、張顗、焦觸、張南圍攻，曹軍一擁而上，仍是「手起處，衣甲透過，血如湧泉」，最後共「殺死曹營名將五十餘員」，無怪曹操要大嘆「真虎將也」。其次，我們看到的是趙雲的忠義：亂軍之中，他人困馬乏，往來於重圍之中，為的是不負劉備所託，當他甫失去劉備家眷的蹤影，他想的是「不如去決一死戰，好歹要尋主母與小主人下落」。好不容易尋得糜夫人，他則是請夫人上馬，自己要步行死戰，為保夫人、少主安危，死不足惜。於是，趙雲的「勇」、「忠」鮮明地活躍於紙上。

此外，本篇故事還表現出三國時期的二大英雄——曹操和劉備對於人才的愛惜。在那樣群雄並起的時代，識才、愛才、用才、惜才是想要雄據一方的領導者所不可或缺的。先看曹操，在讚嘆趙雲「真虎將也」之餘，起了憐才之心，下令「如趙雲到，不許放冷箭，只要捉活的」，使趙雲得以殺出重圍。再看劉備，從趙雲手中接過阿斗後，立刻把他摔到地上，並說「為汝這孺子，幾損我一員大將」，使趙雲馬上表態說「雖肝腦塗地，不能報也」；歷來對劉備此舉評價兩極，且不論他是真心或假意，但是確實使得趙雲死心塌地，同時對他重賢愛才的聲譽，多少有加分的效果。在歷史上，劉備能從一個沒沒無聞的賣鞋兒一躍而為鼎立三國的一方霸主絕非偶然，而羅貫中則巧妙地運用文字，將他活現於讀者面前。

延伸閱讀

1. 羅貫中三國演義（可參考三民書局之版本）
2. 馮夢龍東周列國志（可參考三民書局之版本）
3. 褚人穫隋唐演義（可參考三民書局之版本）

吳用智取生辰綱

導讀

本文節錄自七十回本水滸傳第十五回「楊志押送金銀擔吳用智取生辰綱」。內容敘述晁蓋及吳用等人智取楊志押送的生辰綱。生辰綱，指運送壽禮的運輸隊。

水滸傳為中國著名的俠義小說，內容敘述北宋淮安大盜宋江等一百零八人嘯聚梁山泊行劫作亂的故

事。此書情節精彩緊湊、人物神態活現，加上「官逼民反」的主題、「替天行道」的行徑，受到廣大讀者的喜愛。水滸傳，非一時一人之作，而是自宋代以來，經過長期演進的集體創作。一般認為是施耐庵將「水滸」故事鎔裁成一部完整的小說。施耐庵，字子安，元末明初人，生卒年不詳，祖籍姑蘇（今江蘇省吳縣）。元末曾於錢塘任官，因與當道不合，棄官歸隱。

【前情提要】青面獸楊志是三代將門之後，因翻船失陷了花石綱，被趕出殿帥府，盤纏用盡後，只得在街上賣祖傳寶刀，偏偏遇上無賴牛二一再挑釁，楊志氣不過把牛二刺死，向開封府自首。後來梁中書重用他，升至提轄。一日，梁中書準備了十萬貫的金珠寶貝為岳父太師蔡京祝壽，但恐盜賊來搶，於是派遣楊志押送，帶著謝都管和兩個侍衛武官，領十一名廂禁軍，偽裝成客商，預備向東京出發……。

楊志和謝都管、兩個虞候監押著，一行共是十五人，離了梁府，出得北京城門，取大路投東京進發。

此時正是五月半天氣，雖是晴明得好，只是酷熱難行。楊志一心要取六月十五日生辰，只得在路上趲行❶。自離了這北京五七日，端的只是起五更，趁早涼便行；日中熱時便歇。五七日後，人家漸少，行路又稀，一站站都是山路。楊志卻要辰牌❷起身，申時❸便歇。那十一個廂禁軍，擔子又重，無有一個稍輕，天氣熱了，行不得；見著林子便要去歇息。楊志趕著催促要行，如若停住，輕則痛罵，重則藤條便打，逼趕要行。兩個虞候雖只背些包裹行李，也氣喘了行不上。楊志便嗔道：「你兩個好不曉事！這干係須是俺的！你們不替洒家打這夫子❹，卻在背後也慢慢地挨！這路上不是耍處！」那虞候道：「不是我兩個要慢走，其實熱了行不動，因此落後。前日只是趁早涼走，如今恁地正熱裡要行，正是好歹不均勻！」楊志道：「你這般說話，卻似放屁！前日行的須是好地面；如今正是尷尬去處，若不日裡趕過去，誰敢五更半夜走？」兩個虞候口裡不言，肚中尋思：「這廝❺不直得便罵人！」

楊志提了朴刀，拿著藤條，自去趕那擔子。兩個虞候坐在柳陰樹下等得老都管來；兩個虞候告訴道：「楊家那廝強殺只是我相公門下一個提轄！直這般會做大❻！」老都管道：「須是相公當面分付道：『休要和他彆拗』，因此我不做聲。這兩日也看他不得。權且耐他。」兩個虞候道：「相公也只是人情話兒，都管自做個主便了。」老都管又道：「且耐他一耐。」

當日行到申牌時分，尋得一個客店裡歇了。那十一個廂禁軍雨汗通流，都嘆氣吹噓，對老都管說道：「我們不幸做了軍健❼！情知道被差出來。這般火似熱的天氣，又挑著重擔；這兩日又不揀早涼行，動不動老大藤條打來：都是一般父母皮肉，我們直恁地苦！」老都管道：「你們不要怨悵，巴到東京時，我自賞你。」眾軍漢道：「若是似都管看待我們時，並不敢怨悵。」又過了一夜。

次日，天色未明，眾人起來，都要乘涼起身去。楊志跳起來，喝道：「那裡去！且睡了！卻理會！」眾軍漢道：「趁早不走，日裡熱時走不得，卻打我們！」楊志大罵道：「你們省得甚麼！」拏了藤條要打。眾軍忍氣吞聲，只得睡了。當日直到辰牌時分，慢慢地打火喫了飯走。一路上趕打著，不許投涼處歇。那十一個廂禁軍口裡喃喃吶吶地怨悵；兩個虞候在老都管面前絮絮聒聒地搬口❽。老都管聽

---

❶趲　行　音ㄗㄢˇ ㄒㄧㄥˊ。趕路。

❷辰　牌　即辰時，相當於上午七時至九時。

❸申　時　相當於下午三時至五時。

❹夫　子　即「伕子」。指挑夫、腳夫等。

❺廝　對男子的蔑稱。

❻做　大　擺架子。

❼軍　健　士兵。

❽搬　口　搬弄是非。

了，也不著意，心內自惱他。

話休絮繁。似此行了十四五日，那十四個人沒一個不怨悵楊志。當日客店裡辰牌時分慢慢地打火喫了早飯行，正是六月初四日時節，天氣未及晌午，一輪紅日當天，沒半點雲彩，其實十分大熱，當日行的路都是山僻崎嶇小徑，南山北嶺，卻監著那十一個軍漢。約行了二十餘里路程，那軍人們思量要去柳陰樹下歇涼，被楊志拿著藤條打將來，喝道：「快走！教你早歇！」

眾軍人看那天時，四下裡無半點雲彩，其實那熱不可當。楊志催促一行人在山中僻路裡行。看看日色當午，那石頭上熱了腳疼，走不得。眾軍漢道：「這般天氣熱，兀的不曬殺人！」楊志喝著軍漢道：「快走！趕過前面岡子去，卻再理會。」

正行之間，前面迎著那土岡子。一行十五人奔上岡子來，歇下擔仗，那十四人都去松林樹下睡倒了。楊志說道：「苦也！這裡是甚麼去處，你們卻在這裡歇涼！起來快走！」眾軍漢道：「你便剁做我七八段，其實去不得了！」

楊志拿起藤條，劈頭劈腦打去。打得這個起來，那個睡倒，楊志無可奈何。只見兩個虞候和老都管氣喘急急，也巴到岡子上松樹下坐了喘氣。看這楊志打那軍健，老都管見了，說道：「提轄！端的熱了走不得！休見他罪過！」楊志道：「都管，你不知。這裡正是強人出沒的去處，地名叫做黃泥岡，閒常太平時節，白日裡兀自出來劫人，休道是這般光景。誰敢在這裡停腳！」

兩個虞候聽楊志說了，便道：「我見你說好幾遍了，只管把這話來驚嚇人！」老都管道：「權且教他們眾人歇一歇，略過日中行，如何？」楊志道：「你也沒分曉了！如何使得？這裡下岡子去，兀自有七八里沒人家。甚麼去處，敢在此歇涼！」老都管道：「我自坐一坐了走，你自去趕他眾人先走。」

楊志拿著藤條，喝道：「一個不走的喫俺二十棍！」眾軍漢一齊叫將起來。數內一個分說道：「提轄，我們挑著百十斤擔子，須不比你空手走的。你端的不把人當人！便是留守相公自來監押時，也容我們說一句。你好不知疼癢！只顧逞辯！」楊志罵道：「這畜生不毆死俺！只是打便了！」拿起藤條，劈臉又打去。

老都管喝道：「楊提轄！且住！你聽我說。我在東京太師府裡做嬭公⑨時，門下軍官見了無千無萬，都向著我喏喏連聲。不是我口淺，量你是個遭死的軍人，相公可憐，擡舉你做個提轄，比得芥菜子大小的官職，直得恁地逞能！休說我是相公家都管，便是村莊一個老的，也合依我勸一勸！只顧把他們打，是何看待！」楊志道：「都管，你須是城市裡人，生長在相府裡，那裡知道途路上千難萬難！」老都管道：「四川、兩廣，也曾去來，不曾見你這般賣弄！」楊志道：「如今須不比太平時節。」都管道：「你說這話該剜⑩口割舌！今日天下怎地不太平？」

楊志卻待要回言，只見對面松林裡影著一個人在那裡舒頭探腦價望。楊志道：「俺說甚麼，兀的不是歹人來了！」撇下藤條，拿了朴刀，趕入松林裡來，喝一聲道：「你這廝好大膽！怎敢看俺的行貨！」趕來看時，只見松林裡一字兒擺著七輛江州車兒⑪；六個人，脫得赤條條的，在那裡乘涼；一個鬢邊老大一搭硃砂記，拿著一條朴刀。見楊志趕入來，七個人齊叫一聲「阿也」，都跳起來。楊志喝道：「你等是甚麼人？」那七人道：「你是甚麼人？」楊志又問道：「你等莫不是歹人？」那七人道：「你顛倒問！我等是小本經紀，那裡有錢與你！」楊志道：「你等小本經紀人，偏俺有大本錢？」那七人問道：「你端的是甚麼人？」楊志道：「你等且說那裡來的人？」

---

⑨嬭公　奶媽的丈夫。嬭，通「奶」。

⑩剜　音ㄨㄢ。削；挖取。

⑪江州車兒　車名。是一種手推的獨輪車。相傳為三國蜀相諸葛亮在四川江州時所創製，便於山地運輸。

那七人道：「我等弟兄七人是濠州人，販棗子上東京去；路途打從這裡經過，聽得多人說這裡黃泥岡上時常有賊打劫客商。我等一面走，一頭自說道：『我七個只有些棗子，別無甚財貨，只顧過岡子來。』上得岡子，當不過這熱，權且在這林子裡歇一歇，待晚涼了行，只聽得有人上岡子來。我們只怕是歹人，因此使這個兄弟出來看一看。」

楊志道：「原來如此。也是一般的客人。卻纔見你們窺望，惟恐是歹人，因此趕來看一看。」那七個人道：「客官請幾個棗子了去。」楊志道：「不必。」提了朴刀，再回擔邊來。老都管坐著，道：「既是有賊，我們去休[12]。」楊志說道：「俺只道是歹人，原來是幾個販棗子的客人。」老都管別了臉對眾軍道：「似你方纔說時，他們都是沒命的[13]！」楊志道：「不必相鬧；俺只要沒事，便好。你們且歇了，等涼些走。」

眾軍漢都笑了。楊志也把朴刀插在地上，自去一邊樹下坐了歇涼。沒半碗飯時，只見遠遠地一個漢子，挑著一副擔桶，唱上岡子來；唱道：

赤日炎炎似火燒，野田禾稻半枯焦。農夫心內如湯煮，公子王孫把扇搖！

那漢子口裡唱著，走上岡子來松林裡頭歇下擔桶，坐地乘涼。眾軍看見了，便問那漢子道：「你桶裡是甚麼東西？」那漢子應道：「是白酒。」眾軍道：「挑往那裡去？」那漢子道：「挑出村裡賣。」眾軍道：「多少錢一桶？」那漢子道：「五貫足錢。」眾軍商量道：「我們又熱又渴，何不買些喫？也解暑氣。」

正在那裡湊錢，楊志見了喝道：「你們又做甚麼？」眾軍道：「買碗酒喫。」楊志調過朴刀桿便打，罵道：「你們不得洒家言語，胡亂便要買酒喫，好大膽！」眾軍道：「沒事又來鳥亂[14]！我們自湊錢買酒喫，干你甚事？也來打人？」楊志道：「你這村鳥理會得甚麼！到來只顧喫嘴！全不曉得路途上的勾當艱難！多少好漢被蒙汗藥⑮麻翻了！」那挑酒的漢子看著楊志冷笑道：「你這客官好不曉事！早是我不賣與你喫，——卻說出這般沒氣力⑯的話來！」

正在松樹邊鬧動爭說，只見對面松林裡那夥販棗子的客人都提著朴刀走出來問道：「你們做甚麼鬧？」那挑酒的漢子道：「我自挑這酒過岡子村裡賣，熱了在此歇涼。他眾人要問我買些喫，我又不曾賣與他，這個客官道我酒裡有甚麼蒙汗藥，你道好笑麼？說出這般話來！」那七個客人說道：「呸！我只道有歹人出來。原來是如此。說一聲也不打緊。我們正想酒來解渴。既是他們疑心，且賣一桶與我們喫。」那挑酒的道：「不賣！不賣！」

這七個客人道：「你這鳥漢子也不曉事！我們須不曾說你。你左右將到村裡去賣，一般還你錢，便賣些與我們，打甚麼不緊⑰？看你不道得捨施了茶湯，便又救了我們熱渴。」那挑酒的漢子便道：「賣一桶與你不爭，只是被他們說的不好——又沒碗瓢舀喫。」那七人道：「你這漢子忒認真！便說了一聲，打甚麼不緊？我們自有椰瓢在這裡。」

只見兩個客人去車子前取出兩個椰瓢來，一個捧出一大捧棗子來。七個人立在桶邊，開了桶蓋，輪替換著舀那酒喫，把棗子過口。

無一時，一桶酒都喫盡了。七個客人道：「正不曾問得你多少價錢？」那漢道：「我一了不說價⑱，

⑫去　休走吧。

⑬沒命的　亡命之徒。指強盜。

⑭鳥亂　胡鬧；搗亂。鳥，音ㄉㄧㄠˇ。粗話。

⑮蒙汗藥　相傳吃了能使人暫時失去知覺的迷藥。

⑯沒氣力　差勁；沒意思。

⑰打甚麼不緊　有什麼要緊。

⑱一了不說價　一向不講價。即不二價。一了，一向。

五貫足錢一桶，十貫一擔。」七個客人道：「五貫便依你五貫，只饒[19]我們一瓢喫。」那漢道：「饒不得！做定的價錢！」一個客人便去揭開桶蓋兜了一瓢，拿上便喫。那漢去奪時，這客人手拿半瓢酒，望松林裡便走，那漢趕將去。只見這邊一個客人從松林裡走將出來，手裡拿一個瓢，便來桶裡舀了一瓢酒。那漢看見，搶來劈手奪住，望桶裡一傾，便蓋了桶蓋，將瓢望地下一丟，口裡說道：「你這客人好不君子相！戴頭識臉[20]的，也這般囉唣[21]！」

那對過眾軍漢見了，心內癢起來，都待要喫。數中一個看看老都管道：「老爺爺，與我們說一聲！那賣棗子的客人買他一桶喫了，我們胡亂也買他這桶喫，潤一潤喉也好，其實熱渴了，沒奈何！這裡岡子上又沒討水喫處。老爺方便！」老都管見眾軍所說，自心裡也要喫得些，竟來對楊志說：「那販棗子客人已買了他一桶喫，只有這一桶，胡亂教他們買喫了避暑氣。岡子上端的沒處討水喫。」楊志尋思道：「俺在遠遠處望這廝們都買他的酒喫了；那桶裡當面也見喫了半瓢，想是好的。……打了他們半日，胡亂容他買碗喫罷。」楊志道：「既然老都管說了，教這廝們買喫了便起身。」

眾軍健聽了這話，湊了五貫足錢，來買酒喫。那賣酒的漢子道：「不賣了！不賣了！這酒裡有蒙汗藥在裡頭！」眾軍陪著笑，說道：「大哥，直得便還言語？」那漢道：「不賣了！休纏！」這販棗子的客人勸道：「你這個鳥漢子！他也說得差了，你也忒認真，連累我們也喫你說了幾聲。須不關他眾人之事，胡亂賣與他眾人喫些。」那漢道：「沒事討別人疑心做甚麼？」

這販棗子客人把那賣酒的漢子推開一邊，只顧將這桶酒提與眾軍去喫。那軍漢開了桶蓋，無甚舀喫，陪個小心，問客人借這椰瓢用一用。眾客人道：「就送這幾個棗子與你們過酒。」眾軍謝道：「甚麼道理！」客人道：「休要相謝。都是一般客人。何爭在這百十個棗子上？」

眾軍謝了。先兜兩瓢，叫老都管喫一瓢，楊提轄喫一瓢。楊志那裡肯喫。老都管自先喫了一瓢。

兩個虞候各喫一瓢。眾軍漢一發上。那桶酒登時㉒喫盡了。楊志見眾人喫了無事，自本不喫，一者天氣甚熱，二乃口渴難熬，拿起來，只喫了一半，棗子分幾個喫了。那賣酒的漢子說道：「這桶酒被那客人饒一瓢喫了，少了你些酒，我今饒了你眾人半貫錢罷。」眾軍漢湊出錢來還他。那漢子收了錢，挑了空桶，依然唱著山歌，自下岡子去了。

那七個販棗子的客人立在松樹傍邊，指著這一十五人，說道：「倒也！倒也！」只見這十五個人，頭重腳輕，一個個面面廝覷，都軟倒了。那七個客人從松樹林裡推出這七輛江州車兒，把車子上棗子都丟在地上，將這十一擔金珠寶貝都裝在車子內，遮蓋好了，叫聲聒噪，一直望黃泥岡下推去了。楊志口裡只是叫苦，軟了身體，掙扎不起。十五人眼睜睜地看著那七個人都把這金寶裝了去，只是起不來，掙不動，說不得。

我且問你：這七人端的是誰？不是別人，原來正是晁蓋、吳用、公孫勝、劉唐、三阮這七個。卻纔那個挑酒的漢子便是白日鼠白勝。卻怎地用藥？原來挑上岡子時，兩桶都是好酒，七個人先喫了一桶，劉唐揭起桶蓋，又兜了半瓢喫，故意要他們看著，只是叫人死心塌地，次後吳用去松林裡取出藥來，抖在瓢裡，只做走來饒他酒喫，把瓢去兜時，藥已攪在酒裡，假意兜半瓢喫；那白勝劈手奪來傾在桶裡，這個便是計策。那計較都是吳用主張。這個喚做「智取生辰綱」。

⑲饒　增加；另外增添。

⑳戴頭識臉　有面子；有身分地位。

㉑囉唣　音ㄌㄨㄛ　ㄗㄠˋ。吵鬧；煩人。

㉒登時　立刻；馬上。

賞析

本篇故事可概分為四大部分：先敘楊志一行人在大熱天裡趕路的情形。次寫眾軍士累積多日的怨恨，終於爆發出來，與楊志起了衝突。再述吳用等人所偽裝的商人出現，用計劫走了生辰綱。最後，作者說明所謂「智取」的關鍵所在。

本文的情節安排相當巧妙。先是反覆渲染氣候的炎熱，襯托出押送過程的艱難；接著用楊志的處處謹慎、一心趕路與眾人的畏苦怕熱、滿腹埋怨形成強烈對比，顯現整個隊伍的分裂，並造成楊志的孤立；於是，在這樣的基礎下，讓吳用等人有機可乘，而楊志愈是小心、愈是機警，就愈凸顯吳用奇謀的高妙；最後，一行十五人只能眼睜睜看著生辰綱被劫，卻無能為力，而讀者恐怕也是滿頭霧水，不知道如此謹慎的楊志到底是在哪裡著了道。於是，作者以說書人的口吻現身說明，整個故事就在讀者恍然大悟的讚嘆聲中落幕。

關於吳用的「智取」，他料定楊志不敢在夜裡趕路，一行人先在山岡上等楊志經過；接著「做賊的喊捉賊」，反先質問楊志等是否為歹人，讓楊志的戒心先去了一半，有趣的是楊志偽裝成客商來躲避強盜的覬覦，強盜亦巧扮成棗商來打劫；此外，這個地點應該也是精挑細選過的，當押送的隊伍頂著酷暑辛苦地爬上岡，想必是又熱又渴，所以白勝挑酒出現，立刻讓眾軍士心癢難當，只是楊志還是有所疑慮，吳用等人便當著眾軍士的面喝起酒來，甚至還假意在一桶新酒中偷喝了半瓢，終於讓楊志同意軍士們買酒；最後，白勝欲迎還拒，說：「不賣了！不賣了！這酒裡有蒙汗藥在裡頭！」於是，楊志連最後一點心防也卸下了。

楊志是武人出身，個性豪爽，不知道體恤部屬、收買人心，對押送的軍士動輒打罵，對隨行的都管、虞候也沒好聲氣，所以縱使他百般小心謹慎，但這樣的個性，加上天熱路遠、部眾離心，生辰綱的被劫似乎也就無可避免了。主要人物之外，作者對於次要角色的描寫也相當生動，看兩個虞候「只背些包裹行李，也氣喘了行不上」，一副就是養尊處優、吃不得苦的模樣，當他們被楊志責備時，也不敢回話，只在肚裡嘀咕，要不然就是到老都管面前搬弄是非，活脫是小人嘴臉。再看老都管，一開始雖然表示對楊志「看他不得」，但還是以大局為重，勸兩個虞侯「且耐他一耐」；在眾軍士向他抱怨楊志時，他也還幫忙安撫。然而一路上眾軍士的埋怨加上兩個虞侯絮絮聒聒地挑撥，他心裡也開始氣惱楊志；不久，便對楊志搬出架子來：「我在東京太師府裡做嬭公時，門下軍官見了無千無萬，都向著我喏喏連聲」、「四川、兩廣，也曾去來，不曾見你這般賣弄」。之後聽到楊志說那些人「也是一般的客人」，就故意坐著說「既是有賊，我們去休」，有意讓楊志難堪；到最後，也是他力主讓眾軍士買酒，才掉進吳用的計謀。

本文的語言藝術也相當成功。看兩個虞侯對老都管搬弄口舌，看老都管對楊志倚老賣老，看楊志和白勝兩人爭執，看吳用等人一搭一唱，每個人物的形象都鮮活了起來，整篇故事也進行得十分流暢，讀起來有如身歷其境。

延伸閱讀

1. 施耐庵水滸傳（可參考三民書局之版本）
2. 文康兒女英雄傳（可參考三民書局之版本）
3. 石玉崑七俠五義（可參考三民書局之版本）

孫行者三調芭蕉扇

導讀

本篇選自西遊記第六十一回「豬八戒助力敗魔王　孫行者三調芭蕉扇」。內容敘述孫悟空與豬八戒二人，與牛魔王經過一番鬥智鬥力後，終於在天兵天將幫助下拿到芭蕉扇，搧熄火燄山之火。

西遊記是中國著名的神魔小說，以唐代玄奘西行求法的經歷為本衍生而成。除了真實的取經事件以外，還加入大量民間傳說與佛道思想，歷經南宋大唐三藏法師取經詩話、元代西遊記平話，以及元末明初楊景賢西遊記雜劇的發展演變，才由明代吳承恩寫定。其中曲折迭宕的情節安排與個性鮮明的人物形象，早已深入人心，對於後世的小說、戲劇或電影均有深遠的影響。

作者吳承恩（約西元一五〇〇—一五八二年），字汝忠，號射陽山人。明淮安（今江蘇省淮安縣）人。個性聰敏多慧，卻屢次失意於功名。嘉靖二十三年考上貢生，當過浙江長興縣丞。著有西遊記、射陽存稿、續稿等。

【前情提要】孫悟空來到火燄山後路途炎熱難行，欲向鐵扇公主借芭蕉扇，卻因之前曾收伏她的兒子紅孩兒，結下冤仇，因此無法順利借得。孫悟空於是變做小蟲飛入鐵扇公主肚裡，逼鐵扇公主相借，不料拿到假扇子，反將火勢越搧越旺。後來他和牛魔王打鬥一番後，趁牛魔王赴宴之時，偷走他的座騎變做牛魔王的模樣，藉機從鐵扇公主那裡又騙到了扇子，等牛魔王回芭蕉洞後聽聞消息，連忙去追孫悟空……。

話表牛魔王趕上孫大聖，只見他肩膊上掮著那柄芭蕉扇，怡顏悅色而行。魔王大驚道：「猢猻原來把運用的方法兒也叨餂❶得來了。我若當面問他索取，他定然不與。倘若搧我一扇，要去十萬八千里遠，卻不遂了他意？我聞得唐僧在那大路上等候。他二徒弟豬精，三徒弟沙流精，我當年做妖怪時，也曾會他，且變作豬精的模樣，返騙他一場。料猢猻以得意為喜，必不詳細隄防。」好魔王，他也有七十二變，武藝也與大聖一般，只是身子狼犺❷些，欠鑽疾，不活達❸些；把寶劍藏了，念個咒語，搖身一變，即變作八戒一般嘴臉，抄下路❹，當面迎著大聖，叫道：「師兄，我來也！」

這大聖果然歡喜。古人云：「得勝的貓兒歡似虎」也，只倚著強能，更不察來人的意思。見是個八戒的模樣，便就叫道：「兄弟，你往那裡去？」牛魔王綽著經兒❺道：「師父見你許久不回，恐牛魔王手段大，你鬬他不過，難得他的寶貝，教我來迎你的。」行者笑道：「不必費心，我已得了手了。」牛王又問道：「你怎麼得的？」行者道：「那老牛與我戰經百十合，不分勝負。他就撇了我，去那亂石山碧波潭底，與一夥蛟精、龍精飲酒。是我暗跟他去，變作個螃蟹，偷了他所騎的辟水金睛獸，變了老牛的模樣，徑至芭蕉洞哄那羅剎女。那女子與老孫結了一場乾夫妻，是老孫設法騙將來的。」牛王道：「卻是生受❻了。哥哥勞碌太甚，可把扇子我拿。」孫大聖那知真假，也慮不及此，遂將扇子遞與他。

原來那牛王，他知那扇子收放的根本；接過手，不知捻個甚麼訣兒，依然小似一片杏葉，現出本

---

❶叨　餂　音ㄉㄠ　ㄊㄧㄢˇ。誘騙。
❷狼　犺　笨重。犺，音ㄎㄤˋ。
❸活　達　靈活。
❹抄下路　抄近路。
❺綽著經兒　循著線索。
❻生　受　麻煩；難為。

像。開言罵道：「潑猢猻！認我得麼？」行者見了，心中自悔道：「是我的不是了！」恨了一聲，跌足高呼道：「咦！逐年家打鴈，今卻被小鴈兒鵮❼了眼睛。」狠得他爆躁如雷，掣鐵棒，劈頭便打，那魔王就使扇子搧他一下；不知那大聖先前變蟭蟟蟲入羅剎女腹中之時，將定風丹噙在口裡，不覺的嚥下肚裡，所以五臟皆牢，皮骨皆固；憑他怎麼搧，再也搧他不動。牛王慌了，把寶貝丟入口中，雙手輪劍就砍。那兩個在那半空中，這一場好殺：

齊天孫大聖，混世潑牛王，只為芭蕉扇，相逢各騁強。粗心大聖將人騙，大膽牛王把扇賺。這一個，金箍棒起無情義；那一個，雙刃青鋒有智量。大聖施威噴彩霧，牛王放潑吐毫光。齊鬭勇，兩不良，咬牙剉齒氣昂昂。播土揚塵天地暗，飛砂走石鬼神藏。這個說：「你敢無知返騙我！」那個說：「我妻許你共相將❽！」言村語潑，性烈情剛。那個說：「你哄人妻女真該死！告到官司有罪殃！」伶俐的齊天聖，凶頑的大力王，一心只要殺，更不待商量。棒打劍迎齊努力，有些鬆慢見閻王。

且不說他兩個相鬭難分。卻表唐僧坐在途中，一則火氣蒸人，二來心焦口渴，對火燄山土地道：「敢問尊神，那牛魔王法力如何？」土地道：「那牛王神通不小，法力無邊，正是孫大聖的敵手。」三藏道：「悟空是個會走路的，往常家二千里路，一霎時便回，怎麼如今去了一日？斷是與牛王賭鬭。」叫：「悟能、悟淨！你兩個，那一個去迎你師兄一迎？倘或遇敵，就當用力相助，求得扇子來，解我煩躁，早早過山，趕路去也。」八戒道：「今日天晚，我想著要去接他，但只是不認得積雷山路。」土地道：「小神認得。且教捲簾將軍與你師父做伴，我與你去來。」三藏大喜道：「有勞尊神，功成再謝。」

那八戒抖擻精神，束一束皂錦直裰，搴著鈀，即與土地縱起雲霧，徑向東方而去。正行時，忽聽得喊殺聲高，狂風滾滾。八戒按住雲頭看時，原來孫行者與牛王廝殺哩。土地道：「天篷不上前，還待怎的？」獃子掣釘鈀，厲聲高叫道：「師兄，我來也！」行者恨道：「你這夯貨⑨，誤了我多少大事。」八戒道：「師父教我來迎你，因認不得山路，商議良久，教土地引我，故此來遲；如何誤了大事？」行者道：「不是怪你來遲。這潑牛十分無禮！我向羅剎處弄得扇子來，卻被這廝變作你的模樣，口稱迎我，我一時歡悅，轉把扇子遞在他手，他卻現了本像，與老孫在此比併，所以誤了大事也。」八戒聞言大怒，舉釘鈀，當面罵道：「我把你這血皮脹的遭瘟！你怎敢變作你祖宗的模樣，騙我師兄，使我兄弟不睦！」你看他沒頭沒臉的使釘鈀亂築。那牛王，一則是與行者鬬了一日，力倦神疲；二則是見八戒的釘鈀凶猛，遮架不住，敗陣就走。只見那火燄山土地，帥領陰兵，當面擋住道：「大力王，且住手。唐三藏西天取經，無神不保，無天不佑，三界通知，十方擁護。快將芭蕉扇來搧息火燄，教他無災無障，早過山去；不然，上天責你罪愆，定遭誅也。」牛王道：「你這土地，全不察理！那潑猴奪我子，欺我妾，騙我妻，番番無道，我恨不得囫圇吞他下肚，化作大便餵狗，怎麼肯將寶貝借他！」說不了，八戒趕上罵道：「我把你個結心癀⑩！快拿出扇來，饒你性命！」那牛王只得回頭，使寶劍又戰八戒。孫大聖舉棒相幫。這一場在那裡好殺：

成精豕，作怪牛，兼上偷天得道猴。禪性自來能戰煉，必當用土合元由。

⑦鵮　音ㄑㄧㄢ。鳥啄食東西。

⑧相將　相隨。

⑨夯貨　罵人笨拙的話。夯，音ㄏㄤ。

⑩結心癀　這裡是詛咒人生病之意，為罵人的話。癀，音ㄏㄨㄤˊ。

釘鈀九齒尖還利，寶劍雙鋒快更柔。鐵棒捲舒為主仗，土神助力結丹頭。
三家刑剋相爭競，各展雄才要運籌。捉牛耕地金錢長，喚豕歸爐木氣收。
心不在焉何作道，神常守舍要拴猴。胡亂嚷，苦相求，三般兵刃響搜搜。
鈀築劍傷無好意，金箍棒起有因由。只殺得星不光兮月不皎，一天寒霧黑悠悠！

那魔王奮勇爭強，且行且鬪，鬪了一夜，不分上下，早又天明，前面是他的積雷山摩雲洞口。他三個與土地，陰兵又諠譁振耳，驚動那玉面公主，喚丫鬟看是那裡人嚷。只見守門小妖來報：「是我家爺爺與昨日那雷公嘴漢子并一個長嘴大耳的和尚同火燄山土地等眾廝殺哩！」玉面公主聽言，即命外護的大小頭目，各執鎗刀助力。前後點起七長八短，有百十餘口。一個個賣弄精神，拈鎗并棒，齊告：「大王爺爺，我等奉奶奶內旨，特來助力也！」牛王大喜道：「來得好！來得好！」眾妖一齊上前亂砍。八戒措手不及，倒拽著鈀，敗陣而走。大聖縱觔斗雲，跳出重圍，眾陰兵亦四散奔走。老牛得勝，聚群妖歸洞，緊閉了洞門不題。

行者道：「這廝驍勇！自昨日申時前後，與老孫戰起，直到今夜，未定輸贏，卻得你兩個來接力。如此苦鬪半日一夜，他更不見勞困，纔這一夥小妖，卻又莽壯。他將洞門緊閉不出，如之奈何？」八戒道：「哥哥，你昨日巳時離了師父，怎麼到申時纔與他鬪起？你那兩三個時辰，在那裡的？」行者道：「別你後，頃刻就到這座山上，見一個女子，問訊，原來就是他愛妾玉面公主，被我使鐵棒唬他一唬，他就跑進洞，叫出那牛王來。與老孫劖言劖語⑪，嚷了一會，又與他交手，鬪了有一個時辰。正打處，有人請他赴宴去了。是我跟他到那亂石山碧波潭底，變作一個螃蟹，探了消息，偷了他辟水金睛獸，假變牛王模樣，復至翠雲山芭蕉洞，騙了羅剎女，哄得他扇子。出門試演試演方法，把扇子弄長了，只是不會收小。正搧了走處，被他假變做你的嘴臉，返騙了去。故此耽擱兩三個時辰也。」八戒道：「這正是俗語云：『大海裡翻了豆腐船，湯裡來，水裡去。』如今難得他扇子，如何保得師父過山？且回去，轉路走他娘罷！」土地道：「大聖休焦惱，天篷莫懈怠。但說轉路，就是入了旁門，不成個修行之類，古語云：『行不由徑』，豈可轉走？你那師父，在正路上坐著，眼巴巴只望你們成功哩！」行者發狠道：「正是，正是！獃子莫要胡談！土地說得有理。我們正要與他：

賭輸贏，弄手段，等我施為地煞變。自到西方無對頭，牛王本是心猿變。
今番正好會源流，斷要相持借寶扇。趁清涼，息火燄，打破頑空參佛面。
行滿超昇極樂天，大家同赴龍華宴！」

那八戒聽言，便生努力。慇懃道：

「是，是，是！去，去，去！管甚牛王會不會，木生在亥配為豬，牽轉牛兒歸土類。申下生金本是猴，無刑無剋多和氣。用芭蕉，為水意，燄火消除成既濟。晝夜休離苦盡功，功完趕赴『盂蘭會⑫』。」

他兩個領著土地、陰兵一齊上前，使釘鈀，輪鐵棒，乒乒乓乓，把一座摩雲洞的前門，打得粉碎。諕得那外護頭目，戰戰兢兢，闖入裡邊報道：「大王！孫悟空率眾打破前門也！」那牛王正與玉面公

⑪劖言劖語　諷刺譏笑。劖，音ㄔㄢˊ。
⑫盂蘭會　即盂蘭盆會，於農曆七月十五日請僧侶誦經，供奉三寶的法會。

主備言其事，懊恨孫行者哩。聽說打破前門，十分發怒，急披掛，拿了鐵棍，從裡邊罵出來道：「潑猢猻！你是多大個人兒，敢這等上門撒潑，打破我門扇？」八戒近前亂罵道：「潑老剝皮！你是個甚樣人物，敢量那個大小！不要走！看鈀！」牛王喝道：「你這個饢糟食的夯貨，不見怎的！快叫那猴兒上來！」行者道：「不知好歹的餇草[13]！我昨日還與你論兄弟，今日就是仇人了！仔細喫吾一棒！」那牛王奮勇而迎。這場比前番更勝。三個英雄，廝混在一處，好殺：

釘鈀鐵棒逞神威，同帥陰兵戰老犧。犧牲獨展凶強性，遍滿同天法力恢。使鈀築，著棍擂，鐵棒英雄又出奇。三般兵器可噹響，隔架遮攔誰讓誰？他道他為首，我道我奪魁。土兵為證難分解，木土相煎上下隨。這兩個說：「你如何不借芭蕉扇！」那一個道：「你焉敢欺心騙我妻！趕妾害兒仇未報，敲門打戶又驚疑！」這個說：「你仔細隄防如意棒，擦著些兒就破皮！」那個說：「好生躲避鈀頭齒，一傷九孔血淋漓！」牛魔不怕施威猛，鐵棍高擎有見機。翻雲覆雨隨來往，吐霧噴風任發揮。恨苦這場都拚命，各懷惡念喜相持。丟架手，讓高低，前迎後擋總無虧。兄弟二人齊努力，單身一棍獨施為。卯時戰到辰時後，戰罷牛魔束手回。

他三個舍死忘生，又鬬有百十餘合。八戒發起獃性，仗著行者神通，舉鈀亂築。牛王遮架不住，敗陣回頭，就奔洞門。卻被土地、陰兵攔住洞門，喝道：「大力王，那裡走！吾等在此！」那老牛不得進洞，急抽身，又見八戒、行者趕來，慌得卸了盔甲，丟了鐵棍，搖身一變，變做一隻天鵝，望空飛走。

行者看見，笑道：「八戒！老牛去了。」那獃子漠然不知，土地亦不能曉，一個個東張西覷，只在積雷山前後亂找。行者指道：「那空中飛的不是？」八戒道：「那是一隻天鵝。」行者道：「正是老牛變的。」土地道：「既如此，卻怎麼好？」行者道：「你兩個打進此門，把群妖盡情勦除，拆了他的窩巢，絕了他的歸路，等老孫與他賭變化去。」那八戒與土地，依言攻破洞門不題。

這大聖收了金箍棒，捻訣念咒，搖身一變，變作一個海東青，颼的一翅，鑽在雲眼裡，倒飛下來，落在天鵝身上，抱住頸項嗛眼。那牛王也知是孫行者變化，急忙抖抖翅，變作一隻黃鷹，返來嗛海東青。行者又變作一個烏鳳，專一趕黃鷹。牛王識得，又變作一隻白鶴，長唳一聲，向南飛去。行者立定，抖抖翎毛，又變作一隻丹鳳，高鳴一聲。那白鶴見鳳是鳥王，諸禽不敢妄動，刷的一翅，淬下山崖，將身一變，變作一隻香獐，乜乜些些⑭，在崖前喫草。行者認得，也就落下翅來，變作一隻餓虎，剪尾跑蹄，要來趕獐作食。魔王慌了手腳，又變作一隻金錢花斑的大豹，要傷餓虎。行者見了，迎著風，把頭一幌，又變作一隻金眼狻猊⑮，聲如霹靂，鐵額銅頭，復轉身要食大豹。牛王著了急，又變作一個人熊，放開腳，就來擒那狻猊。行者打個滾，就變作一隻賴象，鼻似長蛇，牙如竹筍，撒開鼻子，要去捲那人熊。

牛王嘻嘻的笑了一笑，現出原身——一隻大白牛。頭如峻嶺，眼若閃光，兩隻角，似兩座鐵塔，牙排利刃。連頭至尾，有千餘丈長短；自蹄至背，有八百丈高下——對行者高叫道：「潑猢猻！你如今將奈我何？」行者也就現了原身，抽出金箍棒來，把腰一躬，喝聲叫「長！」長得身高萬丈，頭如泰山，眼如日月，口似血池，牙似門扇，手執一條鐵棒，著頭就打。那牛王硬著頭，使角來觸。這一場，真個是撼嶺搖山，驚天動地！有詩為證。詩曰：

道高一尺魔千丈，奇巧心猿用力降。若得火山無烈燄，必須寶扇有清涼。

⑬餉草　吃草的。罵人的話，即「畜生」的意思。餉，音ㄍㄡ。

⑭乜乜些些　痴痴呆呆的樣子。乜，音ㄇㄧㄝ。

⑮狻猊　音ㄙㄨㄢ ㄋㄧˊ。獅子的別名。

黃婆矢志扶元老，木母⑯留情掃蕩妖。和睦五行歸正果，煉魔滌垢上西方。

他兩個大展神通，在半山中賭鬭，驚得那過往虛空，一切神眾與金頭揭諦、六甲六丁、一十八位護教伽藍都來圍困魔王。那魔王公然不懼，你看他東一頭，西一頭，直挺挺，光耀耀的兩隻鐵角，往來抵觸；南一撞，北一撞，毛森森，筋暴暴的一條硬尾，左右敲搖。孫大聖當面迎，眾多神四面打，牛王急了，就地一滾，復本像，便投芭蕉洞去。行者也收了法像，與眾多神隨後追襲。那魔王闖入洞裡，閉門不出。概眾把一座翠雲山圍得水洩不通。

正都上門攻打，忽聽得八戒與土地、陰兵嚷嚷而至。行者見了，問曰：「那摩雲洞事體如何？」八戒笑道：「那老牛的娘子，被我一鈀築死，剝開衣看，原來是個玉面狸精。那夥群妖，俱是些驢、騾、犢、特⑰、貛、狐、狢、獐、羊、虎、麋、鹿等類。已此盡皆勦戮，又將他洞府房廊放火燒了。土地說他還有一處家小，住居此山，故又來這裡掃蕩也。」行者道：「賢弟有功。可喜！可喜！老孫空與那老牛賭變化，未曾得勝。他變做無大不大的白牛，我變了法天象地的身量。正和他抵觸之間，幸蒙諸神下降，圍困多時，他卻復原身，走進洞去矣。」八戒道：「那可是芭蕉洞麼？」行者道：「正是！正是！羅剎女正在此間。」八戒發狠道：「既是這般，怎麼不打進去，勦除那廝，問他要扇子，倒讓他停留長智，兩口兒敘情！」

好獃子，抖擻威風，舉鈀照門一築，忽辣的一聲，將那石崖連門築倒了一邊。慌得那女童忙報：「爺爺！不知甚人把前門都打壞了！」牛王方跑進去，喘噓噓的，正告訴羅剎女與孫行者奪扇子賭鬭之事，聞報，心中大怒。就口中吐出扇子，遞與羅剎女。羅剎女接扇在手，滿眼垂淚道：「大王！把這扇子送與那猢猻，教他退兵去罷。」牛王道：「夫人呵，物雖小而恨則深。你且坐著，等我再和他比併⑱去來。」那魔重整披掛，又選兩口寶劍，走出門來，正遇著八戒使鈀築門，老牛更不打話，掣劍劈頭便砍。八戒舉鈀迎著，向後倒退了幾步，出門來，早有大聖輪棒當頭。那牛魔即駕狂風，跳離洞府，又都在那翠雲山上相持。眾多神四面圍繞，土地兵左右攻擊，這一場，又好殺哩：

雲迷世界，霧罩乾坤。颯颯陰風砂石滾，巍巍怒氣海波渾。重磨劍二口，復掛甲全身。結冤深似海，懷恨越生嗔。你看齊天大聖因功績，不講當年老故人。八戒施威求扇子，眾神護法捉牛君。牛王雙手無停息，左遮右擋弄精神，只殺得那過鳥難飛皆斂翅，遊魚不躍盡潛鱗；鬼泣神嚎天地暗，龍愁虎怕日光昏！

那牛王拚命捐軀，鬭經五十餘合，抵敵不住，敗了陣，往北就走。早有五臺山祕魔巖神通廣大潑法金剛阻住，喝道：「牛魔，你往那裡去！我蒙釋迦牟尼佛祖差來，佈列天羅地網，至此擒汝也！」正說間，隨後有大聖、八戒，眾神趕來，那魔王慌轉身，向南而走；又撞著蛾眉山清涼洞法力無量勝至金剛擋住，喝道：「吾奉佛旨，在此正要拿你也！」牛王心慌腳軟，把身往東便走；卻逢著須彌山摩耳崖毘盧沙門大力金剛迎住，喝道：「老牛何往！我蒙如來密令，教來捕獲你也！」牛王又悚然而退，向西就走；又遇著崑崙山金霞嶺不壞尊王永住金剛敵住，喝道：「這廝又將安走！我領西天大雷音寺佛老親言，在此把截，誰放你也！」那老牛心驚膽戰，悔之不及。見那四面八方都是佛兵天將，真個似羅網高張，不能脫命。正在倉惶之際，又聞得行者帥眾趕來，他就駕雲頭，望上便走。

⑯木母　指豬八戒。
⑰特　公牛。
⑱比併　較量。

卻好有托塔李天王并哪吒太子，領魚肚藥叉、巨靈神將，幔住空中，叫道：「慢來！慢來！吾奉玉帝旨意，特來此勦除你也！」牛王急了，依前搖身一變，還變做一隻大白牛，使兩隻鐵角去觸天王。天王使刀來砍。隨後孫行者又到。哪吒太子厲聲高叫：「大聖，衣甲在身，不能為禮。愚父子昨日見佛如來，發檄奏聞玉帝，言唐僧路阻火燄山，孫大聖難伏牛魔王，玉帝傳旨，特差我父王領眾助力。」行者道：「這廝神通不小！又變作這等身軀，卻怎奈何？」太子笑道：「大聖勿疑，你看我擒他。」這太子即喝一聲：「變！」變得三頭六臂，飛身跳在牛王背上，使斬妖劍望頸項上一揮，不覺得把個牛頭斬下。天王丟刀，卻纔與行者相見。那牛王腔子裡又鑽出一個頭來，口吐黑氣，眼放金光。被哪吒又砍一劍，頭落處，又鑽出一個頭來。一連砍了十數劍，隨即長出十數個頭。哪吒取出火輪兒掛在那老牛的角上，便吹真火，燄燄烘烘，把牛王燒得張狂哮吼，搖頭擺尾。纔要變化脫身，又被托塔天王將照妖鏡照住本像，騰挪不動，無計逃生，只叫：「莫傷我命！情願歸順佛家也！」哪吒道：「既惜身命，快拿扇子出來！」牛王道：「扇子在我山妻處收著哩。」

哪吒見說，將縛妖索子解下，跨在他那頸項上，一把拿住鼻頭，將索穿在鼻孔裡，用手牽來。孫行者卻會聚了四大金剛、六丁六甲、護教伽藍、托塔天王、巨靈神將并八戒、土地、陰兵，簇擁著白牛，回至芭蕉洞口，老牛叫道：「夫人，將扇子出來，救我性命！」羅剎聽叫，急卸了釵環，脫了色服，挽青絲如道姑，穿縞素似比丘，雙手捧那柄丈二長短的芭蕉扇子，走出門；又見有金剛眾聖與天王父子，慌忙跪在地下，磕頭禮拜道：「望菩薩饒我夫妻之命，願將此扇奉承孫叔叔成功去也！」行者近前接了扇，同大眾共駕祥雲，徑回東路。

卻說那三藏與沙僧，立一會，坐一會，盼望行者，許久不回，何等憂慮！忽見祥雲滿空，瑞光滿地，飄飄颻颻，各眾神行將近，這長老害怕道：「悟淨！那壁廂[19]是誰神兵來也？」沙僧認得道：「師父呵，那是四大金剛、金頭揭諦、六甲六丁、護教伽藍與過往眾神。牽牛的是哪吒三太子。拿鏡的是托塔李天王。大師兄執著芭蕉扇，二師兄並土地隨後，其餘的都是護衛神兵。」三藏聽說，換了毘盧帽，穿了袈裟，與浯淨拜迎眾聖，稱謝道：「我弟子有何德能，敢勞列位尊聖臨凡也！」四大金剛道：「聖僧喜了，十分功行將完！吾等奉佛旨差來助你，汝當竭力修持，勿得須臾怠惰。」三藏叩齒叩頭，受身受命。

孫大聖執著扇子，行近山邊，儘氣力揮了一扇，那火燄山平平息燄，寂寂除光；又搧一扇，只聞得習習瀟瀟，清風微動，第三扇，滿天雲漠漠，細雨落霏霏。有詩為證。詩曰：

火燄山遙八百程，火光大地有聲名。火煎五漏丹難熟，火燎三關道不清。
時借芭蕉施雨露，幸蒙天將助神功，牽牛歸佛休顛劣，水火相聯性自平。

此時三藏解燥除煩，清心了意，四眾皈依，謝了金剛，各轉寶山。六丁六甲，升空保護。過往神祇四散。天王、太子，牽牛徑歸佛地回繳。止有本山土地，押著羅剎女，在旁伺候。行者道：「那羅剎，你不走路，還立在此等甚？」羅剎跪道：「萬望大聖垂慈，將扇子還了我罷。」八戒喝道：「潑賤人，不知高低，饒了你的性命，就彀了，還要討甚麼扇子，我們拿過山去，不會賣錢買點心喫？費了許多精神力氣，又肯與你！雨濛濛的，還不回去哩！」羅剎再拜道：「大聖原說搧息了火還我。今此一場，誠悔之晚矣。只因不倜儻⑳，致令勞師動眾。我等也修成人道，只是未歸正果。見今真身現象歸西，我再不敢安作，願賜本扇，從立自新，修身養命去也。」土地道：「大聖！

⑲壁 廂 一邊。
⑳不倜儻 不爽快。

趁此女深知息火之法，斷絕火根，還他扇子，小神居此苟安，拯救這方生民，求些血食，誠為恩便。」行者道：「我當時問著鄉人說：『這山搧息火，只收得一年五穀，便又火發。』如何始得除根？」羅剎道：「要是斷絕火根，只消連搧四十九扇，永遠再不發了。」

行者聞言，執扇子，使盡筋力，望山頭連搧四十九扇，那山上大雨淙淙。果然是寶貝：有火處下雨，無火處天晴。他師徒們立在這無火處，不遭雨濕。坐了一夜，次早纔收拾馬匹、行李，把扇子還了羅剎。又道：「老孫若不與你，恐人說我言而無信。你將扇子回山，再休生事。看你得了人身，饒你去罷！」那羅剎接了扇子，念個咒語，捏做個杏葉兒，噙在口裡，拜謝了眾聖，隱姓修行。後來也得正果，經藏㉑中萬古流名。羅剎、土地，俱感激謝恩，隨後相送。行者、八戒、沙僧，保著三藏遂此前進，真個是身體清涼，足下滋潤。誠所謂：坎離既濟真元合，水火均平大道成。畢竟不知幾年纔回東土，且聽下回分解。

㉑ 經　藏　佛書三藏之一，因經中含藏佛理，故名為經藏。

賞析

本文可分為幾部分，首先敘述牛魔王又將扇子騙回手中，與孫悟空大打出手，後來豬八戒前來助陣，結果牛魔王躲進愛妾玉面公主居住的摩雲洞裡。接著敘述八戒打碎摩雲洞門，將玉面公主和眾小妖打死，另一方面牛魔王則和孫悟空各自以變化法術相鬥，敗陣後又逃入妻子鐵扇公主的芭蕉洞。最後在佛兵天將的幫助下，終於制服牛魔王，取得芭蕉扇，搧熄火燄山，繼續往西方取經。

經過前兩次孫悟空以智謀騙得芭蕉扇的過程，這一回的調扇主要著重在角色武力與神通的描寫。故事從牛魔王騙回扇子說起，接著雙方開始各自逞能打鬥。在故事情節上，採層層推進的方式敘述，然而卻不是一味打鬥到底，在牛魔王二次逃入洞裡的短暫時間中，均以悟空和八戒二人的對話穿插，交代二調芭蕉扇的始末，使爭戰過程緩急相間，又不至於形成停頓延滯，讀來有一氣呵成之感。在戰鬥場面的描述上，從二人大戰到三人相爭，其中描述孫悟空和牛魔王以變化法術較量一幕，和之前棒打劍迎的緊湊場面又不相同，讀來別有趣味。隨著打鬥的進行，悟空和八戒把牛魔王的巢穴一個個擊破，在孫悟空把智謀勇武都發揮得淋漓盡致以後，天兵天將甚至金剛佛祖都出馬一起圍剿牛魔王夫婦，如同每回災難最後必定出現的圓滿結局，取經集團背後的強大靠山——神佛，終於再一次克服困難。

在此回中，藉由言語對話和行動舉止，也可看出幾個主要人物的形象。如孫悟空雖然聰明伶俐，二次使計騙到扇子，卻因一時輕敵自大上了牛魔王的當，顯示出他好勝、喜歡被奉承的人性弱點。然而他使出七十二般變化、掄起金箍棒、跳上觔斗雲時，又具有打妖除魔的廣大神通。此外豬八戒雖然在故事中一往直前地勇敢作戰，但遇到困難時卻又容易打退堂鼓，後來在土地神和悟空的勸說下重燃鬥志，更顯出其個性單純憨直之處。至於牛魔王威猛駭人的白牛本相、變化多端的法力，還有使小計謀騙扇的心機，也讓他在西遊記眾多妖魔中，具有鮮明獨立的個性。豐富曲折的情節與生動活潑的人物對話，使得本文成為西遊記故事中膾炙人口的篇章。

延伸閱讀

1. 陸西星封神演義（可參考三民書局之版本）
2. 李汝珍鏡花緣（可參考三民書局之版本）
3. 佚名濟公傳（可參考三民書局之版本）

林黛玉賈府依親

導讀

本篇選自紅樓夢第三回「託內兄如海薦西賓　接外孫賈母惜孤女」。內容敘述林黛玉離開父親，到金陵投靠外祖母的過程。

作者曹雪芹（西元一七一五—一七六三年），名霑，字芹圃，號雪芹，滿洲正白旗人。祖父曹寅、叔輩的曹顒與曹頫相繼擔任江寧織造達六十年之久，但至雍正年間，卻遭到二度抄家，曹氏家族因此一蹶不振，曹雪芹也潦倒以終。雖然曹雪芹命運多舛，但他所著

的章回小說——紅樓夢卻成為中國最膾炙人口、家喻戶曉的名著。紅樓夢的內容主要敘述金陵賈家所發生的故事。全書出場人物眾多，形象鮮明，書中的男、女主角賈寶玉、林黛玉更為人所熟知。它專注於閨閣間瑣碎事物的描寫，著重在小兒女的痴嗔愛怨，不僅題材嶄新、內容豐富，且文筆精練、入木三分。自此書問世後，即風靡了無數的書迷和研究者，後世稱研究紅樓夢的學問為「紅學」，喜愛紅樓夢的讀者為「紅迷」，紅樓夢特殊而強大的魅力，由此可見！

【前情提要】本篇接續上回黛玉的家庭教師賈雨村正與友人在郊外閒談，卻意外得知復職有望，急得他馬上回去央請黛玉之父林如海幫忙。正巧林如海有意將女兒交由賈府照顧，也答應請妹婿賈政幫助賈雨村復職，便請雨村伴黛玉同行，共至金陵賈家……。

雨村領其意而別，回至館中，忙尋邸報看真確了。次日，面謀之如海。如海道：「天緣湊巧：因賤荊去世，都中家岳母念及小女無人依傍，前已遣了男女船隻來接，因小女未曾大痊，故尚未行，此刻正思送女進京。因向蒙教誨之恩，未經酬報，遇此機會，豈有不盡心圖報之理！弟已預籌之，修下薦書一封，託內兄務為周全，方可稍盡弟之鄙誠。即有所費，弟於內兄信中寫明，不勞吾兄多慮。」雨村一面打恭，謝不釋口，一面又問：「不知令親大人現居何職？只怕晚生草率，不敢進謁。」如海笑道：「若論舍親，與尊兄猶係一家，乃榮公之孫。大內兄現襲一等將軍之職，名赦，字恩侯。二內兄名政，字存周，現任工部員外郎。其為人謙恭厚道，大有祖父遺風，非膏粱輕薄之流，故弟致書煩託。否則不但有汙尊兄清操，即弟亦不屑為矣。」雨村聽了，心下方信了昨日子興之言，於是又謝了林如海，如海又說：「擇了出月❶初二日小女入都，吾兄即同路而往，豈不兩便？」雨村唯唯聽命，心中十分得意。如海遂打點禮物並餞行之事，雨村一一領了。

那女學生原不忍離親而去，無奈他外祖母必欲其往；且兼如海說：「汝父年已半百，再無續室之意；且汝多病，年又極小，上無親母教養，下無姐妹扶持；今去依傍外祖母及舅氏姐妹，正好減我內顧之憂，如何不去？」黛玉聽了，方灑淚拜別，隨了奶娘及榮府中幾個老婦，登舟而去。雨村另有一隻船，帶了兩個小童，依附黛玉而行。

一日，到了京都，雨村先整了衣冠，帶著童僕，拿了「宗姪」的名帖，至榮府門上投了。彼時賈政已看了妹丈之書，即忙請入相會。見雨村像貌魁偉，言談不俗。且這賈政最喜的是讀書人，禮賢下士，拯溺救危，大有祖風，況又係妹丈致意，因此優待雨村，更又不同，便極力幫助。題奏之日，謀了一個復職。不上兩月，便選了金陵應天府，辭了賈政，擇日到任去了。不在話下。

且說黛玉自那日棄舟登岸時，便有榮府打發轎子並拉行李車輛伺候。這黛玉嘗聽得母親說他外祖母家與別人家不同。他近日所見的這幾個三等的僕婦，吃穿用度，已是不凡，何況今至其家，都要步步留心，時時在意，不要多說一句話，不可多行一步路，恐被人恥笑了去。自上了轎，進了城，從紗窗中瞧了一瞧，其街市之繁華，人煙之阜盛，自非別處可比。又行了半日，忽見街北蹲著兩個大石獅子，三間獸頭大門，門前列坐著十來個華冠麗服之人。正門不開，只東西兩角門有人出入。正門之上有一匾，匾上大書「敕造寧國府」五個大字。

黛玉想道：「這是外祖的長房了。」又往西不遠，照樣也是三間大門，方是榮國府，卻不進正門，只由西角門而進。轎子抬著走了一箭之遠，將轉彎時，便歇了轎，後面的婆子也都下來了。另換了四個眉目秀潔的十七八歲的小廝❷上來抬著轎子，眾婆子步下跟隨。至一垂花門❸前落下，眾小廝俱肅然退出，眾婆子上前打起轎簾，扶黛玉下了轎。

黛玉扶著婆子的手，進了垂花門。兩邊是超手遊廊❹，正中是穿堂，當地放著一個紫檀架子大理石屏風。轉過屏風，小小三間廳房：廳後便是正房大院。正面五間上房，皆是雕梁畫棟；兩邊穿山遊廊廂房，掛著各色鸚鵡畫眉等雀鳥。臺階上坐著幾個穿紅著綠的丫頭，一見他們來了，都笑迎上來，道：「剛纔老太太還念誦呢，可巧就來了。」於是三四人爭著打簾子。一面聽得人說：「林姑娘來了！」

黛玉方進房，只見兩個人扶著一位鬢髮如銀的老母迎上來。黛玉知是外祖母了，正欲下拜，早被外祖母抱住，摟入懷中，「心肝兒肉」叫著大哭起來。當下侍立之人無不下淚。黛玉也哭個不休。眾人慢慢解勸住了，那黛玉方拜見了外祖母，賈母方一一指與黛玉道：「這是你大舅母。這是二舅母。這是你先前珠大哥的媳婦珠大嫂子。」黛玉一一拜見了。賈母又叫：「請姑娘們。今日遠客來了，可以不必上學去。」眾人答應了一聲，便去了兩個。

不一時，只見三個奶媽並五六個丫鬟擁著三位姑娘來了：第一個，肌膚微豐，身才合中，腮凝新荔，鼻膩鵝脂，溫柔沉默，觀之可親；第二個，削肩細腰，長挑身才，鴨蛋臉兒，俊眼修眉，顧盼神飛，文彩精華，見之忘俗；第三個，身量未足，形容尚小。其釵環裙襖，三人皆是一樣的粧束。黛玉忙起身迎上來見禮，互相廝❺認，歸了坐位，丫鬟送上茶來。不過敘些黛玉之母如何得病，如何請醫服藥，如何送死發喪。不免賈母又傷感起來，因說：「我這些女孩兒，所疼的獨有你母親；今一旦先我而亡，不得見面，怎不傷心！」說著，攜了黛玉的手，又哭起來。眾人都忙相勸慰，方略略止住。

---

❶出　月　下月。

❷小　廝　供使喚的小童。

❸垂花門　舊式住宅的二門。二門上修建像屋頂樣的蓋，四角有下垂的短柱，柱的頂端雕花彩繪，故稱。

❹超手遊廊　左右環抱的走廊。

❺廝　互相。

眾人見黛玉年紀雖小，其舉止言談不俗，身體面貌雖弱不勝衣，卻有一段風流態度，便知他有不足之症。因問：「常服何藥？為何不治好了？」黛玉道：「我自來如此，從會吃飯時便吃藥到如今了。經過多少名醫，總未見效。那一年，我纔三歲，記得來了一個癩頭和尚，說要化我去出家，我父母自是不從。他又說：『既捨不得他，但只怕他的病一生也不能好的！若要好時，除非從此以後總不許見哭聲，除父母之外，凡有外親一概不見，方可平安了此一生。』這和尚瘋瘋癲癲說了這些不經之談，也沒人理他。如今還是吃人參養榮丸。」賈母道：「這正好，我這裡正配丸藥呢，叫他們多配一料就是了。」

一語未完，只聽後院中有笑語聲，說：「我來遲了，沒得迎接遠客！」黛玉思忖道：「這些人個個皆斂聲屏氣如此，這來者是誰，這樣放誕無禮？」心下想時，只見一群媳婦❻丫鬟擁著一個麗人從後房進來。這個人打扮與姑娘們不同：彩繡輝煌，恍若神妃仙子。頭上戴著金絲八寶攢珠髻，綰著朝陽五鳳掛珠釵；項上戴著赤金盤螭瓔珞圈；身上穿著縷金百蝶穿花大紅雲緞窄褃❼襖，外罩五彩刻絲❽石青銀鼠褂；下著翡翠撒花洋縐裙。一雙丹鳳三角眼，兩彎柳葉掉梢眉。身量苗條，體格風騷。粉面含春威不露，丹唇未啟笑先聞。

黛玉連忙起身接見。賈母笑道：「你不認得他。他是我們這裡有名的一個『潑辣貨』，南京所謂『辣子』，你只叫他鳳辣子就是了。」黛玉正不知以何稱呼，眾姐妹都忙告訴黛玉道：「這是璉二嫂子。」黛玉雖不曾識面，聽見他母親說過：「大舅賈赦之子賈璉娶的就是二舅母王氏的內姪女，自幼假充男兒教養，學名叫做王熙鳳。」黛玉忙陪笑見禮，以「嫂」呼之。

這熙鳳攜著黛玉的手，上下細細打量一回，便仍送至賈母身邊坐下；因笑道：「天下真有這樣標致人兒！我今日纔算看見了！況且這通身的氣派竟不像老祖宗的外孫女兒，竟是個嫡親的孫女兒似的。

怨不得老祖宗天天嘴裡心裡放不下——只可憐我這妹妹這麼命苦，怎麼姑媽偏就去世了呢！」說著，便用手帕拭淚。賈母笑道：「我纔好了，你又來招我。你妹妹遠路纔來，身子又弱，也纔勸住了。快別再提了。」

熙鳳聽了，忙轉悲為喜道：「正是呢！我一見了妹妹，一心都在他身上，又是歡喜，又是傷心，竟忘了老祖宗了。該打，該打。」又忙拉著黛玉的手問道：「妹妹幾歲了？可也上過學？現吃什麼藥？在這裡別想家。要什麼吃的，什麼玩的，只管告訴我。丫頭老婆們不好，也只管告訴我。」黛玉一一答應。一面熙鳳又問人：「林姑娘的東西可搬進來了？帶了幾個人來？你們趕早打掃兩間屋子叫他們歇歇兒去。」

說話時，已擺了茶果上來。熙鳳親自佈讓⑨。又見二舅母問他：「月錢放完了沒有？」熙鳳道：「放完了。剛纔帶了人到後樓上找緞子，找了半日，也沒見昨兒太太說的那個，想必太太記錯了。」王夫人道：「有沒有，什麼要緊。」因又說道：「該隨手拿出兩個來給你這妹妹裁衣裳啊！等晚上想著再叫人去拿罷。」熙鳳道：「我倒先料著了。知道妹妹這兩日必到，我已經預備下了，等太太回去過了目好送來。」王夫人一笑，點頭不語。

當下茶果已撤，賈母命兩個老嬤嬤⑩帶黛玉去見兩個舅舅去。維時⑪，賈赦之妻邢氏忙起身笑回道：「我帶了外甥女兒過去，到底便宜些。」賈母笑道：「正是呢！你也去罷，不必過來了。」

---

⑥ 媳婦　這裡指女僕。

⑦ 褃　音ㄎㄣˋ。衣服兩腋直下的部分。

⑧ 刻絲　上有花紋圖案的一種絲織品。

⑨ 佈讓　分菜給席上的人並敦促他們自己取食。讓，勸讓。

⑩ 嬤嬤　即奶媽。

⑪ 維時　當時；此時。

那邢夫人答應了，遂帶著黛玉和王夫人作辭。大家送至穿堂垂花門前。早有眾小廝拉過一輛翠幄青油車來，邢夫人攜了黛玉坐上。眾老婆們放下車簾，方命小廝們抬起，拉至寬處，駕上馴騾，出了西角門，往東過榮府正門，入一黑油漆大門內，至儀門[12]前，方下了車。邢夫人挽著黛玉的手進入院中。黛玉度其處必是榮府中之花園隔斷過來的。進入三層儀門，果見正房廂房遊廊，悉皆小巧別致，不似那邊的軒峻壯麗，且院中隨處之樹木山石皆好。及進入正室，早有許多豔粧麗服之姬妾丫鬟迎著。

邢夫人讓黛玉坐了，一面令人到外書房中請賈赦。一時回來說：「老爺說了：『連日身上不好，見了姑娘，彼此傷心，暫且不忍相見。勸姑娘不必傷懷想家，跟著老太太和舅母是和家裡一樣的。姐妹們雖拙，大家一處作伴，也可以解些煩悶。或有委屈之處，只管說，別外道了纔是。』」

黛玉忙站起身來一一答應了，再坐一刻，便告辭。邢夫人苦留吃過飯去，黛玉笑回道：「舅母愛惜賜飯，原不應辭，只是還要過去拜見二舅舅，恐去遲了不恭。異日再領，望舅母容諒。」邢夫人道：「這也罷了。」遂命兩個嬤嬤用方纔坐來的車送過去。於是黛玉告辭。邢夫人送至儀門前，又囑咐了眾人幾句，眼看著車去了方回來。

一時，黛玉進入榮府，下了車，只見一條大甬路，直接出大門來。眾嬤嬤引著，便往東轉彎，走過一座東西穿堂，向南大廳之後，儀門內大院落。上面五間大正房，兩邊廂房，鹿頂耳門鑽山，四通八達，軒昂壯麗，比各處不同。黛玉便知這方是正內室。進入堂屋，抬頭迎面先見一個赤金九龍青地大匾，匾上寫著斗大三個字是「榮禧堂」。後有一行小字：「某年月日書賜榮國公賈源。」又有「萬幾宸翰」之寶。大紫檀雕螭案上設著三尺多高青綠古銅鼎。懸著待漏隨朝墨龍大畫。一邊是鏨金彝，一邊是玻璃盒[13]。地下兩溜十六張楠木圈椅。又有一副對聯，乃是烏木聯牌，鑲著鏨銀字跡，道是：「座上珠璣昭日月，堂前黼黻煥煙霞。」下面一行小字是：「世教弟勳襲東安郡王穆蒔拜手書。」

原來王夫人時常居坐宴息也不在這正室中，只在東邊的三間耳房⑭內。於是嬤嬤們引黛玉進東房門來。臨窗大炕上鋪著猩紅洋毯，正面設著大紅金線蟒引枕，秋香色金線蟒大條褥。兩邊設一對梅花式洋漆小几：左邊几上擺著文王鼎，鼎旁匙筯香盒；右邊几上擺著汝窯美人觚，裡面插著時鮮花草。地下面，西一溜四張大椅都搭著銀紅撒花椅搭⑮，底下四副腳踏；兩邊又有一對高几，几上茗碗瓶花俱備。其餘陳設不必細說。

老嬤嬤讓黛玉上炕坐。炕沿上卻也有兩個錦褥對設。黛玉度其位次，便不上炕，只就東邊椅上坐了。本房的丫鬟忙捧上茶來。黛玉一面吃了，打量這些丫鬟們粧飾衣裙，舉止行動，果與別家不同。

茶未吃了，只見一個穿紅綾襖青綢掐牙⑯背心的丫鬟走來笑道：「太太說，請林姑娘到那邊坐罷。」老嬤嬤聽了，於是又引黛玉出來，到了東南三間小正房內。正面炕上橫設一張炕桌，上面堆著書籍茶具，靠東壁面西設著半舊的青緞靠背引枕。王夫人卻坐在西邊下首——亦是半舊青緞靠背坐褥——見黛玉來了，便往東讓。黛玉心中料定這是賈政之位；因見挨炕一溜三張椅子上也搭著半舊的彈花椅袱，黛玉便向椅上坐了。王夫人再三讓他上炕，他方挨王夫人坐下。王夫人因說：「你舅舅今日齋戒去了，再見罷。只是有一句話囑咐你：你三個姐妹倒都極好，以後一處念書、認字、學針線，或偶一玩笑，都有個儘讓⑰的。我就只一件不放心：我有一個孽根禍胎，是家裡的『混世魔王』，今日因往廟裡還願去，尚未回來，晚上你看見就知道了。你以後總不用理會他，你這些姐姐妹妹都不敢沾惹他的。」

⑫儀門　明清官署、邸宅大門內的第二重正門。

⑬玻璃盒　大的盛酒器。盒，音ㄏㄞˇ。

⑭耳房　堂屋兩旁的小屋，像人的兩耳，故稱。

⑮椅搭　椅子上披搭的裝飾品。

⑯掐牙　衣服鑲的邊叫牙子。掐，是這種手工的術語。

⑰儘讓　謙讓。

黛玉素聞母親說過：「有個內姪，乃啣玉而生，頑劣異常，不喜讀書，最喜在內幃廝混，外祖母又溺愛，無人敢管。」今見王夫人所說，便知是這位表兄，一面陪笑道：「舅母所說，可是啣玉而生的？在家時記得母親常說：這位哥哥比我大一歲，小名就叫寶玉；性雖憨頑，說待姐妹們卻是極好的。況我來了，自然和姐妹們一處，弟兄們是另院別房，豈有沾惹之理？」王夫人笑道：「你不知道原故。他和別人不同，自幼因老太太疼愛，原係和姐妹們一處嬌養慣了的。若姐妹們不理他，他倒還安靜些；若一日姐妹們和他多說了一句話，他心上一喜，便生出許多事來，所以囑咐你別理會他。他嘴裡一時甜言蜜語，一時有天沒日，瘋瘋傻傻，只休信他。」

黛玉一一的都答應著。忽見一個丫鬟來說：「老太太那裡傳晚飯了。」王夫人忙攜了黛玉出後房門，由後廊往西出了角門，是一條南北甬道，南邊是倒座三間小小抱廈廳，北邊立著一個粉油大影壁，後有一個半大門，小小一所房屋。王夫人笑指向黛玉道：「這是你鳳姐姐的屋子，回來你好向這裡找他去。少什麼東西，只管和他說就是了。」這院門上也有幾個纔總角[18]的小廝，都垂手侍立。

王夫人遂攜黛玉穿過一個東西穿堂，便是賈母的後院了，於是進入後房門。已有許多人在此伺候，見王夫人來，方安設桌椅。賈珠之妻李氏捧杯，熙鳳安筯，王夫人進羹。賈母正面榻上獨坐，兩旁四張空椅。熙鳳忙拉黛玉在左邊第一張椅子上坐下，黛玉十分推讓。賈母笑道：「你舅母和嫂子們是不在這裡吃飯的，你是客，原該這麼坐。」黛玉方告了坐，就坐了。賈母命王夫人也坐了。迎春姐妹三個告了坐方上來，迎春坐右手第一，探春左第二，惜春右第二。旁邊丫鬟執著拂塵漱盂巾帕。李紈、鳳姐立於案旁佈讓。外間伺候的媳婦丫鬟雖多，卻連一聲咳嗽不聞。飯畢，各各有丫鬟用小茶盤捧上茶來。當日林家教女以惜福養身，每飯後必過片時方吃茶，不傷脾胃。今黛玉見了這裡許多規矩不似家中，也只得隨和著些。接了茶，又有人捧過漱盂來，黛玉也漱了口。又盥手畢，然後又捧上茶來，這方是吃的茶。

賈母便說：「你們去罷，讓我們自在說說話兒。」王夫人聽了，忙起身說了兩句閒話兒，方引李、鳳二人去了。賈母因問黛玉念何書，黛玉道：「剛念了四書。」黛玉又問姐妹們讀何書，賈母道：「讀什麼書！不過認幾個字罷了。」

一語未了，只聽外面一陣腳步響，丫鬟進來報道寶玉來了。黛玉心想：「這個寶玉不知是怎生個憊懶⑲人物。」及至進來原是一個年輕公子。頭上戴著束髮嵌寶紫金冠，齊眉勒著二龍戲珠金抹額；一件二色金百蝶穿花大紅箭袖，束著五彩絲攢花結長穗宮縧，外罩石青起花八團倭緞排穗褂；登著青緞粉底小朝靴；面若中秋之月，色如春曉之花，鬢若刀裁，眉如墨畫，鼻如懸膽，睛若秋波。雖怒時而似笑，即瞋視而有情。項上金螭瓔珞，又有一根五色絲縧，繫著一塊美玉。

黛玉一見便吃一大驚，心中想道：「好生奇怪！倒像在那裡見過的？何等眼熟！」只見這寶玉向賈母請了安⑳，賈母便命：「去見你娘來。」即轉身去了。一回再來時，已換了冠帶。頭上週圍一轉的短髮，都結成小辮，紅絲結束，共攢至頂中胎髮，總編一根大辮，黑亮如漆，從頂至梢，一串四顆大珠，用金八寶㉑墜腳。身上穿著銀紅撒花半舊大襖，仍舊帶著項圈、寶玉、寄名鎖、護身符等物；下面半露松綠撒花綾褲，錦邊彈墨襪，厚底大紅鞋。越顯得面如傅粉，唇若施脂，轉盼多情，語言若笑。天然一段風韻，全在眉梢；平生萬種情思，悉堆眼角。看其外貌，最是極好，卻難知其底細。後

---

⑱總角　指童年、幼年。古代男女未成年時，於頭頂兩側束髮辮為結，形狀如角，故稱總角。

⑲憊懶　潑辣；無賴；頑皮。

⑳請安　問安。清禮男子屈右膝半跪，又叫「打千」。女子雙手扶左膝，右腿微屈微下蹲身。

㉑金八寶　金飾上所嵌各色寶石和珠子，泛稱八寶。又指各種小金玩意，如升、斗、筆錠、如意、印盒等也叫八寶。

人有西江月二詞，批的極確。其詞曰：

無故尋愁覓恨，有時似傻如狂。縱然生得好皮囊，腹內原來草莽。潦倒不通庶務，愚頑怕讀文章。行為偏僻性乖張，那管世人誹謗？

又曰：

富貴不知樂業，貧窮難耐淒涼。可憐辜負好時光，於國於家無望。天下無能第一，古今不肖無雙。寄言紈袴與膏粱，莫效此兒形狀！

卻說賈母見他進來，笑道：「外客未見就脫了衣裳？還不去見你妹妹。」寶玉早已看見了一個嬝嬝婷婷的女兒，便料定是林姑媽之女，忙來作揖相見畢，歸座，細看時，真是與眾各別。只見：

兩彎似蹙非蹙籠煙眉，一雙似喜非喜含情目。態生兩靨之愁，嬌襲一身之病。淚光點點，嬌喘微微。閒靜似嬌花照水，行動如弱柳扶風。心較比干多一竅，病如西子勝三分。

寶玉看罷，笑道：「這個妹妹，我曾見過的。」賈母笑道：「可又胡說了。你何曾見過他？」寶玉笑道：「雖然未曾見過，卻看著面善，心裡倒像是舊相認識，恍若遠別重逢的一般。」賈母笑道：「好，好。若如此更相和睦了。」

寶玉便走向黛玉身邊坐下，又細細打量一番，因問：「妹妹可曾讀書？」黛玉道：「不曾讀書；只上了一年學，些須認得幾個字。」寶玉又道：「妹妹尊名？」黛玉便說了名。寶玉又道：「表字？」黛玉道：「無字。」寶玉笑道：「我送妹妹一字，莫若『顰顰』二字，極妙。」探春便道：「何處出典？」寶玉道：「古今人物通考上說：『西方有石名黛，可代畫眉之墨。』況這妹妹，眉尖若蹙，取這個字，豈不甚美？」探春笑道：「只恐又是杜撰！」寶玉笑道：「除了四書，杜撰的也太多，偏是我是杜撰不成。」因又問黛玉：「可有玉沒有？」眾人都不解。黛玉便忖度著：「因他有玉，故纔問我有無」，便答道：「我沒有那玉。你那玉亦是件稀罕物兒，豈能人人皆有？」

寶玉聽了，登時發作起狂病來，摘下那玉，就狠命摔去，罵道：「什麼罕物！人的高下不識，還說靈不靈呢！我也不要這勞什子㉒！」嚇的地下眾人一擁爭去拾玉。賈母急的摟了寶玉，道：「孽障！你生氣，要打罵人容易，何苦摔那命根子！」寶玉滿面淚痕，哭道：「家裡姐姐妹妹都沒有，單我有，我說沒趣兒；如今來了這個神仙似的妹妹也沒有，可知這不是個好東西。」賈母忙哄他道：「你這妹妹原有玉的，因你姑媽去世時，捨不得你妹妹，無法可處，遂將他的玉帶了去：一則全殉葬之禮，盡你妹妹的孝心；二則你姑媽之靈亦可權作見了你妹妹之意。因此，他只說沒有，也是不便自己誇張之意。你如今怎比得他？還不好生愼重帶上，仔細㉓你娘知道了！」說著，便向丫鬟手中接來，親自與他帶上。寶玉聽如此說，想了一想，也就不生別論。

當下奶娘來問黛玉房舍。賈母便說：「將寶玉挪出來，同我在套間暖閣裡，把你林姑娘暫安置碧紗櫥㉔裡。等過了殘冬，春天再給他們收拾房屋，另作一番安置罷。」寶玉道：「好祖宗！我就在碧紗櫥外的床上很妥當，又何必出來鬧老祖宗不得安靜呢？」賈母想了一想，說：「也罷了。」每人一

㉒勞什子　指東西，含有討厭、麻煩和輕視的意思。

㉓仔　細　當心。

㉔碧紗櫥　俗稱「隔扇」。清代室內裝修的一種。由連排的木隔扇組成，木隔扇的格心多做燈籠框式樣，格心外則糊上紗或綾。功能在分隔室內空間。這裡指以碧紗櫥隔開的裡間。

個奶娘並一個丫頭照管，餘者在外間上夜聽喚。一面早有熙鳳命人送了一頂藕合色花帳並錦被緞褥之類。

黛玉只帶了兩個人來：一個是自己的奶娘王嬤嬤，一個是十歲的小丫頭，名喚雪雁。賈母見雪雁甚小，一團孩氣，王嬤嬤又極老，料黛玉皆不遂心，將自己身邊一個二等丫頭，名喚鸚哥的，與了黛玉。亦如迎春等一般：每人除自幼乳母外，另有四個教引嬤嬤；除貼身掌管釵釧盥沐兩個丫頭外，另有四五個灑掃房屋來往使役的小丫頭。

當下王嬤嬤與鸚哥陪侍黛玉在碧紗櫥內；寶玉之乳母李嬤嬤並大丫頭名喚襲人者陪侍在外面大床上。

原來這襲人亦是賈母之婢，本名蕊珠。賈母因溺愛寶玉，生恐寶玉之婢不中任使，素日蕊珠心地純良，遂與寶玉。寶玉因知他本姓花，又曾見昔人詩句有「花氣襲人[25]」之句，遂回明賈母，即把蕊珠更名襲人。

卻說這襲人倒有些癡處：伏侍賈母時，心中只有賈母；如今跟了寶玉，心中又只有寶玉了。只因寶玉性情乖僻，每每規諫，見寶玉不聽，心中著實憂鬱。是晚，寶玉、李嬤嬤已睡了。他見裡面黛玉、鸚哥猶未安歇，他自卸了粧，悄悄的進來，笑問：「姑娘怎麼還不安歇？」黛玉忙笑讓：「姐姐請坐。」襲人在床沿上坐了。鸚哥笑道：「林姑娘在這裡傷心，自己淌眼抹淚的說：『今兒纔來了，就惹出你們哥兒的病來。倘或摔壞了那玉，豈不是因我之過？』所以傷心。我好容易勸好了。」襲人道：「姑娘快休如此！將來只怕比這更奇怪的笑話兒還有呢。若為他這種行狀，你多心傷感，只怕你還傷感不了呢。快別多心！」黛玉道：「姐姐們說的，我記著就是了。」又敘了一回，方纔安歇。

次早起來，省過賈母，因往王夫人處來。正值王夫人與熙鳳在一處拆金陵來的書信，又有王夫人的兄嫂處遣來的兩個媳婦兒來說話。黛玉雖不知原委，探春等卻曉得是議論金陵城中居住的薛家姨母之子——表兄薛蟠倚財仗勢打死人命，現在應天府案下審理。如今舅舅王子騰得了信，遣人來告訴這邊，意欲喚取進京之意。畢竟怎的，下回分解。

㉕花氣襲人　陸游村居喜書：「花氣襲人知驟暖，鵲聲穿竹識新晴。」

賞析

本文共分為幾部分：首先敘述林如海託賈雨村將女兒送到外祖賈家；途中以黛玉的觀點描述榮國府的富麗堂皇、興旺富裕。其次在與親友的相見中，逐漸認識每個親戚的外貌特徵、性格態度等。接著則是寶玉與黛玉的初次會面。因黛玉說自己沒有玉而引起寶玉的瘋病，鬧了一場小風波。最後則敘述夜晚黛玉因寶玉摔玉之故而暗自垂淚，經襲人的勸解後才較為安心。

本文的重頭戲在黛玉與寶玉的初次見面，看原文：（黛玉）心中想道：「好生奇怪！倒像在那裡見過的？何等眼熟！」寶玉笑道：「雖然未曾見過，卻看著面善，心裡倒像是舊相認識，恍若遠別重逢的一般。」兩人因前世宿緣，而都有似曾相識之感。於是，在寶玉仍是神瑛侍者、黛玉仍為絳珠仙草的前世所訂下的還淚之債，在這回故事中揭開了序幕。之後從寶玉摔玉的舉動，可以看出他對黛玉的重視。他說：「如今來了這個神仙似的妹妹也沒有，可知這不是個好東西。」其率直自然，不虛偽造作的性格一覽無遺。而黛玉年幼失母又寄寓外祖家，缺乏父母親的照顧與支撐，和其他表姐妹相較自然顯得單薄無助，加上個性使然，更凸顯出她楚楚可憐、敏感多情的閨閣形象。

像賈家這樣龐大而複雜的人物關係，原本是閱讀時的一層障礙，但曹雪芹巧妙地藉由黛玉初入賈府的觀察，將書中的重要人物介紹給讀者。所以我們可從這回故事中知道：賈母是個慈祥和藹、鬢髮如銀的老太太；王熙鳳美豔動人、口才便給、氣勢不凡；賈寶玉是一個面貌俊秀、性格溫柔多情的公子哥兒；林黛玉則多愁善感、體弱多病，在初入賈府時，處處表現出小心謹慎、寄人籬下的心態。

整篇文章循序漸進、由遠至近、由疏至親。讓讀者能在閱讀時，自然而然地跟隨著黛玉的視線，逐漸走進榮國府、走進紅樓夢的世界。

延伸閱讀

1. 曹雪芹紅樓夢（可參考三民書局之版本）
2. 蘭陵笑笑生金瓶梅（可參考三民書局之版本）
3. 西周生醒世姻緣傳（可參考三民書局之版本）
4. 參考資料：
   (1)王國維、林語堂等紅樓夢藝術論甲編三種（里仁書局）
   (2)周汝昌紅樓夢與中華文化（三民書局）

附錄 課程應用

課前活動設計

先睹為快

明清長篇小說部分，由於是節選自一百回左右的長篇巨著，講授時勢必得先說明其背景（前情提要），方便學生進入該課情境。此時為節省時間，加深學生印象，不妨於正式課程前播放相關影片，使學生能迅速了解篇中主要人物之個性，以及該段情節之遠近因素。以吳用智取生辰綱為例，摘錄自水滸全傳第十六回（七十回本第十五回），從楊志帶領諸人趕路開始，但楊志是什麼出身？個性如何？為何受此重用？以及為何吳用等人會來劫綱？他們又是如何通力合作的？這些問題都應在課堂上讓學生了解，教師可以稍加說明（約十至十五分鐘），再播放影片（半小時至一小時），使學生恍然大悟，之後再進入文本討論，可收事半功倍之效。

同理，林黛玉賈府依親摘錄自紅樓夢第三回，此回榮國府主要人物多已登場，若直接進入課文，或許會讓學生有應接不暇之感，故亦可先播放影片，介紹賈寶玉與林黛玉的木石情緣、冷子興演說榮國府等部分，引起學生的興趣。趙子龍單騎救主選自三國演義第四十一回，主角是趙雲，趙雲為何如此忠心耿耿？劉備又為何如此信賴趙雲？劉、趙二人之關係應於課堂上讓學生明瞭，故可自他們初識之情況談起，亦可播放第七回「袁紹磐河戰公孫」、第二十八回「會古城主臣聚義」影片之片段，使學生了解趙雲之英勇及劉、趙惺惺相惜之情。

課後活動設計 1 編劇演戲請你看

「六朝志怪與志人小說」這部分的作品篇幅短小，想像空間較大，所以不妨在課後安排編劇演戲的活動，以便觀察學生是否了解原典意義，同時亦可達到激發學生創意、增進同儕彼此了解的目的。作法可依下列步驟進行：

1. 分組：如預計將講授「六朝志怪與志人小說」部分七篇，則可將學生分為七組（若僅打算教五篇，則分為五組，以此類推），選出組長。原則上全班學生都必須參加，若人數太多，則請彈性調整。
2. 選篇：可由各組自由選擇，再做協調；若為節省時間，亦可由組長抽籤決定。
3. 分工：各組依學生專長，分別選出編劇、導演、演員、配樂、化妝等工作人員，各自展開工作。
4. 繳交劇本及企畫書：在課程結束一週後繳交，教師可提供意見，略加修改，並評定初步成績。
5. 演出及評賞：劇本及企畫書繳交後一週，選定一至二節課，由各組依抽籤順序上臺演出。每一學生皆需填寫評分表（本組除外），經核算後為該組之演出成績，並選出最佳編劇、導演、演員、配樂、化妝等獎項，酌予獎勵。

※附評分表供參考。

愛情座談會、最佳情人選拔

「愛情」始終是小說的熱門話題，本書所選亦有多篇為愛情小說，如鶯鶯傳、崔護、白娘子永鎮雷峰塔、杜十娘怒沉百寶箱、賣油郎獨占花魁、嬰寧等，可於講授後舉辦討論愛情之座談會，由學生自行選出主持人、引言人及發言人，依序表達己見；或由各小組推舉代表，宣達該組的共同意見。以鶯鶯傳為例，可討論「婚前性行為」、「分手的技巧」等問題。崔護可討論「致命的吸引力——一見鍾情可靠嗎？」白娘子永鎮雷峰塔則可討論「如何正確地愛（愛他但不要害他）」。杜十娘怒沉百寶箱則可討論「單身女性的生涯規劃」、「女性應如何保護自己」等。

於所有愛情類小說皆講授完畢後，再以小說人物進行「最佳情人」或「最佳對象」選拔，各組皆可推出自己最喜愛的人選，如甲組推崔鶯鶯為最佳情人，乙組推嬰寧為最佳妻子，丙組推賣油郎為最佳夫婿等，各組代表皆須上臺說明理由，爭取支持，最後再投票選出全班公認的「最佳情人」和「最佳對象」。亦可舉辦「慎選對象座談會」，請學生列出理想對象的各方面條件，但必須以小說人物加以說明，如：「我覺得未來的對象性格要開朗，笑口常開，像嬰寧一樣。」或「男孩子要懂得體貼女孩子，像賣油郎秦重就很好。」如此可將小說內容與現實生活關係拉近，也是用小說指導人生的一條路徑。

課後活動設計 3

寫作練習——結局大轉彎

我們常會對別人寫的小說結局不滿意，最好的辦法就是自己重新寫一篇，或者局部改寫，改寫結局則是比較省力的作法。王實甫就是對鶯鶯傳「男婚女嫁各不相干」的結局不滿意，才寫了大團圓的西廂記，所以不妨鼓勵學生來個「結局大轉彎」。像馮燕殺了兩個人，後來自首，就被稱為「古豪」，你覺得不對勁，沒關係，你可以照你自己的意思改寫，讓他身陷囹圄，或者是遇到仇家，一箭穿心，只要情理上說得過去就行。又如杜十娘死得悽慘，那麼美麗多金的女人，為什麼非要自殺不可呢？不死行不行？當然可以，只要發揮你的想像力，你可以讓她下半生過得多采多姿。同學們不必害怕，「熟讀唐詩三百首，不會作詩也會吟。」讀了這麼多古典小說，改寫結局只是小事一樁（小case）啦！

課後活動設計 4

重審大會——替古人定罪

將閱讀過的小說人物重新審問，判定罪名，給予懲處。如以唐傳奇小說為例，可請學生扮演法官、律師及犯人（白猿、張生、馮撚、田承嗣、板橋三娘子等）。在課堂上舉行重審大會，規定法官審問犯人，律師答辯，都必須根據小說內容；至於罪名和懲處，可由法官判定，或請陪審團（部分或全部學生）思考後共同決定。如白猿經審理後，罪名可能是「拐騙良家婦女」，判有期徒刑二十年。此種活動無需參考六法全書，只要具備一般法律常識即可，是有趣的遊戲。

課後活動設計 5

相關影片欣賞

許多精采動人的小說都被改編成戲曲或電影，如果時間充裕，不妨在講授完畢後，播放相關影片供學生欣賞，一則複習原典，一則比較二者差異，可明瞭小說與戲劇不同之處。如鶯鶯傳授畢，可播放京劇紅娘或越劇西廂記；紅線授畢，可播放京劇紅線盜盒；錯斬崔寧授畢，可播放崑劇十五貫或電影破曉時分；白娘子永鎮雷峰塔授畢，可播放京劇或歌仔戲之白蛇傳；杜十娘怒沉百寶箱授畢，可播放電影杜十娘；賣油郎獨占花魁授畢，可播放同名之黃梅調電影等。

影片觀賞完畢，可請學生發表感想，討論劇情與原典之出入，批評演員之演技、導演之手法等，亦可請學生撰寫心得報告。

戲劇展演評分表

（以六朝志怪與志人小說為例）

所屬組別（　　　　）學號（　　　　）姓名（　　　　）

名次	總分	整體展現			實際演出				劇本編撰			
		其他優點（請註明）	能否有所體悟	是否精采動人	默契是否充分	動作是否合宜	臺詞是否純熟	態度是否認真	劇情是否合理	是否富有創意	是否符合原典	評分標準
		4分∫10分	4分∫10分	4分∫10分	4分∫10分	4分∫10分	4分∫10分	4分∫10分	4分∫10分	4分∫10分	4分∫10分	給分範圍
												三王墓
												李寄斬蛇
												嵇康
												許允婦
												韓壽偷香

備註：請用心表演，用心觀賞，不必為本組評分。

文苑叢書

■古典詩歌選讀

王文顏、顏天佑、侯雅文／編著

詩歌是中國文學的菁華，長久以來溫暖萬千讀者的心靈。為了彌補坊間詩選的不足，我們增加編選方式、擴大詩歌的取材範圍，希望為詩歌愛好者提供更優質的讀本。本書編選，除依年代先後選擇代表詩人及作品外，另採「主題式」選詩。將同類型的詩歌集中呈現，以便讀者比較、鑑賞其間異同，增加研讀的趣味。

另外，自明鄭以來在臺灣生根發展的古典詩，不但具有古典詩的面貌，更反映臺灣獨有的內涵。本書亦另立專章，簡述臺灣古典詩歌發展的梗概，並挑選數首詩作提供讀者欣賞。這些編者的巧心，無非是希望與您共享讀詩的喜悅，一同貼近詩人的心靈。